Anne Labus

Winterzauber in der kleinen Teestube zum Glück

ANNE LABUS, Jahrgang 1957, lebt mit ihrem Mann, dem Schriftsteller Udo Weinbörner, in der Nähe von Bonn. Nach ihrer Ausbildung zur Bankkauffrau arbeitete sie unter anderem als selbstständige Fitness- und Pilatestrainerin. Die Leidenschaft für das Reisen hat sie an ihren Sohn vererbt, der auf Hawaii seinen Lebensmittelpunkt gefunden hat. Die Autorin entspannt sich beim Kochen, liebt Bergtouren und lange Strandspaziergänge. Inspirationen für ihre Romane findet sie in Irland und Italien oder auch auf Spiekeroog.

Nach dem frühen Tod ihrer Eltern wächst Jessie bei ihrer Tante Maura im beschaulichen irischen Dorf Busby auf. Maura betreibt dort eine gemütliche Teestube und die Poststelle und hofft, dass ihre Nichte eines Tages ihr Erbe übernimmt. Doch Jessie hat andere Pläne. Als ihre geliebte Tante überraschend stirbt, plagt Jessie das Gewissen, und sie wagt den Neuanfang. Zum Glück ist sie nicht allein: Claire, die Wirtin des Pubs und beste Freundin ihrer Tante, sowie deren Familie stehen ihr zur Seite. Doch Jessies Neustart wird schnell auf die Probe gestellt, als ihre ersten Gäste sich als dubiose Bauunternehmer entpuppen, die auf Grundstücksjagd für ein großes Bauprojekt sind. Sofort schlägt Jessie im Dorf Alarm und nimmt eine Einladung zum Essen mit dem Sohn des Baulöwen an, um mehr über die Pläne zu erfahren.
Zwischen dem charmanten Trevor und Edward, dem Tierarzt und guten Freund, gerät Jessies Herz in Konflikt. Während die Dorfereignisse sich überschlagen, muss Jessie sich ihren Gefühlen stellen und herausfinden, wer ihr wahrer Herzensmensch ist.

ANNE LABUS

Winterzauber in der kleinen TEESTUBE zum Glück

ROMAN

more
Immer mit Liebe

FSC
www.fsc.org
MIX
Papier | Fördert gute Waldnutzung
FSC® C083411

ISBN 978-3-98751-058-8

More ist eine Marke der Aufbau Verlage GmbH & Co. KG

2. Auflage 2024

www.aufbau-verlage.de
10969 Berlin, Prinzenstraße 85

Umschlaggestaltung Grit Bomhauer
graphische Adaption www.buerosued.de, München
unter Verwendung von Motiven von © Andrew Roland by Shutterstock, Leptospira, Imagenet, Jane Rix, Farah Sadikhova, 5 second Studio, Nataliia K, Slavenka Arandjelovic, Oleg Proskurin, r2dpr, Kate Cuzko, pixelworlds
Innenabbildung © Kate Cuzko, Shutterstock
Satz Greiner & Reichel, Köln
Druck und Binden CPI books GmbH, Leck, Germany

Printed in Germany

Kapitel 1

Die Wachsjacke rutschte ihr aus der Hand. Ihr Herz krampfte sich zusammen. Sie öffnete den Mund und brachte doch keinen Ton heraus. Wie gelähmt stand sie im Wohnzimmer und starrte auf ihre Tante. »Bitte nicht«, flehte Jessie stumm und kniete sich vor die alte Frau im Ohrensessel. Der Glanz in Mauras Augen war erloschen. Ihre Lippen waren blutleer und blass.

»Wach auf, Tantchen«, flehte Jessie und schlang die Arme um sie. »Du darfst mich nicht alleinlassen. Wir hatten doch noch so viele Pläne.« Sie schmiegte ihr Gesicht an Mauras Wange, schreckte zurück, als sie die Kälte der Haut spürte.

Endlich löste sie sich aus der Schockstarre, krabbelte auf allen vieren zur Kommode und zog sich daran hoch. »Ein Arzt. Wir brauchen einen Arzt«, stammelte sie und stürzte aus dem Haus. Obwohl die Praxis von Jack, dem Dorfarzt, nur wenige Schritte von der Teestube entfernt lag, schien Jessie dieser Weg unendlich weit. Mit tränenverschleierten Augen überquerte sie die Straße und wich im letzten Moment einem Traktor aus, der von einem Feldweg auf die Hauptstraße von Busby einbog.

»Mensch, Jessie! Kannst du nicht aufpassen?«, wetterte der Farmer Tommy Burke.

Sie schüttelte traurig den Kopf und hetzte über die Auffahrt zum Arzthaus. Trotz des kühlen Novemberwetters stand die Haustür einen Spaltbreit offen. Im Flur, der als Wartebereich diente, saß die alte Mrs Winter und strickte. Als Jessie an ihr vorbei auf das Sprechzimmer zulief, wurde sie von der schwerhörigen Frau angeschnauzt: »Hier wird nicht vorgedrängelt!«

Jessie zuckte nur bedauernd mit den Schultern und hämmerte mit der Faust so lange an die Tür des Untersuchungszimmers, bis Dr. Jack O'Learys Gesicht im Türspalt auftauchte. »Was ist hier los?« Er musterte sie über den Rand seiner Hornbrille.

»Meine Tante«, brachte sie mühsam heraus. »Sie ist …« Dann versagte ihre Stimme, und ihre Knie wurden weich. Ehe sie wusste, wie ihr geschah, fasste Jack ihr unter die Arme und bugsierte sie auf einen der Stühle im Wartebereich. Er tastete nach ihrem Puls, schaute ihr in die Augen.

»Du bleibst hier sitzen, bis ich zurückkomme. Ich sage Claire Bescheid, die kann dir beistehen.« Er warf Mrs Winter einen strengen Blick zu. »Kümmern Sie sich bitte um Jessie«, bat er energisch und eilte zurück in sein Sprechzimmer.

Keine zwei Minuten später eilte er mit seiner Arzttasche am Arm an ihr vorbei aus dem Haus. Kurz darauf verließ auch sein Patient, ein Farmer aus dem Nachbarort, die Praxis.

Jessie stützte die Ellbogen auf die Knie, verbarg das Gesicht in den Händen und ließ ihren Tränen freien Lauf. Mrs Winter redete unaufhörlich auf sie ein. Doch sie hörte nicht, was sie sagte. Erst als ihr jemand über den Rücken strich, hob sie den Kopf. Claire, die beste Freundin ihrer Tante, stand vor ihr und lächelte sie warmherzig an. »Ich bin da, Jessie, Liebes. Fühlst du dich stark genug, mich zu euch nach Hause zu begleiten?«

Jessie schniefte und nickte zaghaft. »Vielleicht habe ich mich getäuscht, und sie hat nur geschlafen«, sagte sie mit zittriger Stimme. »Jack kann ihr doch eine Kreislaufspritze geben, wie sonst immer. Sicher geht es ihr bald wieder besser.« Sie tapste neben der älteren Frau her, ließ sich bereitwillig von ihr an die Hand nehmen und aus dem Haus führen. Jessie war dreißig, aber momentan kam sie sich vor wie ein kleines Mädchen, unfähig, nur einen Schritt allein zu gehen. Solange sie denken konnte, war Maura, die Schwester ihrer Mom, für sie da gewesen. Nach dem frühen Tod ihrer Mutter hatte die Tante sie aus Dublin in das beschauliche Busby geholt. Jessie war damals erst vier, konnte kaum verstehen, was mit ihr geschah. Aber Maura hüllte sie mit ihrer Wärme und Liebe ein, half ihr, über den Verlust hinwegzukommen. Schon bald hatte sich Jessie in dem kleinen Dorf an der Westküste eingelebt, und es war ihre Heimat geworden.

»Hörst du, was ich sage?« Claire drückte ihre Hand und stellte sich vor sie, um ihr in die Augen zu sehen. »Du musst deinen Chef im Supermarkt anrufen und um Sonderurlaub bitten.«

Erst jetzt nahm Jessie wahr, dass sie vor der Teestube angelangt waren. Die feuchte Novemberluft drang durch ihren leichten Baumwollpullover. Bibbernd schlang sie die Arme um ihren Oberkörper und blinzelte Claire an. »Sorry«, sagte sie mit dünner Stimme und schüttelte den Kopf. »Ich habe mich daran erinnert, wie ich als Kind zu euch ins Dorf gekommen bin.« Sie wischte sich mit dem Handrücken über die Augen, als könnte sie so die Geister der Vergangenheit vertreiben.

»Du warst wie ein Vogeljunges, das man aus dem Nest geworfen hatte«, murmelte Claire und rieb ihr über die Arme. »Komm ins Warme. Du erkältest dich sonst noch.«

Fürsorglich umfasste sie Jessies Schultern und führte sie um das Haus zum Hintereingang. Wie üblich war die Tür nicht verschlossen. Im Dorf kannte und vertraute man sich. Jessie, die in der Teestube ihrer Tante aufgewachsen war und in der kleinen Poststelle, die sie nebenbei betrieb, beim Briefefrankieren geholfen hatte, konnte sich kaum vorstellen, in der Anonymität einer Großstadt zu leben.

Sie betrat den schmalen Flur und zog fröstelnd die Schultern hoch. »Hier zieht es«, stellte sie erstaunt fest. »Ich bin mir ganz sicher, dass alle Fenster verschlossen waren.« Rasch zog sie die Tür hinter Claire und sich zu und eilte zur Treppe, die in die Wohnung über der Teestube führte. »Ich gehe schnell nachsehen. Meine Tante friert doch so leicht.« Sie hatte schon einen Fuß auf der untersten Stufe, als Jack im oberen Flur auftauchte und zu ihr heruntersah. Er räusperte sich, blieb einen Moment auf dem Treppenabsatz stehen, bevor er ihr entgegenkam. »Es tut mir unendlich leid, Jessie«, sagte er mit rauer Stimme und legte ihr die Hände auf die Schultern. »Deine Tante ist von uns gegangen.«

»Das kann nicht sein!«, japste sie. »Heute Morgen, bevor ich zur Bushaltestelle ging, hat sie noch auf der Leiter gestanden und laut gesungen. Wie …?« Sie weigerte sich, wahrzuhaben, was sie doch längst wusste. Ihre geliebte Tante lebte nicht mehr. Nie wieder würde sie sich mit ihr über das Fernsehprogramm streiten, untergehakt mit ihr in der Bucht spazieren gehen. Nie wieder würde das Haus nach Mauras Apfelkuchen duften. »Nein!«, schrie sie und raufte sich die Haare. Die Wände schienen sich auf sie zuzubewegen. Vor ihr tat sich ein dunkler Abgrund auf. Stöhnend sackte sie zusammen und kauerte sich auf die Treppe.

Jack beugte sich zu ihr, tastete nach ihrem Puls. »Mach mir nicht schlapp«, sagte er mit besorgter Stimme. »Was du im Moment brauchst, ist ein starker Tee und etwas Süßes für die Nerven.«

»Lass mich nur machen, Doc«, mischte sich Claire ein und hockte sich vor sie. »Du bist nicht allein, mein Mädchen. Ich bin für dich da. Das ganze Dorf ist jetzt deine Familie.« Sanft umfasste sie Jessies Handgelenke und zog sie auf die Beine.

»Ich möchte zu ihr«, hörte sich Jessie sagen. Wie in Trance schlich sie an Jack vorbei die Treppe hinauf ins Wohnzimmer. Sie schreckte zurück, als ihr ein eisiger Wind aus dem offenen Fenster entgegenwehte. Niemals würde sie sich an diese Sitte gewöhnen, der Seele eines Verstorbenen den Weg zum Himmel zu öffnen. »Ich bin da, Tante Maura«, flüsterte sie kaum hörbar und näherte sich dem Sessel mit gesenktem Blick. Sie atmete tief durch, wappnete sich für den Anblick der Toten. Das Erste, was ihr auffiel, war die Wolldecke, in die Jack ihre Tante fürsorglich gewickelt hatte. Er hatte ihr die Augen geschlossen und ihren Kopf an ein Kissen gelehnt. Jessie atmete ein wenig auf, als Claire sich neben sie stellte und beruhigend auf sie einsprach. »Sieh nur, wie friedlich sie lächelt«, raunte die ehemalige Wirtin des Pubs. »Jack meint, sie musste nicht leiden. Ihr Herz war schon lange schwach. Es hat einfach aufgehört zu schlagen.« Sie strich Jessie zart über den Arm. »Willst du dabei sein, wenn Nora und ich sie waschen und ihr das Totenkleid anziehen?«

»Sie hat einmal gesagt, dass sie in ihrem dunkelblauen Lieblingskleid beerdigt werden möchte.« Jessie schluckte. »Sie soll auf keinen Fall frieren. Ich möchte, dass sie ihre dicken Wollstrümpfe trägt und die Strickjacke, die sie so geliebt hat.« Zaghaft strich sie der Toten über die Wange. »Schlaf gut, Tantchen«, sagte sie leise, kniete sich vor sie und faltete die Hände zum Gebet. Claire tat es ihr gleich, und gemeinsam sprachen sie den Segenswunsch:

Möge die Sonne warm auf dein Gesicht scheinen
und der Regen sanft auf deine Felder fallen.
Und bis wir uns wiedersehen,
halte Gott dich im Frieden seiner Hand.

»Amen«, tönte die tiefe Stimme von Pfarrer Donnelly hinter ihnen. Er legte jeder Frau eine Hand auf den Kopf, dann stellte er sich neben die Tote und zeichnete das Kreuzzeichen auf ihrer Stirn. »Sie ist jetzt bei Gott«, wandte er sich an Jessie. »Ich werde alles Nötige für die Beerdigung in die Wege leiten. Maura hat mich letzten Monat im Pfarrhaus besucht. Sie schien zu spüren, dass ihr nicht mehr viel Zeit blieb. Deshalb hat sie wohl alles geregelt.«

Jessie riss die Augen auf. »Also hat sie mir die ganze Zeit nur etwas vorgespielt und sich für mich stark gemacht. Sie hat sogar vorgeschlagen, dass wir zum Weihnachtsshopping nach Cork fahren.« In ihr zog sich alles zusammen. Sie stöhnte laut auf. »Was soll ich nur ohne sie machen?«

Hilfe suchend schaute sie in das bleiche Gesicht der Toten. Es schien, als lächelte die Tante ihr zu. In Gedanken hörte Jessie sie sagen: »Du weißt, was ich mir am meisten wünsche, Liebes.«

Ja, das wusste sie. »Du sollst stolz auf mich sein, Tantchen«, sagte sie mehr zu sich selbst. »Auch wenn ich noch nicht weiß, wie ich das ohne dich schaffen soll, aber ich werde deine Teestube weiterführen.« Sie erhob sich, warf ihrer Tante eine Kusshand zu und straffte den Rücken. »Ich koche uns eine Kanne Tee und hole Kuchen aus der Teestube. Das wird sicher ein langer Abend.«

Wie von einer unsichtbaren Macht geleitet, bewegte sie sich durch das Haus. Sie bereitete einen kleinen Imbiss für die Frauen zu, die gekommen waren, um die Tote auf ihre letzte Reise vorzubereiten. Claire, die Wirtin des Pubs, Nora, die Frau von Tommy Burke, und Kathy, die Inhaberin des Wollmarkts, tranken schweigend Tee, stärkten sich mit Muffins. Dann trugen sie Maura in ihr Schlafzimmer, wuschen und frisierten sie und zogen ihr das dunkelblaue Kleid mit dem weißen Kragen an, wie sie es sich gewünscht hatte. Jessie cremte ihrer Tante ein letztes Mal das Gesicht ein, tupfte ihr einen Hauch Rouge auf die bleichen Wangen, bevor sie auf ihrem Bett aufgebahrt wurde. Pfarrer Donnelly stellte je zwei gesegnete Kerzen an das Kopf- und Fußende und sprach ein Gebet.

»Ich wache heute Nacht mit dir«, raunte Claire Jessie zu. »Wenn sich morgen alle Dorfbewohner von Maura verabschiedet haben, wird sie in die Kirche gebracht.« Sie öffnete das Schlafzimmerfenster einen Spaltbreit und holte zwei Stühle aus der Küche, die sie neben das Bett stellte. »Zieh dich bitte warm an. Du weißt, dass das Fenster offen stehen muss.«

Jessie nickte und eilte in ihr Zimmer. Doch selbst ihr dickster Aran-Sweater und der Winterparka vermochten die Kälte nicht zu vertreiben, die ihr auf der Seele lag.

Kapitel 2

Jessie kauerte auf der Bank vor dem Kamin und stocherte in der glimmenden Asche. Nachdenklich sah sie sich im Hinterzimmer des Pubs um. Die plötzliche Stille schmerzte in ihren Ohren. Der letzte Gast hatte auf Drängen der Wirtin die Feier vor wenigen Minuten verlassen. Nach der Beerdigung hatten Freunde und Nachbarn bis spät in die Nacht zusammengesessen. Sie hatten Jessie mit ihren Geschichten und Anekdoten unterhalten und auf ihre Art getröstet. Stets stand dabei die Verstorbene im Mittelpunkt. Fast das ganze Dorf war gekommen, um ihr beizustehen. Gemeinsam hatten sie getrunken, gegessen und auf Maura angestoßen. Sogar der eine oder andere Witz wurde erzählt und hatte Jessie ein Schmunzeln entlockt. Selbst die Tatsache, dass im Laufe des Abends einige der Trauergäste zu tief ins Glas schauten, gehörte für sie zu einer typisch irischen Beerdigung. Sie hatte Rotz und Wasser geheult, als Pfarrer Donnelly mit seiner unverwechselbar warmen Stimme zu Ehren ihrer Tante »Farewell Old Fellow« sang und der Kirchenchor einstimmte. Aber jetzt waren ihre Tränen versiegt, sie fühlte sich leer und ausgebrannt.

Jessie gähnte hinter vorgehaltener Hand. Ihre Augenlider waren schwer. Sie sehnte sich nach Schlaf und Vergessen. Am liebsten hätte sie sich hier auf der Ofenbank wie eine Katze zusammengerollt. Mit dem Wissen, dass eine Etage über ihr das junge Wirtspaar Sean und Lou und ihre kleine Tochter Nelly schliefen und nebenan Claire und ihr Mann Fergus. Zu Hause wartete nur die Einsamkeit. Wenn doch wenigstens ihre beste Freundin Sheila hier wäre. Die junge Weberin, die in Kathys Wollmarkt arbeitete, lag nach einer Blinddarmoperation im Krankenhaus.

Claire stapelte das schmutzige Geschirr auf den Servierwagen. Sie lächelte sie aufmunternd an, band die Schürze ab und setzte sich zu ihr. »Möchtest du heute Nacht bei uns im Gästezimmer schlafen?«

Jessie zögerte. Gern würde sie die Rückkehr in das einsame Haus hinauszögern und morgen in großer Runde frühstücken. Doch je eher sie den Weg in die Normalität einschlug, umso leichter würde es ihr fallen. »Lieb gemeint«, sagte sie schläfrig. »Aber daheim habe ich das Gefühl, Maura nahe zu sein. Alles dort erinnert mich an sie. Danke für deine Einladung. Mach dir keine Sorgen. Ich schaffe das schon.« Das redete sie sich zumindest ein. »Ich werde ein ausgiebiges Bad nehmen und mich mit der Wärmflasche ins Bett kuscheln. Seit Mauras Tod habe ich kaum ein Auge zubekommen. Außerdem …« Sie deutete auf das leere Whiskeyglas neben sich auf der Bank. »… habe ich einiges davon intus. Das dürfte wohl genügen, dass ich wie ein Stein schlafe.«

»Wie du möchtest, meine Liebe. Den Schlaf hast du nach drei Tagen auch bitter nötig.« Stöhnend massierte sich Claire den Nacken. »Ruf an, wenn du mich brauchst. Du weißt, ich bin zu jeder Tages- und Nachtzeit für dich erreichbar.« Sie wies auf die halb vollen Kuchen- und Sandwichplatten. »Soll ich dir die Reste einpacken?«

»Um Himmels willen. Behalte das Essen bloß hier. Deine Familie wird schon damit fertigwerden«, versuchte sie sich an einem Scherz. »Außerdem hat mich die Nachbarschaft mit Eintöpfen und Aufläufen versorgt. Die nächsten vier Tage muss ich garantiert nicht kochen.« Sie rieb sich die müden Augen und löste die schwarze Samtschleife, mit der sie die langen blonden Haare zu einem Pferdeschwanz zusammengefasst hatte. Seufzend lehnte sie den Kopf an Claires Schulter. »Ohne dich hätte ich die letzten Tage nicht durchgestanden. Danke.« Dann stand sie auf, nahm ihre Winterjacke vom Garderobenhaken neben der Tür und nickte der Freundin ihrer Tante zu. »Gute Nacht, Claire. Gleich morgen früh begleiche ich die Rechnung.«

»Das wirst du schön bleiben lassen«, winkte die Wirtin ab. »Die Ausrichtung dieser Feier war mir eine Herzensangelegenheit. Deine Tante hat so viel für mich und meine Familie getan. Immer war sie zur Stelle, wenn ich Hilfe brauchte. Diesen Liebesdienst musst du mir gestatten.« Trotz des langen Tages wirkte die fast siebzigjährige Frau erstaunlich fit. Mit kerzengerader Haltung marschierte sie zu ihr, drückte sie an sich. »Ab mit dir nach Hause. Morgen Nachmittag gehen wir zusammen zum Friedhof.«

»Du bist so großzügig, Claire. Dann sage ich jetzt in Mauras Namen Danke schön.« Sie runzelte die Stirn. »Musst du deine Enkelin nachmittags nicht von der Kita abholen?«, fragte Jessie überrascht.

»Nelly kommt natürlich mit. Sie war ganz enttäuscht, dass sie heute nicht zur Beerdigung durfte. Für eine Vierjährige ist sie sehr aufgeweckt«, schwärmte Claire. Sie verließ mit Jessie das Hinterzimmer, knipste das Licht aus und begleitete sie zur Haustür.

Die Hauptstraße von Busby war menschenleer. Nebel waberte über den Feldern hinter der Kirche. Jessie schob ihre kalten Finger in die Jackentaschen. Die eisige Nachtluft streichelte ihre Wangen und vertrieb die Müdigkeit. Sie legte den Kopf in den Nacken und schaute in den wolkenverhangenen Himmel. Nachdenklich ließ sie den Blick über die Häuser schweifen.

Das hier war ihr Dorf. Dort am Ende der Straße hatte sie den Kindergarten besucht und zwei Jahre später die Dorfschule, die nur einige Schritte entfernt lag. Im Lebensmittelladen der Melonys hatte sie sich von ihrem ersten Taschengeld Lollis gekauft.

Sie überquerte die Straße, blieb einen Moment vor dem Wollmarkt stehen und linste in das Schaufenster. Im Schein der Laterne erkannte sie Wollpullover, Schals, Socken und Mützen. In ihr zog sich alles zusammen, als sie den wollweißen Aran-Sweater mit dem aufwendigen Zopfmuster sah. Erst letzte Woche hatte Maura ihn fertiggestellt und in den Wollmarkt gebracht. Keine beherrschte die Fertigkeit des Strickens so perfekt wie sie. Gemeinsam mit den Frauen des Handarbeitskreises hatte sie jede Woche in der Webstube des Geschäfts für Nachschub in den Regalen gesorgt. Wer würde Mauras Platz jetzt einnehmen? Jessie war noch lange nicht so weit, dass sie in ihre Fußstapfen treten konnte. Ihre Strickkünste reichten gerade mal für Schals. Sie würde noch viel lernen müssen! Traurig wandte sie sich ab.

Bisher hatte ihr die Arbeit im Supermarkt in Sneem keine Zeit gelassen, an den Handarbeitstreffen teilzunehmen. Doch das würde sich ab sofort ändern. Gestern hatte sie gekündigt und ihren Resturlaub genommen. Es war ihr erstaunlich leichtgefallen, den Platz an der Kasse zu räumen. Das Einzige, was sie vermissen würde, waren ihre Kolleginnen. Die verquatschten Pausen in der Cafeteria und die gemeinsamen Abende im Pub. Pam und Sue hatten versprochen, sie regelmäßig an ihrer neuen Wirkungsstätte zu besuchen und ab sofort ihre Geburtstagsrunden in der Teestube stattfinden zu lassen. Die Einnahmen könnte sie wirklich gut gebrauchen.

Bei dem Gedanken an ihre Finanzen wurde ihr flau im Magen. Kuchenbacken und Gästebewirten, das war eine Sache. Aber würde es ihr auch gelingen, eine gute Geschäftsfrau zu sein? Sie atmete tief durch, sprach sich selbst Mut zu. »Ich kann das, und ich will das«, murmelte sie wie ein Mantra.

Ihre ganze Kraft und Energie würde sie in die kleine Teestube stecken. Ein Berg an Aufgaben türmte sich vor ihr auf. Sie atmete durch und schrieb in Gedanken eine Aufgabenliste. Obenauf stand der Anruf bei der Hauptpost in Killarney. Sie hoffte inständig, dass man ihr erlauben würde, die winzige Poststelle weiterzuführen. Die monatliche Aufwandsentschädigung von dreihundert Euro war ein wichtiges Zubrot, denn in den Wintermonaten riss der Touristenstrom in dieser Gegend ab. Nur wenige Hartgesottene besuchten dann noch den Ring of Kerry oder wanderten im Killarney Lakeland. Bisher hatte Jessie monatlich dreihundert Euro ihres Gehalts zur Haushaltskasse beigesteuert. Das würde jetzt flachfallen. »Ach, was soll's«, dachte sie laut nach. »Ich brauche nicht viel zum Leben. Für mich allein werden die Einnahmen der Teestube sicher ausreichen.« Von Maura hatte sie gelernt, wie wichtig es war, Rücklagen zu bilden. Wenn alle Stricke rissen, würde sie auf ihr Sparbuch zurückgreifen. Achttausend Euro waren schließlich eine Menge Geld!

»Hör auf zu grübeln«, mahnte sie sich und marschierte entschlossen zur Teestube. »Morgen entwerfe ich einen Schlachtplan.« Inzwischen war die Müdigkeit zurückgekehrt, legte sich bleischwer auf ihre Schultern. Sie musste dringend ins Bett.

Jessie tapste zur Hintertür und stutzte, als sie den Strauß weißer Lilien auf der Türschwelle erblickte. Sie nahm die Blumen an sich, betrat den Flur und grübelte, wer der Spender war. Alle Freunde und Bekannten, sogar die Kolleginnen aus dem Supermarkt und ihr Chef waren auf der Beerdigung erschienen. Als sie die Blumen auf das kleine Tischchen neben der Garderobe legte, um die Jacke auszuziehen, bemerkte sie den Brief. Er steckte zwischen den Stielen. Auf dem Umschlag stand ihr Name. Das übergroße J, der verrutschte i-Punkt. Sie kannte nur einen, der so schrieb.

»Na typisch!«, schnaubte sie. »Morton, du verdammter Mistkerl. Noch nicht mal Zeit für die Beerdigung konntest du dir nehmen.« In ihr sträubte sich alles dagegen, den Brief zu öffnen. Doch dann siegte ihre Neugier. Sie riss den Umschlag auf und zog eine vorgedruckte Beileidskarte heraus, auf der »Aufrichtiges Beileid« stand. In Erwartung einiger persönlicher Sätze drehte sie die Karte um und ballte beim Lesen die Faust.

Sorry, dass ich nicht auf der Beerdigung war, Babe.
Ich würde dich gern wieder treffen. Freitagabend hätte ich Zeit.
Morton

»Vergiss es!«, zischte sie und zerknüllte das Papier, bevor sie es im hohen Bogen hinter den Schirmständer pfefferte. Nicht ein tröstendes Wort hatte er ihr gegönnt. Den Weg nach Busby hätte sich ihr Ex-Freund sparen können. Was sollte sie mit einem Mann, dem sein Motorrad und die Clique wichtiger waren als Zweisamkeit? Anfangs hatte es ihr gefallen, wenn er sie mit der Harley von der Arbeit abholte und mit ihr durch die Gegend fuhr. Aber schon bald stellte sie fest, dass sie kaum gemeinsame Interessen hatten. Jede freie Minute schraubte er an seiner Maschine oder kurvte mit den Jungs durch die Berge. Nie begleitete er sie auf ihre Wanderungen oder besuchte mit ihr die Tanzveranstaltungen im Saal. Nein, Morton war nicht der Mann, mit dem sie sich eine Zukunft vorstellen konnte. Gerade jetzt brauchte sie einen Partner an ihrer Seite, auf den sie sich verlassen konnte. Einer, der sie unterstützte, ihr zuhörte, wenn sie Probleme hatte, und ihre Hobbys teilte. Keinen Gelegenheitslover.

Einen Moment lang überlegte sie, die Blumen in die Mülltonne zu werfen. Doch was konnten diese duftenden Lilien für den Stoffel? Sie würde den Strauß einfach zum Grab bringen.

Eilig betrat sie die kleine Küche hinter der Teestube, füllte Wasser in eine Glasvase und stellte die Blumen hinein. Ihr Blick fiel auf die alte Kladde, die aufgeschlagen auf der Arbeitsplatte neben der Spüle lag. Mit großen schwungvollen Buchstaben hatte ihre Tante dort alle Backrezepte notiert. Jessie blätterte durch die Seiten. Ein dicker Kloß machte sich in ihrem Hals breit, als sie zwischen *Apfelkuchen* und *Blaubeermuffins* einen Zettel entdeckte. Er war an den Rändern eingerissen und vergilbt. Sie erinnerte sich noch genau daran, zu welchem Anlass Maura ihn geschrieben hatte. Das musste so etwa vor sechs Jahren gewesen sein. Als sie abends von der Arbeit nach Hause kam, fand sie die Notiz auf dem Küchentisch. Obwohl sie den Inhalt kannte, las sie ihn mit Tränen in den Augen noch einmal.

Liebste Jessie,
ich helfe Claire heute Abend in der Küche. Der Armen geht es momentan nicht so gut. Ihr Sohn Sean bleibt auf der Bohrinsel, obwohl er als Koch im Pub doch so dringend gebraucht wird.

Wärst du so lieb, zwei Bleche Muffins zu backen? Für morgen Nachmittag hat sich eine Wandergruppe angemeldet.
Kopf hoch, mein Schatz. Du schaffst das! Backen ist kein Hexenwerk. Halte dich nur genau an mein Rezept.
Ich habe dich lieb!
Küsschen von deiner Tante Maura

»Ich hab dich auch lieb«, flüsterte Jessie heiser und drückte den Zettel an ihr Herz.

So viel war inzwischen passiert. Sean und seine Frau Lou hatten den Pub übernommen. Ihre kleine Tochter war Claires und Fergus ganzes Glück, und sie freuten sich, dass der Sohn in ihre Fußstapfen getreten war.

Diese Freude blieb ihrer Tante verwehrt. Sicher hätte sie gern miterlebt, wie Jessie ihr Lebenswerk fortführte. »Warum nur habe ich nicht auf dich gehört?«, schniefte Jessie. Mehr als einmal hatte Maura sie gebeten, ihr beim Backen zur Hand zu gehen.

»Eines Tages setze ich mich zur Ruhe, dann wirst du meine Teestube übernehmen. Deshalb solltest du das Backen draufhaben«, hörte sie die Tante sagen.

»Aber Tantchen«, hatte sie leichthin geantwortet. »Bis dahin habe ich noch so viel Zeit. Du bist doch noch so fit.« Sie könnte sich ohrfeigen für ihre Naivität. Jetzt war es zu spät, die verlorene gemeinsame Zeit in der Backstube nachzuholen. Wie gern würde sie die Uhr zurückdrehen, um wenigstens einmal noch neben Maura in der Küche zu stehen. Ihr fielen auf Anhieb mindestens zehn Fragen ein, die sie ihr stellen würde: Wie lange genau muss der Hefeteig gehen? Woran erkennst du, wann der Apfelkuchen fertig gebacken ist? Und, und, und. Sie schluchzte hemmungslos und stolperte mit der Kladde in der Hand die Treppe hinauf. Angezogen warf sie sich auf ihr Bett und vergrub das Gesicht in den Kissen.

Deck dich zu, meine Große, hörte sie die Stimme ihrer Tante und meinte, ihre Hand an der Wange zu spüren. Doch da war nur die Kladde mit ihren Rezepten.

Kapitel 3

»Ihr hattet eure Chance!«, fluchte Jessie. Enttäuscht legte sie auf. Zehn Minuten lang hatte sie sich »Oh Happy Day« in der Endlosschleife angehört. Ihre Geduld war zu Ende. Heute würde sie nicht mehr bei der Hauptpost anrufen. Das hatte auch bis Montag Zeit. Wenn der Freitag so weiterlief, könnte sie gleich wieder ins Bett kriechen und sich die Decke über den Kopf ziehen. Dabei hatte sie sich doch so viel vorgenommen. Für Samstag hatte sich eine sechsköpfige Wandergruppe zum Nachmittagstee angekündigt. Jessie wunderte sich, dass sich in dieser trüben Jahreszeit überhaupt ein Urlauber in die Region verirrte. Umso mehr freute sie sich darauf, die Teestube wieder zu öffnen.

Jetzt hieß es also backen! Da ihre Tante sich stets geweigert hatte, auf Vorrat zu produzieren und einzufrieren, herrschte gähnende Leere in der Kuchenvitrine. Nachschub musste her! Die Teestube hatte schließlich ein Renommee zu verlieren. Mauras Schokotorte und ihr Apfelkuchen waren weit über Busbys Grenzen berühmt. Ihre Blaubeermuffins und die weihnachtlichen Mince Pies liebte jeder im Dorf. Dieser Herausforderung musste sich Jessie stellen.

»Sorry, Tantchen«, sagte sie zu Mauras Konterfei, das seit gestern gerahmt in der Teestube über der Kuchenvitrine hing. »Wenn ich dein Werk fortführen soll, musst du mir schon einige Neuerungen zugestehen.« Gleich nächste Woche würde sie einen Gefrierschrank und eine moderne Küchenmaschine kaufen. Ab sofort würde sie Vorräte anlegen. Entschlossen, heute mindestens zwei Apfelkuchen und ein

Blech Muffins zu backen, marschierte sie in die Speisekammer, inspizierte die Regale und den Inhalt des Kühlschranks. Erleichtert stellte sie fest, dass ausreichend Mehl, Zucker, Butter und Eier vorhanden waren, um bis nächste Woche über die Runden zu kommen. Doch beim Blick in die Holzkiste stöhnte sie laut auf. Nie und nimmer reichten diese vier schrumpeligen Äpfel für zwei Kuchen. Nachschub musste her, und zwar sofort!

Jessie ärgerte sich über die nötige, aber zeitraubende Planänderung. Wenn sie heute noch einen Blick in die Buchführung werfen wollte, musste sie sich sputen. Schließlich stand auch noch die Grundreinigung von Teestube und Kundentoilette an. Wie sollte sie das nur alles an einem Tag bewerkstelligen? Genervt schnappte sie sich den Einkaufskorb, warf ihr Portemonnaie und das Handy hinein und hastete aus dem Haus. Im Laufschritt eilte sie über die Straße, am Pub vorbei und riss die Tür zum Lebensmittelladen auf. »Ich brauche dringend zehn Pfund Äpfel«, rief sie Mrs Melony, die an der Kasse saß, zu.

Die kleine, untersetzte Frau zog eine Augenbraue hoch und musterte sie streng. »Moment«, brummte sie, zählte Kleingeld in die Registrierkasse und deutete mit dem Kopf auf das Obstregal. »Nimm dir, was du brauchst.«

»Aber da sind ja nur noch fünf Äpfel«, stellte Jessie entsetzt fest. Sie fuhr herum, als ihr jemand auf die Schulter tippte. »Sean, hast du mich erschreckt«, begrüßte sie den Inhaber des Pubs.

Der rothaarige, groß gewachsene Mann grinste sie breit an. »Sorry. Das war nicht meine Absicht. Hast du einen Moment für mich?« Er führte sie aus dem vollgestopften Laden. »Ich komme später wieder«, teilte er Mrs Melony beim Hinausgehen mit. »Meine Worcestersoße kann warten. Das ist jetzt wichtiger«, murmelte er. »Ähm.« Er kratzte sich das stoppelbärtige Kinn. »Also Folgendes.«

Jessie trat von einem Bein auf das andere. Die Zeit lief ihr davon. »Bitte, Sean. Komm zur Sache. Ich muss zurück in die Backstube.«

»Okay.« Er nickte ihr zu. »Ich hätte dir einen Vorschlag zu machen.« Mit Schulterblick vergewisserte er sich, dass die Ladentür hinter ihnen geschlossen war. »Deine Tante hat ihre Einkäufe für die Teestube immer hier getätigt.«

»Wo auch sonst?«, warf Jessie ein. »Da wir kein Auto besitzen, ist das doch wohl die naheliegendste Lösung. Hin und wieder habe ich auch einiges aus dem Supermarkt mitgebracht. Aber Maura war es wichtig, die Melonys zu unterstützen. Unser Dorf braucht einen Nahversorger, hat sie immer gesagt. Womit sie natürlich recht hatte.«

»Das sehe ich genauso. Deshalb kaufen wir für unseren Privatverbrauch auch hier ein. Aber als Geschäftsmann muss ich da anders kalkulieren. Lebensmittel für den Pub beziehe ich im Großmarkt in Killarney oder direkt beim Erzeuger in der Nachbarschaft. Es gibt genügend Farmer, die ihr Fleisch oder das Obst und Gemüse lieber direkt vermarkten, statt sich vom Zwischenhandel die Preise diktieren zu lassen«, sagte Sean.

»Aha.« Allmählich verstand Jessie, worauf er hinauswollte. »Klingt vernünftig. Aber ohne fahrbaren Untersatz ist das leider für mich nicht machbar. Mit dem Bus verplempere ich zu viel Zeit, die ich dringend zum Backen brauche.«

Lachend hob er die Hand. »Entschuldige. Ich stelle mir nur gerade vor, wie du mit einem vollgepackten Trekkingrucksack die Dorfstraße entlangschleichst.«

Jessie knuffte ihn empört in die Seite. »Haha. Wirklich lustig. Kennst du eine bessere Lösung?«

»Genau darauf wollte ich hinaus«, sagte er und schmunzelte. »Lou und ich fahren jeden zweiten Montag um acht in den Großmarkt. Wir nehmen dich gern mit. Oder, falls dir das lieber ist, kaufen wir für dich ein und bringen dir die Waren vorbei.«

»Wirklich? Das würdet ihr tun?« Jessie freute sich über dieses großzügige Angebot. »Ich beteilige mich selbstverständlich an den Spritkosten«, schlug sie sofort vor. Sie senkte die Stimme, als Mr Melony aus dem Laden trat und zu ihnen herüberschaute. »Ist wohl besser, wir besprechen das bei euch. Ich wollte deine Mutter sowieso noch um etwas bitten.«

»Dann geh schon mal vor«, entgegnete Sean und klopfte ihr zum Abschied auf die Schulter. »Mom kann dir sicher auch mit Äpfeln aushelfen. Erst letzte Woche haben wir von Farmer Barton eine Stiege voll bekommen.« Mit einem breiten Lächeln wandte er sich dem Inhaber des Lebensmittelladens zu. »Mr Melony, gut, dass ich Sie sehe. Ich brauche dringend vier Flaschen von Ihrer besten Worcestersoße.« Er hielt dem hageren Mann die Ladentür auf und folgte ihm ins Geschäft.

Jessie eilte zum Hintereingang des Pubs. Im Flur streifte sie die Schuhe von den Füßen und tapste auf Socken die Treppe hinauf. »Claire? Bist du da?«, rief sie und klopfte an die Küchentür.

»Lust auf ein zweites Frühstück? Immer herein in die gute Stube«, ertönte Fergus' tiefe Stimme. Er hielt ihr die Tür auf und lächelte sie an. Mit ausgestrecktem Arm deutete er auf eine Platte voller duftender Pancakes, die auf dem gedeckten Esstisch stand.

Beim Anblick der goldgelben Leckerei knurrte ihr Magen. Jessie fiel ein, dass sie außer einer Tasse Tee und einem

Zwieback noch nichts zu sich genommen hatte. Ihr fehlte die Gesellschaft der Tante beim Frühstück, der liebevoll gedeckte Tisch, die kleinen Streitgespräche am Morgen.

»Mensch, Mädchen. Täusche ich mich, oder hast du heute noch nichts Anständiges gegessen?« Fergus schien ihre Gedanken zu lesen. Mit besorgter Miene drängte er sie an den Esstisch, schob ihr einen Stuhl zurecht und drückte ihr eine Tasse Tee in die Hand. »Pass bloß auf dich auf. Du brauchst jetzt deine Kräfte.«

»Wo sind Claire und Lou?« Jessie pustete in den dampfenden Tee, trank vorsichtig einige Schlucke.

»Mein holdes Weib bringt gerade die Kleine in den Kindergarten. Lou hat einen Termin bei ihrer Ärztin in Sneem.«

»Hoffentlich nichts Ernstes?«, fragte Jessie besorgt nach. Als Fergus ihr die Platte mit den Pancakes zuschob, griff sie beherzt zu.

Er reichte ihr den Ahornsirup und lächelte sie aufmunternd an. »Das fragst du sie lieber selbst. Irgendeine Frauensache. Mir sagt ja keiner was.«

In diesem Moment schwang die Küchentür auf. Mit großen Schritten marschierte Claire auf Jessie zu. »Habe ich doch richtig gesehen. Die Schuhe unten im Flur, das sind deine.« Sie strich ihr über die Wange und setzte sich neben sie an den Esstisch. »Sean kommt auch gleich. Ich habe ihn vor dem Haus getroffen. Er holt dir einen Beutel Äpfel aus der Speisekammer.« Claire legte den Kopf schief und schaute Jessie in die Augen. »Jetzt stärkst du dich erst mal, und dann begleite ich dich in die Teestube. Wie ich hörte, haben sich für morgen die ersten Gäste bei dir angemeldet.«

Jessie schluckte eilig den Bissen hinunter, an dem sie gekaut hatte. »Wie kommst du denn darauf?« Verwundert legte sie die Gabel aus der Hand. »Bisher habe ich doch mit keinem darüber gesprochen.«

Claire winkte lachend ab. »Hellsehen kann ich natürlich nicht. Aber als Sean mir sagte, dass du zehn Pfund Äpfel brauchst, habe ich eins und eins zusammengezählt.« Sie schenkte sich eine Tasse Tee ein, trank einen Schluck und lehnte sich entspannt zurück.

Pfeifend hantierte Fergus am Herd mit der Pfanne. Er goss etwas Öl hinein und verquirlte Eier in einer Schüssel. »Ich möchte zu gern wissen, warum ich heute das Frühstück zubereiten darf. Sean lässt doch sonst keinen an den Herd. Irgendwas scheint im Busch zu sein«, mutmaßte er.

»Ach, was du gleich wieder denkst.« Seine Frau beugte sich mit vorgehaltener Hand zu Jessie und raunte ihr verschwörerisch zu: »Gleich gibt es hoffentlich was zu feiern.«

»Aha«, murmelte sie und verstand nicht im Geringsten, was sie damit sagen wollte. In Gedanken war sie längst wieder in der heimischen Küche. Jessie seufzte hörbar, als sie an die komplizierte Zubereitung von Mauras Apfelkuchen dachte. »Wenn ich doch nur öfter mit meiner Tante gebacken hätte«, jammerte sie und warf Claire einen flehenden Blick zu. »Würdest du …? Äh. Kannst du …?«

Weiter kam sie nicht, denn im Hausflur erklang Lous glockenhelle Stimme. »Holt den Sekt aus der Kühlung. Gleich lassen wir die Korken fliegen.« Sie schien die Treppe hinaufzufliegen. Keine Minute später wirbelte sie durch die Küche, umarmte Fergus stürmisch und herzte Claire, ihre Schwiegermutter. Zu guter Letzt bekam Jessie einen Schmatzer auf die Wange. »Oh! Ich könnte die ganze Welt umarmen«, jubelte Lou. Als ihr Mann mit einer prall gefüllten Leinentasche die Küche betrat und sie fragend ansah, fiel sie ihm ebenfalls um den Hals. »Mein Schatz!«, jauchzte sie. »Unsere Nelly bekommt in sechs Monaten ein Geschwisterchen.«

Sean drückte seinem Vater den Beutel in die Arme, hob seine um einen Kopf kleinere Frau hoch und tanzte mit ihr um den Esstisch. »Du machst mich zum glücklichsten Mann der Welt, mein Galway Girl. Ich liebe dich über alles.« Behutsam setzte er sie auf der Couch ab und schob ihr ein Kissen in den Rücken. »Du musst dich jetzt schonen. Keine schweren Tabletts mehr schleppen.«

Lachend küsste sie ihn auf die Nase. »Übertreib bitte nicht, mein Schatz. Ich bin nicht krank, nur schwanger. Bei der ersten Schwangerschaft habe ich bis kurz vor der Geburt hinter dem Tresen gestanden und Bier gezapft. Und genau das beabsichtige ich auch diesmal zu tun.«

»Wir passen auf, dass sie sich nicht übernimmt«, sagten Claire und Fergus fast gleichzeitig und strahlten. »Ist das nicht wundervoll, wir werden wieder Großeltern«, freuten sie sich.

Jessie rang sich ein Lächeln ab und nickte. »Wie schön für euch«, murmelte sie. Vier glückliche Menschen, und sie saß wie ein Trauerkloß dazwischen. Sicher, die Sullivans waren ihre Freunde. Sie wurde stets mit offenen Armen von ihnen empfangen. Aber Ersatz für eine eigene Familie waren sie nicht. Zu Hause hockte die Einsamkeit in allen Winkeln. Dort war niemand, der sich auf sie freute. Sie sehnte sich nach einem Mann, und tief in ihrem Inneren wuchs der Wunsch nach einem Kind. Noch vor einem Monat hatte sie Maura gegenüber behauptet, dass sie ihr Singledasein in vollen Zügen genieße, die langen Mädelsabende, die durchtanzten Nächte in der Disco. Aber das alles schien ihr auf einmal oberflächlich und belanglos. Gedankenverloren schaute sie aus dem Fenster. Am liebsten hätte sich Jessie klammheimlich aus der Stube geschlichen. Tapfer schluckte sie ihre Tränen hinunter, sagte mit rauer Stimme: »Herzlichen Glückwunsch. Ich freue mich für euch.« Möglichst geräuschlos, als wollte sie die Idylle nicht stören, legte sie das Besteck auf den Teller und erhob sich. »Seid mir nicht böse, wenn ich jetzt gehe. Aber auf mich wartet noch so viel Arbeit.« Entschuldigend sah sie in die Runde.

»Bitte bleib noch einen Moment.« Fergus legte ihr eine Hand auf die Schulter.

Claire nickte ihr zu. »Stoß mit uns an. Der Sekt wird dir guttun. Wir frühstücken gemütlich zusammen, und dann komme ich mit und helfe dir backen.« Ihre Augen glänzten feucht. »Mein Apfelkuchen ist zwar nicht so legendär wie der von Maura, aber wenn wir uns strikt an ihr Rezept halten, dürfte uns der auch gelingen.« Sie stutzte, legte einen Arm um Jessies Schultern und drückte sie an sich. »Ich vermisse Maura doch auch. Erst vorletzten Sonntag haben wir abends hier zusammengesessen und Tee getrunken.« Sie schluckte hörbar. »Sie schwärmte von dir, wie so oft.«

»Ja?« Ungläubig riss Jessie die Augen auf. »Erinnerst du dich vielleicht noch daran, was sie gesagt hat? Das wäre mir wirklich wichtig.« Zögerlich erklärte sie: »Wir hatten einen fürchterlichen Streit. Tante Maura kam morgens zu mir ins Zimmer und bat mich, ihr beim Backen zur Hand zu gehen. ›Doch nicht so früh‹, habe ich ihr an den Kopf geworfen. ›Lass mich ausschlafen.‹« Stöhnend raufte sie sich die Haare. »Ich war so verdammt egoistisch.« Sie nahm das Glas Sekt, das Sean ihr reichte, und nippte nachdenklich daran. »Erst heute wird mir klar, wie schwer ihr die Arbeit fiel. Als ich mittags aufstand, lag sie mit bemehlter Schürze auf ihrem Bett und schlief.«

Lou erhob sich von der Couch, stellte sich hinter sie und

strich ihr über den Rücken. »Deine Tante sagte, du seist das Beste, was ihr passiert ist, ihr Sonnenschein. Ich habe es selbst gehört.«

»Das erzählst du mir doch nur, um mich zu trösten.« Obwohl die Worte sie wärmten, wehrte Jessie sie vehement ab. Sie zögerte einen Moment, richtete sich auf und griff erneut zum Sektglas. »Genug gejammert«, sagte sie mit fester Stimme. »Trinken wir auf das neue Leben, das in Lou heranwächst. Und …« Sie traute sich nicht, weiterzusprechen.

Da beugte sich die junge Wirtin vor und raunte ihr zu: »Sean und ich hätten dich gern als Patin für unser zweites Kind. Was denkst du?«

Jessie nickte überwältigt, lehnte den Kopf an Lous Bauch und blinzelte eine einzelne Träne weg. »Ja, das würde ich sehr gern.« Sie räusperte sich, holte tief Luft und sagte mit fester Stimme: »Ich möchte versuchen, dem Kleinen eine genauso gute Tante zu sein, wie Maura es für mich war. Es wird Zeit, dass ich endlich Verantwortung übernehme.«

Kapitel 4

Das Haus duftete nach Äpfeln und Zimt. In der Teestube lagen weiße Deckchen auf den Tischen, und das Kunden-WC blitzte vor Sauberkeit.

»So, das hätten wir«, sagte Claire und faltete ihre Schürze zusammen. »Die ersten Gäste können kommen. Deine Teestube ist bereit.«

Jessie gähnte verstohlen hinter vorgehaltener Hand. »Wie kann ich das nur wiedergutmachen? Ohne dich hätte ich das nie geschafft.« Ein zufriedenes Lächeln huschte über ihr Gesicht beim Blick in die gut bestückte Kuchenvitrine. »Zwei Apfelkuchen, eine Brombeerpie und zwanzig Blaubeermuffins«, zählte sie auf. »Ich hätte sicher drei Tage gebraucht, um das alles zu backen. Ob die Kuchen dann auch noch so perfekt aussehen würden, bezweifle ich.« Ihr Herz war voller Dankbarkeit für diese resolute Frau, die mit ihrer Tatkraft und Energie wahre Wunder vollbracht hatte. Jessie umarmte Claire und küsste sie rechts und links auf die Wange. »Du wirkst kein bisschen müde. Ich bin total erledigt. Dabei habe ich die meiste Zeit nur neben dir gestanden und zugeschaut, wie du backst. Allein die Putzerei hat mich völlig geschafft.«

»Ach, Kindchen.« Die ältere Freundin schmunzelte. »Das ist doch völlig normal. Für mich sind das routinierte Handgriffe. Dir fehlt die jahrelange Übung. Noch ein, zwei Wochen, dann hast du dich an die Arbeit gewöhnt, und dir geht alles leichter von der Hand.« Sie nahm ihren Wollmantel vom Garderobenhaken und streifte ihn über. »Heute holt

Fergus unsere kleine Nelly vom Kindergarten ab. Sean hat sicher Eintopf für uns gekocht und Lou geputzt. Du siehst, ich kann mich den Rest des Tages ganz entspannt in den Sessel setzen.«

Ungläubig schüttelte Jessie den Kopf und hielt ihr die Tür auf. »Das möchte ich gern sehen. Wie ich dich kenne, tollst du gleich mit deiner Enkelin durch das Haus. Wo nimmst du nur die ganze Energie her?«

Claire trat aus der Tür, blieb auf der obersten Treppenstufe stehen und schaute zum Pub hinüber. »Meine Familie gibt mir Kraft. Wenn es mir mal nicht so gut geht, fängt sie mich auf. Auch wenn ab und zu die Fetzen bei uns fliegen, können wir uns kaum vorstellen, ohne einander auszukommen.« Sie strich Jessie eine Haarsträhne aus der Stirn und lächelte sie warmherzig an. »Ich bin mir sicher, dass du das eines Tages auch haben wirst: einen liebevollen Mann, ein Kind.«

»Sicher. Aber Männer wie Fergus oder Sean sind heutzutage Mangelware.« Jessie schob seufzend ihre Finger in die Hosentaschen und schaute die Hauptstraße hinauf. »Die Typen, die mir bisher über den Weg gelaufen sind, waren alle Flops. Mein erster Freund hat mich schon nach drei Wochen mit seiner Ex betrogen. Als ich dahinterkam, schlug er doch tatsächlich eine Beziehung zu dritt vor.« Sie schüttelte sich bei dem Gedanken. »Und der letzte Mann, mit dem ich zusammen war, verbrachte mehr Zeit mit seinem Motorrad als mit mir.«

»So was kann man nicht erzwingen«, entgegnete Claire nachdenklich. »Bei Fergus und mir war das keineswegs Liebe auf den ersten Blick. Seine Eltern hatten mich als Küchenhilfe eingestellt. Sobald er in die Küche kam, flogen zwischen uns die Fetzen. Mit seiner gemütlichen Art brachte er mich ständig zur Weißglut. Schließlich hat seine

Mutter Fergus und mich in die Speisekammer geschickt und kurzerhand die Tür hinter uns verschlossen. Tja, und da sind wir uns sprichwörtlich nähergekommen.« Sie nestelte an ihrem Mantel, lief die Treppe hinunter und winkte. »Viel Glück für den Neustart«, rief sie gut gelaunt und schlenderte Richtung Pub.

Jessie lehnte in der offenen Tür, sog die würzige Novemberluft ein. Vom Atlantik wehte eine frische Brise herüber. Möwen zogen kreischend ihre Bahnen über der Bucht. Sie schloss die Augen, träumte von langen Spaziergängen am Strand, einer Männerhand, die ihre fest umschloss. In der Ferne heulte ein Motor auf. Als das Geräusch näher kam, war sie mit einem Schlag hellwach. Wenn das nicht der satte Sound einer Harley war.

»Oh nein! Der hat mir gerade noch gefehlt!«, jammerte sie. Warum nur hatte sie nicht auf Mortons Trauerkarte reagiert? Sie ärgerte sich maßlos, ihm keine eindeutige Absage per WhatsApp geschickt zu haben. War ja klar, dass er ihr Schweigen als Zustimmung deuten würde. Jetzt freute er sich garantiert schon auf den Versöhnungssex. »Das kannst du dir abschminken!«, fluchte sie und schloss die Tür hinter sich. Sie würde ihm erst gar nicht die Gelegenheit geben, ihr auf die Pelle zu rücken.

Die Fäuste in die Hüften gestemmt, baute sie sich auf der Treppe auf und beobachtete die heranbrausende Harley. Sie traute ihren Augen kaum, als der Fahrer vor der Ortseinfahrt abbremste. Gemächlich fuhr er an ihr vorbei und bog dann in die alte Dorfstraße ein. Das konnte unmöglich Morton sein. Der hätte den Motor aufheulen lassen, um die Aufmerksamkeit der Leute auf sich zu ziehen. Erleichtert atmete Jessie auf und beeilte sich, wieder in die warme Teestube zu kommen.

Sie bummelte zufrieden von Tisch zu Tisch und begutachtete ihr Werk. Gelbe Herbstastern leuchteten wie kleine Sonnen in den Tischvasen. Sie hatte vom wilden Wein, der die Gartenmauer emporrankte, dunkelrote Blätter abgeknipst. Die dienten jetzt als Untersetzer für die Zuckerstreuer. Mini-Kürbisse auf der Fensterbank komplettierten die herbstliche Deko. Nebenan in der Teeküche warteten Stövchen und bauchige Teekannen auf ihren Einsatz. Gedankenverloren nahm sie eine Emailledose aus dem Regal, öffnete den Deckel und schnupperte. Mauras Lieblingstee verströmte einen intensiven Duft von Bergamotte.

Denk dran, hörte sie die Tante mahnen. *Der darf maximal drei Minuten ziehen, sonst wird er zu bitter.*

Jessie prüfte den Inhalt der anderen Dosen. Darjeeling, Earl Grey und der bei Kindern besonders beliebte Apfelminztee. Selbst so ausgefallene Sorten wie Jasmin und Sencha gehörten zum Sortiment. Diese Auswahl konnte locker mit jeder Teestube in Dublin mithalten. Jessie ging in Gedanken noch einmal die unterschiedlichen Arten der Zubereitung durch, da ertönte die kleine Glocke über dem Eingang.

Jemand räusperte sich, dann bellte ein Hund. »Pst, Milli«, hörte sie einen Mann sagen. Rasch stopfte sie ihre Bluse wieder in die Jeans und fuhr sich durch die Haare. Mit einem Kunden hatte sie heute gar nicht gerechnet. »Hallo, Edward«, sagte sie überrascht, als sie den Tierarzt erkannte. »Möchtest du einen Brief aufgeben, oder hat dich der Kuchenduft angelockt? Darf ich dir eine Tasse Tee servieren?« Mit einer einladenden Geste deutete sie in die Teestube.

Er drehte seinen Lederhut in den Händen, fuhr sich durch die braunen Locken, zwischen die sich vereinzelte graue Haare verirrt hatten. »Äh.« Er schien zu überlegen.

»Ja, sehr gern. Aber nur, falls es für dich okay ist, dass ich den Hund mitnehme. Ich möchte ihn ungern allein im Auto lassen.«

»Das ist kein Problem. Tante Maura hat für vierbeinige Gäste extra Leckerlis und einen Wassernapf angeschafft«, beeilte sie sich zu sagen. Sie kannte den stämmigen Mann vom Pub. Aber mehr als ein paar belanglose Sätze über das Wetter hatte sie bisher nicht mit ihm gewechselt. Um ihre Unsicherheit zu überspielen, hockte sie sich vor den Rauhaardackel. Der schaute sie mit schief gelegtem Kopf an. »Du bist ja ein ganz braver«, sagte sie und kraulte ihn zaghaft hinter den Ohren. »Ist das nicht Mr Miller, der Dackel aus der Töpferei?« Sie blinzelte Edward an. Dann erhob sie sich, strich ihre langen blonden Haare zurück und hielt dem Tierarzt und seinem haarigen Begleiter die Tür zur Teestube auf. »Bitte nimm doch Platz. Tee kommt sofort. Möchtest du auch ein Stück Kuchen?«

»Mr Miller ist mein Wochenendgast. Moya und Robin, die Glücklichen, sind auf Hochzeitstrip in Paris.« Edward linste zur Vitrine und schnalzte genießerisch mit der Zunge. »Ich nehme gern einen Blaubeermuffin und für Mr Miller einen Napf Wasser. Gegen ein Leckerli hat er sicher nichts einzuwenden.« Sein Blick fiel auf Mauras Foto. Er stellte sich davor, nickte ihr zu und faltete die Hände. Es schien, als spräche er ein stummes Gebet.

Jessie wagte nicht, seine Andacht zu stören, und blieb reglos im Türrahmen stehen. Verstohlen musterte sie ihn von der Seite. Edward hatte etwa ihre Größe. Wie alt mochte er sein? Mit seinen grauen Schläfen und den Augenfältchen schätzte sie ihn auf vierzig. Doch sein kräftiger, durchtrainierter Körper schien ihr keinen Tag älter als fünfunddreißig. Ertappt senkte sie den Blick, als er sich ihr zuwandte.

»Ich war schon auf dem Weg zur Beerdigung, da wurde ich zu einem Notfall auf die Watson-Farm gerufen«, sagte er mit gesenkter Stimme. »Eine komplizierte Geburt bei einer Zuchtkuh.« Er zuckte bedauernd mit den Schultern. »Deshalb bin ich heute gekommen, um dir mein Beileid auszusprechen. Es tut mir sehr leid, dass du deine Tante so früh verloren hast. Sie war sicher wie eine Mutter für dich.« Bedächtig trat er auf sie zu und reichte ihr die Hand. Sein Griff war fest und warm. In seinen braunen Augen schimmerte ehrliches Mitgefühl. »Deine Tante ist mit meiner Mutter zur Schule gegangen. Wusstest du das?«

Sie schielte auf ihre Hand, die er noch immer in seiner hielt. Zaghaft zog sie sie zurück und nickte. »Maura hat oft von ihrer besten Freundin geredet. Es ging ihr damals sehr nahe, dass deine Mutter so früh an Krebs gestorben ist.« Sie rückte einen Stuhl am Fenster zurecht. »Setz dich doch. Ich koche rasch Tee.«

»Du trinkst doch eine Tasse mit mir?« Statt Platz zu nehmen, folgte Edward ihr in die angrenzende Teeküche, lehnte sich an die Tür zur Vorratskammer und schaute ihr bei der Teezubereitung zu.

Jessie war froh, dass sie wenigstens diese Handgriffe aus dem Effeff beherrschte. Als sie eine Kanne Darjeeling, Milch und zwei Gedecke auf ein Tablett stellte, nahm Edward es ihr ab und trug es an den Tisch.

»Du bist mir vielleicht einer«, beschwerte sie sich halbherzig. »Nimmst mir einfach die Arbeit ab. Dabei bin ich doch diejenige, die dich bewirten sollte.« Seine zupackende Art gefiel ihr. Sie begann, sich in seiner Nähe zu entspannen. Wie zwei alte Bekannte saßen sie bei Tee und Muffins zusammen und plauderten. Zu ihren Füßen kaute Milli zufrieden an einem Leckerli.

»Deinen Alltag als Tierarzt stelle ich mir sehr spannend vor.« Jessie goss Tee nach und beugte sich vor, um Edward aufmerksam zu lauschen. »Erzähl doch mal.«

»Ach.« Er winkte ab. »Ganz so aufregend, wie du denkst, ist das wirklich nicht. Die meiste Zeit habe ich mit kranken Schafen oder Rindern zu tun.« Ein schelmisches Grinsen huschte über sein Gesicht. »Nur äußerst selten verirren sich Exoten in meine Praxis. So wie letzte Woche. Da brachte ein Mann aus Killarney seine Vogelspinne zur Behandlung. Die fraß nicht mehr.«

Jessie schüttelte sich. »Oje. Das wäre nichts für mich. Allein bei dem Gedanken an diese haarigen Biester bekomme ich Gänsehaut.«

Edward lachte. »Ich muss zugeben, Hunde und Katzen sind mir auch lieber. Aber Matilda, so hieß die betagte Spinne, war wirklich harmlos.« Er tippte vorsichtig mit den Fingerspitzen gegen ihren Handrücken. »So in etwa fühlt sich das an, wenn sie dir über den Arm läuft.«

Kichernd lehnte sich Jessie zurück. »Was fehlte dem Krabbeltier denn?« Im Garten quietschte das eiserne Tor. Überrascht fuhr sie herum und starrte durch das Fenster. Weil ihr auf die Schnelle nichts Besseres einfiel, zupfte sie ihren Gast am Ärmel. »Du musst mir jetzt helfen.« Sie deutete nach draußen, wo Morton mit gewichtigem Schritt auf den Hintereingang zumarschierte. »Das ist mein Ex. Der will … Ich aber nicht«, stammelte sie.

»Schon verstanden«, raunte der Tierarzt. »Soll ich so tun, als wenn wir beide …?«

»Ja, bitte«, flüsterte sie und lehnte sich an ihn.

Edward legte den Arm um ihre Schultern und strich ihr zaghaft über die Haare.

Reglos verharrten sie, bis im Flur Mortons Stimme erklang. »Jessie, Süße, wo versteckst du dich? Wärmst du schon das Bett für uns an?«

»Meine Süße ist hier bei mir, in der Teestube«, antwortete Edward barsch.

»Wer zum Teufel?« Die Tür flog auf, und Morton stürzte in den Raum, als gelte es, Leben zu retten. Verdutzt blieb er neben der Kuchenvitrine stehen und schaute mit großen Augen zu ihnen herüber.

»Möchtest du noch etwas Tee, Darling?« Edward hauchte einen Kuss auf ihre Wange.

Sie revanchierte sich mit einem verliebten Augenaufschlag. »Ich bin so froh, dass du heute Nacht bei mir bleibst. So ganz allein in dem Haus fürchte ich mich.«

Ohne einen Laut von sich zu geben, schoss Milli unter dem Tisch hervor, flitzte auf Morton zu und sprang kläffend an ihm hoch.

»Hierher«, kommandierte Ed und belohnte ihn mit einem Leckerli, als der Hund sich brav unter den Tisch verzog. Dann wandte sich Edward dem ungebetenen Gast zu. »Besser, du gehst.« Er schaute Morton finster an und deutete mit ausgestrecktem Arm auf die Hintertür. »Ich bin jetzt der Mann an Jessies Seite. Für dich ist hier kein Bedarf mehr. Sorry.«

»Warum hast du mir nicht gesagt, dass du einen anderen hast?«, brummelte Morton und zog einen Flunsch. Der groß gewachsene blonde Kerl wirkte auf einmal wie ein Kind, dem man sein Spielzeug weggenommen hatte. »Ich hätte mich heute Abend mit den Jungs im Motorradclub treffen können.«

Jessie schüttelte ungläubig den Kopf. Dieser Typ würde sich nie ändern. »Wenn du dich beeilst, erwischst du sie sicher noch.« Sie winkte ihm lächelnd zu. »Ich wünsche dir alles Gute, Morton, und eine Frau, die das Biken genauso liebt wie du.«

»Keine Angst, die finde ich schon. Sind ja alle ganz heiß drauf, mit mir 'ne Runde auf der Harley zu drehen«, maulte er und marschierte zum Hinterausgang. Seine schweren Motorradstiefel knallten auf den mit Steinplatten ausgelegten Weg. Das Gartentor fiel quietschend ins Schloss. Dann kehrte Ruhe ein.

Verlegen rutschte Jessie ein Stück von Edward ab. »Danke, dass du mitgespielt hast«, murmelte sie. »Ich glaube, jetzt hat er kapiert, dass er bei mir nicht mehr landen kann.« Sie gähnte verstohlen, stand auf und trug das schmutzige Geschirr in die Teeküche. »Trinken wir noch einen Whiskey zusammen?«

»Du bist hundemüde. Ein anderes Mal gern«, entgegnete Edward und reichte ihr die Teekanne. Ihre Blicke trafen sich. Irritiert schaute sie zur Seite. Er räusperte sich. »Ruf mich an, falls du mal wieder eine Schulter zum Anlehnen brauchst. Hätte nichts dagegen, dir ein guter Freund zu sein. Rein kameradschaftlich natürlich.«

Irrte sie sich, oder schwang in dem Angebot eine Frage mit?

Kapitel 5

Was für ein Traum! Kichernd kroch Jessie aus den warmen Federn. Sie sah die Szene noch deutlich vor sich: Edward ritt auf einer Kuh. Im wilden Galopp jagte er Mortons Harley hinterher. Und das mitten auf der Dorfstraße. Am Wegesrand feuerten Angus, Sean, Lou und Claire den Tierarzt an. Jessie nahm sich vor, ihm das zu erzählen, aber sie hatte seine Handynummer nicht. Warum das Wiedersehen nicht dem Zufall überlassen? Sie wollte bei Edward keinen falschen Eindruck erwecken, ihm ganz bestimmt nicht nachlaufen. Schmunzelnd erinnerte sie sich daran, wie überzeugend er vor Morton ihren Lover gespielt hatte. Edward war hilfsbereit und unkompliziert, der perfekte Kumpel. Aber für mehr fehlte ihr momentan die Energie und Zeit. An erster Stelle kam für sie der Fortbestand der Teestube. Das war sie ihrer Tante schuldig. Außerdem ging es um ihre Existenz. Heute würde sie endlich wieder das Schild »Come in, we are open« an die Vordertür hängen.

Jessie versüßte sich den Start in den Tag mit einer Tasse Kakao und zwei selbst gebackenen Blaubeermuffins. Im Schlafanzug kuschelte sie sich in den Ohrensessel und genoss die morgendliche Stille. Samstags um sechs schien das Dorf noch zu schlafen. Es herrschte himmlische Ruhe. Kein Traktor, der unter ihrem Schlafzimmerfenster vorbeituckerte. Selbst die Schafe, die hinter dem Garten grasten, blökten heute nicht. Da kam ihr das Auto, das mit quietschenden Reifen vor dem Haus hielt und sofort wieder davonbrauste, wie unerlaubte Ruhestörung vor.

Wer zum Teufel?

Jessie saß senkrecht im Sessel. Endlich dämmerte es ihr. Das musste das Postauto mit der morgendlichen Lieferung aus Killarney gewesen sein. Vor lauter Backerei und dem Herrichten der Teestube hatte sie die anfallenden Arbeiten in der Poststelle komplett vergessen.

»Oh nein!«, stöhnte sie und tapste barfuß ins Bad, um sich einer schnellen Katzenwäsche zu unterziehen. Zeit für das Make-up war nicht mehr. Statt Rock und Pumps zog sie Jeans und Boots für die Morgenrunde an. Jetzt galt es, Briefe zu sortieren und auszutragen. Die Empfänger, die außerhalb des Ortes lebten, mussten per WhatsApp informiert werden. Sie holten ihre Post selbst ab.

Jessie rannte die Treppe hinunter, öffnete die Tür einen Spaltbreit und streckte in Erwartung der gelben Postbox ihre Hand aus. Doch ihr Griff ging ins Leere. Sie rieb sich die Augen und suchte den Bürgersteig ab. Nichts, keine Spur von dem leuchtenden Ungetüm. In der Hoffnung, dass der Fahrer die Lieferung vor der Hintertür abgestellt hatte, umrundete sie das Haus. Statt der gelben Box hockte eine Taube auf der Fußmatte und blinzelte sie müde an. »Schlaf weiter«, flüsterte Jessie und entfernte sich rasch. Hatte sie sich das Auto nur eingebildet?

Fröstelnd zog sie die Schultern hoch, schlang die Arme um den Oberkörper und trottete zurück zum Vordereingang. Sie stutzte. Auf der Fensterbank leuchtete etwas Weißes, Flaches. »Bitte lass es nicht das sein, was ich denke«, flehte sie und griff nach dem Briefumschlag. Sie zwang sich, Ruhe zu bewahren, redete sich ein, dass es nur die neuen Posttarife waren, die man ihr mitteilte, oder Reklame. Doch das ungute Gefühl setzte sich hartnäckig fest.

Erst als sie mit angezogenen Knien im Ohrensessel saß,

fühlte sie sich stark genug, den Umschlag aufzuschlitzen. »Wünsch mir Glück, Tantchen«, bat sie und schnupperte an dem Nackenkissen, das Maura mit Lavendelduft eingesprüht hatte. Die erhoffte beruhigende Wirkung blieb jedoch aus. Stattdessen hatte Jessie das Gefühl, unter Strom zu stehen. Mit zittrigen Fingern riss sie den Brief aus dem Umschlag und faltete ihn auseinander. »Das können die mir doch nicht antun«, japste sie und ballte die Fäuste. Um sicher zu sein, dass sie sich nicht verlesen hatte, überflog sie die wenigen Zeilen erneut:

… Mit Bedauern nehmen wir das Ableben Ihrer Tante zur Kenntnis und teilen Ihnen mit, dass die Poststelle Busby im Zuge notwendiger Rationalisierungsmaßnahmen aufgelöst wird. Ab sofort übernimmt unsere Zweigstelle in Sneem diesen Bezirk.
In den nächsten Tagen wird einer unserer Außendienstmitarbeiter bei Ihnen vorbeischauen, um alle erforderlichen Schritte in die Wege zu leiten.
Bitte nehmen Sie bis dahin Abstand von Rückfragen.
Wir hoffen auf Ihr Verständnis für diese Maßnahme.
Hochachtungsvoll
Die Postdirektion Killarney

»Verdammter Mist!« Sie fluchte wie ein Bierkutscher und raufte sich die Haare. Mit auf dem Rücken verschränkten Händen tigerte sie in der Wohnung herum. Wie sollte sie ohne die Aufwandsentschädigung der Post über die umsatzschwachen Wintermonate kommen? Niemals würden die Einnahmen der Teestube ausreichen, um Steuern, Energiekosten und den Lebensunterhalt zu decken. Schweren Herzens gestand sie sich ein, dass es nur einen Ausweg aus ihrer finanziellen Misere gab: Sie musste etwas dazuverdienen.

Doch wo und was? In Busby lagen die Jobs nicht gerade wie Schafkötel auf der Straße. Eine Arbeit in Killarney oder Sneem kam für sie nicht infrage. Die Busfahrt dorthin verschlang zu viel Zeit. Ein Halbtagsjob in ihrem alten Supermarkt war auch keine Option. Der Chef hatte erst neulich betont, dass er nur noch Vollzeitkräfte einstellen würde.

Auf die Schnelle fiel ihr nur ein Ort ein, wo sie sich Rat holen konnte, der Old Horseshoe. Der Pub war nicht nur ein Umschlagplatz für Neuigkeiten. Im lockeren Gespräch bei Guinness und Whiskey wurde schon manches Geschäft per Handschlag besiegelt, der eine oder andere Job vergeben. Gleich heute Abend würde sie dort ihr Glück versuchen.

»Denk positiv«, sagte sie sich und schenkte sich selbst ein Lächeln. Notfalls würde sie eben Ställe ausmisten. Energisch verbat sie sich jede weitere Grübelei. Die Vorfreude auf ihre ersten zahlenden Gäste gewann wieder die Oberhand.

Sie flitzte in ihr Zimmer, um sich in Schale zu werfen. Seriös und schick sollte ihr Outfit sein, nicht zu sexy. Deshalb entschied sie sich für den engen schwarzen Rock, der ihre Knie züchtig bedeckte, und eine weiße Bluse. Dazu die flachen Pumps. »Lange Latte«, hatten die anderen Mädchen sie in der Schule manchmal genannt. Damals überragte sie ihre Klassenkameradinnen um Haupteslänge. Nicht wenige von ihnen beneideten sie heute um ihre Modelmaße, denn mit ihren ein Meter fünfundsiebzig und den schulterlangen blonden Haaren hatte sie nie Probleme, einen Tanzpartner in der Disco zu finden. Leider waren das, wie sich später fast immer herausstellte, meistens die Kerle, die nur auf Äußerlichkeiten schauten. Die Frau dahinter schien ihnen zweitrangig.

Seufzend flocht sie ihre Haare zu einem Bauernzopf. Bis auf Wimperntusche und rosa Lipgloss verzichtete sie auf Make-up. »Jessie Cameron, Geschäftsfrau und Single«, raunte sie ihrem Spiegelbild zu. »Halte dich gerade und setz dein schönstes Lächeln auf. Heute beginnt ein neuer Lebensabschnitt für dich.«

Sie warf Mauras Bild auf der Kommode eine Kusshand zu und knipste die Stehlampe neben dem Ohrensessel aus. Dann lief sie die Treppe hinunter in die Teestube und inspizierte ihre neue Wirkungsstätte. Sicher, manch verwöhnter Snob würde die Nase rümpfen über dieses Sammelsurium an Möbelstücken. Kein Teil passte stilmäßig zum anderen. Dafür hatte jedes seine eigene Geschichte. Der Korbsessel neben der Vitrine stand früher im hochherrschaftlichen Wintergarten des Killarney-Grandhotels. Maura hatte ihn auf einem Flohmarkt erstanden. Ebenso wie die Kaffeehausstühle und die drei runden Bistrotische, die einen Hauch von Paris in die Teestube brachten. Jedes Möbelstück hatte seinen eigenen Charme. Shabby Chic, wie man das neuerdings nannte. Für Jessie war es mehr. Es war ihr Zuhause. Am Ecktisch neben der Küchentür hatte sie nachmittags oft gesessen und ihre Hausarbeiten erledigt, während Maura Gäste bediente oder in der Teeküche werkelte.

»Ach, Tantchen«, seufzte sie. »Du fehlst mir so sehr.« Sie wurde jäh aus ihren Erinnerungen gerissen, als jemand von außen gegen die Fensterscheibe klopfte.

Das Gesicht eines Mannes tauchte auf. »Haben Sie schon geöffnet?«, rief er und linste herein. Durch die Häkelgardine konnte er sicher nicht viel mehr als ihre Umrisse erkennen.

Trotzdem kam sie sich beobachtet vor. Wieso klopfte er nicht wie jeder normale Mensch an die Tür? Und überhaupt, warum parkte der Mann seinen dicken SUV mitten auf dem

Bürgersteig? Jessie war kurz davor, ihn anzufahren, da meldete er sich erneut.

»Sorry, Lady. Ich wollte Sie nicht erschrecken. Kann ich kurz reinkommen?« Sein breites Lächeln war selbst durch die Gardine nicht zu übersehen.

»Die Tür ist offen«, sagte sie nur, deutete zum Vordereingang und eilte ihm entgegen. Falls das der Mitarbeiter der Post war, würde sie ihn hinter dem Schalter empfangen. So ihr Plan. Stattdessen lief sie ihm direkt in die Arme. »Hallo«, stammelte sie und wich zurück. Den Rücken an den Schaltertresen gepresst, gewann sie ihre Selbstsicherheit wieder. »Was kann ich für Sie tun?«

»Einen Moment bitte.« Er zog das Smartphone aus der Innentasche seines Sakkos und tippte darauf herum.

Sie musterte ihn verstohlen. Das, was sie sah, gefiel ihr. Sein schwarzes, krauses Haar, die stahlblauen Augen und der durchtrainierte Körper. Er war genau der Typ Mann, auf den sie früher oft hereingefallen war. Heute reichte ihr die schöne Fassade längst nicht mehr. Ertappt senkte sie den Blick, als er das Smartphone zurück in die Jackentasche schob und sich ihr zuwandte.

»Entschuldigung. Das war mein Boss.« Er hielt ihr die Hand hin und schaute sie fragend an. »Trevor McKenzie. Ich habe vorgestern angerufen. Erinnern Sie sich? Die Wandergruppe?«

»Ja, natürlich!« Jessie strahlte ihn an. »Mir kam Ihre Stimme gleich bekannt vor«, flunkerte sie. »Sie sind jetzt aber nicht hier, um abzusagen? Ich habe gestern extra gebacken.« Sie deutete durch die offene Tür auf die Vitrine in der Teestube. »Ich hatte fest mit Ihnen gerechnet.«

»Keine Sorge«, winkte er schmunzelnd ab. »Sie werden nicht auf Ihrem leckeren Kuchen sitzen bleiben.« Er tippte sich mit dem Zeigefinger ans Kinn, schaute sich im Gastraum um. »Wenn ich richtig gezählt habe, sind das zwölf Plätze. Nicht gerade viele.«

»Ja. Aber falls gewünscht, könnte ich noch sechs Klappstühle und einen Tisch dazustellen. Das wird natürlich etwas eng. Aber es ist machbar.« Jessie verstand nicht, worauf er hinauswollte. »Sagten Sie nicht etwas von sechs Personen?«

»Das hat sich kurzfristig geändert. Jetzt schlagen wir doch mit der gesamten Mannschaft hier auf. Wir werden …« Er zählte an den Fingern ab. »Also wir bräuchten den Raum für sechzehn Personen. In spätestens einer Stunde wird der Rest hier eintreffen. Ist das ein Problem für Sie?«

»Nein, nein«, versicherte sie rasch, obwohl ihr vor Aufregung schwindlig wurde. »Das bekomme ich schon hin.« Sie schob sich an Trevor vorbei in die Teestube, begann Tische und Stühle zu rücken.

»Warten Sie. Ich fasse mit an.« Mit zwei Schritten war er bei ihr und trug den Korbstuhl zum Fenster. »Wenn Sie mir zeigen, wo ich die Klappstühle und den Ersatztisch finde, trage ich sie hier rein«, bot er an. Seine Augen funkelten, als er zu ihr herüberschaute.

Diesen Blick kannte sie zur Genüge. Gleich würde er sicher fragen, wo denn ihr Mann sei. »Sehr gern«, entgegnete sie und öffnete die Flurtür. »Dort im Verschlag unter der Treppe. Aber Sie müssen mir wirklich nicht helfen.«

»Ach was.« Er streifte im Vorbeigehen ihren Unterarm. »Ich kann doch nicht hier rumstehen und mit ansehen, wie sich eine schöne Frau abschuftet. Außerdem sollten wir uns beeilen. Wie ich den Boss kenne, treibt der unsere Leute im Affenzahn durch das Dorf, nur um seine Teepause zu bekommen.« Er zog das Jackett aus und hängte es an die Türklinke. Dann krempelte er die Hemdsärmel hoch. »Überlassen Sie die Möbelschlepperei ruhig mir.« Augenzwinkernd schlug er vor: »Sie können die Zeit gern nutzen, um literweise Tee zu kochen.«

Sein Angebot schien ihr verlockend, zumal es ihr die Möglichkeit gab, sich auf den Ansturm vorzubereiten. »Klasse Idee«, lobte sie scherzhaft mit erhobenem Daumen, ehe sie in die Teeküche eilte, wo sie Tassen und Teller auf ein Tablett stapelte. Aus dem hintersten Winkel des Büfettschranks kramte sie drei Thermoskannen hervor, die sie mit Darjeeling füllte. Als Trevor in der offenen Tür auftauchte, fuhr sie herum.

»Ich bin drüben fertig. Sie können jetzt eindecken.« Hilfsbereit trug er das volle Tablett in die Teestube und stellte es auf dem vordersten Tisch ab. »Bitte lassen Sie den hier frei.« Er marschierte zum Bistrotisch unter dem Fenster. »Der ist für unsere Unterlagen.« Er schaute nach draußen und grinste. »Habe ich es nicht gesagt? Da sind sie schon. Und vorneweg natürlich der Boss.«

Jessie folgte seinem Blick. Das war nie und nimmer eine Wandergruppe, die dort am Pub vorbeimarschierte. Sie trugen weder Wanderkleidung noch Rucksäcke. Misstrauisch beäugte sie die Männer. Sie hatten verdreckte Gummistiefel. Einer hielt eine lange Stange in der Hand. Ein anderer so etwas wie eine Kamera. Ihr Boss redete wild gestikulierend auf sie ein, deutete auf die Kirche. »Gewandert sind die aber nicht«, rutschte ihr heraus. »Sorry, das geht mich wirklich nichts an. Aber was genau machen diese Männer hier in Busby?«

»Das fragen Sie den Boss lieber selbst. Ich bin nicht befugt, darüber zu reden.« Trevor zuckte mit den Schultern und wich ihrem Blick aus.

Jessie beschlich ein ungutes Gefühl. Warum diese Heimlichtuerei? Wer waren diese Leute? Was hatte sie ins Dorf geführt? Sie würde nicht eher Ruhe geben, bis sie den wahren Grund ihres Besuchs kannte.

Kapitel 6

Der Boss betrat als Erster die Teestube. »Ganz schön beengt hier. Aber gemütlich«, brummte der korpulente Mann und sah sich um. »Der da gefällt mir. Nette Deko.« Er nickte Jessie zur Begrüßung zu und marschierte schnurstracks zum Garderobenständer. Grinsend nahm er den Lederhut vom Haken und setzte ihn sich auf. »Na, Männer, wie steht mir der? Soll ich mir auch so einen zulegen?«

Seine Begleiter lachten. Nur Trevor McKenzie fuhr ihn an: »Ein Bauhelm passt besser zu deinem Dickschädel.« Ihm war die Aktion sichtlich peinlich. »Häng den Hut wieder zurück«, forderte er seinen Chef auf. Doch der schob ihn sich pfeifend in den Nacken.

Jessie reichte es. Der Kerl spielte sich auf, als gehörte ihm der Laden. »Den hat gestern ein Gast hier vergessen«, erklärte sie betont freundlich, obwohl sie innerlich kochte. »Sicher vermisst er ihn schon.« Mit durchgedrücktem Kreuz stolzierte sie zu ihm und lächelte ihn honigsüß an. »Darf ich?« Sie streckte die Hand nach dem Hut aus. So weit kam es noch, dass dieser rotgesichtige Kerl Edwards Lederhut vollschwitzte.

Schnaufend nahm der, den sie Boss nannten, die Kopfbedeckung ab und drückte sie ihr in den Arm. »Ist sowieso zu warm auf meiner Birne«, sagte er und wischte sich die Schweißperlen mit dem Hemdsärmel von der Stirn. Seine Begleiter tuschelten miteinander, blieben unschlüssig zwischen den Tischen stehen.

Ihr Chef baute sich breitbeinig vor ihnen auf. »Die Dinger mit den vier Beinen, das sind Stühle. Da könnt ihr euch ruhig draufsetzen. Nun macht schon. Wir sind schließlich nicht zu unserem Vergnügen hier. Ich erwarte gleich konkrete Vorschläge von euch.« Er wedelte mit seiner großen Pranke vor ihnen herum. Polternd zog er sich den Korbsessel heran und ließ sich schwerfällig hineinplumpsen. »Wie war noch mal Ihr Name, Miss?«

Jessie strich sich lächelnd eine Strähne aus der Stirn und schaute in die Runde. »Mein Name ist Jessie Cameron. Als Inhaberin der Teestube heiße ich Sie alle herzlich willkommen. Was darf ich Ihnen servieren?« Sie deutete auf die Kuchenvitrine. »Meine bescheidene Kuchenauswahl. Als herzhafte Alternative habe ich Lachs- und Käsesandwiches im Angebot.« Geschäftig zückte sie Block und Stift, um die Bestellungen aufzunehmen, und hoffte, dass man ihr die Unsicherheit nicht anmerkte. »Denk an den Umsatz«, mahnte sie sich und wich einen Schritt zurück, als Trevor so nah an sie heranrückte, dass sie sein Aftershave wahrnahm.

»Ich entschuldige mich für das Benehmen meines Vaters. Der meint das nicht so. Er ist eben ein typischer Mann vom Bau«, raunte er ihr zu.

»Ist schon okay. Damit komme ich klar«, teilte sie ihm knapp mit. Also doch! Ihr Gefühl hatte sie nicht getäuscht. Bei dem vertraulichen Umgang, den er mit seinem Chef pflegte, konnte er nur sein Sohn sein. Und wenn sie richtiglag, unternahm der mit seinen Männern sicher keinen Betriebsausflug. Hatte dieser Mr McKenzie nicht selbst gesagt, sie seien nicht zu ihrem Vergnügen hier? Ungeduldig tippte sie mit dem Kuli auf den Block. »Was darf ich den Herren bringen?«

»Nicht so förmlich, Jessie«, meldete sich Trevors Vater. »Wir nehmen das volle Programm. Was, Männer?«

»Klasse Idee, Boss«, lobte ihn ein hagerer Typ mit Hornbrille. Während seine Kollegen Platz nahmen, schnappte er sich eine der Teekannen. »Ich darf doch?«, fragte er und lächelte sie an.

Sie nickte ihm dankbar zu. »Bitte nehmen Sie sich gern auch selbst vom Kuchen. Die Sandwiches kommen sofort. Die bereite ich frisch zu.« Rasch verzog sie sich in die Teeküche, schloss die Tür hinter sich und atmete durch. »Du packst das«, murmelte sie. »Broteschmieren ist eine deiner leichtesten Arbeiten.« Sie holte drei Pakete Toastbrot aus der Speisekammer. In Windeseile bestrich sie die Weißbrotscheiben mit Butter, belegte sie abwechselnd mit Gurke, Lachs oder Cheddar. Dann schnitt sie eine Handvoll Kresse ab, die im Blumentopf auf der Fensterbank wuchs, und dekorierte damit die Brote. *Das sieht klasse aus*, hörte sie in Gedanken ihre Tante sagen. *Deine Sandwiches können sich sehen lassen.*

Die Arbeit ging ihr leicht von der Hand. Geschickt teilte sie die belegten Brote in Dreiecke und richtete sie auf zwei Silberplatten an. Ihre Wangen brannten vor Eifer, als sie die zu erwartenden Einnahmen im Kopf überschlug. Nebenan diskutierten die Männer lautstark miteinander. Sie lauschte angespannt, schnappte einzelne Wörter auf, deren Zusammenhang sich ihr jedoch nicht erschloss. In der Hoffnung, beim Servieren mehr zu erfahren, trug sie die Platten an die Tische. Sofort verstummten die Gespräche.

»Wir bedienen uns selbst«, teilte der Boss ihr barsch mit. »Sorg dafür, dass in den nächsten zwei Stunden keine anderen Gäste reinkommen. Wir wollen in Ruhe arbeiten.«

Obwohl seine unverschämte Art ihr bitter aufstieß, zwang sie sich, höflich zu bleiben. Der Kunde war König. Erst recht, wenn er ihr einen Umsatz von mindestens zweihundert

Euro bescherte. »Kein Problem«, sagte sie. »Ich hänge ein Schild an den Eingang.« Sie warf ihren Zopf zurück und eilte in den angrenzenden Schalterbereich.

Unschlüssig sah sie sich um. »Wo habe ich es nur?«, murmelte sie und hockte sich hinter den Tresen, um in den unteren Regalfächern nachzuschauen. In der hintersten Ecke wurde sie fündig. Das Schild mit der Aufschrift »Geschlossene Gesellschaft« schien jahrelang nicht benutzt worden zu sein. Staubflocken wirbelten auf, kitzelten sie in der Nase, als sie es zwischen zwei Aktenordnern hervorzog. Sie nieste so heftig, dass ihr schwindlig wurde.

»Alles okay mit dir?« Trevor beugte sich über den Tresen und hielt ihr ein Tempotuch hin.

Hektisch sprang sie auf und stieß sich prompt den Kopf am Regal. Musste der Kerl sie eigentlich immer erschrecken? »Was schleichst du dich so an?«, schimpfte sie ungehalten und rieb sich den Hinterkopf. Sie riss ihm das Taschentuch aus der Hand, schnäuzte sich und umrundete den Tresen.

»Ich tue es nie wieder«, versprach er und hob die Finger wie zum Schwur. Da er wie angewurzelt stehen blieb und sie nicht aus den Augen ließ, schob sie sich kurzerhand an ihm vorbei zum Eingang. Sie nahm das Schild mit den Öffnungszeiten vom Haken und hängte das andere auf. »Soll ich noch abschließen?«, fragte sie herausfordernd und drehte sich zu ihm um.

»Nur, wenn du Angst hast, wir verdrücken uns klammheimlich, bevor wir die Zeche bezahlt haben«, witzelte Trevor. Er wechselte von einem Bein auf das andere, fuhr sich durch die Haare. »Du musst das verstehen, Jessie. Das richtet sich nicht gegen dich. Aber solange wir noch in der Planungsphase sind, müssen wir strikte Geheimhaltung wahren. Für uns hängt 'ne Menge vom Gelingen dieses großen

Bauvorhabens ab. Falls die Konkurrenz Wind bekommt, machen die uns die Investoren abspenstig.«

Jessie horchte auf. Ein Bauvorhaben in dieser Gegend? Bisher hatte sie nichts davon gehört. In Busby werkelte jeder selbst an seinem Cottage herum. Soweit ihr bekannt war, wollte auch niemand Land verkaufen. Den von den Vätern ererbten Grundbesitz hielt man in Ehren.

»Das klingt spannend. Was genau plant ihr denn?« Sie suchte seinen Blickkontakt, doch er wich ihr aus.

Es war nicht zu übersehen, wie er mit sich kämpfte. »Ich würde ja gern, aber mir sind …«

»Vergiss es«, unterbrach sie ihn sofort. »Ich hab schon verstanden, dass du mit mir nicht darüber reden darfst. Aber einen Versuch war es doch wert.« Sie wollte zurück in die Teestube, doch er stellte sich ihr in den Weg. »Gehst du mit mir essen? Wir sind noch die ganze Woche in der Gegend. Wie wäre es mit Dienstagabend?«

»He, Sohnemann, wo bleibst du?«, ertönte nebenan der Bass seines Vaters. »Wir brauchen deine Pläne. Und sag der Kleinen, dass die Teekannen schon leer sind. Nachschub muss her, am besten noch heute.«

»Sofort, Dad«, antwortete Trevor und schaute Jessie fragend an.

Die Absage lag ihr auf der Zunge, doch sie besann sich rasch. Was sprach gegen ein unverbindliches Abendessen? Mit etwas Glück würde es ihr sicher gelingen, ihm im Laufe des Abends einige Details des Bauvorhabens zu entlocken. Schließlich ging es um ihr Dorf, die Bucht, in der sie aufgewachsen war. Sie liebte die zerklüfteten Felsen, die Weiten der Felder. Es wäre nicht das erste Mal, dass geldgierige Investoren versuchten, diese idyllische Landschaft mit einem Hotelklotz zu verschandeln.

»Ich überlege es mir«, sagte sie und lächelte ihn an. »Deine Telefonnummer habe ich ja.« Im Vorbeigehen streifte sie seinen Arm. »Kommst du? Der Boss wartet auf deine Pläne und frischen Tee.« Schwungvoll öffnete sie die Tür, registrierte zufrieden, dass die Kuchenvitrine fast leer war. »Der Tee kommt sofort. Kann ich sonst noch etwas für Sie tun, meine Herren?«

»Ja, für mich«, flüsterte Trevor dicht hinter ihr. »Geh mit mir essen, Jessie.«

»Wenn es nicht zu viele Umstände macht, hätten wir gern noch eine Platte mit diesen köstlichen Lachssandwiches«, meldete sich der Boss ungewohnt freundlich. Kuchen und Tee schienen ihre Wirkung nicht verfehlt zu haben, stellte Jessie schmunzelnd fest.

»Sehr gern«, flötete sie.

Die Männer schienen so sehr in ihre Arbeit vertieft, dass sie kaum Notiz von ihr nahmen. Kurzerhand schlängelte sie sich an ihnen vorbei.

»Wir reden also von zehn Einheiten, genau hier«, sagte ihr Boss und tippte auf eine Landkarte, die auf dem Tisch ausgebreitet lag.

Sie versuchte, einen Blick darauf zu erhaschen, doch Trevor schob sich an ihr vorbei und versperrte ihr die Sicht.

»Moment, Dad. Bevor du weiterredest, schau dir lieber mal meine Vorschläge an.« Über die Schulter warf er ihr einen flehenden Blick zu. »Bitte, Jessie«, formte er mit den Lippen und deutete mit dem Kopf in Richtung Teeküche.

Sie nickte nur, griff sich die leeren Thermoskannen vom Tisch und eilte in die Küche. Kaum hatte sie die dritte Kanne mit Tee gefüllt, tauchte Trevors Gesicht im Türspalt auf. »In spätestens einer halben Stunde sind wir mit der Besprechung durch. Könntest du vielleicht solange hier …?«

»Ich habe sowieso noch in der Küche zu tun«, unterbrach sie ihn und belegte ein weiteres Sandwich mit Lachs. »Wenn du einen Moment wartest, kannst du Tee und Brote gleich mitnehmen.« Sie hielt ihm die vollen Thermoskannen entgegen. »Bring die bitte schon an den Tisch.«

»Okay«, sagte er und nahm ihr die Kannen ab. »Bin sofort wieder da.«

»Keine Angst, ich laufe nicht weg«, rief sie ihm hinterher. »Jedenfalls nicht, bevor ich kassiert habe.«

Sie hatte gerade die Kresse auf den Sandwiches verteilt, da tauchte Trevor in der Küche auf. »Tolle Aussicht hast du hier.« Er stellte sich vor das Fenster, schaute in den Garten. »Dieser sanfte Hügel, die unverbaute Lage«, schwärmte er und schnappte sich die Silberplatten mit den Lachsbroten. »Weißt du, wem die Felder hinter dem Garten gehören?«

»Keine Ahnung.« Sie zuckte mit den Schultern und hielt ihm die Tür auf. »Warum interessiert dich das?«

»Ach, nur so. Reine Neugier. Ist auch nicht so wichtig«, entgegnete er und hatte es plötzlich eilig, zurück in die Teestube zu kommen.

Kopfschüttelnd schloss sie die Tür hinter ihm. So leicht ließ sie sich nicht täuschen. Sie hatte das begehrliche Aufleuchten in seinen Augen gesehen, als er nach draußen schaute. Der Mann checkte ab, welches Grundstück für das Bauvorhaben infrage kam. Wenn der wüsste! Das Land, an dem Trevor so offenkundig Interesse zeigte, gehörte seit Generationen ihrer Familie. Wie hatte sie das nur vergessen können? Die jährliche Pacht, die Farmer Barton dafür zahlte, floss auf Mauras Sparkonto. Ihre *eiserne Reserve* hatte sie es immer genannt und sich geweigert, nur einen Cent davon abzuzwacken. Da Jessie die Erbin ihrer Tante war, würde dieser Besitz jetzt an sie übergehen. Der Termin beim Notar stand für nächste Woche an. Dann würde sie das Erbe offiziell antreten. Sie jubelte innerlich. Mit den eisernen Reserven ihrer Tante kam sie vielleicht sogar ohne Nebenjob über den Winter. Am liebsten wäre sie auf der Stelle nach oben gerannt, um nachzuschauen, wie viel Geld auf dem Konto war.

Sie zermarterte sich den Kopf darüber, wo Maura dieses Sparbuch verwahrte, da tauchte Trevor in der Küche auf. »Wir sind für heute fertig. Danke für deine Geduld, Jessie.« Er strahlte sie an. »Hast du schon über meine Einladung nachgedacht?«

»Ja«, erwiderte sie und wandte ihm den Rücken zu. »Wann holst du mich ab?« Mit stoischer Gelassenheit addierte sie die Getränke und verzehrten Speisen auf einem Rechnungsblock. Trevor trat neben sie, strich ihr über den Handrücken.

Sie wich einen Schritt zurück und legte den Kugelschreiber aus der Hand. »Ein Abendessen. Von mehr war nicht die Rede.«

»Schauen wir mal«, sagte er lachend und küsste sie flüchtig auf die Wange.

Empört funkelte sie ihn an. »Lass mich die Rechnung fertigstellen.« Sie zog den Block zu sich heran und schrieb die Endsumme unter die Zahlen. »Das macht dann 246,80«, teilte sie ihm geschäftig mit und reichte ihm den Beleg.

Ohne einen Blick darauf zu werfen, zog er ein Geldbündel aus der Gesäßtasche und drückte ihr drei Hunderter in die Hand. »Stimmt so.«

Kapitel 7

Was für ein aufregender Tag! Jessie knipste das Licht in der Teestube aus und zog die Haustür hinter sich zu. Diesen Ansturm hatte sie gemeistert. Und nicht nur das, Mr McKenzie war so angetan von ihren Kuchen und Sandwiches, dass er seinen erneuten Besuch für nächsten Donnerstag angekündigt hatte. Diesmal mit einer kleineren Gruppe. Ihre Freude über den zu erwartenden Umsatz hielt sich jedoch in Grenzen. Auf Busby rollten Veränderungen zu, und sie bezweifelte, dass die zum Besten für ihren Ort waren. Zuerst das Kündigungsschreiben der Post, dann diese undurchsichtigen Bauleute. Es war Zeit, die Freunde zu informieren.

Jessie atmete durch und vergrub die Hände in den Jackentaschen. Zielstrebig marschierte sie zum Pub. Vor der dunkelgrünen Eingangstür blieb sie stehen, lauschte dem Stimmengewirr, das durch die gekippten Fenster drang, und linste durch die Butzenscheiben. Dan, Steve, Angus und Tommy standen vor dem Tresen und diskutierten lautstark mit Fergus und Sean. In der Lounge spielten Lena, Nora, Kathy und Sheila Karten. Jessie konnte es kaum erwarten, sich zu ihnen zu gesellen.

»Hallo miteinander«, grüßte sie beim Betreten des Gastraums. »Ihr glaubt nicht, wer heute bei mir in der Teestube war.«

»Ha«, schnaubte Fergus hinter dem Tresen. »Das wissen wir doch längst.«

Farmer Tommy starrte finster in sein Bierglas. »Die Kerle halten sich für besonders schlau. Parken ihre Firmenwagen mit der fetten Aufschrift ›McKenzie Bau‹ am Ortsausgang. Damit bloß keiner mitbekommt, wer da über unsere Felder und Weiden latscht. Aber nicht mit mir!« Drohend hob er eine Faust. »Von mir bekommen die kein Morgen Land.«

»Warte doch erst mal ab, was die vorhaben«, mischte sich Fischer Angus ein.

»Ja, genau«, bekräftigte Kathys Mann Steve und winkte Jessie an den Tresen. »Du hast doch sicher das eine oder andere Wort aufgeschnappt, als sie bei dir in der Teestube waren.«

»Von wegen.« Sie schälte sich aus der Jacke und hängte sie über einen Barhocker. Als Fergus ihr ungefragt ein Guinness reichte, trank sie durstig und wischte sich den Schaum von den Lippen. »Ich habe vielleicht einen Brand. Vor lauter Aufregung habe ich das Trinken total vergessen.«

Die Männer scharten sich um sie. »Warte einen Moment, bevor du uns nähere Details über deine Gäste erzählst. Ich hole Lou und Claire dazu. Die bringen gerade Nelly ins Bett«, erklärte Sean und verschwand im Flur. Kurz darauf kehrte er mit den beiden zurück. Inzwischen hatten die Frauen in der Lounge ihre Karten aus der Hand gelegt und gesellten sich zu Jessie an den Tresen.

Kathy stupste sie in die Seite. »Spann uns nicht länger auf die Folter. Raus mit der Sprache: Was planen die hier?«

»Denkt bloß nicht, dass ich schlauer bin als ihr. Jedes Mal, wenn ich aus der Küche kam, verstummten die Gespräche. Ich musste sogar das Schild ›Geschlossene Gesellschaft‹ an die Tür hängen.« Sie lächelte verschmitzt. »Der Juniorchef hat mich für nächsten Dienstag zum Essen eingeladen.«

»Du hast hoffentlich abgelehnt«, knurrte Tommy. »Erst macht er dir schöne Augen, dann quatscht er dir das Grundstück hinterm Haus ab.«

Seine Frau Nora nahm ihm das Bier aus der Hand und leerte das halb volle Glas mit einem Zug. »Du hattest genug, mein Schatz. Ich habe heute Abend noch was mit dir vor.«

»Hört, hört.« Sean tauschte mit seiner Frau verliebte Blicke aus. »Aber Spaß beiseite. Wenn Jessie schlau ist, flirtet sie an diesem Abend ein bisschen mit dem Typ und horcht ihn ganz nebenbei aus.«

»Genau das habe ich vor«, entgegnete sie grinsend und zog Sheila zu sich heran. »Du bist mir vielleicht eine untreue Tomate. Warum meldest du dich nicht? Ich dachte, du wärst noch im Krankenhaus.«

Sheila kramte ihr Smartphone aus der Handtasche und hielt es ihr ans Ohr. »Da, hör selbst. Der Teilnehmer ist momentan nicht erreichbar.«

»Shit«, fluchte Jessie. »Wahrscheinlich ist der Akku leer. Vor lauter Hektik habe ich es heute Morgen total vergessen.« Sie beugte sich vor und begrüßte Seans Mutter mit Wangenkuss. »Deine Kuchen waren der Renner. Bis auf zwei Stücke Apfelkuchen und fünf Muffins ist meine Vitrine leer.«

»Dann müssen wir schnell für Nachschub sorgen«, raunte ihr Claire zu.

»Können wir später darüber reden?« Jessie seufzte. »Mir liegt noch etwas anderes auf der Seele.« Sie hob die Hand, um sich Gehör zu verschaffen. Längst diskutierten sich die Männer die Köpfe über die Baufirma heiß und nahmen keine Notiz mehr von ihr.

»Die Post hat mir gekündigt«, rief sie, so laut sie konnte.

Augenblicklich verstummten die Gespräche. Jessie trank ihr Glas leer und reichte es Sean. »Noch eins«, bat sie und zog den zerknitterten Brief aus der Hosentasche. »Hier, lest selbst.«

Claire nahm ihr das Schreiben aus der Hand und studierte den Inhalt mit gerunzelter Stirn. »Das können die doch nicht machen! Denken die allen Ernstes, wir würden für jeden Brief nach Sneem fahren?« Auf ihren Wangen erschienen hektische Flecke. Sie atmete schwer.

»Beruhig dich, Ma«, bat Sean besorgt und drückte ihr ein Cider in die Hand. »Trink etwas. Die Sache ist es nicht wert, dass du dich so aufregst. Wir finden schon eine Lösung.«

»Hör auf deinen Sohn, liebe Schwiegermama, und denk an dein Herz. Wir brauchen dich noch.« Lou lächelte Claire aufmunternd an und warf Sean einen Luftkuss zu.

Jessie war fast ein wenig neidisch auf das junge Wirtspaar. Die beiden harmonierten perfekt. Beide hatten ihren Herzensmenschen gefunden. Warum geriet sie selbst immer an die falschen Männer? Ertappt griff sie zum Glas und trank einen Schluck, als Lou sie anschaute.

»Ich zapfe uns noch eine Lage Guinness, und dann setzen wir uns alle ins Hinterzimmer und reden in Ruhe«, schlug die junge Wirtin vor. Sie griff hinter sich ins Regal, stellte zwei Gläser unter die Zapfhähne und schaute Richtung Tür. »Pst«, zischte sie, legte einen Finger über die Lippen und deutete auf den Eingang, wo sich der Samtvorhang bauschte und einen Schwall kühle Luft in den stickigen Pub brachte. »Warten wir lieber ab, wer da noch so spät zu uns stößt.«

»Falls ihr McKenzie und seine Leute erwartet, muss ich euch leider enttäuschen. Die sind gerade Richtung Sneem gefahren«, meldete sich Pfarrer Donnelly in der offenen Tür. Trotz der Kälte trug der stämmige Mann nur ein Sweatshirt zu einer zerschlissenen Jeans. Schweißperlen glänzten auf seiner Stirn.

»Tür zu«, fuhr Claire ihn an. »Zugluft ist nicht gut für eine Schwangere.«

»Lass nur!«, winkte Lou lachend ab. »So zimperlich bin

ich wirklich nicht. Der frische Wind, den Donnelly mitbringt, wird hier einige hitzige Gemüter kühlen.« Sie hielt ein Pintglas unter den Zapfhahn. »Kilkenny wie immer, Herr Pfarrer?«

»Sehr umsichtig, meine Liebe.« Er bahnte sich einen Weg zum Tresen. Schnaufend schob er die Ärmel hoch. »Soso. Ihr habt also auch mitbekommen, wer uns da besucht hat?« Er nickte Lou dankbar zu, nahm ihr das bis zum Rand gefüllte Glas ab und trank in großen Schlucken. »Bin wohl doch etwas zu schnell rübergelaufen. Aber die Sache duldet keinen Aufschub. Wir müssen handeln.«

Jessies Magen kollerte laut. »Sorry.« Verlegen presste sie eine Hand auf den Bauch. »Der Brief ist mir auf den Magen geschlagen. Vor lauter Aufregung konnte ich nichts essen.« Sie blinzelte sehnsüchtig zu den Chipstüten, die hinter dem Tresen im Regal lagen. »Gibst du mir bitte eine«, bat sie Lou.

Die junge Wirtin schüttelte den Kopf. »Nicht auf leeren Magen. Sean wärmt dir schnell eine Portion Lauchsuppe auf. Die magst du doch?«

Jessie lief das Wasser im Mund zusammen. »Mit Sodabrot?«

»Ne«, erwiderte Sean. »Das ist leider aus. Aber du kannst gern eine Scheibe Kartoffelkuchen bekommen.«

»Für mich bitte dasselbe, wenn es keine Umstände macht.« Der Pfarrer schnalzte genießerisch mit der Zunge. »Aber dann reden wir.«

»Setzt euch schon mal ins Nebenzimmer. Ich bringe das Essen rüber«, bot Sean an und marschierte in die Küche.

Pfarrer Donnelly eilte vorweg und schob zwei der großen Tische vor den Kamin. Fergus stocherte in der Glut und legte Torfscheite nach. Schon bald loderten die Flammen wieder hell auf.

Jessie löste sich vom Anblick des knisternden Feuers und nahm Lou das volle Tablett aus der Hand. »Du sollst doch nicht so schwer tragen«, sagte sie augenzwinkernd. Als hätte sie ihr Leben lang nichts anderes getan, balancierte sie geschickt ihre Last zum Büfettschrank und stellte die Gläser darauf ab. »Bedient euch bitte selbst«, bat sie die Freunde, die ihr gefolgt waren. Dann half sie Dan und Steve beim Stühlerücken. Alle versammelten sich um die Tische.

Claire drängte ihre Schwiegertochter, sich zu setzen. »Leg die Füße hoch. Du hast heute lange genug hinter dem Tresen gestanden. Das kann Fergus jetzt übernehmen.«

»Okay. Ich ergebe mich in mein Schicksal.« Lou zog sich einen gepolsterten Lehnstuhl vor das Feuer, kuschelte sich hinein und legte die Beine auf einem Stuhl ab. »Komm zu mir, Jessie«, bat sie und klopfte auf die Bank, die neben dem Stuhl stand. »Und du auch, Sheila.« Sie nickte der rothaarigen Weberin zu, die unschlüssig am Büfettschrank lehnte. »Du musst dich doch sicher noch schonen nach deiner Blinddarm-OP, bist ja ganz blass um die Nase.« Sie strahlte, als ihr Mann mit einer Tasse Suppe auf sie zukam.

»Ein kleiner Nachtimbiss für meine Liebste«, sagte er und küsste sie zärtlich auf die Stirn. Rasch versorgte er Jessie und Pfarrer Donnelly mit Lauchsuppe. »Der Kartoffelkuchen kommt sofort. Der knuspert noch in der Pfanne nach«, teilte er ihnen beim Hinauseilen mit.

Jessie löffelte heißhungrig die cremige Suppe. Sie strahlte Sean an, als er ihr eine dicke Scheibe Boxty servierte. »Du bist der beste Koch des County.«

»Das kann ich nur bestätigen«, nuschelte der Pfarrer und wischte sich den Mund mit einer Papierserviette ab. »Kommen wir zur Sache.« Er faltete die Hände über dem Bauch und murmelte ein kurzes Dankgebet.

Angus knuffte seinen Freund Donnelly in die Seite. »Lass uns nicht schmoren, Pfarrer. Wir sind alle müde. War ein verdammt langer Tag.«

»Darf ich vorher noch etwas sagen?« Jessie schaute fragend in die Runde. »Die Sache mit der Post lässt mir keine Ruhe.« Sie schob dem Pfarrer das Anschreiben zu. »Davon wissen Sie sicher noch nichts.«

Er räusperte sich, ehe er laut vorlas, was die Postdirektion Jessie mitgeteilt hatte. »Da muss man doch Protest einlegen können«, brummte er. »Soll ich die mal anrufen?«

Fergus verließ seinen Platz an der Tür und begab sich zum Kopfende des Tisches. Die Hände auf die Tischplatte gestützt, schüttelte er den Kopf. »Das wird nichts bringen. Gestern stand in der Zeitung, dass in einigen kleinen Orten die Poststellen geschlossen werden. Es sollen dort wohl Packstationen aufgestellt werden.«

»Jetzt, wo du es sagst, fällt's mir wieder ein. So ein großer grüner Kasten steht in Caherdaniel neben dem Pub. Ich habe mich noch gewundert, was das ist«, mischte sich Steve ein. Seine Frau Kathy langte über den Tisch nach Jessies Hand und drückte sie kurz. »Kommst du finanziell zurecht ohne die Aufwandsentschädigung der Post?«

»Falls nicht, kann sie gern abends im Pub aushelfen«, bot Fergus sofort an. »Unsere Lou könnte dann eher Feierabend machen.«

Jessie wurde es ganz warm ums Herz bei so viel Hilfsbereitschaft. Dankbar lächelte sie die Freunde an. »Lieb, dass ihr euch um mich sorgt. Aber ich komme schon klar. Ich habe noch die Pacht für das Grundstück. Falls ich mal knapp bei Kasse bin, komme ich gern auf euer Angebot zurück. Wichtiger ist doch, dass ihr in Zukunft nicht für jeden Brief nach Sneem fahren müsst.« Sie seufzte und sah Hilfe suchend zu Donnelly. »Könnten Sie vielleicht dazukommen, wenn dieser Postmensch bei mir auftaucht?«

Er lächelte sie aufmunternd an. »Genau das wollte ich dir gerade vorschlagen. Mach dir keine Sorgen, gemeinsam wird es uns sicher gelingen, einen fairen Deal mit der Post auszuhandeln.«

Jessie atmete erleichtert auf. »Danke. Jetzt ist mir schon wohler.« Sie zögerte einen Moment. »Das hätte ich fast vergessen. Dieser Trevor McKenzie deutete an, dass sie nächste Woche mit den potenziellen Investoren in die Teestube kommen. Das heißt doch …«

Sean klopfte mit der Faust auf den Tisch. »Die haben weder das Grundstück noch das nötige Kapital für ihr Bauvorhaben. Lediglich einen Plan.« Er fuhr sich durch die roten Locken und grinste breit. »Wenn wir uns alle einig sind, stellen die keinen Bagger auf unseren Boden.«

»Von mir bekommen die nicht einen Fußbreit«, wetterte Tommy.

Dan und Steve sahen sich an und nickten. »Von uns auch nicht.«

»Dieser Trevor kann mir noch so schöne Augen machen – unser Grundstück bekommt der nicht«, zischte Jessie. »Maura würde sich im Grab umdrehen, wenn ich das Erbe unserer Vorfahren verscherble.«

Alle redeten wild durcheinander, bis der Pfarrer mit dem Löffel an das Bierglas klopfte. »Ihr habt das Gelände unterhalb des alten Dorffriedhofs vergessen. Das gehört der Kirche. Bedenkt nur diese einmalige Lage. Der Blick von dort über die Bucht.« Er kniff die Augen zusammen. »Wenn die Baufirma das spitzbekommt, unterbreitet sie dem Bischof garantiert ein Angebot. Und so, wie ich meinen Chef kenne, lässt der sich das Geschäft nicht entgehen.«

»Verdammter Mist!«, knurrte Fergus. »Kann man denn da gar nichts machen?«

Steve sprang auf, lief vor dem Fenster auf und ab. »Das Nachbargrundstück gehört Edward. Oder liege ich da falsch?«

»Worauf willst du hinaus, Bruderherz?« Dan schaute ihn fragend an, kaute auf seiner Unterlippe. »Zum Grundstück der Kirche gelangt man nur über Eds Weide. Eine andere Zufahrtsmöglichkeit gibt es nicht.«

»Das heißt doch …« Jessie verschluckte sich vor Aufregung an ihrer Spucke und hustete. »Die Baufirma müsste eine Zufahrtsstraße über Edwards Wiese bauen. Und dazu braucht sie seine Zustimmung.«

»Genial!« Fergus klatschte in die Hände. »Jetzt müssen wir unseren Tierarzt nur noch mit ins Boot holen. Am besten, einer von uns geht bei ihm vorbei.«

»Das kann ich übernehmen«, schlug Jessie vor und senkte verlegen den Blick, als alle zu ihr herüberschauten. »Er hat seinen Lederhut bei mir vergessen. Den wollte ich ihm morgen vorbeibringen, und bei der Gelegenheit könnte ich …«

»So?« Claire beugte sich vor und schaute ihr schmunzelnd in die Augen. »Du und Edward?«

Jessie funkelte sie an. »Was du schon wieder denkst! Er kam in die Teestube, um mir sein Beileid persönlich auszusprechen. Mehr war da nicht!«

Kapitel 8

Dichter, feuchter Nebel hing in der Luft. Die Wiese unter ihren Füßen schmatzte bei jedem Schritt. »Verdammte ›greying days‹«, fluchte Jessie. Fröstelnd zog sie die Wollmütze tiefer ins Gesicht. Tristes Novemberwetter, wie sie das hasste. Am liebsten hätte sie sich jetzt mit einer Tasse Kakao auf die Couch gekuschelt und sich in ihren neuen Liebesroman vertieft. Aber sie hatte ja eine Mission zu erfüllen.

Jessie zurrte die Gurte ihres Rucksacks fester und atmete durch. Es war lange her, dass sie diesen Hügel hinaufgewandert war. Sooft es ihre knappe Freizeit zuließ, zog es sie in die Anne's Bay. Dann spazierte sie am Meeressaum entlang, döste auf einem der zahlreichen Felsen oder wanderte zur Klosterinsel Abbey Island. Wenn ihr der Wind durch das Haar strich, sie das Salz auf den Lippen schmeckte, fiel der Alltagsstress von ihr ab.

Sie verschnaufte einen Augenblick und schaute sich um. Wie karg die Weiden oberhalb des Dorfes waren! Hier fegte der raue Ostwind über die steinigen Felder, zerrte an Bäumen und Büschen. Jessie stellte sich auf die Zehenspitzen und versuchte, einen Blick auf den Atlantik zu erhaschen. Doch der tief hängende Nebel hüllte das Dorf ein und versperrte ihr die Sicht.

Zielstrebig wanderte sie weiter. An einer knorrigen Eiche entdeckte sie ein verwittertes Holzschild, das ihr den Weg zum alten Friedhof wies. Erinnerungen tauchten auf. Sie sah sich mit den Klassenkameradinnen über die Weiden hüpfen. Vorneweg gemessenen Schrittes ihre Lehrerin. Am keltischen Hochkreuz mahnte sie ihre Schützlinge, leise zu sein, und wanderte mit ihnen durch die Grabreihen. Sie erzählte vom harten, entbehrungsreichen Leben der Menschen, die dort begraben waren, von der großen Kartoffelfäule, die so vielen den Tod brachte. Unter Anleitung von Miss Gilian befreiten die Kinder die Grabsteine vom Moos. Voller Stolz hatte Jessie damals die Namen ihrer Urgroßeltern freigekratzt. Inzwischen wucherte das Unkraut sicher kniehoch auf dem Grab.

Ein letzter sehnsuchtsvoller Blick zum Hochkreuz, das stumme Versprechen, wiederzukommen, dann setzte sie ihren Weg fort.

Ihre Zunge klebte am Gaumen. Unter ihrer wattierten Winterjacke staute sich die Hitze. Rasch zerrte sie die Trinkflasche aus dem Seitenfach des Rucksacks. Das eiskalte Wasser schmerzte sie an den Zähnen, und sie ärgerte sich, keine Thermoskanne Tee eingesteckt zu haben. Ob Edward sie auf eine Tasse hereinbitten würde? Soweit sie gehört hatte, lebte er allein auf dem alten Hof seiner Eltern.

Sie folgte dem Hinweispfeil, der auf einen Felsen gemalt war. »Zum Tierarzt«, stand darunter. Zwischen den Steinwällen tauchte die Zufahrt zu Edwards Cottage auf. Sie schritt schneller aus, freute sich auf eine Verschnaufpause in der warmen Stube, einen netten Plausch unter Freunden.

»Träum weiter, Jessie«, schalt sie sich. »Vielleicht ist Ed in irgendeinem Stall und hilft einer Kuh beim Kalben. Dann hast du den ganzen Weg umsonst auf dich genommen.« Um sicherzugehen, dass er zu Hause war, kletterte sie auf die Steinmauer und spähte zum Wohnhaus hinüber. Erleichtert atmete sie auf. Sein Wagen parkte neben der Scheune.

»Perfektes Timing«, murmelte sie. Ab sechzehn Uhr dampften in fast allen irischen Haushalten die Wasserkessel: Zeit für den Nachmittagstee. Sie hatte vier Scheiben vom frisch gebackenen Früchtekuchen im Rucksack. Ob Edward sich über ihren Besuch freuen würde? Seinetwegen hatte sie die Teestube bereits um vierzehn Uhr geschlossen. Seufzend gestand sie sich ein, dass bei diesem grauen Wetter sowieso kein Gast gekommen wäre. Die lagen garantiert alle auf der Couch und schauten sich im Fernsehen das Qualifikationsspiel der irischen Nationalmannschaft an.

Übermütig hüpfte sie von der Mauer, rannte auf das Cottage zu, stoppte jedoch abrupt, als sie das zweite Auto neben dem Haus entdeckte. Ein kleiner knallroter Flitzer. Ein Sportwagen von der Sorte, auf die manche Frauen abfuhren. Wem der wohl gehörte? Wie eine Diebin schlich sie zu einem mannshohen Rhododendron und linste zwischen den Zweigen durch eines der Fenster.

»Och ne!«, stöhnte sie und hielt sich die Hand vor den Mund. Die Situation war mehr als eindeutig. Edward saß Arm in Arm mit einer rot gelockten Schönheit vor dem knisternden Kaminfeuer. Die Frau schmiegte ihr Gesicht an seine Schulter, er streichelte ihr über den Rücken. Vor ihnen auf dem Tisch standen zwei Gläser Whiskey. Der Anblick des offensichtlich verliebten Paares versetzte Jessie einen kleinen Stich. Wie naiv von ihr, anzunehmen, dass dieser grau melierte Tierarzt keine Freundin hatte.

Mit hängenden Schultern schlurfte sie zur Eingangstür, nahm den Rucksack vom Rücken und zog Edwards Hut aus dem Hauptfach. Sie zögerte, überlegte, die Kopfbedeckung an die Türklinke zu hängen und sich wieder auf den Weg zu machen. Doch dann erinnerte sie sich an den eigentlichen Grund ihres Besuchs. Sie musste Edward so schnell wie möglich über die Pläne dieser Baufirma in Kenntnis setzen. Notfalls eben vor der Tür.

Entschlossen streifte Jessie die Wollmütze vom Kopf und stopfte sie in den Rucksack. Mangels eines Kamms fuhr sie sich mit den Fingern durch die Haare. Kaum hatte sie an die Tür geklopft, ertönte drinnen das aufgeregte Bellen eines Hundes. »Ruhig, Milli«, hörte sie Edward rufen. Gleich darauf wurde die Tür geöffnet, und das Fellknäuel flitzte an Ed vorbei auf sie zu. Der Dackel sauste um sie herum und wedelte freudig mit dem Schwanz.

Jessie drückte dem verdutzt dreinblickenden Edward den Hut in die Hand und ging in die Hocke, um sich einen feuchten Hundekuss abzuholen. Lachend kam sie wieder hoch. »Sorry, dass ich dich nicht zuerst begrüßt habe, Edward. Aber Mr Miller war eindeutig schneller.«

Er drehte den Lederhut in seinen Händen. »Du hättest den weiten Weg nicht auf dich nehmen müssen. Ich habe noch drei davon im Schrank.«

Jessie schluckte. Was hatte sie erwartet? Dass er ihr vor lauter Dankbarkeit um den Hals fallen würde? Doch nicht in dieser Situation, nicht in Anwesenheit seiner rothaarigen Freundin. »Tut mir leid, dass ich dein Date störe. Bin auch gleich wieder weg«, sagte sie unwirsch. »Aber vorher muss ich dir noch was Wichtiges sagen.« Als sie das Erstaunen in seinem Blick bemerkte, fügte sie rasch hinzu: »Es geht um die Zukunft unseres Dorfes.«

»Warte einen Moment.« Er schaute über die Schulter zu seiner Freundin. »Geht es dir besser, meine Liebe? Kannst du jetzt heimfahren? Wir telefonieren später noch einmal.«

Sie schnäuzte sich die Nase und nickte. »Muss ja, Ed.«

Lächelnd wandte er sich wieder Jessie zu und reichte

ihr die Hand. »Am besten fangen wir noch mal von vorn an.«

Zögerlich schlug sie ein. »Meinetwegen musst du deine Freundin nicht wegschicken. Sie kann gern hören, was ich dir zu sagen habe.« Sie trat einen Schritt zur Seite, als die rothaarige Frau neben Edward in der Tür auftauchte. »Bitte bleib doch«, bat sie.

Eds Freundin schüttelte den Kopf, schaute sie mit verheulten Augen an. »Nein, nein. Ist schon okay. Ich wollte ohnehin fahren. Zu Hause wartet ein hungriger Teenager auf mich.« Sie hauchte Edward einen Kuss auf die Wange. »Danke, du warst wundervoll«, murmelte sie und eilte zu ihrem roten Flitzer. »Ich warte auf deinen Anruf«, rief sie aus dem offenen Wagenfenster, ließ den Motor an und fuhr im Schritttempo die holprige Auffahrt hinunter.

Edward räusperte sich und blinzelte Jessie verlegen an. »Ich denke, ich muss da was richtigstellen. Setz dich bitte ans Feuer. Ich koche uns eine Kanne Tee.«

»Du schuldest mir keine Erklärung«, beteuerte sie, obwohl sie es vor Neugier kaum aushielt. »Aber einen Tee nehme ich gern.« Sie rief Milli zu sich, der einer Krähe hinterherjagte. Brav trottete er neben ihr ins Haus. Im Flur hockte er sich auf einen Abtreter und hob ein Pfötchen.

Edward reichte ihr einen Lappen von der Fensterbank. »Er möchte, dass du ihm die Pfoten abwischst. Moya hat ihm das neulich erst beigebracht.«

In dem engen Flur standen sie so nah voreinander, dass sein Atem ihre Wange streifte. Edward deutete auf den Garderobenständer. »Möchtest du die Jacke nicht lieber ausziehen? Im Wohnzimmer ist es mollig warm.« Er nahm ihr den Rucksack aus der Hand, stellte ihn unter die Garderobe. »Wanderst du gern?«

Er lenkt vom Thema ab, dachte sie und nickte nur. Als Milli sie mit der Schnauze anstupste, hockte sie sich vor ihn und wischte seine Pfötchen behutsam mit dem Baumwolltuch ab. »Braver Hund«, sagte sie und kraulte ihm das Fell. »An dich könnte ich mich gewöhnen.«

»Hund müsste man sein«, brummelte Edward und verschwand in der angrenzenden Küche.

»Soll ich ihm etwa auch die Füße abputzen?«, amüsierte sich Jessie. Kichernd schlüpfte sie aus ihrer Winterjacke und hängte sie an die Garderobe. Da sie ungern eine Spur von Lehmklumpen auf den Holzdielen hinterlassen wollte, zog sie die Wanderschuhe aus und tapste auf Socken ins Wohnzimmer. Milli rollte sich auf einer alten Decke vor dem Kamin ein. Müde blinzelte er sie an.

Sie stand unschlüssig neben dem Couchtisch und musterte die kuschelige Sofaecke. Viel zu intim für ein freundschaftliches Gespräch, entschied sie und setzte sich in den Sessel vor der Bücherwand. Zu ihrer Überraschung schmiegte sich das braune Leder an ihren Rücken, nahm sofort ihre Körperwärme an. Sie knipste die Stehlampe neben dem Sessel an und studierte die Titel auf den Buchrücken. Zwischen Krimis, Klassikern und jeder Menge Veterinär-Fachliteratur entdeckte sie zwei Romane von Jane Austen. *Stolz und Vorurteil* und *Emma*.

»Da sitze ich auch am liebsten«, teilte ihr Edward beim Hereinkommen mit. »Das gute Stück diente schon meinem Dad als Lesesessel.« Er stellte ein Tablett mit Teekanne und Tassen auf den niedrigen Couchtisch. »Leider kann ich dir nichts Süßes anbieten. Die letzten Cookies habe ich zum Frühstück verputzt.«

»Hast du die gelesen?« Jessie tippte auf die Jane-Austen-Bücher. »Ich liebe Mr Darcy.«

»Du bist nach der langen Wanderung sicher hungrig. Soll ich dir ein Sandwich belegen?« Edward schenkte Tee ein und schaute sie fragend an. »Milch und Zucker?«

»Ja, gern.« Sie sprang aus dem Sessel und tapste in den Flur. »Ich habe uns Früchtekuchen mitgebracht«, teilte sie ihm zwischen Tür und Angel mit. »Den hätte ich fast vergessen.« Mit der Tupperdose in der Hand kehrte sie zurück ins Wohnzimmer. »Wenn du es nicht weitersagst, verrate ich dir ein Geheimnis.« Jessie zwinkerte Ed zu. »Das ist der erste Kuchen, den ich ganz ohne Claires Hilfe gebacken habe. So langsam habe ich den Dreh raus. Das Backen macht mir inzwischen sogar Spaß.« Lag es an der gemütlichen Wohnstube, der wohligen Wärme? Jessie fühlte sich so entspannt wie schon lange nicht mehr.

»Dein Geheimnis ist bei mir sicher.« Lachend linste er in die Dose. »Da kann ich nicht widerstehen.« Er brach ein Stück Kuchen ab, schob es sich in den Mund und verdrehte beim Essen genießerisch die Augen. »Bevor ich mich über den Rest hermache, muss ich kurz nach nebenan in die Praxis. Inzwischen dürfte Cynthias Kater aus der Narkose erwacht sein. Möchtest du mich begleiten?«

»Cynthia, war das die Frau von eben?« Allmählich dämmerte es ihr. »Sie hat gar nicht deinetwegen geheult?«

Edward schüttelte verwundert den Kopf. »Wie kommst du denn darauf?«

Jessie schaute zum Feuer, spürte, wie ihr die Röte ins Gesicht stieg. »Sorry. Zu meiner Schande muss ich gestehen, dass ich euch durch das Fenster beobachtet habe. So, wie ihr zwei nebeneinander auf der Couch gesessen habt, sah das für mich aus, als wenn …« Sie schluckte den Rest des Satzes hinunter und blickte ihn verlegen an.

»Na ja, was soll ich dazu sagen?« Edward zuckte mit den

Schultern, seufzte so laut, dass Milli erschreckt von seiner Decke hüpfte und bellend zu ihm flitzte. »Da hörst du es. Mr Miller bestätigt gerade, dass meine Absichten bei Cynthia rein fürsorglich waren. Die Arme war total verstört, weil ich ihren kleinen Liebling operieren musste.«

»Verstehe«, murmelte Jessie.

Ihre Blicke trafen sich, einen Moment schwiegen sie sich an. Die peinliche Stille wurde durch Millis Fiepen unterbrochen. Wie auf Kommando prusteten beide los.

Edward wischte sich lachend eine Träne von der Wange. »Das Thema Cynthia können wir also getrost abhaken. Was wolltest du mir Wichtiges sagen?« Er marschierte in den Flur, schloss eine dunkle Eichenholztür neben der Küche auf und wartete, bis sie ihm folgte. »Habe ich dir eigentlich schon gesagt, dass ich mich über deinen Besuch freue? Sehr sogar.«

»Nicht, dass ich wüsste.« Sie knuffte ihn freundschaftlich in die Seite. »Zeigst du mir endlich deine Praxis? Ich war noch nie bei einem Tierarzt.«

Edward knipste das Licht im Behandlungszimmer an. Sie linste vorsichtig um die Ecke. »Das sieht ja fast genauso aus wie bei Jack. Nur dass du statt einer Untersuchungsliege einen Edelstahltisch hast«, stellte sie überrascht fest.

»Na ja, nicht ganz.« Ed deutete auf die Boxen und Käfige in einem Regal. »Das sind die Krankenzimmer für meine Übernachtungspatienten. Momentan habe ich nur Cynthias Kater zu Gast.« Er marschierte zu einer weißen Katzenbox, aus der jämmerliches Jaulen ertönte. »Na, Cesar, bist du wieder munter?«

Mr Miller schoss an Jessie vorbei, hockte sich vor die Box und knurrte Furcht einflößend.

»Das traut er sich nur, weil er genau weiß, dass Cesar nicht rauskann.« Ed hob tadelnd den Zeigefinger. »Sit, Milli«, kommandierte er laut. Der Dackel legte den Kopf schief. Ein letztes »Wuff«, dann warf er sich auf den Rücken.

»Kannst du Milli bitte festhalten, während ich den Kater untersuche?«, bat Edward. »Ich muss die Wundnaht kontrollieren.«

Jessie lockte Mr Miller zu sich und hob ihn auf den Arm. »Wir schmusen jetzt eine Runde«, raunte sie ihm zu.

»Du sagtest, es geht um die Zukunft unseres Dorfes?« Edward streifte sich Einweghandschuhe über und öffnete die Gittertür der Box. »Ganz ruhig, Cesar. Gleich bekommst du was Leckeres für die Nacht.« Behutsam tastete er den Rücken des Katers ab und nickte. »Eine kleine Narbe wirst du zurückbehalten, aber der Schönste bleibst du trotzdem.« Bevor er die Gittertür wieder verschloss, gab er Cesar ein Leckerli, in das er zuvor ein schmerzlinderndes Mittel gespritzt hatte.

Jessie kraulte Milli ausgiebig das Fell. Er schmiegte den Kopf in ihre Armbeuge, schloss genießerisch die Augen. »Also gut. Bringen wir das ernste Thema hinter uns, damit wir in Ruhe Tee trinken können«, murmelte sie.

»Mach es nicht so spannend.« Edward streifte die Handschuhe ab und entsorgte sie in einem Mülleimer. »Plant Sean etwa den Bau einer Disco?« Er lachte. »Wundern würde es mich nicht. So gern wie er und Lou das Tanzbein schwingen.«

»Tanzt du denn nicht gern?« Jessie setzte Milli auf den Boden und stellte sich neben Edward, um den Kater genauer in Augenschein zu nehmen. »Was fehlte dem armen Kerl denn?«

»Er hat sich mit einer Rolle Stacheldraht angelegt und dabei den Kürzeren gezogen. Ist halt ein richtiger Kampfkater. Wenn der jetzt fit wäre, würde er Milli durch die Praxis jagen.« Er legte einen Arm um ihre Schultern und führte sie aus dem Behandlungszimmer. »Ich bin ganz Ohr. Was kann ich zur Rettung von Busby beitragen? Soll ich mein Betäubungsgewehr schon laden?«

»Fürs Erste würde es genügen, wenn du McKenzie Bau keine Genehmigung für eine Zufahrtsstraße erteilst. Die werden sicher in den nächsten Tagen bei dir auftauchen.«

»So?« Er schloss die Praxistür hinter sich und führte Jessie zur Couch. »Ihr meint, die haben es auf das Grundstück unterhalb des alten Friedhofs abgesehen?«

Jessie kuschelte sich in die Kissen und hielt Edward die Kuchendose hin. »Bitte greif zu.« Nachdenklich schaute sie in die lodernden Flammen. »Bisher sind das alles nur Mutmaßungen. Aber vielleicht erfahre ich Dienstag mehr.«

Mit knappen Worten erzählte sie vom Besuch der Baufirma in ihrer Teestube. »Beim Essen werde ich den Juniorchef ganz nebenbei aushorchen«, schloss sie ihre Ausführungen.

Ed trank Tee und runzelte die Stirn. »Ich bin da etwas zwiegespalten. Einerseits verstehe ich eure Bedenken. Ich möchte auch keinen hässlichen Hotelkomplex vor meiner Nase haben. Aber andererseits finde ich, dass ein wenig mehr Tourismus unserem verschlafenen Dorf ganz guttun würde. Denk doch nur an die steigenden Umsatzzahlen in deinem Café.«

»Mmh.« Jessie pulte eine Rosine aus ihrem Kuchenstück und steckte sie sich in den Mund. »Du meinst also, wir sollten abwarten, was McKenzie Bau plant?«

Edward nickte. »Kennst du die Ferienhaussiedlung im Killarney Lakeland? Ökologisch und sehr ansprechend. Die

Holzhäuser fügen sich harmonisch in das Landschaftsbild. So was wäre hier sicher auch machbar.«

»Okay. Ich werde Trevor dazu mal auf den Zahn fühlen.« Sie lächelte verschmitzt. »Wenn ich meinen ganzen Charme spielen lasse, wer weiß …«

»Stopp!« Edward hob eine Hand und schaute sie entsetzt an. »Bitte tu nichts, was du hinterher bereust.« Seufzend fuhr er sich durch die Haare. »Sorry. Ich höre mich schon an wie ein alter Mann. Obwohl …« Er tippte sich an die Schläfe. »So langsam werde ich ein Greyhound. Was heißt hier *werde*, ich bin ein alter grauer Hund.«

Jessie schüttelte lachend den Kopf. »Das nenne ich mal Fishing for Compliments, Edward. Ich mag deine grauen Strähnen.« Sie schaute nachdenklich aus dem Fenster. »Jetzt haben wir uns total verquatscht. Leihst du mir eine Taschenlampe? Ich verlaufe mich sonst noch auf dem Rückweg.« Sie machte Anstalten, aufzustehen, doch Ed zog sie wieder auf die Couch. »Entspann dich, Jessie. Ich fahre dich später gern heim.«

Kapitel 9

»Lass dir doch nicht jede Laus einzeln aus dem Fell ziehen.« Sheila nahm sich Rührschüssel und Kochlöffel und kratzte die Reste des Kuchenteigs aus. Mit verzücktem Gesichtsausdruck schob sie sich den vollen Löffel in den Mund. »Lecker«, brummte sie.

»Warte, bis ich die Muffins aus dem Ofen hole. Gebacken schmeckt der Teig noch mal so gut.« Jessie klopfte sich auf die Schulter. »Meine erste eigene Kreation. Zimtmuffins mit Apfelstückchen. So richtig weihnachtlich.« Ungeduldig linste sie durch die verglaste Backofentür. »Fünf Minuten noch. Dann sind sie perfekt.«

»Mensch, Jess!«, stöhnte ihre Freundin. »Erzähl mir endlich, wie der Rest des Abends gelaufen ist. Ihr werdet doch nicht die ganze Zeit über diese Baufirma geredet haben.« Sie rückte näher, kitzelte sie unter dem Kinn. »Wie süß! Du wirst ja rot.«

»Ist doch kein Wunder bei der Wärme hier drin«, maulte Jessie. Energisch schob sie Sheila zur Seite. »Edward und ich sind Freunde. Mehr läuft da nicht. Wir haben festgestellt, dass wir beide gern wandern.« Dass er sie zu einem Ausflug ins Killarney Lakeland eingeladen hatte, behielt sie lieber für sich. »Ach ja.« Sie lächelte versonnen. »Wir haben lange über *Emma* diskutiert.«

»Sagtest du nicht gerade, die Frau, die bei Ed war, hieß Cynthia?« Die Freundin zwirbelte eine ihrer roten Locken um den rechten Zeigefinger. »Der Mann ist ja der reinste Womanizer.«

Lachend tippte Jessie ihr auf die Nasenspitze. »Dummerchen. *Emma* ist ein Roman von Jane Austen. Soll ich dir das Buch mal leihen?«

»Meinetwegen.« Sheila rollte mit den Augen. »Momentan fällt mir zu Hause die Decke auf den Kopf.«

»Wird Zeit, dass du wieder an den Webstuhl kommst. Wie lange bist du noch krankgeschrieben?« Jessie schnupperte. »Das duftet wie in der Weihnachtsbäckerei.«

Sheila zog einen Flunsch. »Bis Ende der Woche. Wieso fragst du? Willst du mich loswerden?«

»Bullshit! Ich bin doch froh, dass du mir an diesem tristen Montag Gesellschaft leistest.« Voller Vorfreude nahm Jessie die Topflappen vom Haken und öffnete die Backofentür einen Spalt weit. Sofort wehte ein Schwall heißer Luft durch die Küche. Ein Hauch von Zimt stieg ihr in die Nase. »Die backe ich Mittwoch auch für den Handarbeitstreff. Das kannst du Kathy schon mal sagen.« Sie klappte die Ofentür komplett auf, zog das Muffinblech heraus und stellte es auf ein Holzbrett auf dem Tisch. »Puh!« Schnaufend wischte sie sich mit dem Handrücken den Schweiß von der Stirn. »Das wäre geschafft!« Rasch kippte sie das Küchenfenster und legte die Schürze ab. »Aufräumen kann ich später.«

Sheila streckte die Hand nach einem Zimtmuffin aus, doch Jessie klopfte ihr auf die Finger. »Setz dich in die Teestube. Wir nehmen unseren Tee dort.« Sie gab der Freundin einen kleinen Klaps auf den Po. »So eine Schande, dass ich kein Kerl bin. Du siehst heute in deiner knackigen Jeans zum Anbeißen aus«, stellte sie anerkennend fest und setzte das Teewasser auf.

Sheila stolzierte, die Hände auf dem Rücken verschränkt, nach nebenan, riss das Fenster auf und lehnte sich weit hinaus. »Da hält gerade ein grüner Postwagen vor dem Haus«, rief sie aufgeregt. »Drin sitzt ein breitschultriger Mann und quatscht mit seinem Smartphone.«

»So früh schon?« Bei Jessie schrillte die innere Alarmglocke. Hastig stellte sie die Teekanne auf die Anrichte und nestelte das Handy aus der Gesäßtasche ihrer Jeans. »Geh ran, Donnelly«, flehte sie, da klingelte bereits jemand an der Tür.

»Ich bin so schnell rübergelaufen, wie ich konnte«, tönte die tiefe Stimme des Pfarrers im Schalterraum.

»Das nenne ich mal Gedankenübertragung. Sind Sie geflogen?«, wunderte sich Jessie. »Kommen Sie schnell in die Teestube.« Sie hielt ihm die Tür auf und deutete auf den Ecktisch, wo Sheila schon im Korbsessel lümmelte. »Es soll so aussehen, als wären Sie rein zufällig zum Tee hereingekommen.«

»Keine schlechte Idee.« Schwer atmend lockerte er den Kragen seines Talars. »Den habe ich mir extra übergeworfen, als ich den Postwagen vorbeifahren sah. Hätte nichts gegen eine Tasse einzuwenden.« Er hob den Kopf, schnupperte. »Und etwas Süßes dazu wäre auch nicht schlecht.«

Kommt sofort, lag ihr auf der Zunge, doch da läutete die Eingangsglocke erneut. Mit zwei Schritten war sie bei ihrer Freundin. »Koch, so schnell du kannst, eine Kanne Darjeeling und stell eine Platte mit Muffins auf den Tisch«, raunte sie ihr zu.

»Verstehe«, flüsterte Sheila. »Du willst den Postmenschen bestechen. Da bin ich dabei.« Pfeifend flitzte sie in die Küche.

Jessie nickte dem Pfarrer zu, setzte ein Lächeln auf und eilte in den Schalterraum. »Sorry, dass Sie warten mussten, aber ich war noch in der Küche beschäftigt.« Sie hielt dem groß gewachsenen Mann im grünen Overall die Hand hin.

»Die Höflichkeitsfloskeln können Sie sich sparen«, sagte er mürrisch. »Bringen wir die Sache so schnell wie möglich hinter uns. Muss gleich weiter ins nächste Kaff.« Er schaute an ihr vorbei in die Teestube, wo Sheila eine Etagere mit Zimtmuffins vor den Pfarrer stellte. Von jetzt auf gleich veränderte sich sein Gesichtsausdruck. Seine Augen strahlten, ein Lächeln umspielte seinen Mund. »Hallo«, sagte er mit rauer Stimme und nickte Sheila zu.

Sie warf kess ihre roten Locken zurück. »Hey, schöner Mann. Lust auf eine Tasse Tee und was Süßes?«

Ihm fiel die Kinnlade herunter. »Äh …« Er knetete seine Hände, trat von einem Bein auf das andere.

Jessie blieb gebannt stehen und beobachtete die beiden. Wenn ihre Freundin etwas beherrschte, dann war es die Kunst der Anmache. Und diesen Kerl hatte sie so was von an der Angel. »Ja, bitte nehmen Sie doch einen Moment in der Teestube Platz«, mischte sie sich ein. »Sheila bedient sie gern.« Mit erhobenem Daumen signalisierte sie ihr, weiter zu flirten.

»Na ja, gegen eine kleine Pause ist wohl nichts zu sagen. Hatte heute Morgen noch keine Zeit zum Frühstücken«, entgegnete er. Mit zwei Fingern fuhr er sich durch die kurzen braunen Haare, warf sich in die Brust und marschierte schnurstracks auf Sheila zu. »Nick, ich heiße Nick«, stotterte er. »Arbeitest du hier?«

»Hock dich zu mir, mein Junge.« Pfarrer Donnelly winkte ihn huldvoll an seinen Tisch. »Was verschlägt dich in unsere Provinz?« Er wechselte einen Blick mit Jessie und nickte. Wie es schien, hatte er Sheilas Taktik durchschaut und spielte mit.

»Aber wirklich nur kurz, Hochwürden«, stammelte der junge Mann und nahm am anderen Ende des Tischs Platz.

Sofort war Sheila an seiner Seite und schenkte ihm Tee ein. »Die Zimtmuffins musst du unbedingt probieren. Die haben wir heute Morgen frisch gebacken«, säuselte sie. Wie zufällig streifte sie seinen Arm.

»Sehr verführerisch«, murmelte er und schmachtete sie an.

Mit Besorgnis sah Jessie das begehrliche Leuchten in den Augen der Freundin. Längst schien die Sache für sie kein Spiel mehr zu sein. Sheila hatte sich in den Mann verguckt, blendete den eigentlichen Zweck der ganzen Aktion komplett aus. Zeit, dass sie eingriff.

Jessie räusperte sich und warf Donnelly einen flehenden Blick zu. Er schlug sich mit der flachen Hand vor die Stirn. »Um ein Haar hätte ich den Brief an den Bischof vergessen.« Umständlich kramte er in der Seitentasche seines Talars und förderte einen dicken weißen Umschlag zutage. »Kannst du den bitte als Eilbrief versenden? Der Bischof erwartet eine schnelle Antwort.«

»Das tut mir leid, Herr Pfarrer.« Sie legte etwas Weinerliches in ihre Stimme. »Aber ich muss Sie bitten, Ihre Post ab sofort in Sneem aufzugeben. Meine Poststelle« – sie seufzte laut – »wird wegrationalisiert.«

»So ist es.« Sheila schniefte. »Es bricht mir das Herz, wenn meine beste Freundin ihre Teestube schließen muss, weil ihr die Zusatzeinnahmen von der Post fehlen.« Sie wandte sich ab und schnäuzte sich dezent die Nase.

»Verdammt!« Nick sprang so hektisch auf, dass die Teekanne auf dem Stövchen schepperte. »Ich erledige doch auch nur meinen Job. Denkt ihr, mir macht es Spaß, quer durchs Land zu kurven und alle kleinen Poststellen zu schließen?« Wie ein Tiger im Käfig lief er zwischen Schalterraum und Teestube auf und ab.

»Bitte nimm wieder Platz«, flehte Sheila und stellte sich ihm in den Weg. »Nimm dir das doch nicht so zu Herzen.« Sie legte eine Hand auf seine Brust, schaute ihm in die Augen. »Wir möchten auf keinen Fall, dass du Ärger mit deinem Boss bekommst. Aber gibt es denn gar nichts, was du für uns tun kannst?«

Er zuckte mit den Schultern, kaute auf der Unterlippe. »Servicecenter«, murmelte er und raufte sich die Haare.

»Bitte, Nick. Setz dich mit uns zusammen und rede mit uns«, bat Jessie. »Es gibt doch nichts, was man nicht bei einer Tasse Tee und einem kleinen Imbiss klären kann.« Mit einer einladenden Geste deutete sie auf den Tisch. »Falls du lieber etwas Herzhaftes magst, kann ich dir auch gern ein Sandwich bringen.«

»Na gut«, brummelte er, beugte sich vor und raunte Sheila etwas zu. Sie nickte, strich ihm über den Arm. »Es ist mir wirklich ernst. Ich würde dich gern wiedersehen, Nick.« Sie nahm seine Hand und zog ihn zum Tisch. »Wir tauschen später Telefonnummern aus«, sagte sie und setzte sich neben ihn.

Jessie zog sich vom Nachbartisch einen Stuhl heran und schob Nick die Etagere mit den Zimtmuffins zu. »Mein Angebot steht. Falls du lieber …«

»Ne, ist schon okay. Ich stehe auf Süßes.« Er lachte und schaute dabei zu Sheila. Nach dem zweiten Muffin erhob er sich. »Ich hole rasch die Unterlagen aus dem Wagen. Soweit ich mich entsinne, gibt es irgendwo einen Passus, der Ausnahmen zulässt.«

»Das wäre wirklich wundervoll«, jubelte Jessie.

Doch der Pfarrer bremste sie sofort aus. »Freu dich nicht zu früh. Irgendeinen Haken wird es bei der ganzen Sache sicher geben.«

Sie trommelte mit den Fingern auf den Tisch, wippte mit dem Stuhl. Als Nick mit einem dicken Ordner zurückkam, räumte sie eilig die Teller beiseite, um Platz zu schaffen. »Ich koche uns frischen Tee«, erklärte sie und hastete in die Küche. Durch die offene Tür verfolgte sie gespannt jede Bewegung des Postmitarbeiters.

Nick legte den Ordner auf den Tisch. Im Stehen blätterte er durch die eng beschriebenen Seiten. »Hier steht es.« Er tippte auf einen Absatz. »Die ehemalige Poststelle kann als Servicecenter genutzt werden, falls sich im Dorfzentrum kein geeigneter Platz zum Aufstellen der Automaten findet.«

»Und was heißt das jetzt genau?« Jessie stellte den Wasserkocher aus der Hand. »Darf ich weiterhin Briefmarken verkaufen und die Post austragen?« Sie brachte die volle Teekanne an den Ecktisch.

»Nicht ganz.« Nick hielt ihr seine Tasse entgegen. »Falls der Platz im Schalterraum ausreicht, hänge ich dort gleich den Briefmarkenautomat auf und montiere die Packfächer. Du musst lediglich den Raum zur Verfügung stellen und erhältst dafür eine Monatspacht von hundertfünfzig Euro.«

»Und wer ist für die Zustellung der Post zuständig?« Pfarrer Donnelly zog den Ordner zu sich heran. Mit gerunzelter Stirn studierte er den Text.

Nick trank Tee und nahm die Unterlagen wieder an sich. »Die Postzustellung übernimmt Sneem. Die schauen auch regelmäßig vorbei und holen Brief- und Paketsendungen ab. Allerdings …« Seine Miene verfinsterte sich. »Ich komme in Teufels Küche, falls ich die Ausnahme nicht ordentlich begründen kann. Soweit ich gesehen habe, wäre vor dem Pub genügend Platz für die Automaten.«

»Aber nicht mehr lange«, brummte Donnelly. »Den Platz

habe ich schon verplant.« Er tippte auf den Brief, der vor ihm auf dem Tisch lag. »Die Ankündigungen der Kirche werden bald für jedermann gut sichtbar im neuen Schaukasten hängen. Ich persönlich werde ihn dort aufstellen. Der Inhaber des Pubs hat mir schon die Genehmigung dazu erteilt.«

»Das dürfte wohl Grund genug für eine Ausnahme sein«, freute sich Jessie. »Wenn mein Schalterraum groß genug ist, steht dem neuen Servicecenter nichts mehr im Weg.«

»Falls nicht, machen wir es passend.« Nick rieb sich die Nase. »Für die nächsten sechs Monate dürften dir die Einnahmen sicher sein. Aber freu dich nicht zu früh. So wie ich meine Behörde kenne, planen die garantiert schon die nächsten Einsparungen. Das Erste, was dann zur Debatte steht, sind die Servicecenter.«

»Warum die Hütehunde nervös machen?«, wandte Jessie ein. »Ein halbes Jahr ist eine lange Zeit. Da fließt noch viel Wasser den Liffey herunter.«

Kapitel 10

Jessie durchforstete frustriert ihren Kleiderschrank. »Zu sexy, zu brav, total out«, lautete ihr Urteil. In einer halben Stunde würde Trevor vor der Tür stehen, und sie war noch nicht mal geschminkt. Seufzend sank sie auf die Bettkante, starrte in die durchwühlten Fächer.

Als ihr Blick auf den Stapel Wanderklamotten fiel, grinste sie breit. Zwischen verwaschenen T-Shirts lugte ein nachtblaues Top mit Pailletten hervor. In einem Anflug von Kaufrausch hatte sie es im Sommer in einer Boutique in Killarney erstanden. Seitdem hatte das edle Teil nur im Schrank gelegen. Sie hatte es schlichtweg vergessen. Heute war endlich der perfekte Anlass, um es auszuführen.

Jessie klatschte in die Hände und sprang auf. Vorsichtig zog sie das wie ein Mieder geschnittene Oberteil heraus und streifte es über ihren BH. Der enge schwarze Minirock, hauchdünne Seidenstrümpfe und hochhackige Stiefeletten ergänzten das Outfit. Auf dem Weg ins Bad kontrollierte sie im Ankleidespiegel die gewagte Kombi und lächelte zufrieden. Jetzt fehlte nur noch ein dezentes Make-up, und einem aufregenden Abend stand nichts mehr im Weg.

Sie hatte gerade den Lipgloss aufgetragen, da läutete es an der Tür. Jessie flitzte ins Wohnzimmer, öffnete das Fenster. »Bin gleich unten«, rief sie Trevor zu.

Er lehnte lässig an seinem Wagen. »Lass dir Zeit. Ich warte gern.«

Sie nahm ihn beim Wort und tuschte sich in aller Seelenruhe die Wimpern. Dann streifte sie den schwarzen Blazer über und schlang sich einen von Mauras Wollschals um den Hals. Nach einem letzten Kontrollblick in den Spiegel verstaute sie Handy und Geldbörse in der Clutch und verließ die Wohnung.

Bei ihrem Anblick pfiff Trevor anerkennend. »Wow! Das Warten hat sich gelohnt.« Galant hielt er ihr die Beifahrertür auf.

Jessie hob tadelnd den Zeigefinger. »Dir ist schon klar, dass du mir in deinem edlen Designeranzug die Show stiehlst?«

»Wieso denn das?« Er wartete, bis sie sich gesetzt hatte, beugte sich in den Wagen und küsste sie auf die Wange. »Du siehst umwerfend aus.« Sein Blick wanderte von ihrem Gesicht zu ihren Beinen.

»Steig bitte ein und fahr los. Mir wird kalt.« Demonstrativ rieb sie sich die Oberschenkel.

»Ja, natürlich, wie gedankenlos von mir«, entschuldigte er sich und schloss die Beifahrertür. Nachdem er um den Wagen gelaufen war, schwang er sich hinter das Lenkrad. »Gleich wird es dir wärmer«, raunte er und drehte den Heizungsregler hoch. Er ließ den Motor an. Dezente Soulmusik ertönte aus den Boxen. Fast lautlos glitt der Rover auf die Hauptstraße und fuhr Richtung Ortsausfahrt.

Jessie kuschelte sich in den Ledersitz und genoss die Wärme der Sitzheizung. »Weck mich, falls ich einschlafe.«

»Nur wenn ich dich wach küssen darf.« Trevor nahm eine Hand vom Steuer und legte sie in ihren Nacken. »Für irgendwas muss so ein Automatikgetriebe doch gut sein«, sagte er und beschleunigte das Tempo.

Sie warf ihm einen strengen Blick zu. »Das geht mir jetzt eindeutig zu schnell.« Mit festem Griff umfasste sie sein Handgelenk und legte seine Hand zurück auf das Lenkrad. »Behalte deine Finger bei dir. Verrate mir endlich, wo wir hinfahren.« Sie schaute aus dem Seitenfenster und versuchte, in der vorbeihuschenden Landschaft einen Anhaltspunkt zu finden. Doch in der Dunkelheit nahm sie alles nur schemenhaft wahr.

»Lass dich überraschen.« Er zwinkerte ihr zu. »Ich hoffe, du magst Fisch.«

Jessie lachte. »Den könnte ich schon zum Frühstück essen. Tante Maura behauptete immer, das liege daran, dass in meinen Adern nicht nur irisches Blut fließt.«

»Lass mich raten.« Trevor nahm seine linke Hand erneut vom Lenkrad und ließ sie durch ihre schulterlangen Haare gleiten. »Du bist eine Selky, eine Meerjungfrau, die nur an Land gekommen ist, um sich einen Jüngling zu angeln und in ihr Reich zu ziehen.«

»Na, dann pass besser auf, dass ich dich gleich nicht über die Klippe stoße«, warnte sie ihn. »Ne, im Ernst. Mein Dad war Schwede. Seine Vorliebe für Fisch habe ich wohl geerbt. Das weiß ich leider nur vom Hörensagen. Er verunglückte kurz vor meiner Geburt tödlich.«

»Deshalb die meerblauen Augen, das flachsblonde Haar.« Trevor setzte den Blinker und bog auf die Zufahrtsstraße nach Kenmare ab. »Was ist mit deiner Ma? Du redest immer nur von deiner Tante.«

Jessie seufzte. »Ich kann mich kaum noch an sie erinnern. Ich war vier, als sie starb. Maura hat mich aufgezogen.«

»Aha.« Er zog die Stirn kraus, massierte seine Nasenwurzel. »Traurige Geschichte. Dann bist du jetzt also ganz allein.« Im Schritttempo bog er zwischen zwei weißen Cottages in eine schmale Straße ein. »Da oben ist das Restaurant.« Er deutete einen Hügel hinauf.

»Wo?« Jessie starrte in die Dunkelheit. Die Häuser rechts

und links konnte sie nur erahnen. Doch hinter der nächsten Biegung tauchte wie aus dem Nichts ein imposantes graues Backsteingebäude auf. Alle Fenster waren hell erleuchtet. Fackeln säumten die Zufahrt. »Scheint ein edler Laden zu sein«, stellte sie beim Anblick der Luxuskarossen auf dem Parkplatz fest. Dort standen Bentleys, Porsche und schwarze SUVs, neben denen Edwards Geländewagen sicher wie ein Kleinwagen ausgesehen hätte. »Ging es nicht eine Nummer kleiner?«, rutschte ihr heraus. »Fisch and Chips hätten es doch auch getan.«

Trevor lachte. »Das wäre nicht mein Stil. Wenn ich eine schöne Frau ausführe, muss es schon etwas Besonderes sein.« Schwungvoll parkte er den Rover neben einem dunkelblauen Mercedes und wandte sich ihr zu. »Ich habe uns einen Tisch im Erker reserviert. Dort sind wir ungestört und haben einen phantastischen Blick über die Bucht. Die beleuchteten Boote sehen bei Nacht besonders eindrucksvoll aus.«

»Wie aufmerksam von dir.« Jessie mahnte sich, cool zu bleiben. Sie würde das heute Abend durchziehen. Bei dem Gedanken an die vornehmen Leute da drin wurde ihr flau im Magen. In den Kreisen, in denen sie verkehrte, führte ein Mann seine Freundin, wenn es hochkam, in eine Pizzeria aus. Pubs und Imbissbuden, das waren ihre Welt. Hin und wieder ein Disco-Besuch oder ein Tanzabend im Gemeindesaal. Zum ersten Mal in ihrem Leben würde sie ein Edelrestaurant betreten. Sie betete, dass man ihr die Unsicherheit nicht ansah. Mit vor Aufregung steifen Fingern wickelte sie den Schal von ihrem Hals und stopfte ihn in das Seitenfach der Wagentür. »Ich bin bereit«, erklärte sie halbherzig, obwohl sie am liebsten den Rückzug angetreten hätte.

»Warte.« Trevor rutschte aus dem Sitz, umrundete den Wagen und hielt ihr stilvoll die Tür auf.

Jessie strich ihre Haare hinter die Ohren, atmete durch. Ladylike setzte sie beide Füße gleichzeitig auf den Kies und hakte sich bei ihm ein. An seiner Seite stöckelte sie über den steinigen Weg. Bibbernd schlug sie den Kragen des Blazers hoch. Sie vermisste den flauschigen Schal, seine tröstliche Wärme.

»Du zitterst ja.« Fürsorglich legte Trevor einen Arm um ihre Schultern und zog sie an sich. »Ich bin wirklich froh, dass du meine Einladung angenommen hast.«

»Ja, ich auch.« Sie musterte ihn von der Seite. Das, was sie sah, gefiel ihr. Alles an ihm war perfekt. Sein markant geschnittenes Gesicht, die dichten schwarzen Haare, der durchtrainierte Körper. Er war gebildet, hatte Humor. Er widmete ihr seine ganze Aufmerksamkeit und umwarb sie wie eine Prinzessin. Wenn sie nicht aufpasste, tapste sie in seine Falle. Jessie rückte ein Stück von ihm ab und gab vor, die Speisekarte im Eingangsbereich zu studieren. Dabei zupfte sie unauffällig an ihrem Top, bis es den Brustansatz bedeckte. Sie schluckte ihren letzten Selbstzweifel herunter, sprach sich Mut zu und lächelte tapfer.

»Wollen wir?« Trevor legte ihr eine Hand in den Rücken, schob sie sanft ins Foyer des Restaurants.

Ein dicker roter Teppich dämpfte ihre Schritte. Hinter einem Stehpult begrüßte eine schwarzhaarige junge Frau die neuen Gäste. »Wie schön, Sie wieder einmal im Jumping Trout begrüßen zu dürfen, Mr McKenzie. Ihr Tisch wird sofort frei. Möchten Sie in der Zwischenzeit an der Bar Platz nehmen?« Sie nickte Jessie zu, doch bei Trevors Anblick leuchteten ihre Augen.

Jessie beneidete sie um das sichere Auftreten. Die Art, wie

sie ihre weiblichen Formen geschickt durch ein enges Kleid in Szene setzte, ohne billig zu wirken. Sie hatte Stil.

»Charmant wie immer, Bridget.« Trevor beugte sich vor, flüsterte der jungen Frau etwas zu, und sie errötete. Wie zufällig streifte ihre Hand seinen Arm. Er tippte mit dem Finger auf den Terminplaner vor ihr auf dem Pult, schaute sie fragend an, und sie lächelte breit. Wieder tuschelten sie miteinander.

Jessie stand abseits und kaute vor Wut auf ihrer Unterlippe. Dass diese vollschlanke Schönheit für sie nur einen abschätzenden Blick übrighatte, damit konnte sie leben. Aber dass Trevor vor ihren Augen mit Bridget flirtete, stieß ihr bitter auf. Wie naiv von ihr, anzunehmen, er hätte echtes Interesse an ihr. Sicher hatte er längst herausgefunden, wem das Land hinter ihrem Garten gehörte. Jetzt war er heiß, aber nicht auf sie. Wenn er sich da mal nicht die Finger verbrennen würde.

Jessie setzte ihr Pokerface auf und tippte Trevor auf die Schulter. »Was möchtest du trinken? Ich gehe schon vor zur Bar und bestelle uns etwas.« Zufrieden registrierte sie das nervöse Zucken seiner Lider. »Ihr habt sicher noch einiges miteinander zu besprechen.« Hocherhobenen Hauptes stolzierte sie auf eine verglaste Tür zu, hinter der leise Pianomusik erklang.

»Warte, Jessie.« Trevor war mit zwei Schritten neben ihr, fasste sie am Arm. »Du verstehst das vollkommen falsch. Bridget und ich sind alte Bekannte. Hin und wieder treffen wir uns mit anderen Freunden zum Billard.«

»Du bist mir keine Rechenschaft schuldig«, entgegnete sie kühl und befreite sich aus seinem Griff.

Doch so leicht ließ er sich nicht abschütteln. Trevor hauchte einen Kuss auf ihre Wange und schaute sie zerknirscht an. »Ich habe es verbockt«, stöhnte er. »Gibst du mir noch eine Chance?«

Sie verzog keine Miene, verdrehte die Augen und seufzte. »Okay. Aber nur, weil ich vor Hunger umkomme. Und jetzt hätte ich gern ein Glas Champagner.«

»Ich bestelle eine ganze Flasche für dich«, freute er sich und hielt ihr die Tür auf.

Jessie wartete, bis sich ihre Augen an das schummrige Licht gewöhnt hatten. Sie sah sich um. An der Bar unterhielten sich zwei Männer in dunklen Anzügen. Ein Pärchen tanzte eng aneinandergeschmiegt vor dem Piano. Der Klavierspieler hob den Kopf und lächelte Jessie an.

»Möchtest du tanzen?« Trevor stand so nah hinter ihr, dass sein Atem ihre Wange streichelte.

Jessie zögerte. In ihr stritten sich die Gefühle. Am liebsten hätte sie sich in seine Arme geschmiegt und einen Tanz lang vergessen, was der eigentliche Grund dieser Verabredung war. Doch was dann passieren würde, wusste sie nur zu genau. Sie würde die Führung aus der Hand geben und sich von der romantischen Stimmung mitreißen lassen. Energisch schüttelte sie den Kopf und deutete auf zwei freie Barhocker am Ende des Tresens. Aber Trevor führte sie zu einem Zwei-Sitzer-Sofa. »Keine Angst. Ich rücke dir schon nicht zu nahe auf die Pelle«, erklärte er augenzwinkernd.

»Falls nicht, weiß ich mich schon zu wehren«, konterte sie und ließ sich in die Polster sinken. »Und noch eins, Trevor.« Sie zog ihren Minirock tiefer. »Ich trinke ein Glas Champagner. Danach steige ich auf Wasser um.«

»Das sehen wir dann.« Er lächelte und eilte zur Bar, um kurz darauf mit zwei Champagnerkelchen zurückzukehren. Trevor hielt sich an sein Versprechen, setzte sich in die äußerste Ecke des Sofas und prostete ihr zu.

Jessie nippte vorsichtig an dem prickelnden Getränk. »Bist du oft hier?« Sie musterte ihn über den Rand des Glases und lachte. »Sorry. Das geht mich eigentlich nichts an. Aber ich habe dir fast mein ganzes Leben erzählt und weiß noch nichts von dir.«

»Da gibt es nicht viel zu erzählen.« Er winkte ab. »Ich bin zweiunddreißig, ledig und Bauingenieur. Ich habe vier ältere verheiratete Schwestern, drei Nichten, zwei Neffen und einen Dickschädel von Dad. Unsere Mutter ist ein Schatz. Nie wirst du ein böses Wort von ihr hören.« Er seufzte. »Dad hingegen poltert ständig herum. Er ist ein Macher. Hat nie eine Uni von innen gesehen, das Bauhandwerk von der Pike auf gelernt. Unser Elternhaus in Cork hat er mit eigenen Händen gebaut.«

»Was ist mit dir? Fühlst du dich wohler auf der Baustelle oder in einem schicken Büro?« Jessie nippte erneut an ihrem Glas. Der Alkohol stieg ihr leicht in den Kopf, und sie befürchtete, die Kontrolle zu verlieren. »Falls ihr einen passenden Bauplatz in Busby findet, werde ich dich dann öfter sehen?« Sie bereute die Frage, kaum, dass sie sie ausgesprochen hatte, und hoffte, dass er ihr Spiel nicht durchschaute.

Trevor sog scharf die Luft ein. »Das hängt allein von dir ab, Jessie.« Er rutschte näher, legte seinen Arm um ihre Schultern.

Wie meinst du das?, lag ihr auf der Zunge, doch da kam der Barkeeper auf sie zu. »Ihr Tisch ist jetzt frei, Mr McKenzie.«

»Danke, Victor.« Trevor erhob sich und reichte Jessie die Hand. Mit einem leichten Ruck zog er sie aus der Couch.

»Hörst du meinen Magen vor Vorfreude jubeln?« Sie nahm ihr halb volles Sektglas vom Tisch.

»Lass nur. Zum Essen bestelle ich uns eine Flasche Weißwein, oder falls dir das lieber ist, ein Bier.« Trevor ließ ihre

Hand los und reichte ihr stattdessen den Arm. »Wenn ich ehrlich bin, trinke ich auch lieber Guinness statt dieser Prickelbrause.«

Jessie seufzte erleichtert. »Puh! Ich bin froh, dass es dir genauso geht. Das war mein erster Champagner. Ich verstehe nicht, was an dem Gesöff so besonders sein soll.«

»Da spricht die irische Hälfte aus dir.« Er lachte und brachte sie in das angrenzende Restaurant.

»Wie schön.« Jessie geriet beim Anblick des festlich geschmückten Saals ins Schwärmen. »Hier sieht es aus wie im feinen Salon von Mr Darcy.«

»Das finde ich auch. Die Kerzenleuchter auf den Tischen sind sicher aus dieser Zeit.«

»Hauptsache, der Fisch ist frisch«, raunte sie ihm zu und nickte huldvoll, als ein älterer Mann sie auffällig musterte.

»Auf jeden Fall frischer als die meisten Gäste hier.« Trevor brachte sie zu einem runden Tisch im Erker und rückte ihr einen Stuhl zurecht. »Damit du das Essen genießen kannst, verrate ich dir jetzt auch, was wir planen«, flüsterte er ihr zu.

Die Clutch rutschte ihr aus der Hand und landete unter dem Stuhl.

Sofort bückte sich Trevor und hob sie auf. »Aber bitte hör auf, mir was vorzuspielen.«

»Dann leg endlich die Karten auf den Tisch«, erwiderte sie scharf.

Kapitel 11

»Warum so feindselig, meine Schöne?« Trevor nahm ihr gegenüber Platz und lächelte sie an. »Die finstere Miene steht dir nicht.« Wie zufällig berührten seine Fingerspitzen ihre rechte Hand, die auf dem Tisch lag.

»Ich höre.« Sie drehte den Kopf zur Seite und starrte aus dem bodentiefen Fenster in die Nacht. Was hatte sie sich da nur eingebrockt? Wäre Trevor irgendein netter Kerl, den sie in der Disco kennengelernt hätte, würde sie mit ihm flirten, den Abend genießen. Stattdessen versuchte sie krampfhaft, ihn auszuhorchen. Sie rutschte auf dem Stuhl herum und warf Trevor einen herausfordernden Blick zu. »Lass mich bitte nicht so lange zappeln.«

»Also gut.« Er winkte den Kellner heran und bestellte zwei Guinness. Dann lehnte er sich seufzend zurück und knetete die Finger. »Bitte glaub mir. Ich habe dich eingeladen, bevor ich wusste, dass das Grundstück hinter der Teestube deiner Familie gehört. Du gefällst mir, sehr sogar. Ich würde dich gern näher kennenlernen.«

»Ach ja?« Sie boxte ihn unsanft gegen den Oberarm. »Für wie naiv hältst du mich eigentlich?«

Er griff nach ihrer Faust, zog sie an seinen Mund und küsste ihr Handgelenk. »Hörst du mir jetzt bitte zu?«

»Mmh«, brummelte sie, entzog ihm energisch ihre Hand und verschränkte die Arme, um zu verbergen, wie sehr sie sein Kuss berührte.

Trevor musterte sie schmunzelnd. »Ich verstehe sehr gut, was dich und deine Freunde bewegt. Ihr habt Angst, dass wir eure idyllische Bucht zubetonieren. Aber so wird das nicht sein. Jedenfalls nicht, wenn ich meine Idee durchsetzen kann.« Er wartete, bis der Kellner das Bier serviert hatte. Dann zog er einen Plan aus der Innentasche des Sakkos, entfaltete ihn und legte ihn vor sie auf den Tisch. »Kennst du die Ferienhaussiedlung im Lakeland?«

»Ich habe davon gehört.« Jessie beugte sich über die Zeichnung. »Ist das ein Blockhaus?«

»Ja, genau.« Trevor tippte auf einige Zahlen am Rand des Blattes. »Mir schwebt eine Siedlung mit höchstens zehn dieser Holzhäuser vor. Jedes einzelne nicht viel größer als eine Fischerkate. Ein Wohn-Schlafraum mit integrierter Kochzeile, ein kleines Duschbad und eine Holzterrasse.«

»Gefällt mir«, gestand sie. »Aber was ist der Haken an der Sache?«

Trevor trank sein Bier, massierte sich den Nacken. »Dad hat schon einen Geldgeber für eine konventionelle Ferienwohnanlage an der Hand und das passende Grundstück. Der Kaufvertrag ist reine Formsache. Das Land gehört der Kirche. Der Bischof hat bereits Interesse an dem Geschäft signalisiert. Sobald Dad vom Anlieger die Genehmigung zum Bau einer Zufahrtsstraße hat, rollen dort die Bagger an. Falls es mir aber vor ihm gelingt, ein Grundstück zu erwerben, habe ich die Nase vorn. So lautet unser Deal.« Er warf ihr einen flehenden Blick zu. »Hilfst du mir?«

»Weißt du, was du von mir verlangst? Wie kann ich meinen Freunden noch in die Augen sehen, wenn ich sie hintergehe?« Sie zerknüllte ihre Serviette und fingerte an ihrer Clutch herum.

»Rede mit ihnen. Erklär ihnen mein Projekt«, bat Trevor inständig. »Sie werden schnell einsehen, dass es für das Dorf nur zum Vorteil ist.«

»Verdammt, schau mich nicht mit diesem Dackelblick an. Wenn ich hungrig bin, kann ich nicht klar denken.«

Trevor lachte. »Das war dein Magen? Ich dachte schon, du knurrst mich an.« Er gab dem Kellner ein Zeichen, und fünf Minuten später eilte der mit zwei kunstvoll dekorierten Tellern an ihren Tisch. »Als Vorspeise servieren wir heute die Trilogie vom Wildlachs. Eine Tranche vom Räucherlachs, Lachstatar und die Consommé«, erklärte er.

Jessie wartete, bis er sich entfernt hatte, dann griff sie heißhungrig zur Gabel. »Das sieht alles köstlich aus. Ich weiß gar nicht, womit ich anfangen soll.«

»Beginn mit der Consommé, solange sie heiß ist«, schlug Trevor vor und hielt ihr den Brotkorb hin. »Es ist doch okay, dass ich uns das Menü des Tages bestellt habe?«

»Habe ich eine Wahl?« Sie rümpfte die Nase. »Solange ich keine frittierten Seeigel essen muss, ist mir alles recht.«

»Die waren leider aus.« Trevor zwinkerte ihr zu. »So gefällst du mir schon besser. Ich mag Frauen mit Humor.«

»Das werde ich mir merken.« Jessie löffelte die Consommé und seufzte zufrieden. Dann widmete sie sich dem Rest der Vorspeise. »Was gibt es zum Hauptgang?«

»Einen Moment.« Trevor zog sein Smartphone aus der Tasche. »Ich habe es auf Vibration gestellt«, erklärte er und starrte auf das Display. Seine Augen verfinsterten sich. Er stöhnte leise.

»Ist was mit deiner Familie? Musst du nach Hause?«, fragte Jessie besorgt. »Ich kann mir gern ein Taxi rufen.«

»Verdammter Mist!« Er ballte die Fäuste, atmete schwer. »Das war meine Schwester Iris. Sie verwaltet Dads Termine. Gerade hat sie mir mitgeteilt, dass er sich morgen früh mit diesem Tierarzt trifft. So wie ich unseren alten Herrn kenne, wird er ihm ein Angebot unterbreiten, das der nicht ausschlagen kann. Dass Dad seine Zustimmung erhält, ist so sicher wie das Amen in der Kirche.« Er stützte die Ellbogen auf den Tisch und vergrub das Gesicht in den Händen. »Jetzt hilft nur noch ein Wunder!«

Jessie sah, wie verzweifelt er um Fassung rang. Sie konnte gut nachempfinden, was in ihm vorging. Sein Projekt drohte zu scheitern. All das, wofür er wochenlang gearbeitet hatte, würde mit einer einzigen Unterschrift zunichtegemacht. In ihr regte sich Mitleid. »Ich könnte dir helfen.«

»Wie denn?« Trevor schaute sie entgeistert an. »Du kennst meinen Dad nicht. Weißt nicht, wie hartnäckig der verhandeln kann.«

»Das mag ja sein.« Sie klappte ihre Clutch auf, zog das Handy heraus. »Aber ich kenne Edward, den Tierarzt.« Sie erhob sich und deutete mit dem Kopf auf die Tür. »Ich bin gleich wieder zurück.« Mit dem Smartphone in der Hand eilte sie an dem verdutzten Kellner vorbei aus dem Saal. Im Empfangsbereich stellte sie sich hinter eine Säule und wählte Edwards Nummer, die sie seit gestern gespeichert hatte. Bereits nach dem dritten Klingeln nahm er das Gespräch an. »Wo brennt's?«, brummte er schläfrig. »Bin schon auf dem Weg.«

»Habe ich dich geweckt?« Sie schaute ungläubig auf ihre Armbanduhr. Es war noch nicht mal neun.

Jack lachte. »Jessie. Deine Stimme klingt so anders am Telefon. Ich dachte schon, es wäre wieder Cynthia. Was verschafft mir die Ehre deines Anrufs? Soll ich dich mal wieder vor deinem Ex retten?«

»Nein, Jack. Aber du könntest etwas anderes für mich tun. Es geht um Mr McKenzie.« Sie wartete auf seine Reaktion, doch er schwieg. Eine Tür fiel ins Schloss. »Bist du noch dran, Edward?«

»Halte durch, Jess. Ich komme, so schnell ich kann, zu dir und rette dich vor dem Kerl. Wohin hat er dich verschleppt?« Er seufzte hörbar. »Kleiner Scherz am Rande. Ich habe mich gerade nur aus der Praxis geschlichen, um meinen neuen Patienten nicht zu wecken. Worum geht es?«

In knappen Worten gab sie das wieder, was Trevor ihr erzählt hatte.

»Aha«, sagte er. »Aber wie kann ich …«

»Du musst nichts weiter tun, als den alten McKenzie hinzuhalten. Bitte ihn um Bedenkzeit. Mehr verlangen wir nicht von dir«, flehte Jessie.

»Wir. Du meinst Trevor und du?« Seine Stimme klang scharf. »Ihr scheint euch ja schnell nahegekommen zu sein.«

Jessie funkelte ihr Smartphone an, als hätte sie Edward vor sich. »Nein, das sind wir nicht. Aber das spielt doch jetzt wohl keine Rolle. Es geht um die Zukunft unseres Dorfes«, ereiferte sie sich.

»Also gut.« Edward lenkte ein. »Ich spiele mit. Aber nur, wenn Trevor sein Projekt morgen Abend im Pub vorstellt. Dann können die anderen sich selbst eine Meinung bilden.«

»Du bist ein Schatz«, jubelte sie. »Ich könnte dich knutschen für diesen Vorschlag.«

»Pass auf, dass ich dich nicht beim Wort nehme. Bis morgen.« Schon beendete er das Gespräch.

Leichten Schrittes kehrte sie zurück in den Saal, blieb vor dem Tisch stehen und grinste breit. »Er hat meinen Vorschlag akzeptiert.«

»Welchen Vorschlag?« Trevor sprang auf und rückte ihr den Stuhl zurecht.

Sie griff durstig nach dem Bierglas und trank es leer. Mit

dem Handrücken wischte sie sich den Schaum vom Mund. »Edward wird deinen Vater um Bedenkzeit bitten.«

»Super!« Trevor klatschte begeistert in die Hände.

Doch sie bremste ihn aus. »Freu dich nicht zu früh. Edward besteht darauf, dass du morgen Abend im Pub erscheinst und vor allen Dorfbewohnern deine Baupläne erläuterst. Ohne ihr Okay läuft da gar nichts. Bist du bereit, dich dem Kreuzfeuer zu stellen?«

Er winkte lässig ab. »Eine meiner leichtesten Übungen. Die habe ich ruckzuck auf meiner Seite.«

»Na, wenn du dich da mal nicht verhebst. Unsere Schaffarmer sind sture Böcke. Die lassen sich nicht so leicht von der Straße schubsen. Da brauchst du schon starke Argumente.«

Trevor grinste breit. »Nach der dritten Runde Freibier und etlichen Whiskeys wird auch der härteste Kerl schwach.«

Jessie blieb skeptisch. »Selbst wenn es dir gelingt, alle zu überzeugen, fehlt dir immer noch das passende Grundstück.«

»Das dürfte das kleinere Problem sein.« Er winkte den Kellner heran, bestellte den Hauptgang und eine Flasche Wasser. »Mit dem ganzen Dorf im Rücken und Edwards Zustimmung wird es für mich ein Leichtes sein, der Kirche ein Gegenangebot zu unterbreiten.«

Jessie nickte und legte ihr Smartphone auf den Tisch. »Keine Angst, ich rufe mir kein Taxi. Ich informiere nur schnell Lou, die Wirtin vom Pub. Sie wird den Dorffunk in Gang setzen.« Ihre Finger flogen nur so über das Display. Zufrieden hob sie den Daumen, als postwendend die Antwort kam. »Aktion Blockhaus kann starten.«

Als hätte der Kellner nur auf sein Stichwort gewartet, trug er eine silberne Platte an den Tisch. »Zum Hauptgang servieren wir Hummer auf einem Bett von zartem Gemüse«, verkündete er mit gestelzter Stimme. »Darf ich vorlegen?«

»Danke, Pierre. Wir bedienen uns selbst.« Trevor nickte ihm zu und schaute Jessie fragend an. »Kommst du damit klar, oder soll ich das Fleisch für dich aus der Schale lösen?«

»Was für eine Frage. Bin ich nun eine halbe Meerjungfrau oder nicht?« Jessie schnappte sich die Hummerzange, griff damit nach einer Hälfte der roten Schalentiere und beförderte sie unfallfrei auf ihren Teller. Dann löste sie das rosa Fleisch aus der Schale. »Na, was sagst du jetzt?«

Trevor erhob anerkennend das Glas. »Ich bin beeindruckt. Ab sofort nenne ich dich Arielle.«

Sie prostete ihm zu. »Kein Wort mehr über Baupläne und dickköpfige Väter. Ab sofort genießen wir den Abend.«

»Genau das hatte ich vor. Darauf freue ich mich schon den ganzen Tag«, entgegnete er augenzwinkernd.

Als der Kellner eine halbe Stunde später die leere Silberplatte abräumte, stöhnte sie leise vor Behagen. »So gut habe ich lange schon nicht mehr gegessen.«

»Möchtest du noch ein Dessert? Das Mousse au Chocolat ist hier ein Traum.« Trevor verdrehte genießerisch die Augen, doch sie winkte ab.

»Der Rock spannt jetzt schon über meinem Bauch. Ich brauche dringend Bewegung.« Sehnsüchtig schaute sie Richtung Ausgang.

Trevor riss die Augen auf. »Du willst doch bei dieser Kälte nicht ernsthaft spazieren gehen?«

»Nö!« Sie summte leise und bewegte sich dazu im Takt. »Ein Tanz, bevor du mich nach Hause bringst, wäre mir lieber.«

Seine Augen strahlten, er sprang auf und reichte ihr die Hand. »Worauf wartest du noch, Jessie?«

Sie schaute ihn verwundert an. »Wir müssen doch noch zahlen.«

»Das erledige ich beim Hinausgehen«, entgegnete er lachend und zog sie mit sich aus dem Saal. Im Foyer legte er den Arm um ihre Taille. »Habe ich dir heute eigentlich schon gesagt, wie schön du bist?«, raunte er ihr zu.

Jessie knuffte ihn in die Seite. »Lenk nicht vom Thema ab. Ein Tanz, von mehr war nicht die Rede.«

Kaum umfing sie das rote Licht der Bar, hörte sie das perlende Piano, fiel die Anspannung des Abends von ihr ab. Jessie befreite sich aus seinem Arm, bahnte sich selbstsicher einen Weg durch die tanzenden Paare zum Klavier. Sie flüsterte dem Pianospieler etwas zu, und er nickte.

Jessie winkte Trevor auf die Tanzfläche und warf ihre Haare in den Nacken. »It's tango time, boy«, rief sie und zog ihn an sich.

»O Gott!« Er seufzte theatralisch. »Den habe ich zum letzten Mal auf der Hochzeit meiner Schwester getanzt. Ich weiß nicht, ob ich die Schrittfolge noch draufhabe.«

»Bullshit! So was verlernt man nicht.« Jessie wiegte ihre Hüften im Takt, dirigierte ihn sanft an den Rand der Tanzfläche. Dann schloss sie die Augen, überließ sich seiner Führung. »Du machst das gut«, flüsterte sie ihm ins Ohr.

Er versuchte, sie zu küssen. Geschickt drehte sie den Kopf in die andere Richtung und vollführte eine gekonnte Drehung unter seinem Arm. Viel zu schnell endete der Tanz. Der Klavierspieler stand auf, verbeugte sich und eilte zur Bar, um etwas zu trinken.

»Schade«, beschwerte sich Trevor. »Jetzt, wo ich gerade so schön im Schwung bin, macht der eine Pause.«

»Das ist wohl unser Zeichen.« Jessie gähnte und schaute auf ihre Armbanduhr. »Es ist kurz nach elf. Ich muss dringend ins Bett. Morgen um neun habe ich einen Termin beim Notar, und vorher möchte ich noch Muffins backen.«

»Mir geht es nicht viel anders.« Trevor bahnte ihr einen Weg zum Ausgang. »Ich muss um acht auf einer Baustelle sein.«

»Wartest du auf mich?« Jessie deutete auf die Toiletten.

Er nickte. »Ich bezahle inzwischen die Rechnung.«

Als sie zurückkam, lehnte Trevor am Stehpult und schäkerte mit Bridget. Jessie war zu müde, um sich darüber aufzuregen. Sie sehnte sich nach einer heißen Dusche und ihrem Bett. Ihre Füße brannten, ihr Magen kollerte laut. Warum nur hatte sie so viel gegessen? Ohne ein Wort des Abschieds marschierte sie am Empfang vorbei. »Kommst du, Trevor?«, rief sie über die Schulter.

Er war sofort an ihrer Seite und reichte ihr den Arm. Schweigend wanderten sie über den Parkplatz. Jessie legte den Kopf in den Nacken und bestaunte den Sternenhimmel.

»Sieh mal.« Trevor stupste sie an, deutete mit ausgestrecktem Arm in Richtung Bucht, wo drei Fischerboote hell erleuchtet auf das offene Meer zusteuerten. »Im Frühjahr miete ich uns ein Segelboot. Ein Picknick vor der Küste. Es gibt nichts Romantischeres«, schwärmte er.

Jessie rieb sich fröstelnd die Arme und trampelte auf der Stelle. »Bitte, Trevor. Ich will ja nicht drängeln. Aber mir ist schon wieder kalt.«

Eilig schlüpfte er aus seinem Sakko und legte es ihr über die Schultern. Sie liefen zum Wagen. Kaum saß sie auf dem Beifahrersitz, kuschelte sie sich in Mauras Schal.

Trevor angelte auf der Rückbank nach einer Mohairdecke und legte sie ihr über die Beine. »Besser so?«

Sie lächelte ihn dankbar an. »Das war ein wundervoller Abend.«

»Er muss noch nicht zu Ende sein«, entgegnete er mit rauer Stimme. »Lädst du mich noch …?«

»Den Tee holen wir nach, wenn du das nächste Mal in die Teestube kommst«, bremste sie ihn aus.

Trevor streichelte ihr die Wange, hielt ihren Blick fest. »Du bist müde. Das verstehe ich. Aber Zeit für einen Abschiedskuss wirst du doch noch haben?«

Sie lachte leise. »Ich denke während der Fahrt darüber nach.«

Kapitel 12

Schweigend fuhren sie in die Nacht. Jessie kuschelte sich unter die flauschige Decke und schaute fasziniert aus dem Fenster. Trevor wählte für die Rückfahrt die Küstenstraße. Oft war Morton mit ihr diese kurvenreiche Strecke mit der Harley gefahren. Aber nie nachts. Das silberne Mondlicht spiegelte sich im nachtschwarzen Meer. Wie ein Baldachin spannte sich der Sternenhimmel darüber. Sie versuchte krampfhaft, die Augen offen zu halten, doch bleierne Müdigkeit legte sich auf ihre Lider. Sie streckte die Beine von sich und stellte die Rückenlehne in eine angenehmere Position. »Sehr bequem, dein Wagen«, murmelte sie schläfrig und döste ein.

Sie träumte von einer Hand, die zärtlich über ihre Wange strich. Lippen, die weich auf ihren lagen.

»Jessie, Liebes«, hörte sie Trevors raue Stimme. »Wir sind da.« Ungläubig riss sie die Augen auf, schaute auf die menschenleere Hauptstraße von Busby. »Hast du mich etwa gerade geküsst?«

»Ich weiß auch nicht, was in mich gefahren ist.« Er seufzte. »Es wird nie wieder vorkommen. Jedenfalls nicht, wenn du es nicht ausdrücklich verlangst.« Grinsend hob er die linke Hand wie zum Schwur.

Jessie stellte die Rückenlehne senkrecht, versuchte ihr stolperndes Herz unter Kontrolle zu bringen. »Das möchte ich dir auch geraten haben«, sagte sie betont streng. »Andernfalls kündige ich dir die Freundschaft.«

Stöhnend fasste sich Trevor an die Brust und verdrehte

die Augen. »Tu mir das nicht an, liebste Jessie. Du bist schließlich die einzige Freundin, die ich hier in Busby habe. Ich brauche dich.« Er griff nach ihrer Hand, verschränkte seine Finger mit ihren und schniefte theatralisch. »Sei doch nicht so hart zu mir.«

»Kindskopf!« Lachend entzog sie ihm ihre Hand, wickelte sich aus der Mohairdecke und legte sie auf die Rückbank. Dann beugte sie sich vor und küsste ihn flüchtig auf die Wange. »Wir sehen uns morgen Abend im Pub.«

»Warum erst so spät? Ich bin schon am Nachmittag in der Gegend.« Trevor setzte eine zerknirschte Miene auf. »Hattest du mir nicht eine Tasse Tee versprochen?«

»Mmh«, brummelte sie und angelte unter dem Sitz nach ihrer Clutch. »Das müssen wir verschieben. Ich bin beim Handarbeitstreff.« Als sie wieder hochkam, bemerkte sie, dass ihr Rock hochgerutscht war, und sah das begehrliche Leuchten in Trevors Augen.

Er starrte auf ihre unbedeckten Beine. »Oh Mann«, stöhnte er. »Wie soll ich bei diesem Anblick vernünftig bleiben?«

»Kopf hoch. Das schaffst du schon.« Sie knuffte ihn in die Seite, öffnete die Beifahrertür und sprang hinaus. Der eisige Westwind fuhr unter ihren Rock. »Bis morgen, Trevor«, rief sie über die Schulter und warf die Wagentür zu. Eilig flitzte sie zum Hintereingang, sah aus dem Augenwinkel den Rover davonfahren.

Rasch schlüpfte sie ins Haus und schob den Riegel vor. Sie hockte sich auf die zweite Treppenstufe und streifte die Stiefeletten von den Füßen.

Was für ein Abend! Ihr erster Besuch eines Edelrestaurants war ohne Pannen verlaufen. Wie geplant hatte sie einige Details über die Bauvorhaben der McKenzies erfahren. Kichernd massierte sie sich die Zehen, bewegte die

Füße im Tangotakt. Trevors Tanzkünste konnten sich sehen lassen. Ein Temperament hatte der! Um ein Haar wäre sie seinem Charme erlegen und hätte seinen Kuss erwidert. Doch ein Mann, der vor ihren Augen fremd flirtete, war ein No-Go für sie. Umso wichtiger, dass sie ihn rechtzeitig in die Schranken gewiesen hatte.

Ihr Herz klopfte wild. Noch immer spürte sie seine Lippen auf ihrem Mund. »Unsinn.« Sie schüttelte vehement den Kopf. »Du bist nicht erregt, nur müde und total überreizt.«

In der Nacht wälzte sie sich im Bett und träumte schwer. Bewaffnet mit einer riesigen Hummerzange kämpfte sie gegen einen Bagger, der auf ihr Haus zusteuerte. »Nein!«, schrie sie und schlug wild um sich. Edward eilte ihr zu Hilfe, hetzte Cynthias Kater auf Trevor, der in der Führerkabine saß. Doch der schleuderte das Tier weit von sich ins Meer. Mit überlangen Armen zog er Jessie auf seinen Schoß und bedeckte ihren Körper mit Küssen.

Keuchend wachte sie auf, knipste mit zittrigen Fingern die Nachttischlampe an und blinzelte zum Wecker. Drei Uhr war eindeutig zu früh, um aufzustehen. Sie warf sich auf die Seite, versuchte, wieder einzuschlafen. Doch Selbstzweifel trieben sie aus dem Bett. War es falsch, Trevor ihre Hilfe anzubieten? Konnte sie ihm trauen? Was, wenn er nur der Handlanger seines Vaters war? Das Ganze ein abgekartetes Spiel?

Fröstelnd schlüpfte sie in Mauras alte Strickjacke sowie die ausgetretenen Pantoffeln und schlurfte in die Küche, um sich Tee zu kochen. Mit dem heißen Teebecher in der Hand lehnte sie die Stirn an die Fensterscheibe und beobachtete ein Taubenpaar, das aneinandergekuschelt auf der Fensterbank schlief.

Die Einsamkeit traf sie mit solcher Wucht, dass sie vor Schmerz aufstöhnte. Wie gern hätte sie sich jetzt neben ihre Tante auf die Couch gekuschelt, ihr das Herz ausgeschüttet. Maura, die nie verlangt hatte, dass sie Mutter zu ihr sagte, obwohl sie sie adoptiert hatte, fehlte ihr so sehr. Jessie stellte die Teetasse auf die Anrichte, tapste mit hängenden Schultern in Mauras Schlafzimmer und kroch unter die Bettdecke. Als Kind war sie manche Nacht zu ihrer Tante ins Bett geschlüpft, hatte sich an sie geschmiegt. Jessie umarmte das Kopfkissen wie einen Geliebten und weinte sich in einen kurzen, traumlosen Schlaf.

Vor dem Haus bellte ein Hund. Sofort war sie hellwach. Der Anwaltstermin! Wie ein riesiger Felsblock lag er vor ihr und lähmte ihre Gedanken. Sie kroch aus dem Bett, schlich ins Wohnzimmer. Einen Moment überlegte sie, Claire anzurufen. Sicher würde die Freundin sie gern nach Sneem begleiten. Jessie hatte die Finger schon auf dem Display des Handys, da fiel ihr Blick auf Mauras Foto. Die Tante lächelte sie aufmunternd an.

»Du hast recht, Auntie, ich schaffe das auch allein«, murmelte Jessie. »Ist doch schließlich keine Prüfung, zu der ich antreten muss, nur ein blöder Anwaltstermin.« Sie straffte die Schultern, schnaufte und verschwand eilig im Bad. Wenn sie sich beeilte, würde sie den Frühbus nach Sneem erreichen. Ein kleiner Schwatz mit den Kolleginnen im Supermarkt war genau das, was sie gerade brauchte. Von dort aus waren es nur wenige Schritte zur Anwaltskanzlei.

Eine halbe Stunde später flitzte sie die Treppe hinunter und schloss die Tür zur Servicestelle der Post auf. Briefmarkenautomat und Einwurfboxen für Briefe und Pakete waren ab sofort für jedermann frei zugänglich. Sie schrieb eilig

»Die Teestube bleibt heute geschlossen« auf ein Pappschild und hängte es an die Eingangstür. In dem Moment bog der Bus in die Hauptstraße ein und steuerte die Haltestelle vor dem Pub an. Sie sprintete über die Straße.

»Hey, Jess. Mal wieder auf den letzten Drücker?« Der Busfahrer legte beim Sprechen eine beachtliche Zahnlücke frei. »Wo hast du die letzten Tage gesteckt?«

Jessie hielt ihm die Monatskarte vor die Nase. »Ich arbeite nicht mehr im Supermarkt. Betreibe doch seit Kurzem die Teestube meiner Tante.«

»Mensch, Garvin, du kriegst auch gar nichts mit«, meldete sich Tommys jüngster Sohn aus der letzten Reihe. »Ihre Tante ist tot. Jetzt hat sie den ganzen Kram an der Backe.«

»Klappe dahinten, oder du läufst zu Fuß nach Sneem«, knurrte Garvin. Er lächelte Jessie mitfühlend an. »Tut mir leid für dich, Jess. Falls du mal handwerkliche Hilfe brauchst …«

»… rufe ich dich an«, beendete sie den Satz und steuerte ihren Stammplatz in der zweiten Reihe an. Mit einem Kopfnicken begrüßte sie die schwerhörige Mrs Winter, die am Fenster saß. Wie üblich tätschelte ihr die alte Dame die Wange und lehnte sich zu einem Nickerchen zurück.

Der Bus fuhr an, und Jessie schloss die Augen. Sie war diese Strecke seit ihrem siebzehnten Lebensjahr fast täglich gefahren, kannte jeden Baum und Strauch. Die Bushaltestellen erriet sie an der Art, wie Garvin bremste. Vor dem Ortseingang von Sneem rumpelte der Bus über die historische Steinbrücke. Zeit für Jessie, aufzustehen. »Lässt du mich bitte am Supermarkt raus?«, bat sie den Busfahrer.

Er schob grinsend die Baseballkappe in den Nacken und nickte ihr zu. »Du hast wohl Sehnsucht nach den Kollegen?«

»Das auch.« Sie hangelte sich schwankend an den Haltegriffen entlang zum Ausstieg. »Auf der Rückfahrt erzähle ich dir mehr«, versprach sie und hüpfte mit einem Satz aus dem Bus, kaum dass der mitten auf dem Supermarkt-Parkplatz hielt und die Türen aufgingen. Zielstrebig steuerte sie den Personaleingang an.

»Eine größere Limousine konntest du dir wohl nicht leisten«, witzelte ihre Freundin Sue, die neben den Mülltonnen stand und rauchte.

»Mein Bentley ist gerade in der Wäsche«, konterte Jessie. Ein kleiner Wortwechsel mit der ehemaligen Kollegin, und ihre Unbeschwertheit kehrte zurück. »Auf den Laden hier kann ich gut verzichten, aber deine dummen Sprüche fehlen mir.« Sie schnippte Sue die Zigarette aus der Hand, trat sie mit dem Absatz aus und warf den Stummel in den Ascheneimer neben der Metalltür. »Wolltest du damit nicht endlich aufhören?«

»Habe ich doch«, maulte die Freundin. »Eine Woche lang nicht eine Kippe.«

»Du Arme.« Jessie rückte näher an die um einen Kopf kleinere Sue heran. »Wer ist diesmal schuld, dass du wieder rückfällig geworden bist?« Sie bohrte ihr den Zeigefinger in die Seite. »Nun sag schon.«

»Pam hat gekündigt«, knurrte Sue. »Die zieht nach Dublin zu ihrem neuen Freund. Diesmal ist es anscheinend was Ernstes.« Sie kniff die Augen zusammen und kickte mit der Fußspitze gegen die Mülltonne. »Sie hat ihn beim Speeddating im Pub kennengelernt. Ich fasse es nicht. Zuerst lässt du mich im Stich und jetzt auch noch Pamela. Am liebsten würde ich auch in den Sack hauen.« Sie schnappte nach Jessies Hand und drehte sie so, dass sie auf die Armbanduhr schauen konnte. »Ich muss rein, sonst kassiere ich einen Anschiss vom Chef.«

»Mann, bin ich froh, dass ich den los bin. In meiner Teestube habe ich das Sagen.« Jessie drückte sie kurz an sich. »Wehe, du besuchst mich nicht bald«, drohte sie mit erhobenem Zeigefinger und eilte über den Parkplatz Richtung Innenstadt.

Mit jedem Schritt, den sie sich weiter von ihrer alten Arbeitsstelle entfernte, fiel die Last ein Stück weit von ihr ab. Nie wieder musste sie um sechs an der zugigen Bushaltestelle stehen, sich acht Stunden lang im Supermarkt den Rücken hinter der Kasse krumm sitzen. Wie hatte sie das bloß all die Jahre ausgehalten? Heute war ihr zum ersten Mal bewusst, welches Geschenk die Tante ihr hinterlassen hatte. Die Chance auf einen Neuanfang.

Jessie warf den Kopf in den Nacken und lachte befreit. Sie bog beschwingt auf den Marktplatz ein, wo sie das viktorianische Gebäude sah, in dem der Anwalt residierte. Da nahm ihre Euphorie Reißaus. Stattdessen nistete sich wieder die Unsicherheit in ihr ein. Sie bereute es, allein zu sein.

»Werd endlich erwachsen«, schalt sie sich. »Du brauchst keinen starken Mann an deiner Seite, auch keine ältere Freundin, die dir das Händchen hält.« Jessie ballte die Fäuste in den Manteltaschen. »Du ziehst das jetzt durch«, knurrte sie. »Du marschierst jetzt in diese Anwaltskanzlei, leistest deine Unterschrift und trittst das Erbe an.«

Eine halbe Stunde zu früh drückte sie auf den Klingelknopf neben dem Messingschild.

Aus der Gegensprechanlage tönte die piepsige Stimme einer Frau. »Ja, bitte. Wer ist da? Haben Sie einen Termin?«

Jessie unterdrückte ein nervöses Kichern. »Jessie Cameron. Sorry, ich bin zu früh. Dürfte ich trotzdem schon reinkommen?« Sie kniff die Beine zusammen. »Äh, ich müsste mal dringend …« Schnell biss sie sich auf die Zunge. Ging ja schließlich keinen was an, dass sie sich vor Aufregung fast in die Hose pinkelte.

»In Ordnung«, piepste die Frau. »Sie können im Foyer warten.«

Die schwere Teakholztür schwang wie von Geisterhand auf. Erleichtert schlüpfte Jessie in den Flur. Sie hatte keinen Blick für die Marmorsäulen im Empfangsbereich. Auch der samtweiche rote Läufer unter ihren Füßen beeindruckte sie nicht. Mit letzter Kraft schleppte sie sich zu einem Empfangstresen, hinter dem sich eine mollige Dame mit Hochsteckfrisur gelangweilt die Nägel feilte.

»Die Räumlichkeiten für Ladys befinden sich gleich hinter der Palme«, erklärte sie gestelzt, ohne den Blick zu heben. »Sie können dann auch direkt zu Mr Delaney. Er erwartet Sie bereits.«

»Danke«, japste Jessie. Wie ein Wirbelwind fegte sie an der Yuccapalme vorbei, dass die Blätter zitterten. Sie stürzte in die Damentoilette, als wäre sie auf der Flucht.

Fünf Minuten später klopfte sie zaghaft an die hohe Eichenholztür am Ende des Flurs. Ihr Mund war staubtrocken, die Zunge wie gelähmt. Automatisch wich sie zurück, als die Tür nach innen aufschwang.

»Miss Cameron, wie schön, Sie nach all den Jahren wiederzusehen. Wenn auch der Anlass ein trauriger ist. Es tut mir aufrichtig leid, dass Sie Ihre Tante so früh verloren haben. Sie war ein herzensguter Mensch.« Ein Hüne von einem Mann im Nadelstreifenanzug reichte ihr die Hand. Das schüttere weiße Haar hatte er streng nach hinten gekämmt.

»Danke«, murmelte sie und verharrte in der offenen Tür.

Er lächelte sie warmherzig an. »Sie erinnern sich bestimmt nicht mehr.« Er machte eine einladende Geste. »Bitte treten Sie doch ein. Setzen wir uns dort ans Fenster.«

»Sollte ich mich denn erinnern?« Jessie ließ sich auf die Kante eines Chippendale-Sessels nieder und schaute sich vorsichtig um. Ihr Blick blieb an einem kleinen geschnitzten Bernhardiner hängen, der auf dem Schreibtisch saß. »Darf ich?« Sie erhob sich, ging wie elektrisiert darauf zu und berührte zart den Kopf des Tieres. Erinnerungen blitzten auf. »Ich habe auf dem Schoß meiner Tante gesessen.«

»Ja, genau. Sie waren etwa vier oder fünf.« Mr Delaney trat neben sie und deutete auf den Besucherstuhl vor dem Schreibtisch. »Sie haben die ganze Zeit geweint. Doch dann haben sie Berni entdeckt und gelacht.«

»Sie schenkten mir ein Sahnebonbon. Ich durfte mich auf den Teppich setzen und mit Berni spielen.« Jessie ging in die Hocke, strich über den weichen Flor des Perserteppichs. Vor Erleichterung stöhnte sie auf. »Ich bin so froh, dass ich mich wieder erinnere. Meine Tante hat mich adoptiert. War das der Grund unseres Besuchs?« Sie erhob sich und nahm wieder auf dem Sessel Platz. Doch dieses Mal lehnte sie sich entspannt zurück.

»Nicht nur. Sie hat damals schon ihr Testament hinterlegt.« Er rückte seine Brille zurecht. »Wenn es für Sie okay ist, komme ich direkt zum Punkt. Es wird Sie sicher nicht überraschen, dass Sie die alleinige Erbin sind.« Er räusperte sich. »Bevor der Erbschein erteilt werden kann, muss ich den Wert des Erbes ermitteln. Die Kosten, die dabei anfallen, sollten Ihnen allerdings keine großen Sorgen bereiten. Allerdings hat das Finanzamt an dem von mir ermittelten Wert ein eigenes Interesse. Dort wird man mit einer eigenen Wertermittlung und einem Fragebogen an Sie herantreten. Auf deren Grundlage wird dann die Höhe der von Ihnen zu entrichtenden Erbschaftssteuer festgesetzt.«

»Steuern, Gebühren?« Jessie schluckte. Damit hatte sie nicht gerechnet. »Wie viel wird das sein?«

»Ihre Tante hat klug gehandelt, Sie zu adoptieren, denn wenn sie das nicht getan hätte, müssten Sie heute fünfundzwanzig Prozent Erbschaftssteuer zahlen. So aber …« Er reichte ihr eine Tasse Tee und nickte. »… wird sich die Steuerlast in Grenzen halten.«

»Was genau heißt das?« Jessie erhob sich, marschierte vor dem Fenster auf und ab.

»Lassen Sie uns das kurz durchrechnen.« Mr Delaney runzelte die Stirn, nahm eine Ledermappe vom Schreibtisch und schlug sie auf. »Das Haus ist Baujahr 1950. Dazu kommen die Grundstücke. Die sind inzwischen erheblich im Wert gestiegen. Bauerwartungsland ist teuer.« Er notierte Zahlen auf einem Block. »Ihre Tante hatte sicher ein Sparkonto. Kennen Sie den aktuellen Stand?«

»Ziemlich genau sogar, denn ich habe das Sparbuch erst gestern zwischen Mauras Pullovern in ihrem Schrank gefunden.« Sie kniff die Augen zusammen, rief sich die Zahl ins Gedächtnis. »Siebentausenddreihundert Euro und vierundzwanzig Cent sind drauf.« Ihr Herz rutschte eine Etage tiefer. »Geht das jetzt etwa alles für Steuern und Gebühren drauf?«

»Das kommt darauf an. Der Wert des Erbes sinkt, wenn Sie nachweisen können, dass dringender Sanierungsbedarf besteht.« Mr Delaney tippte sich an die Schläfe. Er schaute sie nachdenklich an. »Ihr Haus ist in die Jahre gekommen. Wie sieht es mit dem Dach aus?«

»Ich weiß nicht.« Jessie schwirrte der Kopf. »Das müsste vielleicht in den nächsten Jahren …«

»Wunderbar.« Der Anwalt strahlte sie an. »Jetzt brauchen Sie nur noch einen Architekten oder Bauingenieur, der den

Sanierungsbedarf bescheinigt. Dann ist die Steuer vom Tisch.« Er blätterte durch ein Adressbuch. »Ich bin sehr gern bei der Suche behilflich, und auch sonst können Sie mich jederzeit um Rat fragen. Besser wäre es natürlich, wenn jemand das auf Freundschaftsbasis erledigt. Sie haben nicht zufällig einen Freund oder Bekannten vom Fach?«

»Doch.« Jessie seufzte. »Aber ich bin mir nicht sicher, ob der das so ganz ohne Gegenleistung macht.«

Kapitel 13

Der eisige Westwind schaufelte Wolken über das Dorf. Es roch nach Schnee. Jessie schlang den Wollschal enger um den Hals und zog die Strickmütze in die Stirn. Mit dem Weidenkorb in der Hand stapfte sie durch den Garten. Fasziniert blieb sie vor dem hohen Rhododendron stehen und stellte den Korb neben sich ins Gras. Es juckte sie in den Fingern, den ersten Raureif des Jahres von den Blättern zu streichen. Doch dann hörte sie Mauras mahnende Stimme. *Lass den armen Pflänzchen ihre Mäntel. Sonst erfrieren sie.* Ihre Tante hatte diese Jahreszeit geliebt. Sie hatte von früh bis spät in der Küche gewerkelt, Unmengen von Weihnachtsplätzchen und Früchtebrot gebacken und selbst den hintersten Winkel des Hauses dekoriert. Jessies Herz krampfte sich zusammen, Kälte kroch ihr den Rücken hinauf. Ihr erstes Weihnachtsfest ohne Maura, wie sollte sie das überstehen? Reglos verharrte sie auf der Stelle. Als jemand ihr auf die Schulter tippte, hob sie müde den Kopf.

»Hier steckst du.« Claire musterte sie ernst. »Keine leichte Zeit für dich, mein Mädchen«, murmelte sie und drückte sie kurz an sich. »Mir ist dieses Jahr so überhaupt nicht nach Weihnachtsdeko und dem ganzen Adventskram. Aber für unsere kleine Nelly soll doch alles perfekt sein.« Seufzend strich sie Jessie über die Wange. »Wie verlief dein Termin beim Anwalt?« Sie schielte in den Weidenkorb und schmunzelte. »Eigenwillige Deko. Ist das etwa Pulverschnee auf den Muffins?«

Jessie blies ein Atemwölkchen in die Luft. »Reine Notlösung. Ich habe die Backzeit aus den Augen verloren. Hoffentlich schmeckt man nicht, dass die Muffins zu lange im Ofen waren. Die dunkelsten Stellen habe ich natürlich abgeschnitten.«

»Ach, deshalb die Schokostücke und der Puderzucker. Sieht aus, als hättest du kleine Iglus mit Schornsteinen gebaut.« Claire schnappte sich einen Muffin aus dem Korb, biss hinein und verdrehte die Augen. »Die Dinger schmecken himmlisch. So richtig weihnachtlich.«

»Ehrlich? Oder sagst du das jetzt nur, um mich zu trösten?« Jessie knibbelte ein Stück von Claires Muffin ab, schob es sich in den Mund und ließ die Schokolade auf der Zunge zergehen. Zufrieden schleckte sie sich den Puderzucker von den Lippen. »Meine neue Kreation. Cottage im Schneegestöber.« Sie nahm den Korb und hakte sich bei Claire ein. »Auf geht's. Greifen wir zu den Stricknadeln. Ich hoffe nur, dass ich niemanden ernsthaft damit verletze.«

Auf dem kurzen Weg zu Kathys Webstube schilderte sie der Freundin ihren Vormittag. »Auf Mr Delaneys Rat hin habe ich vorhin mit Trevor telefoniert. Glaub nicht, dass der begeistert war, als ich ihn um Hilfe gebeten habe. Er will es sich überlegen«, brummte sie. »Das hänge ganz davon ab, wie der heutige Abend verlaufe.«

Claire schnaubte. »Männer! Die haben doch nur eins im Sinn. Ich kann mir schon denken, worauf er hinauswill. Lass dich bloß zu nichts hinreißen«, mahnte sie. »Wir finden bestimmt eine bessere Lösung für dein Steuerproblem.« Sie legte die Stirn in Falten und schaute auf die andere Straßenseite, wo ihr Sohn vor dem Pub den Bürgersteig fegte. Ein verschmitztes Lächeln huschte über ihr Gesicht. »Seans alter Schulfreund ist Architekt in Killarney. Den könnten wir doch fragen.« Pfeifend beschleunigte sie den Schritt und steuerte den Wollmarkt an. »Sieh nur.« Sie deutete ins Schaufenster. Dort schwebte ein von dünnen Drähten gehaltener Holzschlitten unter der Decke. Auf seiner Sitzfläche stapelten sich Ringelsocken und flauschige Wollschals. »Kathys Weihnachtsdeko wird jedes Jahr aufwendiger. Hat sie Lenas Handtaschen nicht perfekt in Szene gesetzt?« Umgeben von Wattewölkchen thronten Clutches und Schultertaschen aus Leder und Kork auf Schuhkartons, die mit Goldfolie verpackt waren.

»Ja, sehr schön«, murmelte Jessie, obwohl sie kaum mehr als einen schnellen Blick riskiert hatte. In Gedanken war sie immer noch bei Trevor und ihrem Telefonat. Seine Stimme hatte kühl und abweisend geklungen. Keine zehn Minuten hatte er ihr gegönnt. Dann war das Gespräch beendet gewesen.

Claire zupfte sie am Ärmel. »Geistert dir immer noch dieser Trevor im Kopf herum?«

Jessie nickte. »Mag ja sein, dass ich ihn bei der Arbeit gestört habe. Aber das ist noch lange kein Grund, mich dermaßen herablassend zu behandeln. Ich brauche ihn nicht, er mich aber sehr wohl.« Sie hielt Claire die Ladentür auf und tapste hinter ihr in den Verkaufsraum des Wollmarkts. »Wenn McKenzie junior sich zu fein dafür ist, mir zu helfen, dürft ihr gern Seans Freund kontaktieren.«

Claire hob den Daumen und grinste breit. »Inzwischen ist mir auch der Name von Seans Freund wieder eingefallen. Timothy McGillen.«

»Super«, freute sich Jessie. »Ich bin gespannt, wie Trevor reagiert, wenn ich diesen Namen so ganz nebenbei fallen lasse.« Beschwingt eilte sie in die Webstube. Sie sah wieder Licht am Ende des Tunnels.

Mit großem Hallo wurde sie von Kathy, Nora, Lena und

Sheila begrüßt. Die Handarbeitsfrauen drängten sich um sie, nahmen sie der Reihe nach in den Arm. Jessie schlüpfte aus dem Mantel, befreite sich von Schal und Mütze und warf alles achtlos in eine Kiste unter dem Webstuhl. »Ich habe euch meine neueste Kreation mitgebracht«, verkündete sie und deutete auf den Korb. »Cottages im Schneegestöber. Bitte greift zu.«

»Ich finde es klasse, dass du uns jetzt unterstützt.« Kathy schob ihr einen alten Küchenstuhl zurecht und reichte ihr einen Becher Tee. Schmunzelnd hob sie den Teller mit den Muffins aus dem Korb und stellte ihn auf den Arbeitstisch. »Schade, dass meine Kinder nicht hier sind. Die wären hin und weg beim Anblick dieser süßen Häuschen.«

»Dann heb ihnen doch zwei auf«, schlug Jessie vor. Schnuppernd hielt sie sich den Teebecher unter die Nase. »Was hast du da reingetan?«

»Nur einen winzigen Schluck Whiskey.« Kathy lachte. »Damit wird dir das Stricken leichter von der Hand gehen.«

Die Handarbeitsfrauen prosteten sich mit den Teetassen zu. Begeistert naschten sie von Jessies Muffins und sparten nicht mit Lob. Doch nach einer halben Stunde klatschte Claire in die Hände. »An die Nadeln, Mädels. Bis zum Weihnachtsmarkt ist nicht mehr lange hin. Wir brauchen dringend mehr Schals und Socken. Unser Vorrat an Einkaufsbeuteln geht auch zur Neige.«

»Um die Taschen müsst ihr euch nicht kümmern. Das erledige ich mit meinen Näherinnen in der Manufaktur.« Lena, Jacks deutsche Ehefrau, griff nach einem Nadelspiel. »Zur Abwechslung versuche ich mich heute mal an Socken.«

»Was wären wir nur ohne dich und deine kreativen Ideen?« Kathy drückte ihrer besten Freundin und Geschäftspartnerin einen dicken Schmatzer auf die Wange.

»Ich erinnere mich noch genau, wie du vor sechs Jahren zum ersten Mal in meine Webstube kamst. Du warst zu Besuch aus Berlin hier, wolltest nur drei Wochen bleiben. Doch dann hast du dich in unseren Dorfarzt verliebt.«

Lena lachte und breitete die Arme aus. »Nicht nur in Jack, in euch alle. Ohne euch hätte ich nie den Mut gehabt, mich als Taschendesignerin selbstständig zu machen.« Sie klapperte energisch mit den Nadeln. »Genug Gefühlsduselei. So eine Socke strickt sich nicht von allein.«

»Ja, genau«, bestätigte Sheila. Sie rutschte auf die Webbank und setzte ihre Arbeit an einem Läufer fort.

Jessie schaute Claire, Kathy und Nora eine Zeit lang beim Stricken zu, dann schnappte sie sich mutig zwei Stricknadeln und ein Knäuel Wolle. »Schimpft nicht, wenn das Muster bei mir nicht so akkurat aussieht wie bei euch. Ich bin froh, dass ich überhaupt noch weiß, wie rechte und linke Maschen gehen.« Ihre Wangen glühten. Hochkonzentriert schlug sie Maschen für einen Schal auf und stellte schon bald überrascht fest, wie leicht ihr das Stricken fiel. Nicht eine Masche rutschte von der Nadel. Sie hob kaum den Kopf von der Arbeit, legte das Strickzeug erst aus der Hand, als draußen die Laterne anging und die anderen zum Aufbruch mahnten.

Gemeinsam mit den Freundinnen marschierte sie kurz vor sechs in den Pub. Lou, die junge Wirtin, stand allein hinter dem Tresen und polierte Gläser. »Na endlich leistet mir jemand Gesellschaft.« Sie winkte die Frauen zu sich in den Schankraum. »Dieser Trevor sitzt schon seit einer halben Stunde in unserem Hinterzimmer und telefoniert«, erzählte sie hinter vorgehaltener Hand. »Der führt sich auf wie in seinem Büro. Einen Kaffee durfte ich ihm bringen. Aber als ich den Kamin anheizen wollte, hat er mich rausgeschickt.« Sie stemmte die Fäuste in die Hüften und schnaufte. »Der kann von Glück reden, dass Sean und Fergus noch in der Wohnung sind. Die hätten das nicht durchgehen lassen.«

Claire stupste Jessie an. »Geh rein und red mit ihm.«

»Ja, bitte«, bat Lou eindringlich. »Mach ihm begreiflich, dass gleich das halbe Dorf anrückt. Wäre besser, er stünde dann mit einem Bier in der Hand lässig an der Bar. Bei unseren Farmern kommt so ein zugeknöpfter Büromensch gar nicht gut an.«

»Okay.« Jessie blies eine widerspenstige Strähne aus ihrem Gesicht und warf sich in die Brust. »Das trifft sich gut. Ich habe sowieso noch ein ernstes Wörtchen mit ihm zu reden.« Sie stopfte Mantel, Mütze und Schal in den Weidenkorb, den sie unter den Garderobenständer stellte. Bewusst hatte sie für diesen Abend ihr Wohlfühl-Outfit gewählt, Jeans und Aran-Sweater. Der Old Horseshoe war so etwas wie ihr zweites Wohnzimmer, die Gäste ihre Freunde. Hier redete jeder, wie ihm der Schnabel gewachsen war. Keiner musste sich verstellen oder gar in Schale schmeißen. Bei Guinness und Whiskey wurde mancher Deal per Handschlag besiegelt. Wenn Trevors Plan aufgehen sollte, musste er sich an diese Spielregeln halten.

Jessie machte sich nicht erst die Mühe, anzuklopfen. Sie stürmte in das Hinterzimmer und warf die Tür hinter sich zu. »Warum verkriechst du dich hier?«

Trevor stand mit dem Rücken zu ihr vor dem Fenster. »Da bist du ja endlich«, sagte er leise und wandte sich um. Unter seinen Augen lagen dunkle Schatten. Ein trauriges Lächeln umspielte seinen Mund. »Bitte schrei mich nicht an. Das hat mein Dad schon erledigt.« Er massierte sich stöhnend die Schläfen.

»Was ist passiert?« Jessie stellte sich vor, wie der große Boss seinen Sohn anschnauzte. Sofort regte sich Mitleid in ihr. »Weiß er, was du vorhast?« Ein schrecklicher Verdacht stieg in ihr auf. »Hat Edward etwa …?«

Trevor schüttelte den Kopf. Seufzend sank er auf die Bank vor dem Kamin. »Nein, nein. Diesmal geht es nicht um die Blockhäuser. Auf unserer Baustelle in Killarney wurde der falsche Zement für die Mörtelherstellung verwendet.«

»Und das ist deine Schuld?« Jessie setzte sich auf die äußerste Kante der Bank und schaute in die kalte Asche.

»Irgendwie schon. Wenn ich die Lieferung kontrolliert hätte, statt mich auf den Polier zu verlassen, wäre das sicher nicht passiert. Die Firma hat statt des von mir bestellten, wesentlich umweltfreundlicheren Hochofenzements gängigen Portlandzement geliefert«, erklärte Trevor. »Jetzt müssen wir die Wand wieder einreißen. Die Bauzeit verlängert sich, und das kostet.«

»Warum lasst ihr die Mauer nicht stehen? Zement ist doch Zement«, wandte Jessie ein.

»Eben nicht. Hochlandzement ist widerstandsfähiger gegen Salz, also auch gegen salzhaltige Luft. Ich könnte mich ohrfeigen für meine Nachlässigkeit.« Trevor rutschte näher an sie heran, legte ihr den Arm um die Schultern. »Trotzdem hätte ich dich heute Morgen nicht so abwimmeln dürfen. Du hast jedes Recht, sauer auf mich zu sein.«

Nebenan im Schankraum dröhnte Pfarrer Donnellys tiefe Stimme. »Wo steckt er denn nun, dieser Baumensch? Ich habe extra seinetwegen die Chorprobe verschoben.«

Tommy Burke verlangte lautstark nach Bier, und Angus stritt sich mit Fergus.

Jessie stupste Trevor an. »Wir müssen raus. Die anderen

warten auf dich.« Sie zupfte an seinem Jackett. »Vorher sollten wir aber noch an deinem Outfit feilen. In dem feinen Zwirn eckst du sofort bei den Farmern an.«

»Was schlägst du vor?« Trevor warf ihr einen flehenden Blick zu. »Ich komme direkt aus der Krisensitzung. Vor lauter Stress habe ich vergessen, mich umzuziehen. Die Flipchart steht noch in meinem Büro. Wie unprofessionell von mir. Das passiert mir sonst nie.« Er lehnte den Kopf an ihren und seufzte.

Jessie wuschelte ihm durchs Haar. »Dann schreibst du halt auf die Schiefertafel. Hauptsache, du hast deine Baupläne und Bilder von den Blockhäusern dabei.« Sie lockerte seinen Krawattenknoten. »Die muss auf jeden Fall runter. Zieh dein Sakko aus, und krempel die Ärmel hoch. So kommst du lässiger rüber.«

»Ich mag es, wenn du an mir herumfummelst«, raunte er und versuchte, sie zu küssen.

»Du bist unmöglich.« Jessie knuffte ihn in die Seite und sprang auf. Die Bank kippelte bedenklich. »Claire hat recht: ihr Männer denkt immer nur an das eine!« Sie warf ihm einen strengen Blick zu. »Sieh zu, dass du in zwei Minuten im Schankraum bist. Ich kümmere mich derweil um die Schiefertafel.«

»Aye, Mylady«, brummte er und baute sich wie ein Soldat zum Appell vor ihr auf. »Du wirst dich noch wundern, was ich alles im Kopf habe.«

Sie verkniff sich das Lachen, flitzte aus dem Hinterzimmer und schnappte nach Luft, als sie die vielen Menschen sah, die sich vor der Theke und in der Lounge versammelt hatten. Alle waren gekommen, selbst die Farmer aus den Nachbardörfern. Wild gestikulierend standen sie dicht gedrängt zusammen. Mittendrin Fergus, der ein volles Tablett über dem Kopf balancierte. »Platz da«, kommandierte er und bahnte sich einen Weg zu den Frauen in der Lounge.

Jessie entdeckte Edward vor dem Tresen und winkte ihm zu. Er zwängte sich zwischen Angus und Steve durch und schob zwei Farmerssöhne zur Seite, die sich an ihrem Guinness festhielten. Dann stand er vor ihr, öffnete den Mund, um etwas zu sagen. Doch in diesem Moment tauchte Trevor neben ihr auf. »Gefalle ich dir jetzt besser?« Sein Haar war verwuschelt, das Hemd hing ihm lässig aus der Hose. Entschlossen reckte er das Kinn.

Die Blicke der Männer trafen sich. Wie zwei Schafböcke auf der Weide standen sie sich gegenüber. Die Luft zwischen ihnen schien zu brennen.

»Trevor, das ist Edward, der Tierarzt«, sagte sie eilig und funkelte ihn an. Sie legte Ed eine Hand auf den Unterarm und schenkte ihm ein warmherziges Lächeln. »Ich bin mir sicher, ihr werdet euch gut verstehen.« Mit energischer Miene kämpfte sie sich zum Tresen vor und ließ sich von Lou die große Schiefertafel, einen Lappen und Kreide geben. Sie lehnte die Tafel so gegen die Zapfanlage, dass sie für jedermann sichtbar war.

»Danke, Jess. Ich übernehme jetzt«, hörte sie Trevor in ihrem Rücken sagen. »Hast du deine Unterlagen?«, fragte sie ihn und rückte ein Stück zur Seite, um ihm den Platz zu überlassen.

Mit dem Kopf deutete er auf eine Mappe, die auf dem Schanktisch lag. Augenzwinkernd nahm er Lou ein volles Pintglas aus der Hand und stellte sich breitbeinig vor den Tresen. »Sláinte!«, rief er so laut, dass sich alle nach ihm umdrehten. »Meine ersten Holzhäuser baute ich aus Streichhölzern.« Er schnappte sich ein Stück Kreide und zeichnete ein Blockhaus auf die Tafel. Der Sonne darüber verpasste er ein Grinsegesicht.

Alle lachten.

»Der macht das gut«, flüsterte Ed Jessie zu. »Die Leute lieben solche Geschichten.«

»Ich hoffe nur, dass er uns kein Märchen auftischt«, entgegnete sie leise.

Kapitel 14

Trevor verstand es, die Zuhörer in seinen Bann zu ziehen. Er gestikulierte wild, rollte mit den Augen und schilderte in den buntesten Bildern die Zeit, die er als Maurer auf dem Bau verbracht hatte. Anekdoten aus seiner Studienzeit brachten die Leute zum Lachen. »Mit Mörtel und Stein kenne ich mich aus. Aber viel lieber arbeite ich mit Holz.« Er prostete ihnen erneut zu. »Lasst euch nachschenken. Bevor ich euch meine Pläne für Busby erläutere. Heute Abend übernehme ich die Rechnung.«

»Das machst du doch wohl nicht ohne Hintergedanken.« Tommy Burke drängelte sich vom Fenster zum Tresen. Die Fäuste in die Hüften gestemmt, stellte er sich vor Trevor. »Mit ein paar Bier und Whiskeys lassen wir uns noch lange nicht kaufen.«

»Ja, genau«, bestätigte der alte Barton. »Leg endlich die Karten auf den Tisch. Wir müssen morgen alle früh raus. Unser Vieh schert sich einen Dreck um unsere Brummschädel.«

Unruhe kam auf. Die Leute tuschelten miteinander, einige drängten zum Aufbruch. »Von mir bekommt der keine Handbreit Land«, knurrte Lenas Schwager Dan.

»Freunde, wo bleiben eure guten Manieren?« Edward schob sich an Jessie vorbei neben Trevor und nickte ihm zu. »Gebt dem Mann eine Chance«, sagte er mit fester Stimme. »Oder ist euch Busbys Zukunft egal?«

»Du hast gut reden, Ed. Dir setzt keiner einen Betonkasten vor die Nase. Hockst da draußen auf deiner Scholle, nichts als Natur vor dem Fenster.«

»Von wegen, Tommy.« Edward nahm Trevor die Kreide aus der Hand. Mit wenigen Strichen zeichnete er ein Cottage neben das Blockhaus und dazwischen eine Straße. »Das ist mein Haus, und wir reden über das Grundstück unterhalb des alten Friedhofs. Ihr könnt euch also ganz entspannt zurücklehnen, denn niemand will euer Land. Ist doch so, Trevor?«

»Ja, genau«, bestätigte dieser. »Sowohl mein Dad wie auch ich sind an dem Grundstück interessiert, das direkt an Edwards grenzt.«

»Wenn das stimmt, kann ich ja gehen.« Tommy knallte sein leeres Bierglas auf den Tresen. »Kommst du, Nora?«, rief er seiner Frau in der Lounge zu.

»Du darfst gern zu Fuß nach Hause laufen, mein Schatz. Aber ich höre mir jetzt an, was Mr McKenzie zu sagen hat.« Schmunzelnd klimperte sie mit dem Autoschlüssel.

»Saukalt da draußen«, brummelte er. »Ich bleibe.« Er kniff die Augen zusammen und zog einen Flunsch. Doch als Lou ihm ein frisch gezapftes Guinness in die Hand drückte, quittierte er das allgemeine Gelächter mit einem schiefen Grinsen.

»Okay. Also lasse ich die Schafe mal auf die Weide.« Trevor entnahm der Mappe einen Bauplan und hielt ihn in die Höhe. »Die Landschaft unterhalb des Friedhofs ist wild und ursprünglich, und genau so sollte sie bleiben. Da gebt ihr mir doch recht? Einige von euch werden die Holzhäuser im Lakeland sicher kennen. Die habe ich vor drei Jahren gebaut.« Er gab Jessie den Bauplan, den sie über die Tafel hängte. Dann zog er ein Foto der Ferienhaussiedlung in DIN-A4-Format aus der Mappe und reichte es herum. »Genau so stelle ich mir die Siedlung unterhalb des Friedhofs vor. Zehn höchstens, zwölf Blockhäuser. Jedes gerade groß genug, dass eine Familie darin Urlaub machen kann. Keine Tennisplätze, kein Restaurant und auch kein Supermarkt. Gestresste Großstädter zieht es wieder aufs Land. Sie lieben das einfache Leben, die unberührte Natur. Die Ferienhäuser im Lakeland sind über Monate ausgebucht. Sogar im Winter. Auch Busby könnte von diesem Trend profitieren. Denkt doch nur an die steigenden Umsatzzahlen in euren Geschäften und Lokalen.«

Jessie beobachtete fasziniert, wie schnell es ihm gelang, die Leute auf seine Seite zu ziehen. Sie nahm die von Trevor vorbereiteten Listen aus der Mappe und legte sie auf einen der Stehtische. »Meine Zustimmung hast du«, erklärte sie laut und deutlich und setzte ihren Namen auf das erste Blatt. »Ich freue mich über jeden zusätzlichen Gast in meiner Teestube. Gerade jetzt im Winter.«

»Du glaubst wirklich, wenn wir alle unterschreiben, wird dir die Kirche das Grundstück verkaufen?« Mr Melony blieb skeptisch. »Was, wenn dein Vater sein Angebot erhöht?«

Edward sprang Trevor zur Seite. »Dann braucht er immer noch meine Zustimmung zum Bau einer Zufahrtsstraße.«

»Nun unterschreib schon, Joseph. Meinen Segen hat der junge McKenzie«, meldete sich der Pfarrer aus der Lounge. Er erhob sich. Das Bierglas wie eine Monstranz vor sich haltend, bahnte er sich einen Weg zum Tresen und nickte Trevor zu. »Das keltische Hochkreuz auf dem alten Friedhof ist ein sakrales mittelalterliches Kunstwerk. Ebenso wie einige besonders alte Grabsteine. Sie sind wichtige Zeitzeugen unserer bewegten Geschichte. Leider hat der Zahn der Zeit dort einige Spuren hinterlassen. Du hast nicht zufällig einen guten Restaurator oder Steinmetz an der Hand? Es wäre hilfreich, wenn du beim Gespräch mit dem Bischof erwähnst, wie sehr dir die Erhaltung dieser Gedenkstätte am Herzen liegt.«

»Ist mir noch gar nicht aufgefallen, dass das Kreuz baufällig ist«, raunte Ed Jessie zu.

Sie schüttelte nachdenklich den Kopf. »Na ja«, flüsterte sie. »Aber das muss der Bischof ja nicht wissen.« Sie rückte näher an Trevor, stupste ihn an. »Du sorgst doch auch sicher dafür, dass der Wanderweg eine neue Beschilderung bekommt? Nur wenige Urlauber verirren sich bisher in diese Gegend. Mach sie zu einem neuen Highlight unserer Region.«

Trevor musterte sie sowie den Pfarrer und lachte. »Darüber lässt sich reden.« Er zwinkerte den beiden zu. »Wenn ich den Zuschlag bekomme, spendiere ich noch zwei Bänke und eine Schautafel, die auf die historische Bedeutung dieses Ortes hinweist.« Mit großen Schlucken leerte er sein Glas.

Donnelly klopfte ihm anerkennend auf die Schulter. »Ich nehme dich beim Wort, McKenzie junior. Vermassele es nicht, sonst bekommst du es mit mir zu tun.« Er nahm Jessie den Kugelschreiber aus der Hand und schrieb seinen Namen unter ihren. »Jetzt du, Tommy«, forderte er den Schaffarmer auf.

Trevor reichte jedem, der seine Unterschrift auf die Liste setzte, ein Glas Whiskey. Seine Augen strahlten, als auch der letzte Gast unterschrieb. »Ich werde euch nicht enttäuschen«, versprach er mit belegter Stimme.

Besorgt beobachtete Jessie, wie er seinen zweiten Drink hinunterstürzte. »Du musst doch noch fahren«, raunte sie ihm zu.

Er griff nach ihrer Hand, zog sie an seinen Mund und hauchte einen Kuss darauf. »Wenn ich verspreche, ganz artig zu sein, darf ich doch sicher auf deiner Couch schlafen. Wir könnten morgen beim Frühstück auch über dein Steuerproblem reden.«

»Ich weiß nicht …« Jessie legte den Kopf schief, überlegte, ihm das Schlafzimmer der Tante herzurichten. Doch Edward kam ihr zuvor.

»Du kannst gern bei mir übernachten«, brummte er. »Ich habe ein sehr bequemes Gästebett. Lass dein Auto hier stehen. Ich bin noch nüchtern. Du fährst mit mir.«

Trevor zog die Augenbrauen hoch und starrte ihn mit großen Augen an. »Und wie komme ich morgen ins Dorf? Denk bloß nicht, dass ich laufe. Ich möchte mit Jessie reden, bevor Dad mit den Investoren anrückt.«

»Keine Sorge. Ich fahre dich natürlich.« Edward lächelte verschmitzt und legte einen Arm um ihre Schultern. »Es bleibt doch bei unserer Wanderung am Samstag?«

»Ich freue mich schon darauf«, sagte sie und befreite sich von seinem Arm.

»Fürs Wochenende ist Schnee gemeldet«, knurrte Trevor. »Jess friert doch so leicht. Ich möchte nicht, dass sie sich erkältet.«

Edward boxte ihm scherzhaft in die Seite. »Entspann dich, Mann. Ich passe schon auf sie auf.«

Amüsiert verfolgte Jessie den Wortwechsel der beiden. »Hört auf, über mich zu reden, als wäre ich ein kleines Mädchen. Ich kann sehr gut allein auf mich achten.« Sie bedachte jeden mit einem strengen Blick.

Edward zuckte bedauernd die Schultern und murmelte undeutlich: »So habe ich das auch nicht gemeint.«

»Ich zahle jetzt, und dann muss ich dringend ins Bett.« Trevor funkelte sie an. »Wir reden morgen weiter.« Er zog ein Geldbündel aus seiner Hosentasche und beugte sich über den Tresen. »Was bin ich euch schuldig?«

»Moment.« Sean addierte Zahlenkolonnen auf einem Block. »Möchtest du eine Rechnung für die Steuer?«

Trevor schüttelte den Kopf, warf einen Blick auf die Summe und drückte ihm einige Hunderter in die Hand. »Für den Rest kaufst du deiner Frau einen dicken Blumenstrauß. Sag ihr, dass mir mein Benehmen vom Nachmittag leidtut. Sie wird schon wissen, wie ich es meine.« Im Stechschritt marschierte er in das Hinterzimmer, kehrte kurz darauf mit seinem Jackett und der Krawatte in der einen und seiner Aktentasche in der anderen Hand zurück. »Fahren wir?« Er nickte Edward zu, drückte Jessie einen Kuss auf die Wange und stolperte aus dem Pub.

»Hast du nicht was vergessen?« Sie sah ihm fassungslos hinterher, schüttelte den Kopf.

»Was hat er denn auf einmal? Der Abend ist doch für ihn super gelaufen«, wunderte sich Edward.

»Du hast ihm die Tour bei Jessie vermasselt«, erklärte Sean trocken und lachte.

»Ich wollte ihn sowieso nicht bei mir schlafen lassen«, versicherte sie eilig. Sie holte ihren Korb aus der Garderobe, schlüpfte in Mantel, Schal und Mütze. Die Mappe samt Bauplan und Listen verstaute sie in ihrem Weidenkorb.

»Lass mich den tragen.« Nachdem Ed ihr den Korb abgenommen hatte, reichte er ihr den Arm. »Soll ich dich noch nach Hause bringen?« Er räusperte sich. »Nur für den Fall, dass dein Ex vor der Hintertür lauert?«

»Wenn er sich das traut, bekommt Morton es mit mir zu tun«, meldete sich ihre Freundin Sheila aus der Lounge. Sie half Claire, die leeren Pintgläser auf ein Tablett zu stellen, und trug es zum Tresen. »Ich habe extra auf dich gewartet, Jess. Gehen wir noch ein paar Schritte?« Die große rothaarige Frau schmunzelte, nahm dem verdutzt dreinblickenden Edward den Korb ab und nickte ihr zu. »Let's go, sweetheart«, sagte sie.

»Danke für deine Hilfe, Ed.« Jessie zögerte, dann küsste sie ihn auf die Wange, warf Claire, Fergus und Sean, die hinter dem Tresen Gläser spülten, eine Kusshand zu und folgte der Freundin nach draußen.

Edward hielt ihr die Tür auf und seufzte laut. »Gegen so viel Frauenpower bin ich wohl machtlos?« Er deutete mit ausgestrecktem Arm auf seinen Geländewagen. »Seht euch das an. Der pennt im Stehen.«

»Bullshit!« Trevor lehnte an der Motorhaube, die Augen geschlossen, die Arme vor der Brust verschränkt. »Ich denke nach.«

Kichernd hakte sich Jessie bei ihrer Freundin unter. »Schlaft gut, ihr zwei, und vertragt euch«, rief sie den Männern zu und marschierte über die Straße. »Was mache ich bloß?« Vor dem Wollmarkt blieb sie stehen und lehnte den Kopf an Sheilas Schulter. »Mein Leben ist momentan so was von kompliziert.«

»Tja, Süße.« Die Freundin tippte ihr auf die Nase. »Das hast du dir wohl selbst eingebrockt. Warum flirtest du auch mit zwei Kerlen gleichzeitig?«

Kapitel 15

Jessie traute ihren Augen kaum, als sie aus dem Küchenfenster schaute. Schnee! Wie Puderzucker lag er auf der Hauptstraße, hüllte ihren Garten in eine weiche, weiße Decke. Vor dem Pub fegte Fergus pfeifend den Gehweg frei. Die rote Zipfelmütze auf seinem Kopf wippte zur Freude seiner Enkelin Nelly bei jedem Schritt auf und ab. Die Kleine hüpfte auf einem Bein um ihn herum, sang lauthals: »Let it snow! Let it snow.«

Jessie winkte den beiden zu. Übermütig kratzte sie Schnee von der Fensterbank, formte einen Schneeball und warf ihn im hohen Bogen auf die Straße.

»Besuch für dich«, rief Fergus und deutete auf Edwards Geländewagen, der vor ihrem Haus hielt. »Die kommen sicher zum Frühstück.«

»Oder zum Schneeschieben«, entgegnete sie und lachte. Ihr Handytimer mahnte sie, dass es Zeit war, den Apfelkuchen aus dem Ofen zu holen. Bewaffnet mit Thermohandschuhen balancierte sie die dampfend heiße Springform zum Tisch und stellte sie neben die Muffins und den Zitronenkuchen zum Abkühlen auf ein Gitter. Nie hätte sie gedacht, dass ihr das Backen einmal so leicht von der Hand gehen würde. Die meisten Rezepte kannte sie inzwischen auswendig. Schon nächste Woche würde sie sich an die Herstellung der Mince Pies wagen. Sie hörte die Haustür ins Schloss fallen, nahm die Schürze ab und strich sich die Bluse glatt.

»Wir sind da«, rief Trevor.

Gleich darauf linste Edward in die Küche und strahlte sie an. »Da kommen wir ja gerade richtig.« Er deutete schnuppernd auf den Küchentisch. »Wir hatten Toast und Rührei zum Frühstück. Aber gegen einen süßen Abschluss hätte ich nichts einzuwenden.«

»Wenn ich hier fertig bin, können wir Tee trinken.« Jessie befreite den Apfelkuchen aus der Backform und bestreute ihn mit Zimt und braunem Zucker.

»Ich setze schon mal den Wasserkessel auf«, bot Ed hilfsbereit an.

Da meldete sich Trevor aus dem Gastraum. »Ich finde den Bauplan und die Listen nicht. Kann sein, dass ich die in deinem Gästezimmer liegen gelassen habe, Edward.«

Grinsend schob sich Jessie an Ed vorbei und schlenderte in die Teestube. »Fegst du den Schnee von der Treppe, wenn ich dir verrate, dass ich deine Unterlagen habe?«

Die Hände auf den Ecktisch gestützt, starrte Trevor auf einen Stapel Papiere, der vor ihm lag. »So betrunken war ich doch gestern gar nicht. Ich war mir sicher, dass ich den Bauplan eingesteckt hatte.« Stöhnend raufte er sich die Haare. »Der letzte Whiskey hatte es in sich.«

»Das würde zumindest erklären, warum du heute so schlecht hörst«, amüsierte sie sich. »Noch mal fürs Protokoll: Ich habe deine Unterlagen.«

Trevor atmete zischend aus. »Ich könnte dich knutschen, Jess. Da fällt mir gleich ein ganzer Steinbruch vom Herzen.«

»Es genügt völlig, wenn du Danke sagst.« Erst jetzt fiel ihr auf, dass er verändert aussah. Zu seiner maßgeschneiderten grauen Anzughose trug er ein verwaschenes Freizeithemd, dessen Ärmel kaum bis zu den Handgelenken reichten. »Gewagtes Outfit. Ist das karierte Wollhemd von Ed?«

»Was?« Er rieb sich das stoppelbärtige Kinn, schaute an sich herunter und nickte. »Ich habe meine Übernachtungstasche im Rover vergessen. Bevor Dad kommt, muss ich mich noch rasieren und umziehen.«

»Habe ich das richtig verstanden?« Sie baute sich vor ihm auf und funkelte ihn an. »Du hast von Anfang an geplant, bei mir zu übernachten?«

»Bitte, Jess …« Trevor streckte die Hände nach ihr aus.

Doch sie wich zurück. »So läuft das bei mir nicht.«

»Du hast ja recht«, brummelte er. »Ich hätte dich vorher fragen sollen. Glaubst du mir wenigstens, dass ich keine Hintergedanken hatte?«

In der Küche klapperte Ed mit Geschirr und verkündete lautstark: »Tee ist fertig. Kommt ihr? Ich habe nicht ewig Zeit. Ich muss gleich noch zu Steves Alpakas.«

»Mmh«, war das Einzige, was ihr zu Trevors Beteuerung einfiel. Sie ließ ihn kurzerhand stehen und marschierte nach nebenan. »Wenn ich gleich nicht eine Horde hungriger Baulöwen füttern müsste, würde ich dich gern begleiten, Ed.« Sie lächelte versonnen. »Im Sommer habe ich an einer Alpaka-Wanderung teilgenommen. Seitdem bin ich ganz vernarrt in diese flauschigen Tiere. Die spüren genau, ob du sie magst.«

»Sie sind einfühlsam und sehr zärtlich, wenn sie dich erst mal ins Herz geschlossen haben.« Edward trat auf sie zu und reichte ihr einen dampfenden Teebecher. »Vorsicht, der ist heiß. Verbrenn dir nicht die Finger«, sagte er mit belegter Stimme und suchte ihren Blickkontakt. Sie nahm ihm die Tasse aus der Hand und schaute irritiert aus dem Fenster. »Es schneit«, murmelte sie, nur um etwas zu sagen.

»Willst du nun mit mir über dein Steuerproblem reden oder nicht?«, knurrte Trevor in die Stille. Die Fäuste in die

Hüften gestemmt, stand er in der offenen Tür, schaute abwechselnd zu ihr und Edward. Dann ging er auf Ed zu und klopfte ihm kumpelhaft auf die Schulter. »Danke noch mal für deine Gastfreundschaft und das hier.« Er zupfte an dem geliehenen Hemd. »Du bekommst es gewaschen zurück.«

»Das hat keine Eile.« Der Tierarzt lehnte sich entspannt an den Küchenschrank und trank Tee.

»Sagtest du nicht gerade, du musst los?« Trevor deutete auffordernd mit dem Kopf in Richtung Tür. »Die Alpakas warten.«

Ed zog sein Smartphone aus der Hosentasche und tippte darauf herum. »Ich habe Steve Bescheid gesagt, dass ich eine Stunde später komme.« Er lächelte verschmitzt. »Keine Sorge, ich lasse euch in Ruhe Steuerprobleme wälzen. Inzwischen mache ich mich nützlich und fege Schnee.« Pfeifend grapschte er sich einen Zimtmuffin vom Küchentisch und biss herzhaft hinein.

Trevor rollte stöhnend mit den Augen. »Okay, tu, was du nicht lassen kannst. Ich hole jetzt meine Übernachtungstasche aus dem Wagen.« Er warf Jessie einen flehenden Blick zu. »Kann ich mich in deiner Wohnung umziehen? Du könntest nachkommen, und wir reden in Ruhe.«

Sie legte die Stirn in Falten. »Okay. Ich decke inzwischen die Tische im Gastraum.« Aus dem Augenwinkel bemerkte sie, wie Edwards Miene sich verfinsterte und er die Fäuste ballte. Rasch lenkte sie ein. »Wir unterhalten uns besser hier unten, während ich Sandwiches belege. Oder ist das ein Problem für dich?«

Trevors Mundwinkel rutschten eine Etage tiefer. »Wenn es unbedingt sein muss«, murmelte er und stapfte aus der Küche. Gleich darauf fiel die Hintertür geräuschvoll ins Schloss.

»Da geht er hin«, sinnierte Edward. Er goss ihr Tee nach und lächelte sie warmherzig an. »Wo steht dein Schneeschieber?«

»Wenn ich das nur wüsste.« Sie kräuselte die Nase und tippte sich an die Stirn, dann lachte sie. »Ich war mit den Gedanken schon bei meiner Erbschaftssteuer, sorry. Der Straßenbesen und der Schieber stehen im Schuppen.« Sie deutete aus dem Fenster zu einer windschiefen Holzhütte. »Darf ich dir als Dankeschön für all deine Hilfe wenigstens ein Stück Apfelkuchen einpacken, Ed?«

»So weit kommt es noch«, brummte er. »Sind wir jetzt Freunde oder nicht?« Er knallte den Teebecher auf den Tisch, bedachte sie mit einem traurigen Blick und stürzte aus der Küche.

»So war das auch nicht gemeint«, murmelte sie und ärgerte sich, dass ihre Worte ihn anscheinend verletzt hatten. »Natürlich sind wir Freunde. Ich freue mich auf Samstag«, rief sie ihm rasch hinterher. Doch da war er schon aus dem Haus. Gleich darauf sah sie ihn im Gartenhaus verschwinden. Obwohl das Fenster geschlossen war, hörte sie ihn fluchen. Bewaffnet mit Schneeschieber und Besen stapfte er aus dem Garten.

»Habt ihr euch gestritten?« Trevor schüttelte sich einige Schneeflocken aus den Haaren und streifte die Schuhe auf der Kokosmatte im Flur ab. »So, wie der vor dem Haus dem Schnee zu Leibe rückt, sieht es aus, als hätte er jede Menge Frust zu verarbeiten.«

»Geh die Treppe rauf, die zweite Tür links ist das Bad.« Jessie zuckte mit den Schultern. »Keine Ahnung, was er hat«, sagte sie und verschwand wieder in der Teestube, um die Kuchenvitrine zu bestücken. Sie ordnete die Muffins in Pyramidenform an, schnitt den Apfelkuchen in gleich große Stücke, alles nur, um sich vom Grübeln abzulenken. Doch ihr Gedankenkarussell ließ sich nicht stoppen.

Ihr gingen Sheilas Worte nicht aus dem Kopf. »Hör auf, mit beiden Männern zu flirten, sonst verlierst du am Ende zwei Freunde.« Das würde sie auf keinen Fall riskieren, denn sie mochte beide, jeden auf seine Art.

»Oh Mann«, stöhnte sie leise und sah zum Bild ihrer Tante. »Was soll ich nur machen?« Dabei kannte sie die Antwort längst. Keine eindeutigen Signale mehr senden und auf ihr Bauchgefühl hören, das war ihr Plan.

Ertappt zuckte sie zusammen, als Trevor in der Küche auftauchte. »Bist du die Treppe runtergeschwebt? Ich habe dich gar nicht kommen gehört.« Eilig nahm sie Butter, Käse und Lachs aus dem Kühlschrank.

Trevor schob seine Übernachtungstasche unter den Küchentisch. Dann streifte er das Sakko ab und hängte es auf die Lehne eines Stuhls. Schmunzelnd trat er auf sie zu. »Einen Penny für deine Gedanken«, sagte er leise und strich mit dem rechten Zeigefinger über ihre Stirn.

Jessie wandte sich rasch ab, zog die Mappe mit den Erbschaftsunterlagen aus der Büfettschublade und drückte sie ihm in den Arm. »Hast du dir schon Gedanken gemacht, wie wir die Erbschaftssteuer vom Tisch bekommen?«

»Zerbrich dir darüber nicht dein schönes Köpfchen.« Er warf einen raschen Blick in die Unterlagen, klappte die Mappe wieder zu und legte sie auf den Küchentisch. »Es ist nicht das erste Gefälligkeitsgutachten, das ich schreibe. Das kriegen wir schon hin.« Er griff nach ihrem Arm, versuchte, sie an sich zu ziehen.

Doch sie entzog sich ihm und flitzte in die angrenzende Speisekammer. »Was ist, wenn die Leute vom Finanzamt hier auftauchen, um sich selbst ein Bild zu machen?« Sie nahm eine Packung Tomaten und eine Schlangengurke aus dem Regal, trug alles zur Arbeitsplatte in der Küche und begann, Sandwiches zu belegen.

»Das werden sie nicht. Sei unbesorgt, Jess. Ich stelle da draußen ein Baugerüst auf. Eine Mischmaschine im Garten, Zementsäcke.« Er lachte heiser. »Davon habe ich genug in der Ecke stehen. Das dürfte ausreichen, um die Steuerfuzzis zu überzeugen.« Trevor stellte sich hinter sie und strich ihr über die Schultern. »Du bist total verspannt. Soll ich dir den Nacken massieren?«

Jessie sog scharf die Luft ein, legte das Buttermesser aus der Hand und drehte sich langsam um. Ihr Körper sehnte sich nach Zärtlichkeit, aber ihr Verstand mahnte sie, wachsam zu sein. Dass er vor ihren Augen mit einer anderen Frau flirtete, hatte sich in ihr Gedächtnis gebrannt. »Hör zu, Trevor.« Sie legte die Hände auf seine Brust und schob ihn ein Stück von sich. »Ich mag dich, sehr sogar. Aber ich bin …« Verzweifelt suchte sie nach den richtigen Worten.

»Du bist noch nicht bereit für eine neue Beziehung«, beendete Trevor den Satz und küsste sie auf die Wange. »Ich kann warten. Wenn wir heute die Sponsoren überzeugen, werden schon nächste Woche die Bagger anrollen. Dann richte ich in Busby, vielleicht sogar in deiner Teestube, mein Büro ein, und wir sehen uns täglich.« Er beugte sich vor, bis sich ihre Nasenspitzen berührten.

Jessies Haut prickelte. Der Duft seines Aftershaves vernebelte ihr die Sinne. »Dein Büro, hier in Busby …«, stammelte sie und war kurz davor, ihn zu küssen.

Er trat einen Schritt zurück und zwinkerte ihr zu. »Ich kann sehr überzeugend sein, wenn mir etwas wichtig ist. Und du bist mir wichtig, Jessie. Lange wirst du mir nicht widerstehen können.« Lachend ließ er sie stehen, nahm die Bauunterlagen aus dem Korb und verließ die Küche.

Jessie schnappte nach Luft. »Sei dir da mal nicht zu sicher, Trevor McKenzie!«, rief sie ihm aufgebracht hinterher. »Du bist nicht der einzige Kandidat auf meiner Liste.«

Kapitel 16

Die Hände auf dem Rücken verschränkt, tigerte Trevor in der Teestube auf und ab. Immer wieder wanderte sein Blick nach draußen. »Die müssten längst hier sein.«

»Setz dich bitte hin. Du machst mich nervös.« Kopfschüttelnd schob Jessie ihm den Korbsessel zu. »Sicher ist dein Dad mit den Investoren zum alten Friedhof gefahren, um ihnen das Grundstück zu zeigen.« Da es für sie nichts weiter zu tun gab, als auf die Gäste zu warten, schnappte sie sich den Staubwedel und entfernte nicht vorhandene Spinnweben aus den Ecken.

Trevor hockte sich auf die Kante des Sessels und zerrte das Smartphone aus seiner Hosentasche. »Ich habe das ungute Gefühl, dass da irgendwas im Busch ist. Besser, ich frage mal nach, wo sie bleiben.« Er schlug die Beine übereinander, wippte mit dem Fuß. Als vor dem Haus zwei Firmenvans hielten, sprang er so hektisch auf, dass der Sessel mit der Rückenlehne gegen die Kuchenvitrine knallte.

»Na bravo!« Jessie starrte entsetzt auf den Riss, der sich quer über die Glasscheibe zog. »Dieses gute Stück war der ganze Stolz meiner Tante. Weißt du, wie lange sie dafür gespart hat?«

»Sorry, das wollte ich nicht.« Trevor zuckte bedauernd mit den Schultern. »Ich kaufe dir eine moderne Vitrine mit drei Etagen«, versprach er, ohne einen Blick auf den Schaden zu werfen.

»Kommt nicht infrage«, maulte sie. Energisch rückte sie den Sessel an seinen Platz. »Die alte Vitrine bleibt. Sie ist die Seele der Teestube. Ich lasse vom Glaser in Sneem eine neue Scheibe einsetzen. Du kannst gern die Rechnung übernehmen.«

»Meinetwegen auch das.« Er stürzte in den Schalterraum, wo er die Eingangstür aufriss. Ein kühler Luftzug blähte die Gardinen in der Teestube. »Endlich, Dad«, hörte sie ihn rufen.

»Sorg dafür, dass die Investoren sicher ins Haus gelangen. Ist arschglatt da draußen«, knurrte sein alter Herr.

Ihr blieb kaum Zeit, den Staubwedel aus der Hand zu legen, da marschierte Mr McKenzie grußlos an ihr vorbei in den Gastraum. Wie ein General seine Truppen inspizierte er die gedeckten Tische. »Tee, Sandwiches, Kuchen, alles da«, freute er sich. »Wie ich sehe, haben Sie ordentlich vorgearbeitet.« Er trat auf sie zu und tätschelte ihr mit seiner großen Pranke linkisch die Schulter. »Ich weiß, es ist in einer Teestube nicht üblich, Alkohol auszuschenken.« Er zwinkerte ihr zu. »Aber könnten Sie trotzdem eine Flasche Sekt oder besser noch zwei kalt stellen?« Siegessicher rieb er sich die Hände. »Heute haben wir etwas zu feiern.«

Wenn er sich da mal nicht täuschte. Jessie warf ihm einen schrägen Blick zu. Falls es Trevor gelang, die Geldgeber von seinen Plänen zu überzeugen, würde dem Senior garantiert die Lust auf Sekt vergehen. Nachdenklich kräuselte sie die Nase. »Ungern, Mr McKenzie. Ich habe keine Alkohollizenz. Aber da das hier ja eine geschlossene Gesellschaft ist, kann ich sicher eine Ausnahme machen.«

Trevors Vater strahlte sie an. »Ich sehe, wir verstehen uns. Ich schaue mal nach, wo Junior mit den Investoren bleibt.« Schnaufend stapfte er zum Fenster und wischte sich die verschwitzte Stirn mit einem Stofftaschentuch ab. Dann lockerte er seine Krawatte, knöpfte das Sakko auf und schaute mit zusammengekniffenen Augen die Straße hinunter. Er grinste breit. »Clever, der Junge.« Anerkennend pfiff er durch die Zähne. »Er führt die Gruppe durchs Dorf. Wahrscheinlich macht er ihnen den Standort schmackhaft. Von wegen idyllischer Ortskern, historische Bauten. Gerade lotst er sie in die Kirche. So redegewandt, wie der ist, würde er auf dem Viehmarkt für einen lahmen Klepper den Preis eines prämierten Rennpferdes erzielen.«

»Das glaube ich gern.« Jessie fiel sofort Trevors bühnenreife Vorstellung im Pub ein. »Ich nutze mal die Zeit und flitzte rüber in den Old Horseshoe, um Sekt zu besorgen.«

»Vorher sollten Sie wohl besser die Schuhe wechseln.« Mr McKenzie deutete auf ihre hochhackigen Pumps. »Ist verdammt glatt auf der Straße.«

»Keine Sorge, ich bin gewohnt auf High Heels zu laufen. Außerdem sind es nur ein paar Meter.« Jessie zuckte gleichgültig mit den Schultern, schnappte sich Mauras Strickjacke von der Garderobe und stöckelte aus dem Haus.

»Ich weiß nicht, was dieser McKenzie hat. Hier kann wirklich keiner ausrutschen«, stellte sie beim Anblick des vorbildlich geräumten Gehwegs fest. Sogar auf den Treppenstufen hatte Edward vorsorglich Sand gestreut. In Gedanken schickte sie ihm ein dickes Dankeschön und nahm sich vor, ihn anzurufen, sobald ihre Gäste aus dem Haus waren. Fröstelnd schlüpfte sie in die Jacke und lief die Treppe hinunter.

Sie hörte den Linienbus, bevor sie ihn sah. Im Schneckentempo bog das grüne Vehikel auf die Hauptstraße ein. Hinter dem Steuer saß Garvin. Sie winkte ihm zu. Statt wie üblich seine Baseballkappe zur Begrüßung zu schwenken, starrte er verbissen auf die Fahrbahn. Der Bus schlingerte am Wollmarkt vorbei Richtung Lebensmittelladen. Jessie riss die Augen auf. Fassungslos sah sie mit an, wie Garvin versuchte, das schwere Fahrzeug durch Gegensteuern in der Spur zu halten. Doch vergebens! Der Bus brach aus, schrammte mit dem linken Vorderreifen an der Bordsteinkante entlang und kam erst ein ganzes Stück hinter der Bushaltestelle zum Stehen. Paul und Sam, die jüngsten Söhne von Tommy Burke, stiegen aus. Sie warteten, bis der Bus sich wieder in Bewegung setzte und im Schritttempo Richtung Bucht fuhr. Dann nahmen sie Anlauf und schlitterten johlend über die Straße, direkt vor ihre Füße. »Hi, Jess! Traust du dich das auch mit deinen hohen Hacken?« Sam grinste sie frech an. Sein jüngerer Bruder Paul schaute verlegen zur Seite.

Hatte sie gerade noch überlegt, die Schuhe zu wechseln, reizte sie jetzt die Herausforderung. »Worauf du dich verlassen kannst.« Mit einem beherzten Sprung hüpfte sie auf die Fahrbahn, ging etwas in die Hocke und schlitterte über den spiegelglatten Asphalt. In einem Rutsch gelangte sie zur anderen Straßenseite und sprang auf den rettenden Bordstein. Unter dem grölenden Applaus der beiden Teenager stolperte sie auf den Eingang des Pubs zu, direkt in Fergus' offene Arme. »Mädchen, Mädchen, was machst du nur für Sachen?« Er schob sie ein Stück von sich, schaute sie vorwurfsvoll an. »Hättest dir leicht die Beine brechen können.«

»Du kannst mich auf dem Rückweg gern über die Straße tragen.« Jessie lachte. »Aber vorher verkaufst du mir bitte zwei Flaschen Sekt.«

»Dann gibt es also was zu feiern?« Er führte sie in den Schankraum und steckte den Kopf in die Küche. »Sean, hol Jess zwei Flaschen Schampus aus der Kühlung. Ich sorge inzwischen dafür, dass die Leute unfallfrei über die Straße kommen.«

»Wie willst du das denn bewerkstelligen?« Jessie schüttelte ungläubig den Kopf. »Du hast doch kein Streufahrzeug.«

»Das nicht. Aber genügend Sand, um wenigstens einen Teil der Fahrbahn zu streuen.« Fergus stülpte sich eine Baseballkappe auf seine grauen Locken, griff unter den Tresen und beförderte einen Blecheimer zutage. »Ich lege zwei Sandpfade über die Straße an. Einen von der Bushaltestelle zu deiner Teestube. Einen vom Lebensmittelladen zum Wollmarkt. Das dürfte fürs Erste genügen. Morgen ist die ganze Pracht sicher wieder weggetaut. Im Radio haben sie eine Warmluftfront angekündigt.« Mit dem Eimer in der einen und einer Schaufel in der anderen Hand verließ er den Pub.

»Bin sofort bei dir, Jess«, meldete sich Sean aus der Küche. »Muss nur noch den Auflauf in den Ofen schieben.« Gleich darauf schwang die Tür auf, und der junge Wirt lächelte sie verschmitzt an. »Sieh zu, dass du die unbeschadet über die Straße bringst. Wäre doch schade um das teure Gesöff.« Er schwenkte eine braune Papiertüte. »Ich habe dir zwei Flaschen vom Besten eingepackt. Knöpf dem Baumenschen dafür hundert Euro ab. Zwanzig kannst du dir einstreichen. Das bleibt aber unter uns.«

Sie hob die Finger wie zum Schwur. »Ist doch klar. Schreib es bitte auf. Ich zahle später.« Eilig nahm sie die Tüte an sich und nickte ihm zu. »Drück die Daumen, dass Trevor sich mit seinem Plan durchsetzt. Vielleicht haben wir heute Abend wirklich Grund zu feiern.«

Wie versprochen hatte Fergus eine breite Spur Sand über die Straße gestreut. Sie entdeckte ihn mit Kathy vor dem Wollmarkt. Die beiden winkten ihr zu und verschwanden im Haus.

Jessie seufzte leise. Sie beneidete die junge Weberin, hatte sie doch in ihrer Jugendliebe Steve den Mann fürs Leben gefunden, zwei Kinder und ein florierendes Geschäft. Würde sie selbst all das eines Tages auch haben?

Jessie riss sich aus ihren Gedanken und überquerte eilig die Straße, als sie Trevor aus der Kirche kommen sah. Zwei Stufen auf einmal nehmend, lief sie die Treppe hinauf und stürmte in die Teestube.

»Sie sind im Anmarsch«, teilte sie dem alten McKenzie kurzatmig mit und flitzte in die Küche. Sie verstaute den Sekt im Kühlschrank, schälte sich aus der Strickjacke und bändigte ihre vom Wind zerzausten Haare mit einem Samtband. Ungeduldig linste sie durch den Türspalt in den Gastraum.

Endlich betraten fünf ältere Herren den Raum. In ihren dunkelblauen Anzügen wirkten sie wie die Mitglieder eines Klubs. Sie scharten sich um McKenzie senior und redeten leise auf ihn ein. Jessie lauschte angespannt, schnappte das Wort »Planänderungen« auf. Offenbar war es Trevor gelungen, die Investoren zu überzeugen. Aber wo steckte er? Aus dem Schalterraum erklang das heisere Lachen einer Frau.

Jessie hielt es nicht länger in der Küche. Ob es Mr McKenzie passte oder nicht, sie würde da jetzt reingehen und die Herren bedienen. Das hier war ihre Teestube und es war ihre Aufgabe, sich um das Wohl der Gäste zu kümmern. Sie schnappte sich eine Thermoskanne Tee von der Anrichte, atmete durch und stolzierte nach nebenan. Die Herren, die sich inzwischen gesetzt hatten, nahmen kaum Notiz von ihr, vertieften sich weiter ins Gespräch.

»Jaja, schon gut. Sie können jetzt servieren«, brummte McKenzie. Sie schenkte Tee aus, verteilte Kuchen und Sandwiches. Hin und wieder riskierte sie einen Blick in den Schalterraum, wo Trevor sich angeregt mit einer jungen Frau unterhielt.

Die schwarzhaarige Schönheit klebte förmlich an seinen Lippen, legte ihm eine Hand auf den Unterarm und nickte. »Ich freue mich auf unsere Zusammenarbeit, Trev.« Sie warf ihm einen langen, intensiven Blick zu und hakte sich bei ihm ein. Gemeinsam betraten sie den Gastraum.

»Ich hole rasch frischen Tee.« Jessie verkrümelte sich in die Küche. Was sie gesehen hatte, reichte ihr! Das Funkeln in Trevors Augen, die Art, wie er mit dieser Frau redete. Eine rein geschäftliche Unterredung war das nicht. Warum sonst drückten sich die beiden im Schalterraum herum? Aber was ging sie das an? Trevor und sie waren kein Paar, nur Freunde. Trotzdem ärgerte es sie, dass er schon wieder mit einer anderen Frau flirtete. Genervt kaute sie auf der Unterlippe. Um sich abzulenken, polierte sie die Spüle auf Hochglanz.

Nebenan redete Trevor auf seinen Vater ein. »Hör endlich auf, dich gegen meine Pläne zu sperren, Dad. Sei ein fairer Verlierer.«

»Das sagt gerade der Richtige!«, schnaubte Mr McKenzie. »Du hast hinter meinem Rücken mit der Kirche verhandelt, dir die Zustimmung von diesem Tierarzt erkauft, nennst du das etwa fair?« Er lachte. »Aber ich will mal nicht so sein. Da du die Herren Investoren bereits von deinem Konzept überzeugt hast, steht dem Vertragsabschluss nichts mehr im Wege.« Alle applaudierten. Das heisere Lachen der jungen Frau schmerzte Jessie in den Ohren.

»Ich kann es kaum erwarten, die Inneneinrichtung der Holzhäuser in Angriff zu nehmen«, sagte er freudig. Stühle wurden gerückt.

»Sekt! Wo bleibt der Sekt?«, rief Mr McKenzie.

Gleich darauf schwang die Küchentür auf. Trevor strahlte sie an. »Hast du es gehört? Ich habe gewonnen.«

»Gratuliere«, murmelte sie und stellte die Sektgläser auf ein Tablett.

Er schloss die Tür hinter sich. Mit zwei Schritten war er bei ihr und zog sie in seine Arme. »Was ist mit dir?« Zärtlich hob er ihr Kinn an, schaute ihr in die Augen. »Bist du etwa eifersüchtig auf Diana?«

»Warum sollte ich?« Sie schlüpfte unter seinem Arm durch, eilte zum Kühlschrank und nahm die zwei Sektflaschen heraus. »Ihr seid doch nur Geschäftspartner, oder?«

»Ja, sicher«, bestätigte er. »Diana und ich kennen uns noch von der Uni. Sie ist Innenarchitektin. Dass ihr Vater einer der Investoren ist, habe ich erst heute erfahren.«

Jessie drückte ihm die Flaschen in die Hand. »Wie praktisch«, sagte sie und lächelte ihn traurig an.

Kapitel 17

Jessie sang »What a Difference a Day Makes« und tanzte mit dem Schrubber durch die Teestube. Die allgemeine Euphorie, die seit Donnerstagabend im Dorf herrschte, hatte sie angesteckt. Alle freuten sich inzwischen auf die neue Ferienhaussiedlung. Im Pub hatte man sie hochleben lassen und für ihr Engagement gelobt. Nur Edward hatte schweigend in der Lounge gesessen und mit finsterer Miene in sein Bierglas gestarrt. Sie hatte sich neben ihn auf die Bank gesetzt, doch er war ein Stück abgerückt. »Hast du überhaupt noch Zeit, mit mir zu wandern?«, hatte er sie gefragt. »Jetzt, wo Trevor quasi sein Büro bei dir einrichtet.«

»Ich sorge für die Verpflegung. Wann holst du mich Samstag ab?« Mit dieser Frage hatte sie das Lächeln wieder in sein Gesicht gebracht.

Seitdem waren drei Tage vergangen. Heute würde sie endlich die Pumps gegen ihre Wanderstiefel tauschen. Voller Vorfreude räumte sie Schrubber und Eimer in die Besenkammer und flitzte in die Küche. Sie belegte Sandwiches mit Cheddar und Schinken, füllte eine Thermoskanne mit Tee, und weil sie Edwards Faible für Süßes kannte, packte sie auch zwei Schokomuffins zur Verpflegung ein.

»Ein Wetter zum Schafekraulen«, verkündete der Sprecher im Radio. »Worauf wartet ihr noch, Leute? Schnappt euch eure Sweethearts, und raus in die Botanik. Es weht ein laues Lüftchen.«

»Na, wenn das so ist …« Jessie lächelte verschmitzt. »Dann packe ich die Picknickdecke ein.«

Eine Viertelstunde vor der verabredeten Zeit lehnte sie an der warmen Hauswand und blinzelte in die Sonne, den prall gefüllten Rucksack zwischen den Beinen. Auf der anderen Straßenseite polierte Claire voller Inbrunst die Fenster des Pubs. »Nächste Woche hänge ich die Lichterketten auf«, verkündete sie euphorisch. »Soll ich dir beim Hausputz helfen?«

»Schon erledigt«, flunkerte Jessie. Sie hatte nie verstanden, warum die meisten irischen Frauen im November dem Putzwahn verfielen, nur weil irgendjemand vor Urzeiten diese Tradition ins Leben gerufen hatte. Erst wenn das letzte Staubkorn aus den Ecken vertrieben war, wurde die Weihnachtsdeko aufgehängt. Jessie hielt es da wie ihre Tante. Einmal die Woche saugte und putzte sie durch. Sie dachte an die Vorweihnachtszeit, und ihr Herz wurde schwer. Nie wieder würde Maura die Teestube mit Engelchen und Sternen dekorieren. In jedes Fenster hatten sie und die Tante eine Lichterkette gehängt. Wer hielt ihr jetzt die Leiter fest, wenn sie die Leuchtsterne unter die Decke hängte?

Jessie schluckte den aufsteigenden Schmerz hinunter, rieb sich die brennenden Augen. Erleichtert atmete sie auf, als Edwards Range Rover vom alten Dorf in die Hauptstraße einbog und vor der Teestube hielt.

Ed sprang aus dem Wagen und strahlte sie an. »Ein Wetter wie bestellt.« Fröhlich verstaute er ihren Rucksack auf dem Rücksitz. Ohne seinen Lederhut sah er jünger, fast ein wenig verwegen aus. Seine Haare kräuselten sich im Nacken, und er trug das Wanderhemd lässig über der engen Jeans.

»Ja, sehr schön«, murmelte sie und schaute zum Friedhof hinüber.

»Geht es dir nicht gut? Sollen wir unsere Wanderung verschieben?« Stirnrunzelnd musterte er sie. »War wohl alles ein bisschen viel für dich diese Woche. Der ganze Trubel um die Baufirma.«

»Ach, das ist es nicht.« Sie rang sich ein Lächeln ab. »Ich musste nur gerade an Maura denken. Um diese Zeit haben wir immer zusammen die Lichterketten in die Fenster gehängt.«

»Ich verstehe, was du meinst.« Edward schob sie sanft zur Beifahrerseite und hielt ihr die Tür auf. »Obwohl meine Eltern schon über zehn Jahre tot sind, überkommt mich doch jedes Mal das Heimweh, wenn ich die Holzengel, die Dad geschnitzt hat, auf die Fensterbank stelle.« Zaghaft strich er über ihren rechten Arm, lächelte sie an. »Wollen wir starten?«

»Du stellst Engel in deiner Wohnung auf?« Sie kletterte auf den Beifahrersitz und schaute Edward ungläubig an. »Morton duldete noch nicht mal eine Duftkerze in seiner Bude. Meinen selbst gebastelten Adventskranz hat er lieblos zwischen die Motorradersatzteile ins Regal gequetscht.«

»Unsensibler Klotz! Wer macht denn so was?« Edward beugte sich über sie und schnallte sie fürsorglich an. »Falls mir jemals eine Frau einen Adventskranz bastelt, bekäme der natürlich einen Ehrenplatz im Wohnzimmer.«

Als er den Kopf zurückzog, kitzelten seine Haare ihre Nase. »Du duftest gut«, rutschte ihr heraus. Unverkennbar benutzte er das gleiche Shampoo wie sie, grüner Apfel.

»Da bin ich aber erleichtert.« Er lachte, schloss die Beifahrertür, flitzte zur Fahrerseite und schwang sich hinter das Lenkrad. »Heute Morgen um sechs steckte ich noch bis zum Ellbogen im Kuhmist. Danach roch ich wie ein Stall, der vier Tage nicht ausgemistet wurde.«

Sie stellte sich vor, wie er im Hinterteil einer Kuh wühlte, und kicherte. »Das hätte ich gern gesehen.«

Edward fuhr im Rückwärtsgang auf die Straße und wendete. »Ich nehme dich beim Wort. Wenn ich das nächste Mal Geburtshilfe leiste, darfst du mir assistieren.« Er warf ihr einen schnellen Blick zu, sah dann wieder konzentriert auf die Straße. »Allzu viel Zeit dürftest du demnächst nicht für solche Eskapaden haben. Du musst doch die Männer vom Bau verköstigen.«

Jessie war sofort klar, auf wen seine Bemerkung abzielte. »Schön wäre es. Die Einnahmen könnte ich gut gebrauchen. Soweit ich gehört habe, wird McKenzie Bau zwei Container auf dem Friedhofsparkplatz aufstellen. In einem richtet Trevor sein Büro ein, der andere wird von den Bauarbeitern als Aufenthaltsraum genutzt.«

Ed atmete hörbar auf. »Ist ja auch viel zu zeitaufwendig, für jede Teepause ins Auto zu steigen und ins Dorf zu fahren.« Schwungvoll bog er auf die N 71 Richtung Kenmare ein. Vor ihnen erstreckte sich der Nationalpark. »Schau mal, dort oberhalb von Killarney. Siehst du die Holzhäuser?«

Jessie schirmte ihre Augen mit einer Hand vor der Sonne ab und blickte zu einem Berg jenseits des Sees. Zwischen hohen Eichen und Buchen entdeckte sie einzelne Blockhäuser. Aus der Ferne sahen sie aus wie Spielzeug. »Die fallen kaum auf zwischen den Bäumen. Trevor hat recht. Sie fügen sich harmonisch in die Landschaft ein.«

Ed nickte und schaltete einen Gang höher. »Wir wandern gleich auf den Torc Mountain. Von dort oben hat man einen phantastischen Blick über das Lakeland.« Im Schritttempo fuhr er an der Einfahrt zum Muckross House vorbei und linste durch das schmiedeeiserne Tor. »Um diese Jahreszeit verirrt sich kaum ein Tourist in die Gegend. Wir haben den Weg zum Wasserfall sicher für uns.«

»Umso besser.« Freudig warf sie einen Blick in den menschenleeren Park. »Ich habe ganz vergessen, wie eindrucksvoll das Herrenhaus ist. Das letzte Mal war ich mit der Berufsschule hier. Die übliche Wanderung um den Muckross Lake mit anschließender Besichtigung des Anwesens. Am meisten beeindruckt hat mich die Blumenpracht im Garten. Ich habe meiner Tante im Souvenirshop einen Sack Tulpenzwiebeln gekauft. Leider …«

Edward lachte. »Lass mich raten. Ihr habt die Zwiebeln eingesetzt. Aber die Hasen haben sie wieder ausgebuddelt und sich daran gütlich getan.« Er setzte den Blinker, bog auf einen holprigen Nebenweg ein und parkte neben einem mannshohen Holzstapel. »Der Wanderparkplatz ist nur ein paar Schritte entfernt. Aber ich dachte, falls wir vor der Wanderung noch mal …«

Jessie rutschte auf dem Sitz herum. »Kannst du Gedanken lesen? Gerade habe ich überlegt, wo ich mich am besten in die Büsche schlage.« Eilig sprang sie aus dem Wagen und verschwand hinter dem Holzstapel, um sich zu erleichtern. Als sie zum Auto zurückkam, lehnte Edward an der Motorhaube und studierte die Wanderkarte. »Ich bin mir nicht sicher, welchen Weg wir nehmen sollen. Der Schnee hat den Boden aufgeweicht. Die Steinstufen sind sicher sehr rutschig. Vielleicht sollten wir doch lieber im Tal bleiben und um den See laufen.«

Jessie hob grinsend ein Bein und deutete auf den Wanderstiefel. »Wie du siehst, trage ich heute keine Pumps.« Sie deutete auf seine Trekkingschuhe. »Und nach Badelatschen sehen deine Treter auch nicht aus. Es besteht also kein Grund, die Rentnerrunde zu nehmen.«

»Also gut. Riskieren wir es.« Er faltete die Karte zusammen, schob sie in die Gesäßtasche seiner Jeans und hängte sich ihren Trekkingrucksack über die Schultern. »Du kannst den hier tragen. Der ist kleiner und leichter.« Er reichte ihr einen schmalen, roten Rucksack.

»Aye, Sir!« Sie salutierte grinsend. Doch als sie die Trauer in seinen Augen bemerkte, räusperte sie sich verlegen. »Was ist mit dir, Ed?« Ihr Blick fiel auf einen zerschlissenen Plüschteddy, der am Seitenfach des Rucksacks baumelte. »Wem gehörte dieses rote Teil?«

»Meiner kleinen Schwester«, brachte Edward mühsam hervor. »Sie …« Er fasste sich stöhnend ans Herz, schaute an ihr vorbei in den Wald. »Sie wäre jetzt genau in deinem Alter.«

Sie sah den Schmerz in seinem Gesicht, verstand auch ohne Worte, was gerade in ihm vorging. »Komm«, sagte sie und fasste ihn bei der Hand. »Lass uns wandern.«

Schweigend marschierte sie neben ihm den Waldweg entlang. Sie lauschte dem Wind in den Zweigen, atmete tief ein. Nur wenige Schritte entfernt turnte ein Eichhörnchen durch das Geäst. Jessie tippte Ed an die Schulter und deutete nach oben.

Über Edwards Gesicht huschte ein Lächeln, doch es erreichte seine Augen nicht. »Die Sonne hat den kleinen Kerl aus seinem Kobel gelockt.« Abrupt blieb er stehen und wandte sich ihr zu. »Gib mir einen Moment Zeit, dann bin ich wieder der Alte.«

Jessie hätte ihn am liebsten in die Arme genommen und getröstet. Aus Angst, abgewiesen zu werden, strich sie ihm nur zaghaft über den Rücken. »Ich kann mich kaum noch an meine Mutter erinnern. Wenn ich von ihr träume, hat sie Mauras Gesicht.« Sie nahm all ihren Mut zusammen. »Sehe ich deiner Schwester ähnlich? Bist du deshalb immer so besorgt um mich?«

Edward presste sich die Fäuste an die Schläfen, stöhnte

leise. »Nein, so ist das nicht. Du bist eine junge Frau. Sie war doch erst acht, als sie starb. Wie könntest du mich da an sie erinnern?«

Überzeugend klang das für sie nicht. Warum wich er ihrem Blick aus, vermied es, ihr in die Augen zu sehen? Seufzend gestand sie sich ein, dass sie ihn falsch eingeschätzt hatte. Er empfand wie ein großer Bruder für sie, und das schmerzte. »Sorry. Das habe ich wohl missverstanden«, sagte sie leise. »Lass uns einfach über was anderes reden und den Tag genießen.« Sie zurrte den Gurt des kleinen Rucksacks fest und beschleunigte das Tempo. Locker schwang sie die Arme, rollte die Füße ab. Edward marschierte schweigend ein Stück hinter ihr, und wann immer sie sich zu ihm umdrehte, schaute er stur vor sich auf den Boden.

Eine halbe Stunde lang hielt sie das Schweigen aus, dann beschloss sie, dass es Zeit war, ihn aus seinem Tief zu holen. »Meine Zehen wackeln vor Freude«, rief sie ihm lachend zu. »Ich könnte stundenlang weiterlaufen. Aber mein Magen verlangt nach einem Snack.« Sie stellte sich auf die Zehenspitzen und hielt nach einer Sitzmöglichkeit Ausschau. Auf einer Lichtung entdeckte sie einen flachen Felsen. »Dort ist der perfekte Platz für eine Teepause. Findest du nicht auch?«

»Warum nicht?« Ed nahm den Rucksack von den Schultern und rieb sich den Nacken. »Was wir im Bauch haben, muss ich nicht mehr den Berg hochschleppen. Hast du etwa Ziegelsteine eingepackt?« Zaghaft lächelte er sie an.

»Nö. Aber das Tafelsilber«, feixte sie und knuffte ihn grinsend in die Seite. Sie war froh, ihn wieder lächeln zu sehen. Übermütig riss sie ihm den Trekkingrucksack aus der Hand und hüpfte ausgelassen wie ein junges Fohlen über die Wiese zum Felsen.

Ed folgte ihr schnaufend und ließ sich auf den Stein plumpsen. »Ein alter Mann ist doch kein Rennpferd«, japste er theatralisch.

»Ich stehe auf Greyhounds«, konterte sie und zerrte die Decke aus dem Rucksack. »Und jetzt runter von dem feuchten Stein.«

Schwungvoll sprang er auf, nahm ihr die Picknickdecke aus der Hand, vollführte eine gekonnte Linksdrehung auf einem Bein und breitete die karierte Wolldecke auf dem Felsen aus. »Wer hätte gedacht, dass es heute noch so gemütlich wird?«

Jessie lachte, dass ihr die Tränen die Wangen hinunterliefen. »Das war zirkusreif, Ed. Hast du noch andere Tricks auf Lager?« Sie drückte ihm einen Teebecher in die Hand und goss aus der Thermoskanne ein. »Ich habe Schinken- und Käsesandwiches im Angebot. Und für deinen süßen Zahn …« Sie zwinkerte ihm verschmitzt zu. »… habe ich Schokomuffins gebacken.«

»Der Mann, der dich mal bekommt, ist ein Glückspilz«, schwärmte er. »Ich starte mit Schinken und gehe dann nahtlos zu Schoko über.«

Rücken an Rücken hockten sie auf dem Felsen, schlürften heißen Tee und knabberten Muffins. Jessie hielt ihr Gesicht in die Sonne und seufzte vor Behagen. »Der Wasserfall kann warten. Ich bleibe hier.«

»Einverstanden.« Ed gähnte herzhaft. »Mit vollem Bauch soll man ohnehin nicht wandern.«

Fast gleichzeitig schreckten sie auf, als Eds Handy schrillte.

»Sorry. Ich habe Notdienst. Da muss ich rangehen.« Er rutschte ein Stück von Jessie ab, zog das Smartphone aus der Hosentasche und nahm das Gespräch entgegen. »Ja. Ich verstehe. Ich komme, so schnell ich kann. Sorg dafür, dass die Stute sich nicht hinlegt.« Er sprang auf und schaute sie zerknirscht an. »Es tut mir leid, Jess. Wir müssen unsere Wanderung abbrechen. Ich setze dich schnell zu Hause ab und fahre weiter nach Sneem.«

»Bullshit«, rutschte ihr heraus. »Ich komme natürlich mit.« In Windeseile packte sie den Rucksack. »Ich würde dich gern zu deinem Notfall begleiten.«

Edward riss die Augen ungläubig auf. »Du willst was?«

»Du hast mich ganz gut verstanden«, brummte sie und drückte ihm den Trekkingrucksack in den Arm. »Aber falls du mich lieber loswerden willst, sag es gleich. Ich finde von hier aus auch allein nach Hause.«

Kapitel 18

Den Rückweg absolvierten sie im Laufschritt. »Wie kommst du darauf, dass ich dich loswerden will?« Edward stoppte abrupt, atmete durch. »Wenn es dir wirklich ernst ist, kannst du mich gern zum Gestüt der McLeods begleiten.« Ein verschmitztes Lächeln huschte über sein Gesicht. »Unter einer Bedingung.«

»Ich höre.« Sie trat von einem Bein auf das andere. »Soll ich dir bei einer OP den Schweiß von der Stirn tupfen?«

»So in etwa.« Er lachte. »Hoffen wir, dass es dazu nicht kommt. Da die McLeods nicht gern Fremde in ihre Stallungen lassen, werde ich dich als meine Praktikantin vorstellen. Falls sie nachfragen, sag einfach, du nutzt die Wartezeit auf einen Studienplatz der Tiermedizin, um praktische Erfahrungen zu sammeln.«

»Sind das etwa die McLeods, deren Pferd letzte Saison den Großen Preis von Dublin gewonnen hat?« Sie angelte die Wasserflasche aus dem Seitenfach des Rucksacks und reichte sie Edward.

Er nickte ihr dankbar zu und nahm einen großen Schluck. »Ja, genau. Normalerweise haben sie einen eigenen Tierarzt auf dem Gestüt. Aber der Kollege verbringt gerade seinen Urlaub in Kalifornien.«

»Verstehe.« Jessie verstaute die Trinkflasche wieder im Rucksack. »In der Zwischenzeit kümmerst du dich um die edlen Pferde.« Sie passte ihr Tempo Edwards an, lief vor ihm die letzten Meter zum Wagen und verschwand hinter dem

Holzstapel. »Ich habe zu viel Tee getrunken«, teilte sie Ed lautstark mit.

»Dito«, tönte seine Stimme aus dem Unterholz. Sie schmunzelte bei der Vorstellung, dass sie wie ein altes Ehepaar gleichzeitig hinter einen Busch mussten, um sich zu erleichtern. Eilig zog sie die Jeans wieder hoch und verließ ihr Versteck. Kurz darauf tauchte Edward aus einer Tannenschonung auf. »Machen wir uns an die Arbeit, Praktikantin Jessie.« Er hielt ihr die Beifahrertür auf und reichte ihr sein Smartphone. »Steck das bitte in die Halterung an der Konsole. Nur für den Fall, dass der Pferdepfleger sich noch mal meldet.«

Sie rutschte auf den Sitz. Mit zwei Handgriffen befestigte sie das Handy neben dem Lenkrad. »Worauf muss ich achten, wenn wir gleich im Stall sind? Welche Instrumente soll ich dir anreichen?« Sie warf einen prüfenden Blick in den Schminkspiegel. »Ich binde mir einen Pferdeschwanz, so sehe ich jünger aus. Hast du Gummistiefel für mich? Tierärzte tragen doch immer Gummistiefel.« Sie brannte vor Aufregung.

Edward musterte sie schmunzelnd. »Entspann dich, Jess. Du siehst keinen Tag älter als zwanzig aus. Bleib einfach an meiner Seite und schau aufmerksam zu, wenn ich die Stute untersuche.« Er setzte rückwärts in den Wanderweg, schaltete in den Vorwärtsgang und gab Gas. »Nicht erschrecken. Gleich wird es rumpelig. Wir fahren ein Stück offroad.«

»Darfst du das denn überhaupt?« Jessie klammerte sich an den Sitz.

»Keine Sorge. Ich nehme lediglich die Abkürzung zum Stall. Und die führt über das Privatgelände der McLeods«, versicherte er und bog schwungvoll auf die Hauptstraße ein. »Tipp bitte auf die Rückruftaste«, bat er sie.

»Gut, dass du das gleiche Smartphone hast wie ich.« Sie stellte die gewünschte Verbindung her und schaltete auf laut.

»Wo steckst du, Edward?«, ertönte die nervöse Stimme eines Mannes. »Ich bin ziemlich ratlos. So unruhig war Palmira noch nie. Sie schwitzt unnatürlich. Ihr Puls rast.«

»Das ist völlig normal bei einer Kolik. Halte sie in Bewegung. Und vor allem hindere sie am Fressen und Trinken. Ich bin gleich da«, beruhigte Edward den Tierpfleger und beendete das Gespräch.

Zehn Minuten später bog er von der N 71 auf einen Feldweg ab und raste mit Vollgas durch eine Pfütze, dass der Schlamm nur so spritzte. »Sehr gut«, murmelte Ed und deutete auf einen hohen Weidezaun. »Sie haben das Gatter aufgelassen.«

Jessie schaute ungläubig auf den schmalen Durchlass. *Das ist doch viel zu eng*, lag ihr auf der Zunge, da schoss der Wagen schon auf die Öffnung zu. Sie hielt die Luft an, rechnete damit, dass es jeden Moment krachte. Aus dem Augenwinkel bemerkte sie Eds verzückten Gesichtsausdruck. Kein Zweifel, er genoss die wilde Fahrt. Souverän steuerte er das schwere Fahrzeug zwischen den Pfosten hindurch, bremste dann ab und fuhr langsam über die Weide auf eine Hofeinfahrt zu.

»Wow!« Zischend stieß sie die aufgestaute Luft aus. »Ich hätte nie gedacht, dass dein Wagen da durchpasst.«

Edward lachte heiser und wuschelte sich durch die Haare. »Sorry, dass ich dich erschreckt habe. Manchmal gehen mit mir einfach die Gäule durch.«

»Schon okay. Aber sag das nächste Mal bitte Bescheid, damit ich mich darauf einstellen kann«, winkte Jessie ab, obwohl ihr Puls galoppierte. Der Edward, den sie bisher erlebt hatte, war ruhig und besonnen. So viel Temperament hatte sie ihm nicht zugetraut. Verstohlen musterte sie ihn. Da lag etwas Wildes, Entschlossenes in seinem Blick. Diese neue Seite an ihm gefiel ihr. Sie ertappte sich bei dem Gedanken, wie er reagieren würde, wenn sie ihn jetzt küsste.

»Da vorne sind die Stallungen.« Ed zeigte auf ein lang gezogenes Gebäude, vor dem ein hagerer Mann in Tweedsakko und Reithosen auf und ab lief. »Mr McLeod erwartet uns.«

»Oje.« Sie seufzte. »Hoffentlich durchschaut er unser Spiel nicht und wirft mich hochkant vom Hof.« Sie kaute auf ihrer Unterlippe, wischte die schweißnassen Hände an der Jeans ab.

»Keine Sorge. Der ist froh, dass ich so schnell gekommen bin. Seine Pferde gehen ihm über alles«, beruhigte Edward sie und stieß die Fahrertür auf. Mit einem Satz sprang er aus dem Wagen, lief zum Kofferraum und nahm seinen Arztkoffer heraus.

Jessie beeilte sich, ihm zu folgen. »Okay. Dann mal los, Doc«, sagte sie mit belegter Stimme. Im Stechschritt marschierte sie hinter ihm her.

»Mann, bin ich froh, dass Sie da sind.« Mr McLeod klopfte Ed auf die Schulter und nickte ihr zu. »Verstärkung haben Sie auch mitgebracht, sehr gut.« Er eilte zum Seiteneingang des Stalls und hielt ihnen eine dunkelgrüne Holztür auf. Aus dem Inneren des Gebäudes drang das nervöse Wiehern eines Pferdes. Jemand sprach beruhigend auf das Tier ein. Ein etwa sechzehnjähriger Stallbursche führte eine gescheckte Stute an ihnen vorbei ins Freie.

»Bis auf Chester haben wir alle auf die südlichen Weiden gebracht«, erklärte er seinem Chef diensteifrig.

»Sehr gut, Tim. Bring Macey zum Longierplatz und melde

dich anschließend beim Stallmeister in der Sattelkammer«, entgegnete der Gestütsbesitzer.

Jessie folgte den Männern in das weiße Backsteingebäude und sah sich um. Der Stall war tadellos gepflegt. Sie zählte zehn Boxen an jeder Seite. In einer striegelte ein junger Stallbursche einen schwarzen Vollbluthengst. Neugierig streckte das Tier den Kopf in den Gang. Im Vorbeigehen tätschelte Ed ihm den Hals und steuerte zielstrebig die zweitletzte Box an. »Okay, Sid. Schauen wir nach, was unserer Prinzessin fehlt«, begrüßte er einen rotgesichtigen, älteren Mann mit Schiebermütze. »Wie sind die aktuellen PAT-Werte?«

»Gerade hatte sie noch einen Puls von 52, sie atmet zu schnell. Ihre Körpertemperatur liegt momentan bei 39,1«, gab der Pferdepfleger umgehend Auskunft. Er überließ Edward seinen Platz neben dem kranken Tier und stellte sich zu seinem Boss vor die Box.

Jessie drückte sich in die hinterste Ecke, nahm Ed den Koffer ab und öffnete ihn. Gebannt beobachtete sie, wie Edward auf die tänzelnde Stute zuging. Ihr dunkelbraunes Fell glänzte vor Schweiß. Sie trat mit dem linken Vorderbein gegen ihren Bauch.

»Ruhig, meine Schöne.« Er strich ihr über den Rücken und tastete den Leib ab. »Starke Darmgeräusche«, murmelte er. »Das sind eindeutig Koliken. Habt ihr das Futter gewechselt?«

»Das nicht. Aber gestern Abend waren die Kinder …« Der Pferdepfleger schaute zerknirscht zu seinem Chef und seufzte laut. »Sorry, Mr McLeod. Es ist allein meine Schuld, ich hätte besser aufpassen müssen.«

»Unsinn«, knurrte sein Boss. »Die Mädchen sind keine Kleinkinder mehr. Mit sechs und acht müssten sie eigentlich wissen, dass Pferde nicht zu viel Brot und Leckerlis bekommen dürfen.« Mit dem Smartphone am Ohr marschierte er den Stallgang hinunter. »Schick mir die Kinder in den Stall, sofort«, kommandierte er aufgebracht. »Die sollen sehen, was sie angerichtet haben.«

Keine fünf Minuten später stürmten zwei blond gelockte Mädchen auf ihn zu. »Was ist los, Dad? Hast du ein neues Pferd gekauft?«, rief die größere der beiden.

»Ihr wisst genau, was los ist.« Ihr Vater bedachte sie mit einem strengen Blick. »Euretwegen hat Palmira heftige Bauchschmerzen. Wie oft habe ich euch erklärt, dass ihr nur zufüttern dürft, wenn Sid es euch erlaubt.«

Edward linste über die Tür der Box. »Ab sofort kein Brot und keine Leckerlis mehr für Palmira. Wenn sie normal äppelt, dürft ihr sie mit Möhren füttern.«

Die Mädchen trotteten mit hängenden Schultern zum Eingang der Box. Ihre Augen füllten sich mit Tränen, als sie die schweißnasse Stute sahen. »Wir wollten das nicht, ehrlich, Dad.« Die Ältere warf ihrem Vater einen flehenden Blick zu.

Ihre kleine Schwester zupfte ihn am Hosenbein. »Darf ich zu Palmira? Wenn ich sie streichle, wird sie bestimmt schnell wieder gesund.«

In Jessie regte sich Mitleid für die Blondschöpfe. Sie konnte sehr gut nachvollziehen, was in ihnen vorging, denn als Kind und Teenager war sie oft auf dem Pony der Bartons geritten und hatte das Pferd mit Leckerlis verwöhnt.

»Für heute habt ihr Stallverbot«, herrschte ihr Vater die Mädchen an. »Morgen lasse ich vielleicht mit mir reden«, lenkte er mit sanfterer Stimme ein.

»Wird sie wieder gesund?«, fragte die Kleine.

»Das hoffe ich doch sehr«, entgegnete Edward, ohne den

Blick von dem zitternden Tier zu wenden. »Ich spritze ihr jetzt ein krampflösendes und schmerzstillendes Mittel. Dann schauen wir weiter.« Er desinfizierte die Einstichstelle, zog eine Spritze auf.

Jessie beobachtete fasziniert, wie gelassen er agierte. Die Ruhe, die von ihm ausging, übertrug sich auf das Pferd. Es zuckte kaum mit den Flanken, als Edward die Nadel setzte. »Braves Mädchen. Das hast du sehr gut gemacht«, lobte er die Stute. Er deutete mit dem Kopf auf eine Plastikkiste im Arztkoffer und reichte Jessie die Spritze. Sie nickte, verstaute die Nadel in der Kiste und legte den Kolben zurück in das dafür vorgesehene Fach. Als sie wieder zu Palmira aufsah, bemerkte sie das veränderte Verhalten des Tieres. »Sie hat aufgehört zu zittern«, stellte sie erstaunt fest. »Und sie atmet ruhiger.«

»Gut beobachtet.« Ed lächelte ihr aufmunternd zu und winkte den Tierpfleger zu sich. »Reib sie trocken und sorg dafür, dass sie in Bewegung bleibt. Wenn sie wieder normal äppelt, füttere sie die nächsten Tage mit reichlich Heu, damit sie mehr trinkt. Leinöl und Mash sowie Möhren, um die Verdauung anzuregen.« Mit strenger Miene wandte er sich an die Mädchen, die jeden seiner Handgriffe aufmerksam verfolgten. »Vor allem keine Leckerlis. Haben wir uns verstanden, meine Damen?« Grinsend hockte er sich vor sie. »Wann reitet ihr das nächste Turnier auf euren Ponys?«

Beide zogen wie auf Kommando einen Flunsch. »Erst im Frühling«, maulte die Große.

»Das ist noch sooo lange hin«, beschwerte sich die Kleine.

»Wenn ich Zeit habe, komme ich vorbei und drücke euch die Daumen«, kündigte Edward an.

»Bringst du deine Frau dann auch mit?« Das kleine Mädchen deutete mit dem Finger auf Jessie.

Edward sprang auf, räusperte sich und räumte den Arztkoffer wieder ein. »Wenn meine Praktikantin Zeit und Lust hat, kann sie mich gern zu eurem Turnier begleiten.«

»Jetzt aber Schluss mit der Fragerei.« Mr McLeod klopfte seinen Töchtern sanft auf den Po. »Lauft zurück ins Haus und schaut, ob eure Ma den Tee schon fertig hat. Ich komme gleich nach.«

Edward kontrollierte noch einmal den Puls des Tieres und maß die Temperatur. »38,5. Sehr gut. Das Mittel wirkt. Lass sie ein paar Runden laufen, Sid. Damit Kreislauf und Darmtätigkeit wieder in Schwung kommen. Und beobachte Kot und Harn.«

»Du kannst dich auf mich verlassen, Doc.« Die Erleichterung in der Stimme des Tierpflegers war nicht zu überhören. »Ist nicht das erste Pferd mit Kolik, um das ich mich kümmere.«

»Ich schaue morgen Nachmittag noch mal nach Palmira.« Ed reichte Mr McLeod die Hand und klopfte Sid zum Abschied auf die Schulter. »Ruf an, falls sich ihr Zustand verschlechtert.«

Jessie klappte den Arztkoffer zu und trug ihn aus der Box. »Ich gehe schon vor zum Wagen«, teilte sie Ed mit. »Auf Wiedersehen, Mr McLeod, bye, Sid«, rief sie den Männern zu und eilte aus dem Stall.

Der Himmel hatte sich verfinstert. Eine schwarze Wolkenfront schob sich vom Meer aufs Land. Jessie bereute es, ihre Wanderjacke im Rover gelassen zu haben. Fröstelnd schlang sie die Arme um den Oberkörper und lehnte sich an die Motorhaube.

»Mach bitte schnell auf, mir ist kalt«, rief sie Edward zu, als er zehn Minuten später aus dem Stall kam.

»Du Arme.« Ed sprintete zu ihr und öffnete die Beifahrertür. »Dann bringe ich dich mal schnell nach Hause. Du bist doch sicher noch mit deiner Freundin Sheila verabredet?«

»Die trifft sich mit ihrem neuen Freund. Da würde ich nur stören.« Sie kletterte auf den Beifahrersitz, nahm ihre Wanderjacke von der Rückbank und kuschelte sich darin ein. »Auf mich wartet niemand.« Es reizte sie, ihn aus der Reserve zu locken. »Wahrscheinlich werde ich mir gleich eine Tiefkühlpizza auftauen und irgendeine langweilige Soap schauen.« Sie seufzte laut. »Heute graut mir besonders vor dem Alleinsein.«

»Mmh.« Er fuhr im Schritttempo vom Hof, bog langsam auf die Zufahrtsstraße ab. »Du hast dich übrigens gut geschlagen, vorhin im Stall. Mr McLeod war voll des Lobes über meine neue Praktikantin.« Den Blick stur geradeaus gerichtet, schaute er auf die Straße.

Ein letzter Versuch. Wenn er darauf nicht reagierte, würde sie ihn in den Wind schießen. »Ich würde gern den Abend mit dir verbringen, Edward.« Mutig streichelte sie mit dem Zeigefinger über seine linke Hand, die auf der Schaltung lag. »Oder magst du keine Fertigpizza?«

»Ich liebe sie.« Er zog seine Hand unter ihrer hervor, legte sie auf das Lenkrad. »Ist dir immer noch kalt?«

»Verdammt, Ed. Warum weichst du mir aus?« Jessie knuffte ihn in die Seite. »Ich möchte nur mit dir zusammensitzen, reden. Ohne Hintergedanken.«

Er schluckte. »Na, wenn das so ist, komme ich gern auf ein Stündchen mit.« Verschmitzt lächelte er sie an. »Hast du eventuell auch eine zweite Pizza? Ich habe nämlich einen Mordshunger.«

»Och.« Sie kicherte. »Da wird sich schon was finden, womit ich deinen Hunger stillen kann.«

»Da bin ich aber gespannt.« Er schaltete das Radio an und summte leise mit, als Ed Sheeran sang. Pfeifend passierte er die Ortseinfahrt von Busby und steuerte Jessies Haus an. Sie reckte sich gähnend, hangelte auf der Rückbank nach ihrem Rucksack.

Edward bremste so hektisch ab, dass sie gegen ihn gedrückt wurde. »Von wegen einsam«, brummte er und schob sie von sich. »Dein Rosenkavalier wartet schon auf dich.«

Sie riss die Augen auf, starrte ungläubig zur Treppe. Trevor hockte auf der obersten Stufe. Neben ihm lag ein riesiger Strauß roter Rosen. »Was will der denn hier?«

»Das wird er dir sicher gleich sagen.« Ed parkte mit laufendem Motor am Straßenrand. Mit zwei Schritten war er an der Beifahrerseite, zerrte ihren Trekkingrucksack von der Rückbank und drückte ihn ihr in den Arm. »Ist wohl besser so, Jess«, knurrte er und rannte zur Fahrerseite.

»Bitte bleib!«, rief sie ihm nach. Da fuhr er schon davon.

Kapitel 19

Fassungslos schaute sie dem Geländewagen hinterher.

»Der hatte es aber eilig, von dir wegzukommen«, kommentierte Trevor in ihrem Rücken die Szene. »Ist wohl nicht alles so gelaufen, wie er sich das vorgestellt hat.«

Sie wirbelte herum, funkelte ihn an. »Was weißt du schon? Bis eben haben Edward und ich uns prächtig verstanden. Er hat mich sogar zu einem Notfall in den Pferdestall mitgenommen.« Sie presste den Rucksack wie einen Schutzschild vor ihren Körper. »Und überhaupt, was machst du hier?«

»Du siehst zum Anbeißen aus, wenn du wütend bist.« Trevor sprang die Treppe hinunter und hielt ihr den Rosenstrauß entgegen. »Die müssen dringend in eine Vase.«

»Die sind doch sicher nicht für mich?« Sie wich einen Schritt zurück. »Das wäre eine ziemlich billige Masche, um mich rumzukriegen.« Sehnsüchtig linste sie auf die Blumen. Noch nie hatte ein Mann ihr so einen sündhaft teuren Strauß geschenkt.

Trevor wedelte mit den Rosen vor ihrer Nase. »Wer spricht hier von Rumkriegen? Das ist lediglich ein Dankeschön für deine Unterstützung, und außerdem …« Er schaute an der Hausfassade hinauf, runzelte die Stirn. »… bin ich hier, um mir ein abschließendes Bild von dem Gebäudezustand zu machen. Das Gutachten. Du erinnerst dich?«

Der betörende Duft der Rosen benebelte ihre Sinne. »Warum sagst du das nicht gleich?« Sie drückte ihm den Rucksack in die Hand und legte sich die Blumen geradezu fürsorglich auf den Arm. Behutsam streichelte sie über die samtigen Blütenblätter. »Sie sind wunderschön. Danke.« Jessie duldete es, dass Trevor einen Arm um ihre Schultern legte und sie zur Hintertür führte. Umständlich nestelte sie mit links den Hausschlüssel aus der Anoraktasche.

Er nahm ihn ihr aus der Hand und schloss auf. »Eine Tasse Tee wäre schön«, sagte er leise und schaute sich im Hausflur um. Den Rucksack stellte er an der Garderobe ab, ehe er ihr aus der Wanderjacke half.

Jessie stieg aus ihren Wanderstiefeln und tapste auf Socken zur Teestube. Sie hatte die Hand schon auf der Klinke, da fiel ihr ein, dass sie dort die Heizung abgedreht hatte. »Gehen wir in die Wohnung. Da ist es wärmer«, sagte sie mehr zu sich.

»Sehr gut, dann kann ich mir gleich ein Bild vom Bauzustand der oberen Etage machen. Den Dachboden würde ich auch gern in Augenschein nehmen.« Trevor folgte ihr die Treppe hinauf ins Wohnzimmer. »Gemütlich hast du es hier.« Er schlenderte zum Ohrensessel, knipste die Stehlampe an und ließ den Blick über das kleine Bücherregal wandern. »So eine kuschelige Leseecke hat meine Mom auch.«

»Ach ja?« Zum ersten Mal fiel ihr auf, wie zerschlissen der Teppich, wie durchgesessen die Couch war. Um ihre Unsicherheit zu überspielen, hockte sie sich vor den Büfettschrank und angelte eine Vase aus dem untersten Fach. »Mach es dir gemütlich. Ich versorge rasch die Rosen und setze den Wasserkessel auf.«

»Lass dir Zeit, Jess. Ich habe heute nichts mehr vor.« Trevor streifte sein Jackett ab und warf es mit einer lässigen Handbewegung über den Hocker. Dann schob er die Ärmel seines Kaschmirpullovers hoch und zog das Handy aus der Gesäßtasche der Jeans. Mit entschlossener Miene marschierte er zum Fenster. Er klopfte den Rahmen ab, öffnete und schloss es wieder. »Einfache Verglasung, Holzrahmen«, diktierte er in sein Smartphone.

»Du bist wirklich wegen des Gutachtens hier?« So ganz traute sie ihm noch nicht.

Trevor ging in die Knie, schob den Webteppich ein Stück zur Seite und inspizierte die Holzdielen. »Was denkst du denn?«, murmelte er, ohne aufzusehen. »Ich nehme meinen Job sehr ernst. Das solltest du doch inzwischen bemerkt haben. So ein Gutachten muss Hand und Fuß haben.«

Das klang überzeugend. Jessie atmete innerlich auf und gewann ihre Selbstsicherheit zurück. »Woran soll ich schon gedacht haben?« Lachend eilte sie in die Küche und setzte Teewasser auf. Sie summte leise vor sich hin, schnitt die Rosen an und stellte sie in die Vase. Unschlüssig schaute sie ins Gefrierfach. »Teilst du dir eine Tiefkühlpizza mit mir?«, rief sie durch die offene Tür. »Ich habe auch noch einen Rest Stew im Kühlschrank.«

Trevor sprang auf die Beine. »Hier bin ich so weit durch. Den Dachboden sehe ich mir später an.« Herausfordernd lächelte er sie an. »Warum gehen wir nicht gleich zum Nachtisch über?«

Sie schnappte nach Luft, rang um Fassung. »Du bist wirklich unmöglich. Ich rede vom Essen und du …«

»Ich etwa nicht?« Trevor gab sich empört. »Was kann ich dafür, dass ich Heißhunger auf etwas Süßes habe?« Er lümmelte sich in die Sofaecke, verschränkte die Hände hinter dem Nacken und seufzte. »Warum denkt ihr Frauen eigentlich immer, dass wir Männer nur das Eine im Kopf haben?«

»Was die anderen Frauen denken, interessiert mich nicht. Ich bin ich«, legte sie halbherzig Widerspruch ein. »Und ich mag es nicht, von dir manipuliert zu werden. Du marschierst hier rein, als wären wir längst ein Paar.«

Er zog einen Schmollmund und schniefte. »Sorry, dass das bei dir so rübergekommen ist.« Er hob zwei Finger wie zum Schwur. »Ab sofort benehme ich mich wie ein perfekter Gentleman.«

»Da bin ich aber gespannt.« Sie schüttelte ungläubig den Kopf. Warum sah dieser Typ so verdammt sexy aus? Sie konnte kaum den Blick von seinem durchtrainierten Oberkörper wenden. Ihr Magen kribbelte. Sie schob es auf den Hunger. Zu allem Überfluss galoppierte jetzt auch noch ihr Herz, was sicher nur daran lag, dass sie seit halb sechs auf den Beinen war. Sie widerstand dem Drang, ihm mit beiden Händen durch die dunklen Locken zu wuscheln. »Okay, Mr Gentleman«, sagte sie. »Dann also Tee und Muffins.«

Mit butterweichen Knien schlich sie in die Küche. Wie in Trance goss sie Darjeeling auf und ordnete Schoko- und Blaubeermuffins dekorativ auf einem Glasteller an. »Du bist nicht in Trevor verliebt«, redete sie sich ein. »Momentan spielen nur deine Hormone verrückt.« Kurz vor ihren Tagen stand sie immer unter Strom. Da reichte schon ein zärtlicher Blick, eine zarte Berührung aus, um sie aus der Fassung zu bringen. Aber das war noch lange kein Grund, sich Trevor an den Hals zu werfen. Sex ohne Liebe kam für sie nicht infrage. Eine enttäuschende Erfahrung mit einem One-Night-Stand reichte ihr. Der Kerl hatte sie noch vor dem Frühstück aus seiner Wohnung geworfen. Hinterher erfuhr sie, dass er verlobt war und sich mit ihr nur den Abschied vom Junggesellendasein versüßt hatte.

Jessie wartete, bis sie sich wieder halbwegs im Griff hatte. Dann schnappte sie sich die Teekanne und den Kuchenteller und trug beides ins Wohnzimmer. »Wie aufmerksam. Du hast den Tisch schon gedeckt.« Schmunzelnd stellte sie die Kanne auf das Stövchen, in dem bereits ein Teelicht brannte. Die Kuchenplatte schob sie zwischen das Geschirr. Trevor hatte getöpferte Becher zu den hauchdünnen Porzellantellern gestellt. »Eine gewagte Kombi.« Sie lachte. »Aber mir gefällt es.«

Trevor nahm sich einen Blaubeermuffin und biss herzhaft hinein. »Ich trinke nicht gern aus diesen dünnen Tässchen«, erklärte er achselzuckend und eilte in die Küche, um die Rosen zu holen und neben das Bild ihrer Tante auf das Sideboard zu stellen. »Sie lächelt sehr warmherzig. Sicher war sie ein liebevoller Mensch.«

Diese Bemerkung brachte ihr Gefühlschaos vollends durcheinander. Jessie schluckte den Kloß herunter, der sich in ihrem Hals breitmachte. »Maura war wie eine Mutter für mich.« Unschlüssig blieb sie neben dem Sessel stehen und zupfte an ihrer Flanellbluse herum.

»Sicher vermisst du sie sehr.« Trevor griff nach ihrer Hand und zog sie neben sich auf die Couch. Zärtlich strich er ihr eine Strähne hinters Ohr, die sich aus dem Pferdeschwanz gelöst hatte. Er schenkte Tee aus und schob ihr die Kuchenplatte zu. »Erzählst du mir von deinem Noteinsatz im Pferdestall?« Wie zufällig berührte sein Bein ihres.

Selbst durch den dicken Stoff ihrer Jeans brannte die Hitze, die von ihm ausging, auf ihrer Haut. »Eine Kolik, die Stute hatte eine Kolik«, stammelte sie und hielt sich mit beiden Händen am Teebecher fest. »Edward hat ihr eine krampflösende Spritze gegeben.« Sie pustete in den dampfenden Tee und trank einen winzigen Schluck. Mit steifen Fingern griff sie zu einem Muffin und knabberte lustlos daran. »Wir waren auf einem bekannten Gestüt, dessen Pferde regelmäßig Turniere gewinnen.«

»Wie aufregend«, raunte Trevor ihr heiser zu. »Du hast da etwas Schokolade.« Er beugte sich vor, strich mit dem Daumen über ihre Oberlippe und schleckte seinen Finger ab. Sein Gesicht war so nah vor ihrem, dass sein heißer Atem ihre Wange streifte.

»Tee, was ist mit Tee?«, krächzte sie, und ihr Verstand schlich zur Hintertür.

Trevor legte eine Hand in ihren Nacken, nur ganz leicht. Aber es genügte, um sie vollends aus der Fassung zu bringen.

»Wollen wir jetzt auf den Dachboden gehen?«, fragte sie.

»Später, Liebes.« Er löste ihren Pferdeschwanz und fuhr mit den Fingern durch die langen Haare. »Sie sind seidenweich.« Er hauchte einen Kuss auf ihren Mundwinkel.

»Apfelshampoo«, hörte sie sich sagen. Sicher hätte sie noch mehr sinnloses Zeug von sich gegeben, doch da lag sein Mund schon auf ihrem. Heißhungrig knabberte er an ihren Lippen.

Und das letzte bisschen Widerstand, das sich noch in ihr regte, schmolz dahin. Seufzend lehnte sie sich an ihn.

Trevor stöhnte. »Endlich, Jess.« Er riss sie in seine Arme, streichelte ihre Brüste. »Du bist wunderschön«, sagte er mit dunkler Stimme.

Sie schloss die Augen, ließ es zu, dass er ihre Bluse aufknöpfte. Längst hatte sich ihr Verstand verabschiedet.

Trevor küsste sie mit einer solchen Gier und Leidenschaft, dass ihr schwindlig wurde. Sein Mund war hart und fordernd. Seine Hände strichen begehrlich über ihren Körper. Er riss am Reißverschluss ihrer Jeans. »Verdammt«, zischte er, als der sich nicht öffnen ließ.

Das war nicht die Art Zärtlichkeit, die sie von einem Mann erwartete. »Bitte nicht«, flehte sie und schob ihn von sich.

Ihr Handy schrillte. An der Haustür klingelte jemand Sturm.

»Wenn das Edward ist, bringe ich ihn um!«, knurrte Trevor und sprang auf.

Jessie stolperte an ihm vorbei zum Fenster und riss es auf. »Einen Moment, ich bin gleich bei dir«, rief sie Fergus zu, der vor dem Haus auf und ab lief. In ihr regte sich ein schrecklicher Verdacht. »Ist was mit Claire?«

»Nein«, rief er. »Sean hat Lou gerade ins Krankenhaus gebracht. Claire kümmert sich um Nelly. Der Schankraum ist voller Leute. Kannst du mir helfen?«

Kapitel 20

»Geh schon. Anscheinend ist es wichtig«, knurrte Trevor. »Wir holen das nach.« Wie ein Tiger im Käfig rannte er im Zimmer herum, inspizierte ihr Schlafzimmer und setzte sich dann breitbeinig in den Ohrensessel.

»Du willst doch nicht etwa hier auf mich warten?« Sie wich seinem Blick aus, lief ins Bad. »Samstags schließt der Pub nie vor Mitternacht«, teilte sie ihm durch die geschlossene Tür mit und hoffte, dass er den Wink verstand. Mit zittrigen Fingern knöpfte sie die Bluse zu und fasste die Haare im Nacken mit einer Spange zusammen. Die glühenden Wangen kühlte sie mit einem feuchten Waschlappen. Was war nur in sie gefahren, sich bei Trevor dermaßen gehen zu lassen? Sie hatte seine Leidenschaft entfacht, obwohl sie nur eine Schulter zum Anlehnen und eine tröstende Umarmung suchte. Stimmte das, oder war da doch mehr? Einen Moment lang zweifelte sie an sich. Seine männliche Attraktivität und ihre Einsamkeit waren eine gefährliche Mischung. Da konnte der Verstand schon mal aussetzen. Trevor hatte etwas, das sie anzog. Aber was sie auf den Tod nicht leiden konnte, war, dass er zu Grobheit neigte, wo Zärtlichkeit angesagt war. So schnell wie möglich musste sie diesen Irrtum aufklären. Jessie wünschte sich, sie könnte die Uhr zurückdrehen. Das Geschehene ungeschehen machen. Sie war nicht in Trevor verliebt, das war ihr inzwischen klar geworden. Nicht auszudenken, was passiert wäre, wenn Fergus nicht geläutet hätte.

Sofort wanderten ihre Gedanken zu Lou und Sean. Die Sorge um die Freunde ließ ihre eigenen Probleme auf einmal unbedeutend und klein erscheinen. Claires Familie brauchte sie jetzt, da hatten ihre Empfindlichkeiten hintanzustehen. Jessie rannte in ihr Zimmer und grapschte sich die erstbeste Strickjacke, die ihr in die Hand fiel. Erst als sie wieder ins Wohnzimmer kam, registrierte sie, dass sie allein war. »Trevor? Bist du auf dem Dachboden?«

Keine Antwort, nur das laute Ticken der alten Standuhr. Sein Jackett lag nicht mehr auf dem Hocker. Sie lief zum Fenster und schaute ungläubig auf den leeren Parkplatz vor dem Haus. »Blöder Kerl. Noch nicht mal bye konntest du sagen«, fluchte sie und war gleichzeitig erleichtert, ihm heute nicht mehr in die Augen sehen zu müssen. Sie brauchte Abstand, um die richtigen Worte für ein klärendes Gespräch zu finden. Morgen, spätestens übermorgen würde sie Trevor anrufen. Jessie riss sich vom Anblick der zerwühlten Couchkissen los, rannte die Treppe hinunter, warf die Haustür hinter sich zu und stürzte über die Straße in den Pub.

»Holy shit!«, war das Erste, was ihr durch den Kopf schoss, als sie den Schankraum betrat. Eine Duftmischung aus Motorenöl und Bier waberte in der Luft. Mindestens ein Dutzend Kerle in Lederjacken, auf denen das Emblem der *Wild Boys* prangte, scharte sich um die Stehtische. Ebenso viele mussten sich, der Lautstärke nach zu urteilen, im Hinterzimmer aufhalten. Aus den Boxen der Stereoanlage dröhnte Heavy Metal. Hinter dem Tresen bediente Fergus zwei Zapfhähne gleichzeitig. Seine Stirn glänzte verschwitzt, und das Hemd war ihm aus der Hose gerutscht. Der Mann brauchte dringend Hilfe, sonst drohte das totale Chaos.

Jessie quetschte sich an einem breitschultrigen Typen mit Zopf vorbei. »Behalte deine Finger bei dir«, fuhr sie einen Kerl an, der Anstalten machte, ihr auf den Po zu klopfen. Energisch bahnte sie sich einen Weg zum Tresen. »Was ist denn hier los? Warum sind die nicht in ihrem Stammpub in Killarney?«, rief sie Fergus zu. Sie kannte diese Altrocker vom Bikertreff. Keiner von denen war jünger als fünfzig. Unter ihnen waren gestandene Anwälte, Unternehmer und sogar Banker. In ihrer Freizeit tauschten sie die Nadelstreifenanzüge gegen Lederkombis und cruisten auf ihren chromblitzenden Maschinen durch die Gegend.

»Keine Ahnung, was die nach Busby verschlagen hat. Meine Stammkundschaft hat sich bereits verzogen bei dem Lärm.« Fergus schob ein volles Tablett über den Schanktisch. »Schaffst du acht Gläser?«

»Was denkst du denn?« Jessie krempelte entschlossen die Ärmel der Bluse hoch. »Ist ja nicht das erste Mal, dass ich kellnere.« Geschickt hievte sie die schwere Last über den Tresen. »Ins Hinterzimmer, nehme ich an.« Von dort tönte lauter Jubel. »Auf Anthony«, rief ein mehrstimmiger Männerchor.

Fergus nickte und zapfte weiter Bier. »Könntest du gleich Gläser spülen? Ich komme nicht mehr nach.«

Sie rannte zwischen Hinterzimmer und Schankraum hin und her, versorgte die Biker mit Nachschub. Zwischendurch spülte sie Gläser und belegte Sandwiches. »Hast du schon was aus dem Krankenhaus gehört?«, fragte sie Fergus, als er in die Küche kam, um sich einen Moment zu setzen.

Traurig schüttelte er den Kopf. »Unser armes Mädchen. Hoffentlich verliert Lou das Baby nicht. Sean und sie freuen sich doch so auf ihr zweites Kind.« In seinen Augen schimmerten Tränen. Er schien um Jahre gealtert.

»Du sagst, sie hatte Blutungen und Bauchschmerzen?« Jessie strich ihm tröstend über den Rücken. »Ich bin zwar keine Ärztin, aber soviel ich gehört habe, muss das nicht zwangsläufig bedeuten, dass sie das Kind …« Sie biss sich auf die Zunge. »Drücken wir die Daumen, dass alles gut wird. Sicher hat Sean vor lauter Sorge um seine Frau nur vergessen, sich bei euch zu melden.« Sie reichte ihm ein Glas Wasser und hinderte ihn am Aufstehen. »Gönn dir wenigstens fünf Minuten Pause. Ich bringe der hungrigen Meute jetzt die belegten Brote, bevor sie uns noch Löcher in die Dielen beißen.«

Fergus verzog den Mund zu einem schmalen Lächeln. »Danke«, murmelte er und drückte kurz ihre Hand. »Ich bin froh, dass du da bist. Claire hat sich zu Nelly ins Bett gelegt. Die Kleine hat doch mitbekommen, was mit ihrer Mutter los war. Ich hoffe, sie hat inzwischen aufgehört zu weinen und schläft.«

»In den Armen ihrer Grandma wird sie schnell zur Ruhe kommen. Deine Frau ist die beste Trösterin, die ich kenne.« Nach Mauras Tod war die ältere Freundin keine Minute von Jessies Seite gewichen. Ohne Claire hätte sie die schwere Zeit nicht durchgestanden. Jetzt konnte sie sich endlich für ihre Unterstützung erkenntlich zeigen. »Ich helfe euch im Pub, solange es nötig ist«, erklärte sie mit fester Stimme.

»Aber was ist mit deiner Teestube?«, gab Fergus zu bedenken. »Du musst dich doch sicher um die Leute vom Bau kümmern.«

»Lass das mal meine Sorge sein. Ich bekomme das schon irgendwie unter einen Hut«, versicherte sie. »Morgens und nachmittags kümmere ich mich um meinen Laden. Mittags und abends gehe ich dir im Pub zur Hand.« Mit entschlossener Miene trug sie zwei Platten voller Sandwiches in den Schankraum und brachte Chips und Nüsse ins Hinterzimmer. Die Biker dort dankten es ihr mit anerkennenden Pfiffen.

»Hock dich neben mich auf die Bank, Blondie«, rief ein untersetzter Glatzkopf. »Ich massiere dir die Füße.«

Sie zwinkerte ihm lachend zu. »Ein anderes Mal, gern. Aber jetzt muss ich mich um deine Kumpels an der Bar kümmern.«

Seine Freunde schlugen ihm grinsend auf die Schulter. »Lass gut sein, Howard. Die Kleine steht sicher nicht auf Gruftis.«

Im Schankraum läutete die Tresenglocke. »Last round, gentlemen«, hörte sie Sean rufen. Täuschte sie sich, oder war das Erleichterung in seiner Stimme? Jessie stolperte aus dem Hinterzimmer und lief ihm direkt in die Arme. »Wie geht es Lou?«, fragte sie kurzatmig.

»Später, Jess.« Breitbeinig baute er sich hinter dem Schanktisch auf. »Zuerst kümmern wir uns um die Gäste.«

Die Küchentür flog auf. Fergus war mit zwei Schritten bei seinem Sohn und drückte ihn an sich. »Mensch, Junge. Warum hast du dich nicht gemeldet? Wir kommen hier fast um vor Sorge.«

»Sorry, Dad. Bin nicht dazu gekommen.« Er hielt seinen Vater ein Stück auf Abstand und musterte ihn besorgt. »Du siehst müde aus. Willst du nicht nach oben gehen und dich ausruhen? Jessie und ich kassieren ab, dann kommen wir nach.« Gierig trank er eine halbe Flasche Wasser und seufzte. »Am liebsten wäre ich bei meiner Lou geblieben. Aber der Doc hat mich nach Hause geschickt.«

Sein Vater fuchtelte mit der rechten Faust vor seiner Nase. »Ich weiche keinen Meter, wenn du mir nicht endlich sagst, was los ist.«

»Dem Baby geht es gut. Alles andere besprechen wir später.« Sean stellte zwei Pintgläser unter die Hähne. »Geh hoch und sag Ma Bescheid.«

»He, was ist jetzt?«, beschwerte sich lautstark einer der Biker. »Sollen wir unser Guinness selber zapfen?« Er machte Anstalten, hinter den Tresen zu kommen, doch Jessie stellte sich ihm in den Weg. »Cool down, Mann. In spätestens zehn Minuten bringe ich euch die Drinks. Du kannst mir gern beim Tragen helfen.« Sie schenkte ihm ein zuckersüßes Lächeln.

Er schlug sich grinsend an die Stirn. »Den ganzen Abend zermartere ich mir schon den Kopf, woher ich dich kenne. Du bist doch Mortons Mädchen.«

»Stimmt«, mischte sich der Biker mit dem grauen Zopf ein. »Dann solltest du wohl besser ein Auge auf deinen Kerl haben. Erst gestern habe ich ihn mit so einer drallen Rothaarigen gesehen. Er konnte kaum die Finger von ihr lassen.«

Jessie zuckte müde mit den Schultern. »Was kümmert es mich? Wir sind schon lange kein Paar mehr.« Einen kleinen Stich versetzte es ihr doch, dass sich ihr Ex so schnell getröstet hatte. Was hatte sie erwartet? Dass er ihr heiße Liebesbriefe schrieb, sie anflehte, zu ihm zurückzukommen? Sie schmunzelte bei dem Gedanken. Nein, das Kapitel Morton war für sie endgültig beendet. Sollte er doch mit dieser Rothaarigen glücklich werden. »Okay, Jungs. Dann hätten wir das ja geklärt«, sagte sie und eilte ins Hinterzimmer, um die letzten Bestellungen entgegenzunehmen.

Kurz vor Mitternacht schloss Jessie die Eingangstür des Pubs. Erschöpft lehnte sie sich an das kühle Holz, massierte ihren schmerzenden Nacken. Bleischwer hingen ihre Arme am Körper. »Ich glaube, morgen trage ich jedes Glas einzeln zu den Gästen.«

»Du hast dich gut geschlagen, Jess.« Sean stellte die Stühle in der Lounge auf die Tische und schloss die gekippten Fenster. »Lass alles stehen und liegen. Den Rest erledige ich morgen früh.« Er zog seine Geldbörse aus der Gesäßtasche und reichte ihr einen Hunderter.

»Willst du mich beleidigen?« Entrüstet schob sie seine Hand mit dem Geldschein weg. »Ich nehme kein Geld von dir. Wir sind Freunde. Ihr wart doch auch für mich da, als es mir dreckig ging.«

»Steck schon ein. Das ist dein Anteil am Trinkgeld. Diese Altrocker waren sehr spendabel.« Sean drückte ihr den Hunderter in die Hand. »Ich weiß, es ist schon sehr spät, und du bist sicher hundemüde.«

Jessie schüttelte energisch den Kopf. »Und wenn ich auf allen vieren nach oben krieche. Ich setze mich jetzt mit euch an den Tisch, und dann besprechen wir, wie wir Lou entlasten können.«

Gemeinsam hockten sie in der Küche. Claire hatte Kakao gekocht und jedem eine dicke Scheibe Sodabrot mit Butter und Honig geschmiert. »Esst, meine Lieben. Das ist gut für eure Nerven.« Sie tätschelte Sean und Jessie die Wange, zog sich einen Stuhl heran und setzte sich neben ihren Mann. Seufzend stützte sie den Kopf in die Hände. »Ich mache mir bittere Vorwürfe, Lou mit der Arbeit im Pub alleingelassen zu haben.« Ein heiseres Schluchzen drang aus ihrer Kehle.

»Beruhige dich bitte, Ma. Dich trifft wirklich keine Schuld.« Sean legte ihr einen Arm um die Schulter. »Wenn sich hier einer Vorwürfe machen muss, dann ich.« Seine Mundwinkel zuckten. An seinen Schläfen traten die Adern hervor. »Ich hätte nicht auf Lou hören dürfen und ihr eine Aushilfe besorgen müssen. So wäre das gar nicht erst passiert.«

»Unsinn. Du kennst doch deine Frau. Die hätte sich das Heft beziehungsweise das Tablett mit den Pints nicht aus der Hand nehmen lassen.« Fergus schlürfte Kakao und stellte die Tasse geräuschvoll vor sich ab. »Es ist sinnlos, sich jetzt Vorwürfe zu machen. Überlegen wir lieber, wie es weitergehen soll. Wie lange muss Lou noch im Krankenhaus bleiben?«

»Über das Wochenende behalten sie sie noch zur Beobachtung da. Wenn alles in Ordnung ist, kann ich sie Montagmittag abholen.« Sehnsüchtig schaute er zu Lous Foto auf dem Kaminsims. »So gern ich sie auch bei mir habe – mir wäre es lieber, sie würden meinen Wirbelwind noch ein paar Tage aus dem Verkehr ziehen.« In seiner Hosentasche vibrierte das Handy. »Nein, bitte nicht!«, stöhnte er. Mit zittrigen Fingern nahm er das Gespräch an. Er lauschte angespannt, kaute auf seiner Unterlippe.

Jessies Herz setzte einen Moment aus. Sie faltete unter dem Tisch die Hände, betete, dass sich nur jemand verwählt hatte.

»Ist das wahr, Liebling? Bitte sag das noch einmal.« Seans Stimme überschlug sich fast vor Aufregung. Er sprang so hektisch auf, dass der Kakao aus den Tassen schwappte. Seine Augen strahlten. »Ich liebe dich. Schlaf gut, mein Galway Girl«, säuselte er und tanzte durch die Küche.

Jessie und Claire schauten sich entgeistert an.

»Lass uns bitte nicht so lange zappeln«, mahnte Fergus. »Ich möchte endlich ins Bett.«

»Meine Liebste hat mich gebeten, so schnell wie möglich eine Aushilfe für den Pub zu besorgen. Sie lässt fragen, ob Jessie in der Zwischenzeit einspringt.« Er umarmte seine Mutter, knuffte den Vater in die Seite. »Und wisst ihr, was sie noch gesagt hat?«

»Mensch, Junge! Mach es doch nicht so spannend«, stöhnte Claire.

Sean wischte sich verstohlen eine Träne aus dem Augenwinkel. »Wenn es nötig ist, bleibt sie den Rest der Schwangerschaft im Bett liegen. Hauptsache, unserem Krümelchen geht es gut.«

Jessie hielt es nicht länger auf dem Stuhl. »Habt ihr es plumpsen gehört? Mir fällt gerade ein dicker Stein vom Herzen.« Obwohl sie vor Müdigkeit kaum noch die Augen aufhalten konnte, stolperte sie zu Sean und nahm ihn in die Arme. »Ich bin froh, dass Lou so einsichtig ist. Nun wird alles gut.« Aufmunternd lächelte sie ihn an. »Selbstverständlich helfe ich euch im Pub. Wann soll ich morgen rüberkommen?«

Er kratzte sich gähnend das stoppelbärtige Kinn. »So gegen halb zwölf. Wäre das okay für dich?«

»Das passt. Dann kann ich vorher noch backen«, entgegnete Jessie matt. »Solange ich bei euch aushelfe, öffne ich die Teestube nur nachmittags. Morgens kommt im Moment sowieso keiner«, betonte sie. »Und jetzt schleiche ich mich. Schlaft gut, ihr Lieben.« Sie schlurfte zu Fergus und Claire, küsste sie auf die Wange.

»Ich bringe dich nach unten«, bot Sean an.

Doch sie winkte müde ab. »Ich finde allein raus. Sieh lieber zu, dass du noch eine Mütze voll Schlaf bekommst.«

Fünf Minuten später schlich sie in ihrem Haus die Treppe hinauf. Ihre Füße brannten, und sie fror vor Erschöpfung. Am liebsten hätte sie sich in ihren Klamotten ins Bett gelegt. Selbst der Weg in ihr Zimmer schien ihr zu weit. Stöhnend ließ sie sich in den Ohrensessel plumpsen, streifte die Sneakers ab und zog die Füße auf das Polster. Das Kinn auf die Knie gestützt, hielt sie ein stummes Zwiegespräch mit ihrer Tante.

Sie schaute auf ihr Foto, den Rosenstrauß daneben und riss die Augen auf. An der Vase lehnte ein blassblauer Briefumschlag. »Für Jess« hatte Trevor schwungvoll daraufgeschrieben. Seine markante Schrift erkannte sie selbst aus der Entfernung. *Das hat bis morgen Zeit*, dachte sie. Doch die Neugier trieb sie aus dem Sessel. Sie riss den Umschlag auf und blinzelte auf die Karte, die darin steckte. Es war eine gedruckte Einladung. Trevors Vater lud anlässlich seines 65. Geburtstags für nächsten Samstag in das Gourmetrestaurant des Killarney Plaza Hotels ein. Ungläubig rieb sie sich die brennenden Augen, las den Text erneut, drehte die Karte unschlüssig in den Händen. Sie stutzte, als sie den handschriftlichen Vermerk auf der Rückseite sah.

Dad ist es sehr wichtig, dass du kommst. Ich kann dich leider nicht abholen, schicke dir aber gegen achtzehn Uhr einen Wagen. Ich bin die ganze nächste Woche unterwegs. Wir sehen uns dort. Ich freue mich auf dich.
Trevor

Aus dieser Nummer kam sie nicht raus. Mr McKenzie war ihr wichtigster Kunde. Sie konnte seine Einladung unmöglich ausschlagen. Spontan zückte sie ihr Handy, sagte per SMS zu und nahm sich vor, an diesem Abend mit Trevor zu reden. Erst allmählich dämmerte ihr, warum der Senior Wert auf ihr Erscheinen legte. Er ging wahrscheinlich fest davon aus, dass sie mit seinem Sohn zusammen war. »Auch das noch«, fluchte sie und raufte sich die Haare.

Kapitel 21

Je näher der Samstag rückte, desto hibbeliger wurde Jessie. Sie hetzte durch die Woche, als wäre sie auf der Flucht. Wenn sie nicht in ihrer Küche stand und auf Vorrat backte, bediente sie im Pub oder half Claire beim Hausputz. Alles nur, um ja nicht ins Grübeln zu kommen. Nachts lag sie stundenlang wach und spielte den bevorstehenden Abend in Gedanken durch. Sie legte sich Sätze für Trevor zurecht, verwarf sie wieder. »Sorry, ich liebe dich nicht. Aber bitte lass uns Freunde bleiben.« Das klang so hohl in ihren Ohren. Sie hoffte inständig, dass ihr die richtigen Worte einfielen, wenn sie ihm gegenüberstand.

»Wie gut, dass der Bautrupp erst nächste Woche anrückt. So kann ich wenigstens noch in Ruhe die Adventsdeko aufhängen«, teilte sie Lou Samstagnachmittag mit. Der letzte Gast war vor wenigen Minuten gegangen. Jetzt saß die junge Wirtin mit ihrer Tochter in der Lounge und bastelte Strohsterne. Jessie wischte die Fensterbänke feucht ab und schaute den beiden eine Weile zu.

»Der ist für dich.« Nelly reichte ihr einen gezackten Stern, der an einer roten Kordel baumelte.

»Wirklich?« Jessie hockte sich vor die Kleine und strahlte sie an. »Hast du den extra für mich gebastelt?«

Nelly nickte, dass ihre Locken auf und ab wippten. Sie hatte die roten Haare und die Bernsteinaugen ihres Vaters. »Kathy und Lena bekommen auch welche. Für Pfarrer Donnelly habe ich einen Engel gemalt.« Die Kleine zog das Näschen kraus und legte den Kopf schief. »Ich bin nämlich dieses Jahr der Engel beim Krippenspiel. Meine große Freundin Mia darf die Maria spielen. Aber nicht verraten.«

»Ehrenwort.« Jessie hob zwei Finger. »Von mir erfährt keiner was, Süße.« Ihr Herz wurde weit, als das vierjährige Mädchen die Arme um sie legte und ihr einen feuchten Schmatzer auf die Nase drückte. »Grandma hat mein Engelsgewand schon fertig. Willst du es mal sehen?«

»Das würde ich sehr gern.« Jessie strich der Kleinen über den Kopf und kam wieder aus der Hocke. »Aber ich muss rüber in meine Wohnung. Mich umziehen. Du weißt doch, dass ich heute Abend zu einer Geburtstagsfeier eingeladen bin.«

»Spielt ihr da auch Verstecken?« Nelly kletterte auf die Eckbank und kraulte ihrer Mutter den Nacken.

Jessie schluckte. »Nein, leider nicht. Das wäre wenigstens noch lustig.« Sie presste sich eine Hand auf den Magen. Diese Einladung stieß ihr bitter auf. Sie bereute ihre voreilige Zusage, doch für einen Rückzieher war es zu spät. »Wahrscheinlich sitzen wir den ganzen Abend am Tisch, essen furchtbar merkwürdige Dinge und reden langweilige Sachen.«

»Okay. Das ist nicht mein Ding«, kommentierte Nelly altklug und hüpfte von der Bank. Mit ernster Miene marschierte sie in die Küche. »Schön sitzen bleiben«, mahnte sie ihre Mutter. »Wenn du brav bist, bringe ich dir einen Kakao.«

Jessie sah ihr amüsiert hinterher. »Sie nimmt ihren Job als Aufpasserin sehr ernst.«

»Oh ja. Da steht sie ihrem Vater in nichts nach.« Lou lachte. »Ich darf noch nicht mal allein zum Klo gehen.« Laut stöhnend legte sie die Beine auf einen Stuhl. »Pass auf, was gleich passiert.«

Wie auf Kommando flog die Küchentür auf. Vater und Tochter stürzten in die Lounge. »Geht es dir nicht gut, Liebling? Soll ich dich nach oben tragen?« Sean tastete nach Lous Puls.

Nelly schob sich zwischen die Eltern und legte den Kopf auf den Bauch ihrer Mutter. »Alles in Ordnung da drin?« Sie lauschte einen Moment und nickte. »Krümelchen schläft.«

»Ich stöhne doch nur, weil mich schon sooo lange keiner mehr geküsst hat«, erklärte Lou mit einem breiten Grinsen.

»Also wirklich, Lou. Ich hätte mir vor Schreck fast in den Daumen geschnitten.« Sean hob tadelnd einen Zeigefinger und verpasste ihr einen dicken Schmatzer auf den Mund. »Später mehr«, raunte er augenzwinkernd.

Nelly schob ihn zur Seite und schmiegte sich in die Arme ihrer Mutter. »Ich hab dich ganz doll lieb.«

In Jessie zog sich alles zusammen. Wie glücklich diese kleine Familie doch war. Sie liebten sich, waren füreinander da. In Jessies Haus warteten nur eine tickende Standuhr und ein kaltes Bett. »Bis morgen, ihr drei«, murmelte sie traurig.

»Denk an den Whiskey«. Sean deutete auf den Tresen, auf dem eine Holzkiste mit roter Schleife lag. Er hatte ihr für Mr McKenzie eine Flasche vom besten Single Malt der Lakeland-Destillerie besorgt.

»Danke, dass du mich erinnerst. Das wäre ziemlich peinlich, wenn ich heute Abend mit leeren Händen dagestanden hätte.« Sie klemmte sich die Kiste unter den Arm und hängte sich Nellys Strohstern wie eine Kette um den Hals. Ein letzter sehnsuchtsvoller Blick zu den Freunden, dann schlich sie mit hängenden Schultern nach Hause.

Auf dem Bett lag das Outfit für den Abend schon bereit. Claire hatte eines von Mauras Kleidern abgeändert. Ihre Tante hatte das schwarze Wollkleid mit dem weißen Spitzenkragen nur zu festlichen Anlässen getragen. Mit seinem eng anliegenden Oberteil und dem ausgestellten Rock wirkte es zeitlos elegant. Genau das Richtige für ein Essen in einem Gourmetrestaurant. Jessie trug dazu flache schwarze Pumps und eine blickdichte Strumpfhose. Ihre Haare flocht sie zu einem strengen Bauernzopf.

»Du siehst aus wie eine Gouvernante«, hatte der Kommentar ihrer Freundin Sheila gelautet, als Jessie ihr das Kleid vorführte. »Bis oben zugeknöpft und so was von unsexy.«

Sie hatte nur müde mit den Achseln gezuckt. »Umso besser für mich. Trevor soll gar nicht erst auf dumme Gedanken kommen.«

Jessies Magen rebellierte. Ihr war übel vor Aufregung, als sie an das bevorstehende Gespräch dachte. »Jetzt nur nicht die Nerven verlieren«, mahnte sie sich. Vorsorglich kaute sie eine von Mauras Magentabletten und wartete im Hausflur auf das Taxi. Als kurz darauf eine dunkle Limousine vor dem Haus stoppte, schnappte sie sich ihre Umhängetasche und das Geschenk von der Garderobe und eilte nach draußen.

Ein Chauffeur im grauen Anzug hielt ihr die Wagentür auf. »Guten Abend, Miss.« Er tippte sich an die Schirmmütze. »Darf ich Ihnen das abnehmen?«

»Sehr gern.« Sie reichte ihm die Holzkiste und rutschte in die hinterste Ecke der mit beigem Leder gepolsterten Rückbank. Dass dies kein normales Taxi war, erkannte sie auf den ersten Blick. Im Seitenfach steckten diverse Tageszeitungen. Die Zwischenkonsole war zu einer Minibar umgebaut.

Der Fahrer verstaute den Whiskey im Kofferraum, schwang sich dann hinter das Steuer.

Sie klammerte sich an die Handtasche und kroch förmlich in ihren Mantel. Die Tatsache, dass der Boss sie mit seiner Privatkarosse kutschieren ließ, setzte ihr zu. Was erwartete er von ihr? Womöglich sah er in ihr schon die lang ersehnte Schwiegertochter, die Mutter seiner Enkel. Bitte nicht!

»Soll ich die Heizung höher drehen?« Der etwa gleichaltrige Mann musterte sie besorgt im Rückspiegel. »Sie dürfen gern von der Wolldecke neben sich Gebrauch machen.«

»Das ist sehr aufmerksam von Ihnen.« Sie rang sich ein Lächeln ab. »Darf ich Ihren Namen erfahren?« Mit seiner fürsorglichen Art erinnerte er sie an Edward. »Fahren Sie öfter für die McKenzies?«

Er räusperte sich, warf ihr über die Schulter einen erstaunten Blick zu. »Ist nett, dass Sie fragen, Miss. Mein Name ist Finegan. Ich arbeite seit sechs Jahren für die McKenzies. Wenn meine Dienste als Chauffeur nicht benötigt werden, kümmere ich mich um den Garten oder betätige mich als Hausmeister. In so einer großen Villa mangelt es nie an Arbeit.« Souverän steuerte er das schwere Fahrzeug durch die engen Straßen des Dorfes.

Fast lautlos glitt die Limousine durch die Dunkelheit. Sie passierten den kleinen Ort Sneem, in dem um diese Uhrzeit noch reges Treiben herrschte. Frauen mit vollen Einkaufstaschen hetzten durch die Straßen. Vor Riney's Bar, einem Pub mit Livemusik, drängten sich junge Leute. Sicher spielte dort heute Abend wieder eine bekannte Folkband. Jessie mochte den rustikalen Charme des rauchgeschwärzten Lokals. An den Wänden hingen vergilbte Poster von berühmten Musikern, und es roch dort nach Torf und abgestandenem Bier. Statt in einem Gourmetrestaurant mit wildfremden Leuten würde sie heute Abend lieber mit Freunden im Pub sitzen. Ihr graute vor der unterkühlten Atmosphäre in einem Nobellokal. Fröstelnd zog sie die Kaschmirdecke über ihre Beine und starrte in die Dunkelheit.

Die Limousine bog auf die R 568 ab. Eine halbe Stunde später passierten sie das Ortsschild von Killarney.

»Bitte halten Sie an der St. Mary's Cathedral«, bat Jessie. »Ich möchte das letzte Stück gern zu Fuß gehen.«

»Sind Sie sicher, Miss?« Der Chauffeur musterte sie erstaunt im Rückspiegel. »Ist verdammt kalt da draußen.«

»Für das, was vor mir liegt, brauche ich einen kühlen Kopf«, rutschte ihr heraus. Eilig kramte sie den Schminkspiegel aus der Handtasche und kontrollierte ihr Make-up. »Nein, im Ernst«, ruderte sie zurück. »Ein paar Schritte vor dem Essen werden mir jetzt guttun.« Sie bemerkte, wie er den Hemdkragen lockerte. Wahrscheinlich fürchtete er, Ärger mit seinem Chef zu bekommen, wenn er sie nicht vor dem Hotel absetzte. »Keine Sorge, Finegan. Ich nehme das auf meine Kappe. Falls der Boss nachfragt, verweisen Sie ihn nur auf mich.«

»Wie Sie wünschen, Miss.« Der Chauffeur steuerte den Parkplatz neben der Kathedrale an und eilte um die Limousine, um ihr die Wagentür zu öffnen. Nachdem er ihr die Holzkiste aus dem Kofferraum gereicht hatte, tippte er sich an die Mütze. »Ich wünsche Ihnen einen angenehmen Abend, Miss Cameron.«

»Let's wait and see«, entgegnete sie augenzwinkernd. Mit ausholenden Schritten marschierte sie an dem gotischen Kirchenbau vorbei. Hinter den bleiverglasten Fenstern schimmerte mattes Licht. Jemand spielte Orgel. Jessie lauschte einen Moment, schickte ein Stoßgebet zum Himmel. Entschlossen, den Abend so gut wie möglich über die Bühne zu bringen, bog sie auf die Hauptstraße ein. Das Plaza

Hotel thronte wie ein hochherrschaftliches Herrenhaus im Zentrum von Killarney. Der L-förmige, weiße Gebäudekomplex im klassizistischen Stil lag nur wenige Schritte vom Eingang des Parks und von den Seen entfernt.

Sie hatte ihre Tante zum sechzigsten Geburtstag in das Café des Hotels eingeladen. Bei Cream Tea und einer Etagere voller Köstlichkeiten hatten sie den Nachmittag verbracht und sich wie echte Ladys gefühlt. Dass sie ausgerechnet heute das Kleid trug, das Maura damals anhatte, schien ihr wie ein gutes Omen.

Zielstrebig marschierte Jessie auf den Haupteingang des Hotels zu, als Trevors Rover an ihr vorbeifuhr und auf den hoteleigenen Parkplatz einbog. »Perfektes Timing«, schoss ihr durch den Kopf. Eine bessere Gelegenheit, um ungestört mit ihm zu reden, würde sie heute sicher nicht mehr finden.

So schnell es ihre Pumps zuließen, folgte sie dem Wagen und hielt nach Trevor Ausschau. Sie entdeckte den dunkelblauen Rover in der letzten Reihe. Täuschte sie sich, oder war er nicht allein? Eigentlich könnte es ihr ja egal sein, mit wem er dort so lange im Wagen saß und redete, aber die Neugier setzte ihr zu. Wie eine Detektivin schlich sie geduckt zwischen den Autos näher an den Rover und verbarg sich hinter einer Buchsbaumkugel. Von hier aus hatte sie die perfekte Sicht, ohne selbst gesehen zu werden. Sie bog zwei Äste auseinander und linste hindurch.

Beim Anblick des knutschenden Paares rutschte ihr die Whiskeykiste aus dem Arm und landete mitten im Buchsbaum. Jessie presste die Lippen fest aufeinander, um nicht laut loszulachen. Was für ein Mistkerl! Ihr schenkte er rote Rosen, um sie ins Bett zu bekommen, dabei schlief er längst mit einer anderen. Sie schaute ein zweites Mal hin und schnaufte verächtlich, als sie Diana Finch, die Innenarchitektin, erkannte. So leidenschaftlich, wie sich die zwei küssten, war das sicher nicht das erste Mal, dass sie Zärtlichkeiten austauschten. Von wegen rein geschäftliche Beziehung!

Merkwürdigerweise verspürte sie nicht den geringsten Anflug von Eifersucht. Nein, sie würde sich jetzt nicht wie eine Furie auf Trevor stürzen und ihm eine Szene machen. Wozu auch? Schließlich wollte sie ja nichts mehr von ihm. Jessie atmete auf. Endlich war sie sich ihrer Gefühle für ihn sicher.

Sie angelte die Holzkiste aus dem Gebüsch, verließ den Parkplatz auf demselben Weg, den sie gekommen war, und wartete vor der Eingangstreppe. »Ich hatte gehofft, dass ich dich hier treffe. Gehen wir gemeinsam rein?«, rief sie Trevor zu, als der fünf Minuten später vor dem Eingang des Hotels auftauchte. »Wo hast du denn deine schöne Begleitung gelassen?« Sie zwinkerte ihm vielsagend zu. »Richtet sie noch ihre Kleidung?« Obwohl sie sich fest vorgenommen hatte, ihn nicht vorzuführen, purzelte diese Anspielung über ihre Lippen. »Ups!« Jessie schlug sich mit der flachen Hand auf den Mund. »Sorry, dass ich euch beim Knutschen beobachtet habe.«

»Du hast was?« Er riss die Augen auf, stöhnte. »Das ist nicht so …«

»Stopp!« Jessie fuchtelte mit der Hand vor seiner Nase. »Diesen abgedroschenen Satz will ich von dir nicht hören.«

Vom Parkplatz schlenderte Diana geradewegs auf sie zu. »Da steckst du ja, Schatz.« Sie hakte sich bei ihm ein und lächelte Jessie an. »Wie nett, dass Trevors Vater Sie auch eingeladen hat.«

Trevor trat von einem Bein auf das andere. »Geh doch bitte schon mal vor, meine Liebe. Ich möchte mit Miss Cameron noch die Details für ein mögliches Catering-Angebot besprechen.«

Diana hauchte einen Kuss auf seine Wange. »Aber mach nicht so lange. Dein Vater wartet sicher schon auf uns.« Hüftschwingend stolzierte sie die Treppe hinauf und verschwand in der Lobby des Hotels.

»Hör zu, Jess. Ich wollte dir das von Diana und mir heute sagen. Das zwischen mir und ihr, das ist …«, setzte er an.

»Spar dir deine Erklärungen. Ich werde einen Teufel tun und mich zwischen euch drängen«, unterbrach Jessie ihn barsch. »Aber lass in Zukunft die Finger von mir. Unser Verhältnis ist ab sofort rein geschäftlich.« Sie drückte dem verdutzt dreinblickenden Trevor die Kiste mit dem Whiskey in den Arm. »Richte deinem Dad meinen herzlichen Glückwunsch aus. Dir wird schon irgendeine Ausrede für mein Fortbleiben einfallen.«

Fast ein wenig zu schnell nickte er. »Ich sage ihm, dass du plötzlich krank geworden bist. Grippe oder so was.« Die Erleichterung in seiner Stimme war nicht zu überhören. »Selbstverständlich zahle ich das Taxi für deine Heimfahrt.«

»Das ist das Mindeste, was du tun kannst.« Sie grinste ihn schelmisch an. »Das mit dem Catering halte ich übrigens für eine gute Idee. Über die Bedingungen werden wir uns bestimmt schnell einig.« Leichten Schrittes lief sie zu einem Taxi, das vor dem Hotel auf Kundschaft wartete. »Sind Sie frei?«

»Jetzt nicht mehr.« Der grauhaarige, hagere Fahrer linste über den Rand seiner Zeitung. »Steigen Sie nur ein.« In aller Ruhe faltete er das Abendblatt zusammen und warf es neben sich auf den Beifahrersitz.

Sie rutschte auf die Rückbank und atmete durch. Die Anspannung der letzten Woche fiel von ihr ab. Doch statt Erleichterung breitete sich eine quälende Leere in ihr aus.

»Wohin darf ich Sie bringen, Lady?« Der Taxifahrer drehte den Schlüssel im Zündschloss.

»Wenn ich das nur wüsste«, seufzte sie und starrte auf die belebte Hauptstraße. Händchen haltende Paare schlenderten vorbei. Eine Gruppe Jugendlicher stürmte grölend in den angrenzenden Pub. Alle hatten sie ihre Dates. »Fahren Sie erst mal Richtung Sneem. Vielleicht weiß ich bis dahin, wohin die Reise für mich gehen soll.«

Kapitel 22

Allein in den Pub in Sneem, das kam für sie nicht infrage. Unter all den feiernden Leuten würde sie sich noch einsamer fühlen. Sie brauchte Freunde um sich. Jemanden, der ihr zuhörte, sie in den Arm nahm und ihr sagte, dass sie heute Abend alles richtig gemacht hatte. »Bringen Sie mich bitte nach Busby. Ich möchte in den Old Horseshoe«, teilte sie dem Taxifahrer kurz vor Sneem mit. Ihr fiel ein, dass sie knapp achtzig Euro im Portemonnaie hatte. »Kann ich bei Ihnen auch mit Karte zahlen?«, fragte sie vorsichtig nach. »Falls nicht, müssten Sie kurz vor dem Pub warten.« Notfalls würde Sie sich das Geld von Sean leihen.

»Kein Problem, Miss. Mein Diesel hat zwar schon zwölf Jahre auf dem Buckel, aber in Sachen Finanzen bin ich auf dem neusten Stand.« Er öffnete das Handschuhfach und deutete auf ein Kartenlesegerät. »Heutzutage hat kaum noch einer Bargeld bei sich. Vor allem bei Touristen und jungen Leuten ist Plastik-Money mittlerweile gang und gäbe.«

»Vielleicht sollte ich für meine Teestube auch so ein Gerät anschaffen«, überlegte sie. »Wenn im Frühjahr die Wandersaison beginnt, wird hoffentlich auch der eine oder andere Urlauber bei mir einkehren.«

»Da wäre so ein Lesegerät sicher von Vorteil«, stimmte ihr Fahrer zu. »Teestube, sagen Sie?« Er verlangsamte das Tempo, bog auf einen Feldweg ab. »Doch nicht etwa die von Maura Cameron?«

Jessie riss die Augen auf. »Sie kennen …« Sie schluckte. »Sie kannten meine Tante?«

»Aye.« Er strahlte sie im Rückspiegel an. »Maura und ich waren vor Urzeiten mal kurz zusammen. War ein verdammt süßer Käfer, die Kleine.« Er fuhr sich mit zwei Fingern durch das schüttere Haar. »Was für ein Zufall. Erst gestern habe ich mit meiner Franny über Maura geredet. Die beiden teilten sich in der Haushaltsschule eine Bank. Die Nachricht von Mauras Tod hat uns sehr bewegt.« Er schaltete einen Gang runter. Geschickt umkurvte er einige Schlaglöcher. »Wir wären gern zur Beerdigung gekommen, aber die Arbeit, Sie verstehen?«

»Ja«, murmelte sie und dachte an die schwärzesten Tage ihres Lebens.

Hinter den Weiden tauchte der Kirchturm von Busby auf. Kurz vor dem Keagan-Cottage mit der Töpferei mündete der Feldweg in die alte Dorfstraße.

»Diese Abkürzung bin ich früher mit meinem Moped gefahren, wenn ich Maura zum Tanzen abholte.« In seiner Stimme klang eine Spur Wehmut mit. »Wie schrecklich, dass sie so früh gehen musste.«

Jessie schenkte ihm im Rückspiegel ein warmherziges Lächeln. »Ich würde mich freuen, Sie und Ihre Frau als Gäste in meiner Teestube begrüßen zu dürfen«, sagte sie spontan.

Er nickte. »Ja, das wäre schön. Wir könnten über alte Zeiten plaudern und zusammen zum Friedhof gehen.« Im Schritttempo fuhr er an reetgedeckten Cottages und einer kleinen Kapelle vorbei, passierte am Ende der Gasse den Wollmarkt und hielt vor dem Pub.

Ehe sie die Summe auf dem Taxameter ablesen konnte, stellte er es ab. »Geben Sie mir fünfzig Euro. Dann sind wir quitt.«

Jessie schüttelte energisch den Kopf und reichte ihm die Kreditkarte. »Das kommt nicht infrage. Berechnen Sie bitte den vollen Fahrpreis.« Als sie seinen enttäuschten Gesichtsausdruck sah, zwinkerte sie ihm zu. »Keine Sorge, ich hole mir das Geld zurück. Der Typ, der für die Fahrkosten aufkommt, zahlt das locker aus seiner Spesenkasse.«

»Okay. Wenn das so ist, soll er auch den vollen Preis zahlen.« Er nahm das Kartenlesegerät aus dem Handschuhfach, gab 124,80 ein und zog ihre Karte durch den Schlitz. »War mir ein Vergnügen, Mauras Nichte kennenzulernen.«

»Bitte sag doch Jessie zu mir. Ich würde mich wirklich gern noch länger mit dir über meine Tante unterhalten. Versprich, dass du mich bald besuchst.«

Er strahlte sie an. »Benjamin Jameson. Jameson wie der Whiskey, aber leider nicht verwandt. Für dich schlicht und einfach Ben.« Zum Abschied schüttelte er ihr lange die Hand. »An meinem nächsten freien Sonntag schlage ich bei dir auf.«

»Ruf vorher an, dann backe ich Mauras berühmten Apfelkuchen.« Jessie lief zum Pub, drehte sich in der offenen Eingangstür um und winkte, bis das Taxi ins alte Dorf einbog.

»Tür zu, Frau!«, knurrte Tommy Burke hinter ihr im Schankraum.

»So kannst du doch nicht mit einer Dame reden«, maßregelte ihn Pfarrer Donnelly.

»Mensch, Tommy. Bist du vom Whiskey schon blind auf den Augen? Das ist doch unsere Jess«, sagte Fergus lachend.

Das war genau das, was sie jetzt brauchte. Diese spröde Herzlichkeit ihrer Freunde. Seit sie den Pub mit vier das erste Mal an Mauras Hand betreten hatte, war das hier ihr zweites Zuhause. Wenn es ihr als Kind in der Teestube zu langweilig wurde, flitzte sie über die Straße zu Claire in die Küche. Ihr liebstes Versteck war die Speisekammer. Auf einem Barhocker, den Fergus ihr neben den Herd stellte, fühlte sie sich wie eine Prinzessin auf dem Thron, die ihrer Magd beim Kochen auf die Finger schaute.

»Komm endlich rein, Mädchen. Du holst dir noch eine Erkältung«, mahnte Fergus und riss sie aus ihren Erinnerungen.

»Ich freue mich auch, euch wiederzusehen«, konterte sie lachend und erntete ein vielstimmiges »Hallo, Jessie«. Eilig schloss sie die Eingangstür hinter sich und schälte sich aus dem Mantel. Der unverkennbare Duft von gebratenem Lammfleisch, gerösteten Zwiebeln und Guinness kitzelte ihre Nase. Erst jetzt bemerkte sie, wie hungrig sie war.

Sie ließ den Blick durch den Schankraum schweifen. Am Tresen diskutierten Angus, Tommy und Mr Melony lautstark über die steigenden Benzinpreise. In der Lounge hockten Lena, Jack, Kathy und Steve beim Kartenspiel. Claire steckte am Nebentisch mit Mrs Melony und dem Pfarrer die Köpfe zusammen. Doch als sie Jessie bemerkte, erhob sie sich und eilte ihr entgegen. Wortlos legte sie ihr einen Arm um die Schultern und führte sie in die Küche. »Es ist erst halb neun. Wieso bist du schon zurück?«

Seufzend sank Jessie auf den Stuhl neben dem Herd. »Willst du die lange oder die kurze Version?« Sie schnappte sich eine Scheibe Sodabrot vom Schneidebrett und biss heißhungrig ein großes Stück ab. »Ist noch was vom Eintopf da?«, nuschelte sie.

»Dachte ich es mir doch. Du warst gar nicht auf der Feier.« Claire holte eine Tupperdose aus dem Kühlschrank, füllte eine üppige Portion Stew in einen Topf um und stellte ihn auf den Herd. »Leg los. Ich höre dir zu.«

Jessie kaute, schluckte und atmete dann durch. »Also gut, Claire. Sicher hat dir der Dorffunk längst verraten, dass Trevor mich letzten Samstag besucht hat …«

»Hab so was läuten gehört«, brummelte die ältere Freundin und rührte mit einem Holzlöffel im Topf. »Von wegen rote Rosen und so.«

»Um ein Haar hätte ich eine riesige Dummheit begangen«, stöhnte Jessie. Sie nahm all ihren Mut zusammen und schüttete Claire ihr Herz aus. Einige intime Details behielt sie wohlweislich für sich, dafür schilderte sie die Szene auf dem Hotelparkplatz umso ausführlicher. »Was denkst du? War es falsch von mir, der Feier fernzubleiben? Womöglich nimmt der alte McKenzie mir das krumm und sucht sich ein anderes Lokal für seine Besprechungen.«

»Ach was.« Claire schnaufte verächtlich. »Sein Sohn wird schon dafür sorgen, dass du weiterhin im Geschäft bleibst. Der ist doch froh, dass du ihn nicht vor seiner Flamme bloßgestellt hast.« Sie rührte hektisch im Topf. »Mir war dieser Schönling Trevor von Anfang an suspekt. So wie der sich an dich rangeschmissen hat.« Sie rollte mit den Augen. »Sei froh, dass du rechtzeitig das Gatter geschlossen hast, bevor der Fuchs sich reinschleichen konnte.«

Mit ihrem Vergleich hatte sie voll ins Schwarze getroffen. »Du und deine Sprichwörter.« Jessie hielt sich vor Lachen den Bauch. Prompt verschluckte sie sich an einem Krümel. Hustend und prustend griff sie zur Wasserflasche, die stets neben dem Herd stand, und nahm einen großen Schluck. »Mit Männern bin ich erst mal durch«, japste sie. »Ab sofort konzentrier ich mich voll auf meine Teestube und die Weihnachtsbäckerei.«

»Wie jetzt?« Claire stemmte die Fäuste in die Hüften und schaute sie verdutzt an. »Hast du dich etwa mit Edward gestritten?«

»Würde ich ja gern, wenn ich ihn zu fassen bekäme.« Jessie sprang auf und tigerte in der Küche herum. »Er nimmt nicht ab, wenn ich anrufe. Meine Nachrichten ignoriert er.« Sie zuckte zusammen, als Fergus im Schankraum lautstark die neuen Gäste begrüßte.

»Du hast dich ja schon ewig nicht sehen lassen, Ed. Haben deine Viecher dich nicht aus dem Stall gelassen?« Der alte Wirt lachte über seinen eigenen Witz. »Und Moya und Robin hast du auch mitgebracht. Wie schön.«

»So ganz falsch liegst du mit deiner Annahme nicht«, entgegnete Edward. »Ich war fast täglich auf dem Gestüt der McLeods. Mann, bin ich froh, wenn der Kollege endlich aus dem Urlaub zurück ist.«

Jessie biss sich auf die Lippe und starrte Claire mit großen Augen an. »Wenn man vom Tierarzt spricht …« Eilig verkroch sie sich auf den Küchenstuhl. »Nimm die Suppe vom Herd. Mir ist gerade der Appetit vergangen.«

»Umso besser«, knurrte Claire. »Dann kannst du ja jetzt rausgehen und die drei bedienen.« Energisch zog sie Jessie am Arm hoch und drängte sie aus der Küche. »Hopp, hopp, Jess. Oder soll ich dir Beine machen?«

Gegen so viel Hartnäckigkeit kam sie einfach nicht an. Seufzend ergab sich Jessie in ihr Schicksal. Sie drückte das Kreuz durch und setzte ein gewinnendes Lächeln auf. Geschäftig schnappte sie sich Block und Stift und marschierte in die Lounge, wo Edward mit Robin und Moya am Ecktisch Platz genommen hatte. »Guten Abend, ihr Lieben.« Sie starrte stur an Ed vorbei. »Was darf ich euch bringen?« Etwas Feuchtes, Kühles berührte ihre Wade. Gleich darauf sprang Moyas Rauhaardackel an ihr hoch und begrüßte sie mit freudigem Gebell.

»Mr Miller, dich habe ich ja gar nicht gesehen.« Sie hockte sich vor ihn und wuschelte durch sein Fell. Lachend wehrte sie sich gegen seine Hundeküsse.

»Schimpf ruhig mit ihm, wenn er es zu toll treibt.« Moya hob drohend einen Zeigefinger. »Platz, Milli!« Sie zog ihn am Halsband zurück, doch er riss sich los und warf sich vor Jessie auf den Rücken.

»Dich muss man einfach lieb haben«, stellte sie schmunzelnd fest und kraulte seinen Bauch. »So einen treuen Freund hätte ich auch gern. Ist verdammt einsam, so ganz allein in meinem Haus.« Als sie sich wieder aufrichtete, schaute sie herausfordernd in Edwards Gesicht.

Er hielt ihrem Blick einen Moment stand, dann kramte er das Smartphone aus der Tasche und tippte auf dem Display herum.

Moya lockte ihre kleine Fellnase mit einem Kauknochen zu sich. »Ich könnte mir ein Leben ohne meinen Schatz nicht vorstellen. Er ist absolut treu, total verschmust und würde mich nie im Stich lassen«, schwärmte sie.

»Das hast du jetzt aber schön gesagt, Mo«, freute sich Robin und küsste sie stürmisch auf den Mund.

Kichernd löste sie sich von ihm. »Dich meine ich natürlich auch, Liebling.« Sie wandte sich Ed zu und stupste ihn sanft in die Rippen. »Wenn dieser treue Freund hier uns nicht aus der Töpferei geholt hätte, säßen Robin und ich sicher immer noch an den Drehscheiben. Wir kommen vor lauter Arbeit kaum noch zum Essen. Könnten wir vielleicht noch was Warmes bekommen?«

Wie auf Kommando schwang die Küchentür auf. »Kommt sofort«, rief Claire und trug eine dampfende Terrine zu ihnen an den Tisch. »Hock dich zu den dreien, Jess. Heute ist dein freier Abend.« Sie deutete mit dem Kopf auf den Stuhl neben Edward. »Ich bringe gleich Teller und Besteck.« Sie nickte ihrem Mann hinter dem Schanktisch zu. »Kümmerst du dich um die Getränke?«

»Seit wann arbeitest du denn nebenbei im Pub?« Edward schob Jessie den Stuhl zurecht und schaute sie verwundert an.

»Wenn du meine Nachrichten gelesen hättest, wüsstest du es«, blaffte sie. »Sorry«, besann sie sich, als sie den traurigen Zug um seinen Mund bemerkte. »Ich bin heute etwas gestresst. Seit letzten Samstagabend helfe ich hier aus. Lou darf sich nicht mehr anstrengen. Sie hätte fast das Kind verloren.« Es sprudelte nur so aus ihr heraus. »Hast du denn wirklich nichts davon mitbekommen?« Hinter ihrer Stirn pochte es. Ihr war abwechselnd heiß und kalt.

»Seit Samstag?« Er zog die Augenbrauen hoch und schaute aus dem Fenster zur Teestube. »Und ich dachte …« Stöhnend raufte er sich die Haare.

In diesem Moment stellte Fergus drei Cider und ein Guinness auf den Tisch. Er musterte Jessie mit besorgter Miene und befühlte ihre Stirn. »Morgen bleibst du zu Hause und ruhst dich aus. Nicht, dass du uns auch noch schlappmachst.« Zärtlich strich er ihr über den Kopf. »Falls sich bis nächste Woche niemand auf unsere Stellenanzeige gemeldet hat, müssen wir eine andere Lösung finden. Du kannst nicht ewig auf zwei Baustellen gleichzeitig arbeiten.«

Sie schüttelte energisch den Kopf. »Ich schaffe das schon. Mir fehlt nur eine Mütze Schlaf.« Der Raum begann sich um sie zu drehen. »Mir ist so …«, lallte sie und kippte zur Seite weg.

Kapitel 23

»Sie wird wieder wach«, hörte sie wie aus weiter Ferne Jack, den Arzt, sagen. Nur mühsam gelang es ihr, die Augen zu öffnen. Erstaunt schaute sie sich um. »Wie komme ich in mein Bett?« Sie zupfte an ihrem Pyjamaoberteil herum. »Wer hat mich ausgezogen?« Ihr Kleid hing ordentlich auf einem Bügel am Schrank.

»Jack und ich haben dir den Schlafanzug angezogen«, erklärte Lena und setzte sich zu Jessie auf die Bettkante. »Was machst du nur für Sachen? Wenn Edward dich nicht aufgefangen hätte, wärst du vom Stuhl gekippt.« Ein verschmitztes Lächeln huschte über ihr Gesicht. »Du hattest Glück, dass sich gleich zwei fähige Mediziner um dich gekümmert haben.«

Jessie schnappte nach Luft. »Steht es etwa so schlimm um mich?« Verstohlen linste sie unter ihren Pyjama und stellte erleichtert fest, dass sie ihre Unterwäsche noch trug. »Haben die zwei mich auch rübergetragen?« Sie drehte sich auf die Seite und schaute an Lena vorbei ins Wohnzimmer. »Wo steckt Ed überhaupt?«

Jack verstaute sein Stethoskop in der Arzttasche und deutete Richtung Küche. »Unser Viehdoktor kocht Tee und wärmt dir Eintopf auf.« Mit strenger Miene tastete er ihren Hals ab. »Mund auf«, kommandierte er und drückte einen Holzspatel auf ihre Zunge. »Die Mandeln sind leicht gerötet.« Er hielt ihr ein Fieberthermometer ins Ohr. »37,9. Du brütest offensichtlich eine Erkältung aus. Am besten bleibst du die nächsten zwei Tage im Bett.« Er rückte seine

Hornbrille zurecht und runzelte die Stirn. »Wann hast du heute das letzte Mal etwas zu dir genommen?«

»Ich weiß nicht so genau.« In ihrem Kopf gähnte ein Loch. »Wenn ich mittags im Pub bediene, vergesse ich oft das Essen.«

»Kein Wunder, dass du umgekippt bist. Du musst mehr auf dich achten, Jess«, tadelte der Arzt sie. »Claire versorgt dich die nächsten Tage. Ich schaue morgen Mittag noch mal nach dir.«

»Ich möchte nicht, dass Claire sich meinetwegen stresst!«, protestierte Jessie. »Jetzt, wo ich ausfalle, muss sie doch im Pub helfen.«

»Das wird sie kaum davon abhalten, sich um dich zu kümmern.« Er nahm zwei Tablettenschachteln vom Nachttisch und zeigte sie ihr. »Das sind Paracetamol und Lutschtabletten. Nimm die Paracetamol nur, wenn das Fieber weiter steigt. Ansonsten viel Tee, Obst und leichte Suppen.«

»Ja, Doc«, sagte sie kleinlaut und zog die Bettdecke bis zur Nase. »Aber wenn es mir Montag besser geht, stehe ich auf und dekoriere die Teestube.«

»Darüber reden wir morgen.« Jack musterte sie besorgt über den Rand seiner Brille. »Die letzten Wochen haben dich mehr mitgenommen, als du wahrhaben willst. Der Tod deiner Tante, die ungewohnte Arbeit in der Teestube. Jetzt noch die Doppelbelastung durch deinen Job im Pub. Das alles hat an deinen Kräften gezehrt. Nimm dir bitte öfter Auszeiten.«

»Claire macht sich Vorwürfe, deine Hilfsbereitschaft überstrapaziert zu haben. Sie wird morgen früh nach dir schauen und dir Frühstück bringen«, mischte sich seine Frau ein. »Soll ich noch eine Weile bei dir bleiben?«

»Lieb, dass du fragst, Lena. Aber mir geht es schon etwas

besser. Ich denke, ich komme alleine klar«, versicherte Jessie.

»Okay.« Jack nickte seiner Frau zu. »Dann machen wir beide uns jetzt auf den Weg. Unser Scotty jault sich vor Sorge sicher längst die Seele aus dem Fell. Falls irgendwas ist, Jess, du hast ja meine Handynummer. Scheu dich nicht, mich anzurufen.«

»Wahrscheinlich kannst du dich die nächsten Tage kaum vor Besuch retten«, drohte Lena scherzhaft an. »Dein Zusammenbruch wird Gesprächsthema Nummer eins im Dorf sein. Dafür wird Mrs Melony in ihrem Lebensmittelladen schon sorgen.«

»Hoffentlich nicht«, stöhnte Jessie und verdrehte die Augen. »Mein Auftritt ist mir so was von peinlich.« Erschöpft streckte sie die müden Beine aus und seufzte vor Behagen, als sie mit den Füßen an eine heiße Wärmflasche stieß. »Wem verdanke ich denn diese Wohltat in meinem Bett?«

»Die habe ich mir von Claire geben lassen«, meldete sich Edward aus dem Wohnzimmer. »Möchtest du jetzt etwas heiße Brühe löffeln?« Stilecht klemmte er sich ein Küchenhandtuch in den Hosenbund, trug ein Tablett, auf dem ein dampfender Suppenteller und ein Becher Tee standen, an ihr Bett und schob es auf den Nachttisch.

»Ich sehe, du bist in besten Händen.« Jack strich ihr über die Wange. »Bis morgen, Jess.«

Lena hauchte einen Kuss auf ihre Stirn. »Gute Besserung, Liebes. Wenn du wieder fit bist, besuchst du mich in der Handtaschenmanufaktur. Ich würde gern etwas mit dir bereden.«

»Jetzt machst du mich aber neugierig.« Stöhnend stemmte Jessie sich auf die Unterarme, doch Lena drückte sie sanft in das Kissen.

»Werd erst mal gesund«, sagte sie und verließ an der Seite ihres Mannes das Schlafzimmer. »Gute Nacht«, tönte ihr Abschiedsgruß aus dem Flur, bevor die Haustür ins Schloss fiel. Für einen Moment herrschte verlegenes Schweigen zwischen ihr und Edward.

Er blieb unschlüssig in der offenen Schlafzimmertür stehen. »Ist es okay, wenn ich noch etwas bleibe?«

Sie lächelte ihn zaghaft an. »Mehr als okay. Ich würde mich darüber freuen.«

»Wenn das so ist, leiste ich dir gern noch etwas Gesellschaft.« Edward trug einen Küchenstuhl an ihr Bett. Er half ihr, sich aufzusetzen, und stopfte zwei Sofakissen in ihren Rücken.

Jessie schaute ihn nachdenklich an. »Willst du nicht zurück in den Pub? Deine Freunde Moya und Robin vermissen dich sicher schon.«

»Ich denke, die beiden sind längst wieder daheim in ihrem Cottage.« Gähnend deutete er auf seine Armbanduhr. »Es ist kurz nach zehn.«

»War ich etwa so lange ohnmächtig?« Entsetzt riss sie die Augen auf.

»Natürlich nicht! Du warst nur kurz bewusstlos. Nachdem Jack dir in die Wange gekniffen hat, kamst du wieder zu dir.« Lachend tippte er ihr auf die Nasenspitze. »Erinnerst du dich denn wirklich an gar nichts mehr? Du hast an mich gelehnt tief und fest geschlafen.« Fürsorglich reichte er ihr das Geschirrtuch. »Stopf dir das bitte selbst in den Ausschnitt. Ich möchte nicht …« Verlegen schaute er zur Seite und räusperte sich. »Iss die Suppe, bevor sie kalt wird.«

Ihr Schädel brummte wie nach einer wilden Partynacht. Das Schlucken fiel ihr schwer. Dennoch griff sie beherzt zum Löffel und tauchte ihn in die Suppe. Aber der Weg vom Nachttisch zu ihrem Mund war eindeutig zu weit. Prompt landete die Brühe auf dem Bettvorleger. »Och nee«, krächzte sie heiser.

»So geht das auch nicht.« Edward nahm ihr den Löffel aus der Hand. »Bin sofort wieder da«, sagte er und flitzte in die Küche. Bewaffnet mit einem feuchten Lappen kniete er vor dem Bett und beseitigte die Spuren ihres Missgeschicks. »Lass mich dich füttern. Damit wenigstens etwas von Claires kräftiger Brühe in deinem Magen landet.«

»Ed.« Sie hielt seine Hand fest, nachdem er ihr den letzten Löffel Suppe eingeflößt hatte, und blinzelte ihn müde an. »Ich bin froh, dass zwischen uns keine Funkstille mehr herrscht. Ich würde dich ungern als Freund verlieren.«

Er löste sanft ihren Griff, stand auf und stellte sich ans Fenster. »Trevor und du … ist das was Ernstes?«

»Ach, du denkst, weil er mir rote Rosen bringt, falle ich ihm gleich um den Hals?« Sie rieb sich die Schläfen, hinter denen es heftig pochte. »Könntest du mir bitte den Zopf aufdröseln? Der ist zu stramm gebunden. Ich habe das Gefühl, dass er mir die Kopfhaut abzieht.«

Edward regte sich nicht, schaute nur angespannt aus dem Fenster.

»Bitte, Ed. Ich würde es ja selbst tun, aber meine Arme sind schwer wie Blei«, jammerte sie und streckte die Hand nach ihm aus.

Endlich löste er sich aus seiner Starre, wandte sich ihr zu. »Ich kann nicht dein Freund sein und gleichgültig zusehen, wie du geradewegs auf ein Gefühlsfiasko mit diesem Trevor zusteuerst. Der Typ meint es doch nicht ernst mit dir. Der will nur seinen Spaß haben, und dann zieht er weiter zur nächsten Frau. Kerle wie ihn erkenne ich auf hundert Meter.« Er ballte die Fäuste, kniff die Augen zusammen. »Tut mir leid, aber ich tauge nicht zum Ersatzfreund.« Mit hochgezogenen Schultern marschierte er ins Wohnzimmer und griff nach seiner Wachsjacke, die über der Sessellehne hing.

»Warte, Edward«, japste sie und sprang aus dem Bett. Taumelnd hangelte sie sich vom Stuhl zur Tür, klammerte sich schwer atmend an den Holzrahmen. »Ich bin nicht mit Trevor zusammen«, presste sie mühsam hervor. »Ich wollte es nie sein.«

»Du bist nicht …?« Edward warf seine Jacke auf den Boden, eilte zu ihr und fing sie auf, bevor ihre Beine wegsackten.

Mit seiner Hilfe schaffte sie die wenigen Schritte bis zum Bett. »Ich möchte einen Moment auf der Bettkante sitzen«, bat sie.

Edward nickte und zog sich den Stuhl so nah heran, dass sich ihre Knie berührten. »Nur zur Sicherheit, falls du nach vorne wegkippst«, erklärte er.

»Löst du bitte meinen Zopf?« Ohne seine Antwort abzuwarten, lehnte sie die Stirn an seine Brust und seufzte laut. »Mir platzt gleich der Schädel.« Sie spürte sein Herz schneller schlagen, als er ihren Bauernzopf entwirrte. Zärtlich strich er ihre Haare glatt, streichelte über ihren Rücken. »Ist es jetzt besser?«

»Viel besser.« Sie schmiegte ihr Gesicht an seine Brust. Seine Wärme umfing sie wie ein schützender Mantel. Sie schloss die Augen und döste ein.

Edward zuckte zurück. »Mein Gott, Jessie, du glühst ja. Leg dich bitte wieder hin.« Eilig schlug er die Bettdecke auf, wartete, bis sie sich auf die Seite gelegt hatte, und rannte dann in die Küche, um frischen Tee zu kochen. Er stellte ihr eine Thermoskanne ans Bett und zwang sie, Paracetamol zu nehmen. Mit ernster Miene las er die Temperatur vom Fieberthermometer ab, nachdem sie es fünf Minuten unter ihrer Achsel hatte. »Fast vierzig Fieber. Ich kann dich unmöglich heute Nacht allein lassen.«

»Du könntest in Mauras Zimmer schlafen.« Sie hob matt eine Hand, um ihm die Richtung zu weisen.

»Dort höre ich nicht, wenn es dir schlechter geht.« Ed schüttelte energisch den Kopf. »Nein, ich lege mich nebenan auf die Couch.« Sein Magen kollerte laut. »Aber vorher schmiere ich mir ein Sandwich. Möchtest du auch noch eine Kleinigkeit essen?«

»Kannst du mich bitte zum Klo bringen?« Mühsam setzte sie sich auf und streckte die Füße unter der Decke hervor. Als er sich vor sie stellte und ihr auf die Beine half, schlang sie die Arme um seinen Hals. »Ich möchte dir gern …« Sie schluckte schwer, kämpfte gegen das Fieber, das ihre Gedanken lähmte. Da war so viel, was sie ihm sagen wollte. Doch das, was sie wirklich bewegte, kam nicht über ihre Lippen. »Du bist der beste Freund, den ich mir wünschen kann«, brachte sie mühsam heraus und küsste ihn auf die Wange.

Sein Körper versteifte sich. Er hielt sie ein Stück auf Distanz, ohne sie loszulassen. »Bester Freund«, wiederholte er. In seiner Stimme schwang Enttäuschung mit.

Kapitel 24

Nebenan klapperte Geschirr. Kurz darauf strich eine warme Hand über ihre Wange. »Du musst eine Kleinigkeit essen und trinken, Jess«, hörte sie Claire wie durch Watte sagen.

Jessie drehte sich auf die andere Seite und zog die Bettdecke über die Schulter. »Nur noch eine Viertelstunde. Ich habe gerade so schön geträumt.«

»Von mir aus kannst du den Rest des Tages verschlafen.« Claire zog ihr energisch die Decke weg. »Aber vorher isst du eine Portion Haferbrei mit Blaubeeren.«

»Du bist genauso hartnäckig wie Maura.« Jessie öffnete die Augen einen Spalt weit, rollte sich auf den Rücken und gähnte herzhaft. »So tief und fest habe ich schon lange nicht mehr geschlafen. Wie spät ist es denn?« Sie linste zu ihrem Wecker auf dem Nachttisch. »Schon elf! Warum hast du mich nicht früher geweckt? Ich muss doch die Teestube weihnachtlich dekorieren.«

Claire hakte die Daumen in den Hosenbund und grinste breit. »Das haben Edward und ich schon erledigt. Da ich Maura einige Male auf euren Dachboden begleitet habe, wusste ich, wo die Kiste mit der Deko stand.«

»Ed hat Lichterketten aufgehängt? Wieso war er so früh schon hier?« Verwundert schaute Jessie zu den Tablettenschachteln auf dem Nachttisch. »Ich bin umgekippt«, murmelte sie. Bruchstückhaft kehrte die Erinnerung an den gestrigen Abend zurück. »Er hat auf dem Sofa geschlafen.« Ihre Wangen glühten, und das kam eindeutig nicht vom Fieber. »Ich glaube, er hat mich nachts sogar zum Klo gebracht.«

»Was du nicht sagst.« Claire schob ihr ohne Vorankündigung das Fieberthermometer unter die Achsel. »Das ist noch lange kein Grund, rot zu werden. Zumal er beteuerte, vor der Badezimmertür gewartet zu haben.« Sie zwinkerte Jessie verschmitzt zu. »Wenn das keine wahre Liebe ist. Schlägt sich die Nacht auf dem durchgesessenen Sofa um die Ohren aus lauter Sorge um dich.« Mit strenger Miene las sie die Temperatur vom Thermometer ab. »37,2. Gott sei Dank. Das Schlimmste scheinst du überstanden zu haben.«

»Wieso ist Edward schon gegangen? Ich muss mich doch noch bei ihm bedanken.« Jessie setzte sich so hektisch auf, dass ihr schwindlig wurde. »Oje«, stöhnte sie und hielt sich die Stirn. »So ganz fit ist mein Oberstübchen noch nicht.« Vorsichtig drehte sie den Kopf Richtung Wohnzimmer. Die Wolldecke lag ordentlich gefaltet über der Sofalehne. Die Kissen standen in Reih und Glied. Nichts deutete darauf hin, dass dort jemand genächtigt hatte.

»Kein Wunder, dass dir schwindlig ist, nach fast zwölf Stunden Schlaf. Dein Kreislauf schlabbert am Boden rum«, lautete Claires Diagnose. »Nach einer anständigen Tasse Darjeeling wird es dir besser gehen.« Sie verschwand in Mauras Zimmer und kehrte mit deren Bademantel und einem Paar selbst gestrickter Socken zurück. »Zieh das bitte an. Dann bringe ich dich in die Küche. Während du frühstückst, lüfte ich hier durch.« Resolut umfasste sie Jessie in der Taille und stellte sie auf die Beine.

»Das musst du wirklich nicht. Ich schaffe das schon«, beschwerte sich Jessie halbherzig, als die Freundin sich hinhockte und ihr die Wollsocken überstreifte. Eingehüllt in den flauschigen Morgenrock ihrer Tante tapste sie an Claires Arm in die Küche. »Ich bin so schlapp, als hätte ich am Killarney Mountain Run teilgenommen«, jammerte sie.

»Das wird schon wieder, Liebes.« Zärtlich strich ihr die Freundin eine Haarsträhne aus der Stirn und schob ihr den Küchenstuhl zurecht. »Bitte Platz zu nehmen. Das Frühstück – oder soll ich besser Spätstück sagen? – wird sofort serviert, Gnädigste.«

Seufzend lehnte sich Jessie an die mütterliche Freundin, genoss ihre Nähe. Sie lauschte andächtig dem sonntäglichen Glockengeläut. Postwendend regte sich ihr Gewissen. »Gleich ist die Messe aus, dann strömen die Leute in den Pub. Wer bedient heute, wenn du hier bist? Doch wohl hoffentlich nicht Lou?«

Claire drückte ihr ein Glas Orangensaft in die Hand und stellte eine Schale Porridge neben den Teebecher. »Den Saft hat Nelly für dich gepresst. Am liebsten wäre unsere kleine Maus mitgekommen, um dich zu bemuttern.« Ihre Augen strahlten, und sie seufzte. »Was für ein Glück Fergus und ich doch haben.«

»Bevor du vor lauter Stolz über die Enkelin platzt, beantworte mir endlich meine Frage.« Jessie hob drohend den Zeigefinger. »Sag jetzt bloß nicht, ihr habt meinetwegen heute den Pub geschlossen?«

»Wo denkst du hin! Das käme für Sean nie infrage.« Resolut deutete Claire auf die dampfende Breischüssel. »Fang an, zu essen. Ich setze mich gleich zu dir.« Ohne ein weiteres Wort der Erklärung marschierte sie in Jessies Schlafzimmer, riss das Fenster auf, zog die Kopfkissen und die Bettdecke ab. »Du hast das Bettzeug komplett durchgeschwitzt«, rief sie durch die offene Tür und hängte die Decke über den Stuhl, bevor sie in die Küche zurückkehrte.

»Mein Hals schmerzt kaum noch«, verkündete Jessie erstaunt und schob sich den letzten Löffel Haferbrei in den Mund. »Ist noch was von den Blaubeeren da?«

Claire goss sich eine Tasse Tee ein und deutete auf eine Tupperschüssel auf der Anrichte. »Die ist randvoll mit Obstsalat. Da müssten auch Blaubeeren drin sein.« Genüsslich trank sie Tee und schaute aus dem Fenster in den Apfelbaum. »Eine bessere Aushilfe als Nora könnten wir uns gar nicht wünschen.«

»Nora Burke, Tommys Frau?« Jessie traute kaum ihren Ohren. »Die hat doch mit ihren vier Söhnen und der Arbeit auf dem Hof mehr als genug zu tun. Außerdem schneidet sie noch dem halben Dorf die Haare und strickt für den Handarbeitstreff stapelweise Socken und Schals.«

Claire winkte lachend ab. »Da mach dir mal keine Sorgen. Sie hat ihre fünf Männer gut im Griff. Als Tommy ihr gestern Abend erzählte, dass du krank bist, hat sie mich umgehend angerufen und ihre Hilfe angeboten. Tommys alter Traktor hat seinen Geist jetzt endgültig aufgegeben. Und da die Burkes nicht gerade mit Reichtum gesegnet sind, kann sie den Job gut gebrauchen. Sie hat sofort den Familienrat einberufen und alles geregelt.« Claire schmunzelte. »Die Aussicht auf einen ordentlichen Stundenlohn und Seans Zusage, dass ihre Männer mittags gratis im Pub essen können, haben dann den Ausschlag gegeben. Ihre Söhne waren sofort bereit, ihr im Haushalt unter die Arme zu greifen. Tom, der Älteste, übernimmt die Wäsche, und Patrick saugt durch. Die beiden Jüngeren gehen dem Vater im Stall zur Hand.«

»Oh Mann. So eine Familie hätte ich auch gern«, seufzte Jessie.

Claire stupste sie sanft in die Seite. »Du hast uns und jede Menge treuer Freunde um dich. Und bei den Männern stehen deine Chancen gar nicht so schlecht.« Schmunzelnd deutete sie auf das Sofa im Wohnzimmer. »Dieses Exemplar scheint jedenfalls recht ordentlich zu sein. Er hat sogar die Kissen aufgeschüttelt.«

»Du denkst, Ed und ich …?« Wie von der Tarantel gestochen sprang Jessie auf. Sie ignorierte den leichten Schwindel, tigerte in der Küche auf und ab. »Ich mag ihn. Sehr sogar«, überlegte sie laut. »Doch er sieht in mir nur die ältere Version seiner Schwester. Das hat er mir auf der Wanderung klipp und klar zu verstehen gegeben.«

»Ach ja, die Sache mit seiner kleinen Schwester. Ich erinnere mich.« Claire stellte sich hinter Jessie, umfasste ihre Schultern und zwang sie so zur Ruhe. »Das war eine tragische Geschichte. Sie wurde von einem Bus angefahren. Edwards Eltern haben sich nie von diesem Schock erholt. Ich denke, letztendlich hat die Trauer ihnen den Lebensmut genommen und führte zu ihrem frühen Tod. Ed wurde immer mehr zum Eigenbrötler.« Sie dirigierte Jessie wieder auf den Küchenstuhl. »Wusstest du, dass er in Moya verliebt war?«

Jess schnappte nach Luft. »Das höre ich heute das erste Mal. Hat er mit ihr …« Sie ballte die Fäuste. Der Gedanke, dass Edward mit der rotgelockten Töpferin Zärtlichkeiten ausgetauscht hatte, setzte ihr zu. Moya war eine Schönheit, das war nicht zu leugnen. Die Männer drehten sich nach ihr um, wenn sie den Raum betrat. Umso verwunderlicher, dass Ed sich jetzt mit der Rolle des besten Freundes zufriedengab.

Die Freundin schien ihre Gedanken zu lesen. »Nein, die beiden waren nie zusammen. Moya war damals schon in Robin verliebt«, beruhigte Claire sie. »Es scheint wohl Edwards Los zu sein, sich ausgerechnet immer in die Frauen zu vergucken, die schon anderweitig vergeben sind.«

»Wieso redest du von Frauen?« Jessie wurde hellhörig.

»Gab es denn vor Moya noch andere, in die er unglücklich verliebt war?«

Claire trug das schmutzige Geschirr zur Spüle und ließ Wasser ein. »Soweit ich weiß, nur eine …« Sie tippte sich mit dem Stiel der Spülbürste an die Nase. »Lass mich überlegen. Wie hieß die noch?« Energisch tauchte sie die Hände ins Spülwasser und schrubbte die Porridgeschale. »Jetzt fällt es mir wieder ein. Sie hieß Cynthia. Geheiratet hat sie dann so einen reichen Geschäftsmann.«

»Das erklärt einiges.« Jessie zerrte das Trockentuch vom Haken und riss Claire förmlich die tropfende Schüssel aus der Hand. »Bei wie vielen Frauen ist er wohl noch bester Freund?«, zischte sie wütend.

»Bist du etwa eifersüchtig?« Die Freundin legte die Spülbürste aus der Hand und marschierte ins Schlafzimmer. »Den Rest des Abwaschs schaffst du allein. Ich beziehe dir das Bett frisch und schleiche mich wieder.« In der offenen Tür drehte sie sich um und warf ihr einen schelmischen Blick zu. »Wolltest du ihn nicht anrufen und dich für seine Hilfe bedanken?«

»Später«, brummte Jessie und krempelte entschlossen die Ärmel hoch. »Zuerst der Abwasch, und wenn der erledigt ist, gehe ich ins Bad, mich frisch machen.« Sie schnupperte an ihren Achseln. »Ich stinke wie ein alter Schafbock.«

»Na, wenn das so ist, ab mit dir unter die Dusche.« Claire schlug die frisch bezogene Bettdecke auf und schloss das Schlafzimmerfenster. »Man weiß ja nie, wer heute noch vorbeischaut.« Zielstrebig steuerte sie das Bad an und hielt Jessie die Tür auf. »Ich warte, bis du fertig bist.« Ihr strenger Blick duldete keinen Widerspruch. »Nicht, dass du mir in der Dusche noch umkippst.« Mit stoischer Gelassenheit hockte sie auf dem Wannenrand, reichte Jessie das Badetuch und legte ihr einen frischen Schlafanzug bereit.

»Ich bin nicht müde. Kann ich nicht wenigstens auf der Couch liegen?«, maulte Jessie, als die Freundin sie wieder ins Bett verfrachtete.

»Das kannst du, falls Jack gleich sein Okay dazu gibt.« Claire stand am Fenster und deutete auf die Straße. »Er ist bereits auf dem Weg.« Sie drückte ihr einen Kuss auf die Stirn und eilte dem Arzt entgegen.

Eine halbe Stunde später verließen Jack und Claire das Haus. »Na endlich«, seufzte Jessie. Eilig schwang sie die Beine aus dem Bett, schlüpfte aus dem Schlafanzug und zog sich warme Leggings und ihren Lieblingspullover über. Mit dem Smartphone in der Hand hockte sie sich im Schneidersitz auf das Sofa, in der festen Absicht, Edward anzurufen.

Doch der Strom der Besucher riss nicht ab. Zuerst schneite Sheila herein, um ihr einen Stapel Zeitschriften zu bringen. »Sorry, lange kann ich nicht bleiben, Süße. Nick holt mich gleich ab«, teilte sie ihr außer Atem mit. »Stell dir vor, wir sind zum Nachmittagstee bei seinen Eltern eingeladen.«

»So ernst ist es schon mit euch beiden?« Jessie sah das Leuchten in den Augen der Freundin, ihr Dauergrinsen.

Sheila setzte sich neben sie und legte ihr seufzend den Kopf an die Schulter. »Wir sind zwar erst zwei Wochen zusammen, aber ich habe das Gefühl, dass ich ihn schon ewig kenne. Er ist mein Herzensmensch.«

»Wow! Dass ich das aus deinem Mund einmal hören würde.« Eine winzige Spur von Neid schlich sich in Jessies Herz. »Na, wenn das so ist, kann ich wohl nur gratulieren.«

Sheila sprang auf, als ihr Smartphone »Falling in Love With You« anstimmte. »Das ist Nick. Tut mir leid, Jess. Ich muss los. Wir reden ein anderes Mal.« Im Hinauseilen warf sie Jessie eine Kusshand zu.

Kaum war die Freundin gegangen, ertönten im Hausflur die Stimmen von Sarah und Anne, den zwölfjährigen Zwillingen der O'Connors. »Rate mal, was wir für dich gebastelt haben.« Gleich darauf polterten sie die Treppe hinauf und stellten einen Adventskranz auf den Couchtisch. »Ma und Pa warten unten im Wagen. Wir fahren heute nach Killarney ins Kino«, erklärte Sarah.

Ihre Schwester richtete die lila Kerze auf dem Kranz auf, die sich etwas nach links neigte. »Ist das nicht eine coole Kreation? Buchsbaum und Tanne. Die roten Beeren sind aus unserem Garten. Wir haben sie getrocknet.«

»Der ist megaschön«, ahmte Jessie den Slang der Teenager nach. »Tausend Dank.« Sie konnte kaum glauben, wie erwachsen die beiden schon waren. Bis vor fünf Jahren hatte sie auf die zwei aufgepasst, wenn ihre Eltern ausgingen. Als dann ihre Tante Lena nach Busby zog, hatte die den Job der Babysitterin übernommen. Jessie vermisste die lustigen Abende bei den O'Connors. »Sobald ich wieder fit bin, treffen wir uns mal wieder zum Pizzabacken«, schlug sie deshalb spontan vor.

Anne strahlte. »Wir könnten auch bei dir pennen und Filme schauen, so wie früher, als wir noch klein waren.«

»Du warst eine echt coole Babysitterin«, bestätigte Sarah und zog ihre Schwester mit sich. »See you later«, riefen beide wie aus einem Mund und winkten ihr zum Abschied zu.

Jessie schlurfte zur Haustür, um abzuschließen. Sie widerstand dem Drang, einen Blick in die geschmückte Teestube zu werfen, und tapste gähnend die Treppe hinauf. Erst vier Uhr nachmittags. Am liebsten hätte sie sich wieder im Bett verkrochen. Sie war fieberfrei, ihr Hals schmerzte kaum noch, trotzdem fühlte sie sich ausgebrannt und leer. In ihren Ohren erklang Jacks eindringlicher Appell, mehr auf sich zu achten. Und diesen Ratschlag würde sie ab sofort beherzigen. Für die Aufgaben, die in der Teestube auf sie warteten, musste sie fit sein.

Mit dem festen Vorsatz, regelmäßiger zu essen, schob sie die Hackfleischpastete, die Claire vorsorglich in den Kühlschrank gestellt hatte, in den Ofen. Sie kratzte die Reste Thymiantee aus der Dose, setzte Teewasser auf und kauerte sich mit dem neuen Katalog des Teegroßhändlers in den Ohrensessel. Der Bestellzettel lag seit Tagen auf ihrem Schreibtisch. Jetzt endlich fand sie die nötige Muße, das breitgefächerte Angebot in Augenschein zu nehmen und eine Auswahl zu treffen.

Beim Durchblättern fiel ihr das Anschreiben der Firma in die Hand. Das Dubliner Teekontor lud langjährige Stammkunden anlässlich seines fünfundsiebzigjährigen Bestehens ins hochherrschaftliche Bantry House zu einer Teeverkostung und einem anschließenden Galadinner ein. Die Einladung galt für zwei Personen. Ein verlockendes Angebot. Doch ohne Auto kaum machbar, denn das Herrenhaus lag sehr abgelegen. Eine Möglichkeit gäbe es allerdings. Jessie jubelte innerlich, und in ihr reifte ein Plan. Sie schnappte sich ihr Handy, warf noch einmal einen Blick auf die Einladung und wählte dann Edwards Nummer.

Bereits nach dem dritten Klingeln nahm er das Gespräch entgegen. »Jessie, wie schön, dass du anrufst. Geht es dir besser?« Er klang müde.

Sie räusperte sich, um Zeit zu gewinnen. »Dank deiner Pflege bin ich schon fast wieder die Alte.« Die nächsten Sätze legte sie sich sorgfältig zurecht, doch bevor sie damit fertig war, sprudelte es aus ihr heraus. »Hast du kommenden Sonntag schon was vor, Edward? Ich würde dich gern zu einem Ausflug einladen.«

Er gähnte ausgiebig. »Es ist wirklich nicht nötig, dass du dich für meine Hilfe erkenntlich zeigst. Das war doch selbstverständlich.«

So schnell ließ sie ihn nicht von der Angel. »Es ist mir wirklich wichtig. Bitte hör mir einen Moment zu«, bat sie.

»Okay. Aber wirklich nur ganz kurz. Ich habe noch einen Hausbesuch zu machen«, brummelte er.

»Sei mein Begleiter für einen Tag«, setzte sie an und lächelte verschmitzt, als sie ihn schneller atmen hörte. Sie nahm das Einladungsschreiben zur Hand und las ihm den Text vor. »Wir könnten schon am Vormittag zur Bantry Bay fahren und im Terrassengarten des Landhauses spazieren gehen. Hier steht, er wurde nach italienischem Vorbild im 18. Jahrhundert angelegt. Es gibt eine Steintreppe mit hundert Stufen, und von der obersten aus soll man einen herrlichen Blick über die Bucht und zu Whiddy Island haben«, schloss sie euphorisch.

»Nächsten Sonntag, sagst du?« Er schien zu überlegen. »Auf die Schnelle kann ich mir dazu keine Meinung bilden. Teeverkostungen sind nicht so mein Ding. Obwohl … so ein Galadinner hat schon seinen Reiz.«

»Du bist also dabei?«, freute sie sich.

Am anderen Ende der Leitung herrschte Schweigen. Endlich hörte sie ihn durchatmen. »Ich bringe dich Sonntag zur Bantry Bay und hole dich abends wieder ab. Mehr kann ich dir im Moment nicht anbieten.«

Sie rang um Fassung, doch ihre Enttäuschung suchte sich ein Ventil. »Wenn es mir nur um eine günstige Fahrgelegenheit gegangen wäre, hätte ich Fergus und Claire gefragt«, brach es aus ihr hervor. Und im selben Moment bereute sie den barschen Ton, zumal Edward sie weiter mit Schweigen strafte. *Sag was, Ed,* flehte sie innerlich.

»Das habe ich auch nicht gedacht«, meldete er sich endlich.

Sie schnaufte durch und setzte alles auf eine Karte. »Ich bitte dich doch nicht um einen Freundschaftsdienst, Edward. Ich bitte dich um ein Date.«

Kapitel 25

Jetzt konnte sie den Anruf nicht länger aufschieben. Die Zeit drängte. Jessie legte das Schreiben vom Finanzamt vor sich auf den Schreibtisch und wählte Trevors Nummer. »Störe ich?«, fragte sie vorsichtig nach.

»Das kann man wohl sagen. Im Moment weiß ich vor lauter Arbeit kaum, wo mir der Kopf steht. Wir haben den Zuschlag für eine neue Wohnanlage in Limerick bekommen.« Seine Stimme klang ungewohnt kühl. »Übrigens war Dad ziemlich angesäuert, weil du ihm das Geschenk nicht persönlich überreicht hast. Er hat dich vom Fenster aus davonfahren sehen.«

Dieser Schlag hatte gesessen. Sie sackte in sich zusammen, schnappte nach Luft. Wie sollte sie jetzt noch ihr Anliegen vorbringen. »Wenn er das nächste Mal in die Teestube kommt, werde ich mich bei ihm entschuldigen.« Jessie kaute auf der Unterlippe und holte zum Gegenschlag aus. »Wie läuft es denn bei dir und Diana?« Zufrieden registrierte sie sein Schweigen und redete rasch weiter. »Hattest du inzwischen Zeit, dich um mein Gutachten zu kümmern?« Sie hörte Trevor mit einer Frau reden. Eine Tür fiel ins Schloss, dann brummte eine Kaffeemaschine.

»Sorry, Jessie. Aber momentan brennt hier die Hütte. Ich weiß nicht, wann ich dazu komme.«

»So viel zum Thema ›Mach dir keine Sorgen. Ich kümmere mich darum‹«, rutschte ihr heraus. »Das Finanzamt hat mir eine Frist von zwei Wochen gesetzt. Soweit habe ich alle Unterlagen zusammen. Fehlt nur noch das Baugutachten.«

»Ich werde sehen, was ich tun kann«, brummte er. »Aber versprechen kann ich nichts.«

Jessie hatte das ungute Gefühl, dass er sie abwimmeln wollte. »Das hilft mir nicht weiter. Ich brauche eine verlässliche Zusage. Schaffst du es oder soll ich Seans Freund fragen? Er ist Architekt.«

»Okay, ich mache es«, stöhnte er. »Anfang nächster Woche starten wir am alten Friedhof mit den Bauarbeiten. Dann bringe ich dir das Gutachten.«

Jessies Begeisterung hielt sich in Grenzen. Eine innere Stimme mahnte sie, vorsichtig zu sein. »Kann ich mich darauf verlassen, Trevor?«

Er raschelte mit Papier. »Was denkst du denn?«, blaffte er und beendete das Gespräch.

»Blödmann. Was kann ich dafür, dass du Stress hast?«, herrschte sie das Handy an.

Die Freude am Backen war ihr für heute gründlich verhagelt. Frustriert warf sie einen Blick in die Vorratskammer, wo sich die Zutaten für die Mince Pies stapelten. Am Montag hatte Sean ihr Trockenfrüchte, Nüsse und Äpfel für mindestens sechs Bleche der weihnachtlichen Gewürzpasteten mitgebracht. Aber so, wie sie momentan drauf war, würde ihr der Mürbeteig nicht gelingen. Mit hängenden Schultern schlurfte sie aus der Küche, kauerte sich in den Korbsessel und ließ den Blick durch die Teestube schweifen.

Alles war perfekt für eine adventliche Teestunde. Claire und Edward hatten ganze Arbeit geleistet. Auf jedem Tisch stand ein kleines Windlicht und daneben ein roter Weihnachtsstern. An den Lichterketten in den Fenstern baumelten goldene Christbaumkugeln, und die Engelskapelle, die Lieblingsdeko ihrer Tante, hatte einen Ehrenplatz auf dem Büfettschrank bekommen.

Was jetzt noch fehlte, war das Weihnachtsgebäck in der Kuchenvitrine, die erst letzten Freitag eine neue Glasscheibe erhalten hatte. Sie rang mit sich, überlegte, wenigstens die Füllung für die Gewürzkuchen vorzubereiten. Zwei Tage hatte sie gefaulenzt, gestrickt und stundenlang ihre Lieblingsserie »Friends« geschaut. Ihr Körper sehnte sich nach Bewegung und frischer Luft.

Eingemummelt wie ein Polarforscher marschierte sie mit weit ausholenden Schritten über die Weiden bergauf. Unter ihren Füßen schmatzte der feuchte Boden. Die Novembersonne wärmte ihren Rücken. Schon nach wenigen Metern bereute sie es, sich so warm eingepackt zu haben. Sie lockerte den Schal und öffnete den Reißverschluss ihrer wattierten Jacke. Übermütig hüpfte sie über einen Steinwall, lief das letzte Stück bis zum Bergrücken. Oben angekommen, breitete sie die Arme aus und schnappte begierig Luft.

Wie hatte sie das vermisst! Diese Weite, dieses Grün. Windschiefer wilder Ginster duckte sich zwischen Felsblöcken. In der Ferne glitzerte das Meer. Sie beschattete die Augen mit einer Hand und schaute hinüber zu Abbey Island, wo sich die Wellen unterhalb der Klosterruine brachen.

»Jessie? Bist du das?«, tönte hinter ihr Lenas Stimme. Kurz darauf schoss Scotty an ihr vorbei. Der grau-weiße Mischlingshund jagte einem Feldhasen hinterher, sprang wie aufgezogen über die Steinwälle. Doch als er sie entdeckte, lief er schwanzwedelnd auf sie zu.

»Sit!«, kommandierte Lena. Sofort setzte er sich vor Jessie und hielt ihr eine Pfote zur Begrüßung hin.

»Dich habe ich ja lange nicht mehr geknuddelt.« Sie kraulte ihn ausgiebig hinter den Ohren. »Dein Frauchen hat dich gut erzogen.«

»Das Lob gebührt ausschließlich Jack. Ich bin für das Verwöhnprogramm zuständig. Gehen wir ein Stück zusammen?« Lena hakte sich bei ihr ein und musterte sie von der Seite. »Du hast wieder Farbe im Gesicht. Fühlst du dich besser?«

»Was die Erkältung angeht, schon. Aber ansonsten …« Jessie vergrub die Hände in den Anoraktaschen und seufzte. »Diese dämliche Erbschaftssteuersache raubt mir den letzten Nerv. Und dann noch das Telefonat mit Trevor. Er hat das Baugutachten immer noch nicht geschrieben. Ich hoffe nur, er hält Wort und bringt es mir nächste Woche.« Sie stöhnte. »Hätte ich doch bloß auf Claire gehört und gleich Seans Freund um Hilfe gebeten.«

Der Wind frischte auf. »Holy shit. Da kommt was auf uns zu.« Lena deutete auf die dunkle Wolkenwand, die sich vom Meer auf das Land zu wälzte. »Ich habe keine Lust, nass zu werden. Komm mit in die Manufaktur. Heute Morgen habe ich für die Belegschaft Gulaschsuppe gekocht. Und da Jack über Mittag unterwegs ist, esse ich mit meinen Näherinnen. Leiste uns doch Gesellschaft. Anschließend können wir in Ruhe reden.«

»Du bist meine Rettung.« Jessie küsste sie spontan auf die Wange. »Ich habe nämlich nicht die geringste Lust, wieder allein in meiner Bude zu hocken und Trübsal zu blasen.« Sie wartete, bis die Freundin Scotty angeleint hatte, und wanderte an ihrer Seite den Berg hinunter. »Hat dir eigentlich schon mal jemand gesagt, dass du dich mittlerweile wie eine von hier anhörst?«

Lena lachte. »Jetzt, wo du es sagst. Erst letzte Woche hat mich doch allen Ernstes ein Großhändler gefragt, aus welchem Stadtteil von Dublin ich käme. Der glaubte tatsächlich, ich sei eine waschechte Irin.«

»Vermisst du Deutschland?« Jessie passte ihren Schritt dem der um einen Kopf kleineren Freundin an.

»Nein, nicht wirklich. Mir fehlen nur mein Sohn und die Freunde. Einmal im Jahr fliegen Jack und ich nach Berlin. Dann shoppe ich mit meiner Freundin die Friedrichstraße rauf und runter, schleife meinen Mann in die Oper und auf die Museumsinsel. Aber spätestens nach einer Woche packt mich das Heimweh nach der Grünen Insel. Mein Herz gehört eindeutig Irland«, gestand Lena. Sie lächelte verschmitzt. »Stell dir vor, ich werde nächstes Frühjahr Oma.«

»Was? Nicht dein Ernst!« Jessie mochte kaum glauben, dass die kreative Taschendesignerin demnächst Babystrampler stricken würde. Mit ihrer schlanken Figur und dem modischen rotbraunen Bob sah sie keinen Tag älter als vierzig aus. »Dann warst du sicher noch ein Teenager, als du deinen Sohn bekommen hast.«

»Das nenne ich mal ein Kompliment.« Lenas grüne Augen strahlten. »Ich bin einundfünfzig. Das perfekte Oma-Alter.« Zielstrebig bog sie auf die schmale Straße hinter Jessies Garten ein. Da begann es zu regnen. Dicke Tropfen platschten auf das Pflaster und trommelten auf das Blechdach des Geräteschuppens. »Endspurt«, rief Jacks Frau. Sie zog sich die Anorakkapuze über den Kopf und rannte los. »Die Letzte erledigt den Abwasch.«

Scotty schien auf dieses Signal nur gewartet zu haben. Wie ein Schlittenhund zog er sein Frauchen hinter sich her. Sie ruderte wild mit dem freien Arm in der Luft, stolperte ihm nach.

Rasch holte Jessie sie ein und fasste an der Leine mit an. »Stopp, Scotty«, kommandierte sie an der Hauptstraße. Zu ihrer Überraschung bremste der Hund sofort ab und wartete mit hängenden Ohren an der Bordsteinkante.

Es regnete nicht mehr, es schüttete wie aus Eimern. Über die abschüssige Straße schoss das Wasser.

»In Momenten wie diesen hasse ich das irische Wetter.« Lena wischte sich die feuchten Ponysträhnen aus der Stirn.

»Und ich erst«, bestätigte Jessie. Längst hatten sich ihre Wanderstiefel mit Wasser vollgesaugt. Die triefend nasse Jeans klebte wie eine zweite Haut an ihren Beinen. »Ich muss erst nach Hause, mich umziehen. So kann ich dich unmöglich in die Manufaktur begleiten.«

Scotty schien der gleichen Meinung zu sein. Jaulend stupste er sein Frauchen an und schüttelte sich ausgiebig. Dann zerrte er an seiner Leine Richtung Arztpraxis.

»Da hat wohl einer Sehnsucht nach seinem Körbchen«, stellte Lena schmunzelnd fest. »Ich bringe Scotty rasch heim und frottier sein Fell trocken. Anschließend ziehe ich mich um. Wir treffen uns in einer halben Stunde in der Manufaktur.« Eilig überquerte sie mit ihrem Hund die Straße und verschwand im Arzthaus.

Jessie hetzte ohne Rücksicht auf Verluste durch eine knöcheltiefe Pfütze, stürzte durch ihren Garten ins Haus. Mit klammen Fingern zerrte sie an der Schnürung der Wanderstiefel, bis es ihr endlich gelang, die Knoten zu lösen. Sie hatte nur einen Wunsch, so schnell wie möglich raus aus den nassen Klamotten und unter die heiße Dusche.

»Jetzt nicht«, murrte sie, als das Handy klingelte. »Ich habe keine Lust, mich wieder zu erkälten.« Sie flog die Treppe förmlich hoch und stürmte ins Bad.

Als sie eine halbe Stunde später aus dem Haus trat, riss die Wolkendecke auf. Der Regen hörte so abrupt auf, wie er eingesetzt hatte. In den Pfützen spiegelte sich die Sonne. Zwei Spatzen stritten sich im Geäst des Apfelbaums. Jessie winkte Pfarrer Donnelly zu, der in der offenen Kirchentür lehnte. Dann eilte sie über die Straße zum Gemeindehaus.

Ursprünglich hatte Lena ihre Taschen im Handarbeitstreff gefertigt. Doch schon bald war die Nachfrage nach den ausgefallenen Stücken so groß, dass sie die Fertigung professionalisierte und im zweiten Stock des zur Kirche gehörenden Hauses eine Werkstatt einrichtete. Inzwischen war »Kathy & Lena's« eine angesagte Marke. Die Taschen wurden sogar in Dublin und Berlin verkauft. Jessie erinnerte sich, wie sie damals beim Entrümpeln des ehemaligen Gymnastikraums geholfen hatte. Aus dem muffigen Dachzimmer war eine perfekt ausgestattete Werkstatt geworden.

Sie schlenderte an den vier Nähmaschinen vorbei, warf einen Blick in den Ausstellungsraum und betrat dann die angrenzende Teeküche. »Hallo zusammen«, grüßte sie in die Runde. Lena und ihre Näherinnen Sally, Susan und Josy saßen an einem Resopaltisch und aßen Gulaschsuppe. »Schneller ging es leider nicht«, entschuldigte sie ihre Verspätung. »Ich bekam die nasse Jeans kaum von den Beinen.«

»Nimm dir einen Teller aus dem Schrank und hock dich zu uns.« Sally Owens rückte ihre schmale Brille zurecht. Als pensionierte Lehrerin hatte sie die Rolle der Atelierleiterin übernommen. »Wieso bist du nicht in der Teestube?«

»Ich war krank«, sagte Jessie kleinlaut. Unter dem strengen Blick der alten Dame kam sie sich wie ein kleines Schulmädchen vor, besann sich jedoch schnell. »Morgen öffne ich wieder wie gewohnt. Ich hoffe doch stark, ich sehe Sie dann regelmäßig in meiner guten Stube.«

Mrs Owens räusperte sich und sammelte Brotkrümel vom Tisch. »Für Müßiggang fehlt mir die Zeit«, murrte sie.

Lena zwinkerte Jessie verstohlen zu und klopfte neben sich auf den freien Stuhl. »Wir freuen uns alle schon auf die legendären Mince Pies. Du wirst doch welche backen?« Sie kramte in ihrer Hosentasche und zog zwei kleine Karten hervor. »Ansonsten kann ich meine Idee für den Weihnachtsmarkt nicht umsetzen.«

»Jetzt machst du mich aber neugierig.« Jessie füllte einen Teller mit Gulaschsuppe und setzte sich neben die Freundin an den Tisch. Heißhungrig tauchte sie den Löffel in den dampfenden Eintopf. »Lecker«, nuschelte sie und nahm sich eine Scheibe Weißbrot aus dem Körbchen. Den Rest der Suppe saugte sie mit Brot auf und schob es sich genüsslich in den Mund. »Das Rezept musst du mir unbedingt verraten.«

»Später. Zuerst erkläre ich dir meinen Plan.« Lena nickte den Näherinnen zu, als sie sich erhoben. »Fangt bitte schon mal mit der Bestellung für Dublin an.« Sie wartete, bis die drei den Raum verlassen hatten, dann schaltete sie die Espressomaschine auf der Fensterbank ein. »Möchtest du auch einen?«

»Unbedingt.« Jessie lehnte sich entspannt zurück. »Sonst schlafe ich gleich ein.« Fasziniert beobachtete sie, wie Lena ein Kaffeepad in die Maschine schob und kurz darauf dampfend heißer Espresso in die Tasse lief. »Falls mir die Kunden irgendwann mal die Bude einrennen, schaffe ich mir auch eine Kaffeemaschine an. Ich muss schließlich mit der Zeit gehen.«

Lena tippte auf die Karten, die vor ihr auf dem Tisch lagen. »Das ist nur ein erster Entwurf. Falls es dir nicht gefällt, entwirft Jack am Computer was Neues.«

»Gutschein für eine Tasse Tee in Mauras kleiner Teestube in Busby«, las sie auf der ersten und »Gutschein für ein Stück Kuchen und ein Heißgetränk Ihrer Wahl« auf der zweiten Karte. Sie schluckte und wusste einen Moment nicht, was sie sagen sollte. »Wie bist du denn auf die Idee gekommen?«

Lena nippte an ihrem Espresso. »Das ist mir spontan eingefallen. Ich würde sie gern auf dem Weihnachtsmarkt an Kunden verteilen, die eine Tasche kaufen.« Sie legte Jessie eine Hand auf den Arm und schaute sie fragend an. »Du bekommst von mir …« Sie schloss die Augen, dachte nach. »Sagen wir zwei Euro für die Teegutscheine und sechs Euro für Kuchen plus Getränk. Wäre das okay für dich?«

»Okay? Das ist mehr als okay«, freute sich Jessie. »Unter einer Bedingung: Wir rechnen erst ab, nachdem die Kunden ihre Gutscheine bei mir eingelöst haben.«

»Wenn du unbedingt darauf bestehst, soll es mir recht sein.« Lena beugte sich vor und hauchte ihr einen Kuss auf die Wange. »Ich bitte Jack, mir hundert Karten zu drucken. Das dürfte für den Anfang reichen.«

»Dafür bekommt ihr von mir eine große Dose voll Weihnachtsgebäck«, kündigte Jessie dankbar an. »Ich begebe mich direkt an die Arbeit.«

Eine Viertelstunde später stand sie in ihrer Küche und hackte Trockenfrüchte und Nüsse. Selbst wenn nur jeder zehnte Gutschein eingelöst würde, bescherte ihr das einige Neukunden. Allein diese Aussicht beflügelte sie. Hochkonzentriert knetete sie die Füllung für die Früchtekuchen durch. Als ihr Handy schrillte und sie Eds Nummer auf dem Display erkannte, wischte sie die Hände an der Schürze ab. »Bei der Arbeit«, meldete sie sich gut gelaunt.

»Damit erübrigt sich wohl meine Frage, ob du wieder fit bist.« Er atmete tief ein. »Wegen Sonntag …«

Jessies Puls beschleunigte sich. »Falls du anrufst, um abzusagen, rede ich kein Wort mehr mit dir, Edward.« Insgeheim hoffte sie, dass er nur anrief, um ihre Stimme zu hören.

»Nein, nein.« Er lachte. »Das würde ich auf keinen Fall riskieren. Aber wäre es okay für dich, wenn wir den Spaziergang vor der Teeverkostung ausfallen lassen? Ich muss vorher noch auf das Gestüt.«

»Doch wohl nicht ohne deine Praktikantin«, erwiderte sie schlagfertig.

Kapitel 26

Jessie fühlte sich fit und ausgeruht wie schon lange nicht mehr. Da sich außer Mrs Winter und zwei alten Damen aus Sneem kein Gast in die Teestube verirrte, hängte sie sich die Schürze um und werkelte von früh bis spät in der Küche. Sie backte Unmengen Mince Pies, füllte die Keksdosen mit Shortbread und Chocolate Crinkles. Die Schokoplätzchen waren nicht nur bei den Kindern im Ort beliebt. Eine Dose der Nascherei deponierte sie unter dem Schanktisch im Pub, denn Fergus und Sean lechzten nach Nervennahrung.

Sonntagmittag hängte sie das Schild mit der Aufschrift »Ruhetag« an die Eingangstür und wartete vor dem Haus auf Edward.

»Wieso trägst du Wachsjacke und Wanderstiefel zum Kleid?« Claire eilte vom Pub zu ihr hinüber und musterte sie kritisch.

»Weil ich gleich noch mit Ed in den Pferdestall gehe.« Grinsend hielt Jessie einen Leinenbeutel hoch. »Da sind meine roten Pumps drin.«

»Sehr clever«, befand Claire und knuffte sie in die Seite. »Ich wünsche dir einen anregenden Nachmittag und einen zauberhaften Abend.«

Jessie täuschte ein Gähnen vor. »Bestimmt sind da nur lauter langweilige Leute, die gestelzt über Tee reden und vornehm tun.«

»Na, na.« Claire schüttelte den Kopf. »An die Teeverkostung habe ich eher nicht gedacht.« Sie beugte sich vor und raunte: »Mit deinem charmanten Begleiter wird es garantiert nicht langweilig.« Ausgelassen winkte sie Edward zu, der seinen Geländewagen vor der Teestube parkte. »Viel Spaß, euch beiden«, rief sie und eilte zurück in den Pub.

»Wartest du schon lange auf mich?« Er stieg aus, um ihr die Beifahrertür zu öffnen. Irritiert schaute er auf den Leinenbeutel in ihrer Hand.

»Da sind meine Pumps drin und die Clutch.« Zufrieden registrierte sie, dass er zur grauen Stoffhose eine Wachsjacke und derbe Schuhe trug. »Sieht aus, als hätten wir uns kleidertechnisch abgesprochen.« Sie lachte und küsste ihn spontan auf die Wange. »Hast du die schicken Treter vorsorglich im Kofferraum gelassen?«

Er verzog keine Miene, doch in seinen Augen blitzte es auf. »Ich habe immer Ersatzschuhe und ein frisches Oberhemd dabei«, teilte er ihr knapp mit. »Falls ich mich im Stall einsaue.«

»So, na ja. Gut zu wissen.« Sie lächelte ihre Unsicherheit weg, versuchte, durch einen Scherz die alte Vertrautheit zwischen ihnen wiederherzustellen. »Leihst du mir das Hemd, falls ich mich beim Dinner bekleckere?«

Endlich huschte ein Lächeln über sein Gesicht. »Das kommt ganz darauf an, wie viel Leihgebühr du mir zahlst.«

Da er noch immer wie festgewachsen in der offenen Beifahrertür stand, schob sie sich an ihm vorbei und rutschte auf den Beifahrersitz. »Ich zahle in Naturalien.« Mit einer einladenden Geste deutete sie in Richtung Teestube. »Bei deinem nächsten Besuch gehen Tee und Kuchen aufs Haus.« Jessie griff zum Gurt, um sich anzuschnallen, doch Edward kam ihr zuvor. Wie zufällig berührten sich ihre Finger. Einen Moment blieb seine Hand auf ihrer liegen. Lange genug, dass sie komplett aus dem Konzept geriet. »Ich, äh …«, stammelte sie. Ihre Wangen glühten, sie wagte nicht, ihm in die Augen zu sehen, und zupfte eine unsichtbare Fluse von ihrer Jacke. Blöder konnte sie sich wirklich nicht anstellen. Edward hatte sie schon im Schlafanzug gesehen, sie gefüttert und bei ihr auf der Couch geschlafen. Warum wühlte seine Nähe sie heute so auf? Vorsichtig hob sie den Kopf und schaute direkt in seine warmen grauen Augen.

»Wir sollten losfahren«, sagte er mit belegter Stimme und senkte den Blick. »Mr McLeod erwartet mich.« Langsam zog er seine Hand von ihrer, strich dabei zart mit den Fingerspitzen über ihren Handrücken. »Schnallst du dich bitte selbst an?«, murmelte er, lief um den Wagen und setzte sich hinter das Steuer. »Keine Ahnung, warum er mich heute unbedingt im Stall sehen will. Mein Kollege ist aus dem Urlaub zurück. Palmira trainiert wieder.«

Jessie freute sich, dass er seine Überlegungen mit ihr teilte. Sie griff den Faden sofort auf. »Vielleicht braucht er deinen fachmännischen Rat beim Kauf eines neuen Turnierpferdes.«

»Das kann ich mir nicht vorstellen. Beim Pferdekauf verlässt er sich seit Jahren auf Sid, seinen Gestütsleiter. Der erkennt ein Pferd mit Siegerpotenzial auf den ersten Blick.« Ed runzelte die Stirn und beschleunigte hinter der Ortsausfahrt das Tempo. »Mir ist kein Behandlungsfehler unterlaufen. Da bin ich ziemlich sicher.«

Sie hörte die Besorgnis in seiner Stimme, drehte sich zu ihm und legte eine Hand auf seinen Unterarm. »Hat McLeod denn keine Andeutungen gemacht? Worüber habt ihr euch denn sonst noch unterhalten?«

»Jetzt, wo du es sagst.« Edward bremste ab, riss das Steuer herum und bretterte in einen Feldweg. »Das kommt davon, dass ich nur mit halbem Ohr zuhöre«, brummte er. Mit einer Vollbremsung brachte er den Wagen nur wenige

Zentimeter neben einem steinernen Wegkreuz zum Stehen, stöhnte laut und raufte sich die Haare. »Ich bin so ein Idiot.« Ohne Vorwarnung legte er einen Arm um ihre Schultern und drückte sie an sich. »Ich könnte dich knutschen.« Eilig lockerte er den Griff und schaute sie zerknirscht an. »Sorry. Aber vor Erleichterung sind gerade die Gäule mit mir durchgegangen.«

Jessie schnappte nach Luft, fuchtelte mit der Faust vor seiner Nase. »Tu das nie wieder, Edward!« Ihr Herz galoppierte. Sie zitterte am ganzen Körper.

»Was meinst du?« Er starrte sie mit großen Augen an, zog den Arm hinter ihr eilig weg.

Sie rang um die richtigen Worte, doch dann brach es aus ihr hervor. »Reagier deine Temperamentsausbrüche das nächste Mal beim Holzhacken ab, oder renn einen Berg rauf.«

Er öffnete den Mund, hob abwehrend die Hände. Doch sie kam gerade erst in Fahrt. »Schrei dir die Seele aus dem Leib.« Unsanft boxte sie ihn in die Rippen. »Aber raste nie, nie wieder aus, wenn du hinter dem Steuer sitzt. Du hättest uns fast um unser Date gebracht.« Sie blies schnaufend die angestaute Wut aus dem Körper, sank erschöpft ins Polster und lehnte den Kopf an seine Schulter. »Ich möchte endlich wissen, wofür du mich knutschen könntest.«

»Wow! Das hat gesessen.« Edward schluckte. »Diese Standpauke habe ich so was von verdient.« Er tastete nach ihrer Hand, zog sie an seinen Mund und hauchte einen Kuss auf ihren Puls. »Danke, Jessie. Ohne dich würde ich mir immer noch das Hirn zermartern.«

»Ohne mich würdest du dir die Schafe jetzt von unten anschauen«, blaffte sie.

Ein verschmitztes Lächeln huschte über sein Gesicht.

»Mr McLeod deutete an, dass mein Kollege sich vorzeitig zur Ruhe setzen will. Er wird mir sicher …«

»Er wird dir anbieten, seinen Job auf dem Gestüt zu übernehmen«, beendete sie den Satz. »Aber das ist noch lange kein Grund, dermaßen auszuflippen.« Sie rückte ein Stück von ihm ab, um ihm einen strengen Blick zuzuwerfen. »Wer ist hier eigentlich der Ältere von uns beiden? Du benimmst dich wie ein pubertärer Jugendlicher.«

Seine Haare standen kreuz und quer auf dem Kopf. Er zog einen Flunsch und schniefte theatralisch. »Ich tue es nie wieder.«

»Das will ich hoffen«, brummelte sie. Im selben Moment lachte sie befreit auf. »Fahr endlich weiter. Sonst kommst du zu spät zu deiner Verabredung.« Lächelnd wuschelte sie mit einer Hand durch seine Haare. »So sieht es besser aus.«

»Danke«, murmelte er und startete den Motor. Für seine Verhältnisse fuhr er fast im Schneckentempo zurück auf die Straße, den Blick stur nach vorn gerichtet. »Keine Sorge, Jess. Ab sofort fahre ich vorschriftsmäßig.«

Jessie setzte sich kerzengrade in ihren Sitz und strich ihren Rock glatt. »Ich kann es kaum erwarten, das Bantry House von innen zu sehen«, sagte sie, nur um irgendetwas zu sagen. Die Gefühle tanzten Samba in ihrem Bauch. Ihre Haut kribbelte, sie stand unter Strom. Und dieses Mal waren es nicht ihre prämenstruellen Stimmungsschwankungen. Es fühlte sich verdammt echt an. Sie musterte ihn von der Seite, bemerkte zum ersten Mal das Grübchen auf seinem Kinn. »Wärst du sehr enttäuscht, wenn wir das Dinner ausfallen lassen?«, hörte sie sich sagen.

»Warum das denn?« Er schaute kurz zu ihr herüber. »Hattest du dich darauf nicht besonders gefreut?«

Sie nahm all ihren Mut zusammen. »Das schon. Aber viel

lieber würde ich mit dir in einem gemütlichen Pub in der Lounge sitzen und in Ruhe reden.« *Kapier doch endlich, dass ich dich näher kennenlernen möchte*, dachte sie. Viel näher! Ihr Herz galoppierte schon wieder. An Edwards Fahrstil konnte das unmöglich liegen, denn er schlich fast über die Landstraße.

»Ich nehme jetzt nicht die Hände vom Lenkrad.« Ed seufzte. »Obwohl es mir schwerfällt, nicht den Arm um dich zu legen.« Seine Augen strahlten, er schluckte hörbar. »Ich kenne da diesen kleinen Pub in Bantry. Nicht weit vom Herrenhaus entfernt.«

»Wer braucht schon ein Galadinner, wenn er Fisch and Chips haben kann?«, sagte Jessie fröhlich.

Die Zufahrt zum Anwesen der McLeods tauchte vor ihnen auf. Edward setzte den Blinker. Im Schritttempo fuhr er die breite baumbestandene Allee entlang. Rechts und links auf den Weiden grasten Pferde. Ein Stallbursche kreuzte mit einer Schubkarre voller Mist ihren Weg. Ed ließ den Wagen vor den Stallungen ausrollen und parkte neben der Reithalle. Durch das offene Tor entdeckte Jessie die Mädchen auf ihren Shetlandponys. In ihren schwarzen Samtjacken und mit den Reithelmen sahen sie wie kleine Erwachsene aus. »Soll ich dich begleiten, oder ist es okay, wenn ich den Kindern beim Reiten zusehe?«

»Ich denke, es ist besser, wenn ich allein mit Mr McLeod rede. Es wird hoffentlich nicht lange dauern«, sagte er und küsste sie auf die Wange. »Ich wünschte, wir hätten diese öde Teeverkostung schon hinter uns. Können wir die nicht auch ausfallen lassen und stattdessen im Park spazieren gehen?«

»Das können wir nach der Verkostung immer noch«, entgegnete sie. »Sorry, mein Lieber. Aber um den Termin kommst du nicht herum. Ich möchte unbedingt neue Teesorten probieren und meine bescheidenen Kenntnisse über Anbau und Verarbeitung erweitern.« Sie tippte ihm auf die Nasenspitze. »Schließlich bin ich die Inhaberin eines aufstrebenden Teesalons.«

Edward schnappte nach ihrer Hand und küsste den Zeigefinger. »Wie konnte ich das nur vergessen?« Er warf ihr einen sehnsuchtsvollen Blick zu, sprang aus dem Wagen und eilte Mr McLeod entgegen, der in der offenen Stalltür auf ihn wartete.

Sein Kuss brannte noch auf ihrer Fingerspitze. Wie mochten sich seine vollen, weichen Lippen erst auf ihren anfühlen? Sie schaute ihm nach. Seine breiten Schultern, der selbstbewusste Gang. Die Wachsjacke hatte er salopp über den Arm gehängt. Das weiße Oberhemd schmiegte sich hauteng an seinen Oberkörper. Sie ertappte sich dabei, wie sie auf seinen sexy Po starrte. Als Edward sich umdrehte und ihr zuwinkte, senkte sie rasch den Blick. Sie zog den Autoschlüssel ab, der in der Zündung steckte, und kletterte mit weichen Knien aus dem Wagen. Sie lehnte sich an die Motorhaube, ließ sich vom auffrischenden Westwind die glühenden Wangen kühlen, dann schlenderte sie in die Reithalle. Sie lächelte den Tiertrainer zaghaft an, der mit einem Klemmbrett in der Hand die Reiterinnen beobachtete. »Darf ich zuschauen?«

»In Ordnung, aber bleiben Sie hinter der Absperrung«, knurrte der hagere Mann.

Da hatten die Mädchen sie entdeckt und ritten auf sie zu.

»Du bist die Praktikantin vom Doc«, stellte die jüngere Schwester grinsend fest.

»Wenn Edward für uns arbeitet, sehen wir uns sicher öfter«, sagte die ältere. »Ich fände es prima.«

Jessie hatte das Gefühl, dass sie den beiden eine ehrliche

Antwort schuldete. »Eigentlich bin ich gar nicht Edwards Praktikantin.«

»Du bist seine Freundin.« Die Kleine lachte. »Das wissen wir doch längst.«

»Ihr seid nicht sauer, weil ich geflunkert habe?«, fragte Jessie vorsichtig nach.

»Bullshit«, sagten beide wie aus einem Mund und dirigierten ihre Ponys auf den Parcours. »Pass gut auf. Wir springen jetzt.«

Fasziniert beobachtete Jessie, wie die Mädchen mit ernster Miene zu einer weißen Linie ritten. Sie nickten dem Trainer zu. Die Ältere trabte an, ließ ihr Pony eine Schleife reiten. Ein kurzer Blick zum Ausbilder, dann beschleunigte sie das Tempo. Mit angelegtem Oberkörper preschte sie auf einen zwischen zwei Pfosten hängenden weißen Balken zu.

Gebannt hielt Jessie die Luft an. Auch wenn es schon lange her war, dass sie das letzte Mal auf einem Pferderücken gesessen hatte, konnte sie gut nachvollziehen, was in der Kleinen vorging. In diesem Moment blendete die junge Reiterin alles um sich aus.

Wie eine echte Amazone nahm sie das Hindernis und klopfte dem Pferd nach dem Sprung lobend auf die Flanke. Mit kerzengerader Haltung ritt sie zurück zum Startplatz und verbeugte sich vor dem Trainer.

Jessie signalisierte mit erhobenem Daumen ihre Begeisterung. Als auch die jüngere Schwester ihren Sprung mit Bravour meisterte, konnte sie nicht länger an sich halten, riss die Arme hoch und klatschte. »Bravo. Das war super, ihr beiden.« Sie zuckte zusammen, als jemand ihre Schulter berührte.

»Kommst du, Jessie? Ich bin hier so weit fertig«, hörte sie Edward sagen und drehte sich rasch um.

»So schnell schon? Seid ihr euch einig geworden?«

Er schüttelte den Kopf. »Nicht hier. Wir reden später.« Ohne ein weiteres Wort der Erklärung nahm er sie bei der Hand und zog sie zum Auto.

Kapitel 27

Schweigend fuhr Edward vom Hof. Erst als sie das Gestüt hinter sich gelassen hatten, legte er einen Arm um ihre Schultern und drückte sie kurz an sich. »Jetzt machen wir uns einen schönen Nachmittag im Bantry House.«

»Möchtest du über das Angebot von McLeod reden?« Jessie linste zu seiner Wachsjacke auf der Rückbank. Aus der Innentasche lugte ein weißer Umschlag. »Begeistert scheinst du ja nicht gerade zu sein.«

Seufzend zog er seinen Arm zurück. Mit beiden Händen am Lenkrad schaute er konzentriert auf die Straße. »Es ist besser, wenn ich das erst mal sacken lasse. Nicht böse sein. Wir reden später im Pub. Vielleicht bin ich bis dahin schlauer.«

Sie spürte instinktiv, dass es wenig Sinn hatte, weiter in ihn zu dringen. Edward lebte schon so lange allein. Er war es gewohnt, alles mit sich auszumachen. »Okay. Aber wenn dir doch nach Reden ist, suchen wir uns ein stilles Plätzchen oder wir unterhalten uns beim Spazierengehen«, schlug sie vor. »Ich muss nicht unbedingt zu dieser Teeverkostung.«

»Ob du es glaubst oder nicht« – Edward schmunzelte – »inzwischen freue ich mich sogar darauf. Erinnere mich bitte daran, dass ich auf dem Parkplatz das Sakko anziehe und die Schuhe wechsle. Es wäre doch zu peinlich, wenn ich mit verdreckten Arbeitsschuhen in der feinen Gesellschaft auftauche.«

»Man merkt, dass du vom Land kommst«, witzelte sie.

»In Paris sind zurzeit klobige Arbeitsschuhe der neueste Schrei. Ich überlege ernsthaft, die Wanderschuhe zum Kleid zu tragen.«

»Wie bitte?«, entrüstete sich Ed und prustete dann los. »Ich stelle mir gerade die entsetzten Blicke der feinen Herrschaften vor, wenn du mit Wanderstiefeln über das Parkett latschst.«

»Mein rotes Kleid wird alle Blicke auf sich ziehen. Wer achtet da schon auf meine Füße?«, entgegnete sie schlagfertig.

Als die Bucht von Bantry vor ihnen auftauchte, presste Jessie die Nase an die Windschutzscheibe. »Wahnsinn! Vom Herrenhaus schaut man direkt auf das Meer und eine Insel. Sind das Palmen im Park?« Sie kam sich vor wie Elizabeth, die mit Mr Darcy zu einer feinen Teegesellschaft fuhr.

Über Edwards Gesicht huschte ein Lächeln. »Wenn ich geahnt hätte, wie sehr dir diese Gegend gefällt, wäre ich hier mit dir gewandert.« Er steuerte einen Parkplatz am Eingang des Parks an. »Jetzt sind wir doch früher hier als gedacht. Uns bleibt noch eine knappe Stunde zum Spazierengehen. Willst du die Schuhe später wechseln?«

»Wenn ich mich bei dir einhaken darf, laufe ich in Pumps durch den Park«, versuchte sie, ihn aus der Reserve zu locken.

»Das lässt sich einrichten.« Er grinste breit. »Ich hatte schon befürchtet, dass ich dich tragen soll.«

Rasch wechselten sie die Schuhe. Edward streifte ein graues Sakko über und reichte ihr eine getupfte Krawatte. »Hilfst du mir? Ich habe schon ewig keinen Schlips mehr gebunden.«

»Wie praktisch, dass wir gleich groß sind«, stellte sie fest und zog ihm die Seidenkrawatte über den Kopf.

»Stört es dich, dass ich nicht größer bin als du?« Edward ging auf die Zehenspitzen und zappelte herum.

Sie hob energisch sein Kinn an. »Stillhalten, sonst erwürge ich dich mit dem Teil.« Es fiel ihr schwer, sich auf den Knoten zu konzentrieren, denn Ed starrte die ganze Zeit auf ihre Lippen.

»Also stört es dich doch«, brummte er.

»Für mich bist du perfekt«, gab sie umgehend zurück und küsste ihn flüchtig auf den Mund.

»Kannst du das bitte wiederholen?« Er schlang die Arme um sie und schaute ihr lange und intensiv in die Augen.

Jessie blinzelte ein wenig, hielt seinem Blick jedoch stand. »Was genau?«

Schon lag sein Mund auf ihrem. Er streichelte ihre Lippen mit der Zungenspitze und küsste sie mit einer solchen Leidenschaft, dass es ihr den Boden unter den Füßen wegzog. Sie stöhnte und schnappte nach Luft.

Sofort ließ er von ihr ab. »War ich zu aufdringlich?«

Ihr fehlten die Worte. Nie zuvor hatte ein Kuss sie dermaßen aufgewühlt. Sie zitterte vor Erregung. In ihrem Bauch kribbelte es. »Ich bin mir nicht sicher«, krächzte sie. »Kannst du das bitte wiederholen?« Sie schmiegte sich an ihn und verschränkte die Hände in seinem Nacken.

»Jessie, Liebes.« Er streichelte ihr Gesicht, fuhr mit den Fingern durch ihr Haar. Mit unendlicher Zartheit berührte sein Mund ihre Lippen. »Wir bekommen Zuschauer«, sagte er mit rauer Stimme.

Nur widerwillig löste sie sich von ihm, als ein grauer Mercedes neben ihnen parkte.

»Komm, Jess.« Edward legte einen Arm um ihre Taille. »Ich zeige dir den Park.«

Sie wanderten auf verschlungenen Pfaden zwischen Palmen und Zedern. »Wie schön muss es hier erst im Sommer sein, wenn alles blüht.« Jessie lief vor Ed eine Steintreppe hinauf, die von mannshohen Rhododendren und Azaleen flankiert wurde. Von der obersten Stufe überblickte sie den im italienischen Stil angelegten Terrassengarten und schaute sehnsüchtig zum Meer.

»Schade, dass wir nicht mehr allein sind.« Edward zog sie hinter eine Buchsbaumhecke und stahl ihr einen Kuss. Schon näherte sich eine Gruppe älterer Herrschaften. »Das sind garantiert alles Teilnehmer der Teeverkostung«, stellte Jessie außer Atem fest. »So elegant, wie die angezogen sind.«

»Ich fürchte, langsam wird es ernst«, seufzte Edward. »Wollen wir uns ihnen anschließen und ins Bantry House gehen?«

»Okay. Ich habe es ja nicht anders gewollt.« Sie strich ihre vom Wind zerzausten Haare glatt, hakte sich bei Edward ein.

Gemächlich folgten sie der Gruppe. Vorneweg marschierte ein korpulenter Herr und spielte den Fremdenführer. Seine sonore Stimme schallte durch den Park. Mit ausholenden Gesten deutete er auf das rote Backsteingebäude. »Auf einer leichten Anhöhe 1720 erbaut, überblickt das Herrenhaus die Bucht und die Insel Whiddy. Beachten Sie das von einer Balustrade umrandete Schieferdach, die großen weißen Fenster. Das prunkvolle Landhaus beherbergt eine beachtliche Sammlung von Kunstgegenständen, die der zweite Earl of Bantry von seinen Reisen durch Europa mitbrachte.«

»Ich komme mir vor wie bei einem Schulausflug«, raunte Jessie Edward zu. »Der redet ohne Punkt und Komma.«

»Hoffentlich ist das nicht der Referent der Teegesellschaft.« Ed verdrehte die Augen. »Dann schlafe ich beim Vortrag bestimmt ein.«

In der offenen Flügeltür des Mitteltrakts wurden sie von einem Butler in Livree erwartet. Er deutete eine Verbeugung an. »Herzlich willkommen im Bantry House. Bitte folgen Sie mir in den Salon.« Er ließ sich von jedem Gast die Einladung zeigen und nahm ihnen die Jacken und Mäntel ab, die er sorgfältig an einen Garderobenständer hängte. Gemessenen Schrittes führte er sie durch den Empfangssaal. Der Butler wies auf die Ahnengalerie auf der Empore hin, ließ ihnen genügend Zeit, die aufwendigen Deckengemälde und die Stuckverzierungen zu bestaunen.

»Sieh nur, diese zarten Porzellanfiguren in der Vitrine.« Jessie stupste Edward an.

»Ich habe heute nur noch Augen für dich«, flüsterte er und drückte ihre Hand.

Sie formte mit den Lippen einen Kuss, senkte jedoch rasch den Blick, als der Butler zu ihr herüberschaute.

»So, da wären wir«, sagte er und öffnete eine mit Seide bespannte Tür. »Ich wünsche Ihnen einen anregenden Nachmittag.« Er zwinkerte Jessie zu und eilte die Treppe hinauf.

»Das habe ich gesehen«, knurrte Edward. »Sein Glück, dass er sich aus dem Staub gemacht hat.« Grinsend folgte er der Gruppe in den Salon.

In dem im Biedermeierstil ausgestatteten Raum wurden sie von einem jungen Mann in lässiger Jeans und Sakko begrüßt. »Im Namen des Dubliner Teekontors heiße ich Sie herzlich willkommen. Mein Name ist Christopher Nightly. Ich bin Tee-Sommelier und möchte Sie auf eine spannende Reise durch die Welt des Tees mitnehmen. Meine Assistentin Fiona wird Ihnen gern einen Platz zuweisen.« Er deutete auf eine durchgestylte junge Frau im Jumpsuit, die Edward und Jessie zu einem ovalen Tischchen vor dem Fenster führte. Dort saßen sie auf zierlichen Sesseln und tranken Tee aus hauchdünnen Porzellantassen.

Der Tee-Sommelier goss vor ihren Augen diverse Teesorten auf. »Ihnen als Fachleute muss ich sicher nicht erklären, wie wichtig die richtige Wassertemperatur beim Aufguss und die Ziehzeit ist. Berücksichtigen Sie bitte auch den Härtegrad des Wassers. Ich habe auf dem Tisch am Ausgang Infomaterial ausgelegt, das dürfen Sie gern mitnehmen und an Ihre Kunden weiterreichen.«

Zu jeder Teesorte, die er vorstellte, schenkte seine Assistentin Kostproben aus.

»Widmen wir uns jetzt den Grüntees.« Mr Nightly reichte eine Schautafel herum, auf der die verschiedenen Anbaugebiete eingezeichnet waren. »Unter der Marke KEIKO finden Sie ein Sortiment von außergewöhnlichen Spitzentees aus der Region Kagoshima im Süden Japans. Eine Biofarm, die einen neuen Weg eingeschlagen hat.« Er erklärte, dass die Blätter gleich nach der Ernte in einem speziell entwickelten Verfahren gedämpft, gekühlt, gerollt, getrocknet und unter Stickstoffatmosphäre luftdicht verpackt werden. »Sie können sich vorstellen, meine Damen und Herren, dass dadurch die wertvollen Wirkstoffe und das duftig frische Aroma bis zum Genuss erhalten bleiben. Bitte überzeugen Sie sich selbst.«

Er ging von Tisch zu Tisch, goss jedem Gast eine Schale des Grüntees ein. »Schmecken Sie das süßlich-weiche Aroma? Dieser Tee ist eine Kostbarkeit. Eine echte Bereicherung Ihrer Teekarte.«

Jessie schaute auf der bereitliegenden Bestellliste nach dem Preis. Selbst auf die Gefahr hin, dass es ein beachtliches Loch in ihr Budget reißen würde, musste sie zweihundertfünfzig Gramm dieses blumigen Tees ordern.

»Mir hat der China Keemun besonders gut geschmeckt«, flüsterte Edward ihr zu.

Sie tippte auf den Zettel. »Ich habe zwei Kilo davon bestellt. Ein Grund mehr, dass du mich öfter besuchen kommst.«

Am Ende seines Vortrages überreichte der Sommelier jedem Gast ein Probierpaket. »Ich stehe Ihnen gern noch für Fragen und Anregungen zur Verfügung«, sagte er und sammelte die Bestellzettel ein.

Die Teilnehmer tauschten sich in lockerer Runde aus. Die meisten waren Inhaber größerer Teesalons in Dublin, Galway und Cork, wie Jessie erfuhr. Stolz zeigten ihr einige Fotos ihrer Geschäfte.

Nur ein älteres Ehepaar, das aus Kildare angereist war, führte wie Jessie eine kleine Teestube und kam rasch mit ihr und Edward ins Gespräch.

»Übernachten Sie auch im Bantry House?«, fragte die weißhaarige Dame sie. »Wir haben uns ein Zimmer im Gästetrakt gebucht. Für uns ist das Wochenende quasi ein Kurzurlaub.«

Edward stupste Jessie an und deutete mit dem Kopf Richtung Ausgang.

»Es war wirklich nett, mit Ihnen zu plaudern«, entschuldigte sie sich bei dem reizenden Paar. »Aber mein Freund und ich müssen leider schon aufbrechen.«

»Dringende Familienangelegenheiten«, wandte Ed ein.

»Wie schade. Wir hätten uns beim Dinner gern ausführlicher mit Ihnen unterhalten«, sagte der alte Herr augenzwinkernd. »Aber die Familie geht natürlich vor.« Er überreichte ihr eine Visitenkarte. »Wir sollten unbedingt in Kontakt bleiben. Besuchen Sie uns doch einmal in Kildare.«

»Sie sind in Busby auch jederzeit herzlich willkommen. Meine Teestube ist nicht zu verfehlen, gegenüber vom Pub.« Jessie schenkte den beiden ein warmherziges Lächeln und zog Edward mit sich. »Wir verabschieden uns nur rasch von Mr Nightly, und dann nichts wie raus hier«, flüsterte sie ihm zu.

»Vorher muss ich noch zum stillen Örtchen. Dieser Grüntee scheint eine anregende Wirkung auf meine Blase zu haben.« Edward deutete in den Flur.

Eine Viertelstunde später eilten sie Händchen haltend durch den Park. »Im Sommer kommen wir wieder und nehmen uns mehr Zeit«, versprach Ed.

Jessie nickte und dachte an die Gästezimmer im Herrenhaus. In ihrem Hals saß ein dicker Kloß. »Ich brauche unbedingt etwas Festes im Magen nach dem ganzen Tee. Hast du auch Herzstolpern?«

»Ja, aber sicher nicht nur vom Tee.« Er lächelte verträumt. »Du bist unglaublich, Jess. Ich hätte nie gedacht, dass du das mit dem Date ernst meinst. Vor allem nicht, nachdem du mir doch deutlich zu verstehen gegeben hast, dass ich nur ein guter Freund für dich bin.«

»Mein bester Freund, habe ich gesagt. Und das meine ich auch.« Sie riss sich von ihm los und lief die letzten Meter bis zum Parkplatz. Mit klopfendem Herzen lehnte sie sich an den Geländewagen. »Ich hoffe, das bleibst du.« Sie atmete tief durch. »Auch wenn wir uns näher kennengelernt haben.«

»Wie viel näher?« Edward kam auf sie zu, blieb jedoch einen Schritt vor ihr stehen.

Sie streckte die Arme aus und krallte die Finger in seinen Sakkokragen. »Sehr viel näher«, sagte sie leise und zog ihn an sich. Zärtlich knabberte sie an seinen Lippen, küsste ihn leidenschaftlich. Als Edwards Magen laut knurrte, lachte sie heiser. »Ist es weit bis zum Pub?«

Er drückte sie an sich und versenkte die Hände in ihren Haaren. »Mit dem Auto sind es nur fünf Minuten von hier.«

Inzwischen hatte es aufgefrischt. Ein leichter Nieselregen setzte ein. »Machen wir, dass wir ins Warme kommen«, sagte Ed und öffnete ihr die Beifahrertür.

Ma Murphy's Bar lag in einer Nebenstraße des pittoresken Hafenstädtchens Bantry. Im Schaufenster hingen alte Reklameschilder. Ein Plakat wies auf den Auftritt einer bekannten Folkband am nächsten Samstag hin.

»Ich mag diesen Laden, weil er nicht so touristisch aufgemacht ist.« Edward deutete in den Innenhof. »Der Biergarten ist ein Geheimtipp. Die meisten Urlauber verirren sich nicht hierher. Und wenn, dann ist ihnen der Pub oft zu einfach.«

»Ich liebe urige Lokale.« Jessie konnte es kaum erwarten, ins Warme zu kommen. »Ich hoffe, die haben den Kamin angeheizt. Meine Füße sind eiskalt in den dünnen Pumps.« Ungeduldig stürmte sie in den Schankraum. Eine lange Theke, rustikale Holztische und Bänke. Aus dem Hinterzimmer tönte Gelächter. Jemand klimperte auf der Gitarre.

Jessie fühlte sich vom ersten Moment an heimisch. »Du hast nicht übertrieben, Edward. Der Laden ist der Hammer. Diese rauchgeschwärzten Balken an der Decke. Ich mag die urigen Sitzgelegenheiten. Kein Schnickschnack an den Wänden.« Sie winkte dem Wirt hinter dem Tresen zu. »Gemütlich habt ihr es hier.«

Der stämmige Mann grinste breit. »Das will ich wohl meinen. Hockt euch ans Feuer. Ihr seht aus, als könntet ihr ein warmes Plätzchen gebrauchen.«

Edward bestellte zwei Portionen Fish and Chips. »Ich würde gern euer selbst gebrautes Bier probieren, bin aber mit dem Auto da.«

»Ein halber Pint wird dir nicht schaden«, winkte der Wirt ab. »Unser Murphy's Spezial ist nicht so stark wie Guinness.«

»Stimmt«, bestätigte einer der Männer am Tresen. »Da kann man ruhig zwei oder drei von trinken.«

»Für mich bitte nur ein halbes.« Jessie rutschte in die Bank am Kamin und streckte die Beine vor das Feuer.

Edward setzte sich ihr gegenüber. Er griff nach ihrer Hand und verschränkte seine Finger mit ihren. »Mr McLeod möchte, dass ich meine Selbstständigkeit aufgebe«, sagte er mit ernster Miene. »Er bietet mir eine Festanstellung auf dem Gestüt. Ein Gehalt, von dem ich als einfacher Landtierarzt nur träumen kann.«

»Wo ist der Haken?« Jessie strich mit der freien Hand über seine gerunzelte Stirn. »Was geht dir durch den Kopf?«

»Er besteht darauf, dass ich auf dem Gestüt wohne, um jederzeit erreichbar zu sein. Für seine edlen Vollblüter nur das Beste!«, brummelte er.

»Du liebst doch dein Cottage, die eigene Praxis, oder irre ich mich da?« Sie nahm dem Wirt die Pintgläser ab und reichte Edward eins. »Die Farmer brauchen dich. Denk doch nur an die Alpakas. Was sollen Steve und Dan ohne deinen fachlichen Rat machen?«

»Ich müsste nicht mehr bei Wind und Wetter für Notfälle über Land fahren«, dachte er laut nach. »Hätte jeden Monat mein festes Gehalt, statt ellenlang darauf zu warten, dass die Farmer die Rechnungen begleichen.« Er trank einen großen Schluck Bier, schaute gedankenverloren ins Feuer. »Was soll ich machen, Jess? Sag du es mir.«

»Hör auf dein Herz, Edward.« Sie legte eine Hand auf seine Brust. »Und dann stell dir vor, ob du ohne deine kleinen Patienten, die Hunde, Katzen, Meerschweinchen« – sie lachte – »und vor allem ohne verschnarchte Vogelspinnen leben kannst.«

Aus der angrenzenden Küche brachte ihnen ein hagerer junger Mann mit Strickmütze und Fischerhemd das Essen. »Lasst es euch schmecken«, sagte er und grinste Jessie an. »Kannst gern zu mir in die Kombüse kommen, wenn du was Süßes zum Nachtisch möchtest.«

»Ich werde mir dein Angebot durch den Kopf gehen lassen.« Sie beugte sich über den Tisch und küsste Edward.

»Du siehst doch, dass die Kleine versorgt ist, Timothy.« Der Wirt lachte, und die Männer am Tresen stimmten lauthals mit ein.

Jessie fütterte Ed mit Chips. Genüsslich tunkte sie ein Stück Fisch in die Remoulade. »Für dieses Essen lasse ich jedes Galadinner sausen.«

Edward nickte. »Ich denke, ich weiß jetzt, was ich tue«, nuschelte er mit vollem Mund. »Ich werde McLeod absagen. Ich tauge nicht als Angestellter. Dazu liebe ich die Selbstständigkeit zu sehr.«

»Bist du dir wirklich sicher?« Sie wischte sich mit der Papierserviette das Bratfett von den Lippen. »Überschlaf das Angebot besser noch ein, zwei Nächte. Bis wann erwartet McLeod eine Antwort?«

»Bis Ende der Woche.« Edward kniff die Augen zusammen und seufzte. »Vielleicht hast du recht.«

Der Wirt läutete die letzte Runde ein.

»So spät ist es schon.« Jessie gähnte verstohlen. »Ich könnte ewig hier abhängen und mit dir reden.«

Edward zog ihre Hand an seinen Mund und küsste jeden Finger einzeln. »Du«, murmelte er, mehr nicht.

Kurz darauf schlenderten sie Arm in Arm die wenigen Meter zum Wagen. Während der einstündigen Fahrt schwiegen sie. Doch dieses Mal störte Jessie das Schweigen nicht. Sie kuschelte sich an Ed, lauschte den Klängen aus dem Radio und summte leise mit. *Möchtest du noch auf einen Tee mit zu mir?* Diese Frage lag ihr auf der Zunge, doch sie wagte nicht, sie zu stellen. Nicht nach dem ersten Date. So eine war sie nicht. Wenn auch ihr Körper etwas anderes sagte.

Edward schien ihre Gedanken zu lesen. »Wärst du sehr enttäuscht, wenn ich gleich nach Hause fahre?« Er parkte vor der Teestube, legte den Arm um sie und zog sie an sich. »Unser erstes Date. Lass es uns langsam angehen, Jess.«

Kapitel 28

Am Mittwoch hielt sie die Ungewissheit nicht länger aus. Kein Anruf von Edward, nicht mal eine WhatsApp. Sehnte er sich denn nicht nach ihr? Sie träumte seit Samstag jede Nacht von ihm. Der Gedanke an ihren letzten Traum trieb ihr die Hitze ins Gesicht. Ed hatte sie vor dem Kamin geliebt … Seufzend griff sie zum Smartphone und wählte seine Nummer.

Bereits nach dem ersten Klingeln hörte sie seine warme Stimme. »Das nenne ich mal Gedankenübertragung.« Er lachte. »Ich wollte dich in diesem Moment anrufen und fragen, ob du Samstag mit mir in der Bucht spazieren gehst.«

»Das würde ich sehr gern«, entgegnete sie. »Aber leider komme ich nicht vor fünf Uhr aus der Teestube. Pfarrer Donnelly hält sein monatliches Meeting mit den Amtskollegen bei mir ab. Die haben sich zwar schon für eins angemeldet, aber ich weiß nicht, wie lange die Herren tagen.« Sie zögerte einen Moment. »Hast du Lust, heute Abend zum Pizzaessen zu mir zu kommen?«

»Heute Abend?« Edward atmete hörbar ein. »Um sieben könnte ich bei dir sein. Soll ich Rotwein mitbringen?«

»Der passt perfekt zum italienischen Essen«, freute sie sich. Inzwischen kannte sie Ed gut genug, um zu wissen, dass er sehr zurückhaltend beim Alkoholkonsum war, wenn er Auto fuhr. Das konnte nur eins bedeuten. Jessie bekam vor Aufregung feuchte Hände.

»Bis heute Abend, Liebes«, raunte Edward zum Abschied.

Ihr Herz klopfte einen Takt schneller. »Ich kann es kaum

erwarten, dich wiederzusehen«, sagte sie leise und schaute zur Uhr. Ihr blieben genau drei Stunden, um den Hefeteig anzusetzen, den Tomatensugo einzukochen und das Bett frisch zu beziehen. Da sich an diesem verregneten Nachmittag kein Gast mehr in die Teestube verirren würde, hängte sie kurzerhand das Schild mit der Aufschrift »Geschlossen« an die Tür.

»Hast du Lust auf einen Mädelsabend?«, fragte Sheila per WhatsApp an.

»Sorry, ich habe ein Date«, schrieb sie umgehend zurück. »Melde mich morgen bei dir.« Dann stürzte sie sich in die Arbeit. Obwohl ihre Nerven vor Aufregung flatterten, gelang der Hefeteig auf Anhieb. Schon bald köchelte der Tomatensugo auf dem Herd. Ein Hauch von Italien wehte durch die Küche. Jessie sprang unter die Dusche und wusch sich die Haare mit Apfelshampoo. Sie trocknete sich gerade ab, da tönte im Hausflur eine Männerstimme. »Ich komme nur kurz vorbei, um dir das Gutachten zu bringen.«

»Shit!«, fluchte sie leise. Jetzt wartete sie seit Tagen auf Trevor, und wann taucht der bei ihr auf? Ausgerechnet heute! Als hätte er nur darauf gewartet, sie und Edward bei einem Date zu stören. »Moment, bin sofort bei dir«, rief sie durch die geschlossene Badezimmertür. Sie war froh, dass sie die frische Unterwäsche und das Kleid vorsorglich auf den Badewannenrand gelegt hatte. In Rekordzeit zog sie sich an, rubbelte die nassen Haare mit dem Handtuch durch und eilte ins Wohnzimmer.

»Hast du geahnt, dass ich heute komme?« Trevor stand breitbeinig in der Küchentür und schleckte Tomatensoße vom Kochlöffel. »Echt nett von dir, dass du Pizza für mich zauberst.«

Die ist nicht für dich, lag ihr auf der Zunge. Doch schnell besann sie sich. »Sagtest du nicht, du hast es eilig? Der Hefeteig muss noch eine halbe Stunde gehen, bevor ich ihn belegen und in den Ofen schieben kann.«

»Wer ist denn der Glückliche?« Trevor wedelte mit dem Kochlöffel vor ihrer Nase. »Wie süß, du wirst ja ganz rot.«

»Ich habe heiß geduscht«, brummelte sie. »Hast du das Gutachten nun dabei oder nicht?« Langsam war ihre Geduld am Ende. Sie linste verstohlen auf die Wanduhr. In spätestens einer Stunde stand Edward vor der Tür. Nicht auszudenken, wenn er Trevor hier antreffen würde. Sie versuchte, sich ihre Unruhe nicht anmerken zu lassen, schlenderte zum Fenster und schaute auf die Straße. »Es regnet immer noch.«

»Jaja«, brummte Trevor. »Ich bin froh, wenn ich gleich zu Hause unter die heiße Dusche komme. Bei diesem Wetter ist die Arbeit auf der Baustelle alles andere als ein Zuckerschlecken.« Mit einer lässigen Handbewegung beförderte er den Kochlöffel in die Spüle. »Dein Gutachten hat mich am Sonntag volle drei Stunden gekostet.« Er deutete auf das Sideboard, wo ein schmaler Aktenordner lag. »Ich schätze, damit sind wir quitt.«

Sie lächelte ihn dankbar an. »Ich weiß deine Hilfe wirklich zu schätzen.« Jetzt war nicht der richtige Zeitpunkt, ihn auf den Cateringvertrag anzusprechen. Dazu hatte sie weder Zeit noch die nötige Ruhe. »Du sagst mir doch rechtzeitig Bescheid, wann ihr das nächste Meeting in der Teestube abhalten möchtet?«

»Rechne nicht vor nächster Woche mit uns«, sagte er. »Dad ist momentan in Galway, und ich betreue zwei Baustellen gleichzeitig.« Er schnappte sich die Regenjacke vom Küchenstuhl. Im Vorübergehen küsste er sie auf die Wange und fuhr mit den Fingern ihre Hüftlinie nach.

»Nicht, Trevor!« Sie wich zurück und hob abwehrend die Hände.

»Keine Angst, Jessie. Ich komme dir schon nicht zu nahe. Meinen Hunger stille ich woanders.« Er lachte heiser. »Diana ist eine sehr leidenschaftliche Frau. Die weiß einen Mann wie mich zu schätzen.«

Seine anzügliche Bemerkung ließ sie erstaunlich kalt. Sie setzte ihr Pokerface auf und klopfte ihm kumpelhaft auf die Schulter. »Das freut mich für dich, Trevor. Dann läuten bei euch sicher bald die Hochzeitsglocken.«

»Lass das bloß nicht meine Ma hören. Die bestellt sofort den Wedding Planner.« Er rollte mit den Augen. »Amüsier dich gut mit dem Tierdoc«, rief er und hetzte wie von einem wilden Schafbock gejagt die Treppe hinunter.

»Worauf du dich verlassen kannst«, murmelte sie und atmete auf, als die Haustür ins Schloss fiel. Das war gerade noch einmal gut gegangen. Höchste Zeit, die Pizza in den Ofen zu schieben.

Kurz nach sieben lief sie vor dem Fenster auf und ab und schaute auf die Straße. Edward hatte versprochen, anzurufen, falls er sich wegen eines Notfalls verspäten würde. Zum wiederholten Mal kontrollierte sie das Smartphone. Keine WhatsApp, keine Sprachnachricht.

Um halb acht holte sie die Pizza aus dem Ofen und deckte sie mit Alufolie ab. Getrieben von einer inneren Unruhe rief sie Edward an. »Für Notfälle wenden Sie sich bitte an meinen Kollegen in Sneem. Ich bin morgen ab acht Uhr wieder erreichbar«, teilte ihr die Sprachbox mit. Sicher war er bereits auf dem Weg zu ihr. Sie wartete zehn quälend lange Minuten, tigerte durch die Wohnung. Was, wenn er die Abkürzung durch die Felder genommen hatte? Vor ihrem inneren Auge lief ein Horrorfilm ab. Edward, der wie ein Besessener über den Acker raste. Ein Unfall! Sie schnappte nach Luft, die Angst krallte sich in ihren Nacken. Keine Sekunde länger hielt es sie in der Wohnung. Jessie stolperte zur Garderobe, riss den Parka vom Haken und rannte aus dem Haus.

»Kann mich einer von euch zu Edward fahren?«, brüllte sie panisch beim Betreten des Pubs.

»Brennt sein Cottage, oder ist er vom Pferd gebissen worden?«, witzelte Tommy Burke.

»Spar dir die blöden Kommentare!«, herrschte Fergus ihn an. »Nimm unseren alten Kombi«, wandte er sich an Jessie und warf ihr den Wagenschlüssel zu.

Sie riss entsetzt die Augen auf. »Ich soll selbst fahren?« Seit Jahren hatte sie nicht mehr hinter dem Steuer gesessen. Wie auch, ohne eigenes Auto? Die wenigen Male, die Claire oder Kathy ihr den Wagen geliehen hatten, konnte sie an einer Hand abzählen. Aber um Ed zu retten, würde sie sich sogar hinter das Steuer eines Sattelschleppers klemmen. »Beschwer dich hinterher nicht, wenn eine Beule dran ist.«

»Auf eine mehr oder weniger kommt es jetzt auch nicht mehr an.« Schmunzelnd winkte er ab. »Fahr nicht schneller, als ein Leprechaun flöten kann. Es reicht, wenn du uns die Karre bis morgen Mittag zurückbringst.«

Pfarrer Donnelly, der am Tresen lehnte, zwinkerte ihr aufmunternd zu. »Ich werde da oben ein gutes Wort für dich einlegen.«

»Ja, bitte«, stöhnte sie und stolperte aus der Schankstube. Wenigstens stand der Kombi in Fahrtrichtung in der Einfahrt. Das ersparte ihr das lästige Rückwärtsfahren. Mit vor Aufregung steifen Fingern fummelte sie den Zündschlüssel ins Schloss, legte den ersten Gang ein und fuhr im Schneckentempo auf die Hauptstraße. »Du schaffst das, Jess«, murmelte sie, schaltete mutig in den zweiten und gleich darauf in den dritten Gang. Als der Traktor der Bartons ihr entgegenkam, klammerte sie sich an das Lenkrad und hielt die Luft an. Warum war diese Straße so verdammt schmal? Und warum wohnte Edward so weit draußen?

Die zwei Meilen bis zu seinem Cottage erschienen ihr wie eine Reise zum Mond. Alle paar Meter hielt sie an, suchte die Felder nach dem Geländewagen ab. Schließlich bog sie auf die Zufahrt zu Eds Tierarztpraxis ab. Sie fluchte, als sie die tiefen Fahrrinnen der Baufahrzeuge auf der unbefestigten Fahrbahn sah. Die letzten hundert Meter bis zu Edwards Grundstück schlingerte der Kombi im ersten Gang durch den Matsch.

Genervt parkte sie ein ganzes Stück vor dem Cottage, sprang aus dem Wagen und landete prompt in einer Pfütze. Das schlammige Wasser spritzte an ihren Waden hoch, doch es war ihr egal. Sie hatte den Kombi unfallfrei hierhergebracht. Notfalls würde sie die letzten Meter bis zum Haus schwimmen. Sein Geländewagen stand neben dem Schuppen. Vor Erleichterung stöhnte sie laut.

»Edward? Bist du da?« Sie hämmerte mit den Fäusten an die Haustür, presste die Nase ans Wohnzimmerfenster. Das Feuer im Kamin warf flackernde Schatten an die Wand. In der Leseecke verbreitete die Stehlampe ein warmes Licht. Sie sah das aufgeklappte Buch im Sessel. Edward musste zu Hause sein. Warum reagierte er nicht? Sie rannte zum Eingang der Praxis und drückte so lange auf den Klingelknopf, bis ihr Finger schmerzte.

Da hörte sie, wie ein Riegel zurückgeschoben wurde. »Was gibt's?«, knurrte Edward. »Notfalldienst hat heute mein Kollege.« Sein mürrisches Gesicht tauchte im Türspalt auf. »Was willst du hier?«

»Na endlich«, stöhnte sie, quetschte sich durch den Spalt

und stürmte an Edward vorbei in die Praxis. »Ich mache mir gleich in die Hose.« In letzter Minute erreichte sie das kleine Gäste-WC im Flur. Sie erleichterte sich, ordnete vor dem Spiegel die zerzausten Haare und ihre Gedanken. Hatte er sie allen Ernstes gefragt, warum sie hier war? Oder hatte sie sich verhört? Vorsichtig öffnete sie die Klotür und linste um die Ecke.

Edward stand mit dem Rücken zu ihr vor dem Flurfenster und starrte in die Dunkelheit. »Hat er dich gebracht? Wartet er in sicherer Entfernung in seiner Luxuskarre auf dich?« Seine scharfe Stimme zerschnitt die Stille. »Ihr hättet euch den Weg sparen können.«

Nach Halt suchend, drückte sie den Rücken an die kalte Wand. Sie schluckte schwer an seinen Worten. Doch dann traf sie ein Schulterblick aus seinen geröteten Augen. Ed hatte geweint, ihretwegen? Langsam, unendlich langsam löste sie sich von der Wand. Mit ausgestrecktem Arm deutete sie in die Nacht. »Geh raus und überzeug dich selbst. Das ist der alte Kombi von Fergus. Da wartet niemand auf mich.« Sie rang um Atem. »Was ist los, Ed?«

»Was soll schon los sein? Dasselbe Spiel wie immer. Ich verliebe mich in eine Frau, sie spielt eine Weile mit mir, doch sobald ein jüngerer, attraktiverer Kerl auftaucht, bin ich abgemeldet.« Er wirbelte herum und funkelte sie an. »Fahr zurück zu deinem Rosenkavalier.« Mit der Faust schlug er sich an die Stirn. »Ach nein, diesmal lagen ja Orchideen auf der Rückbank. Wie konnte ich das nur vergessen?« Seine Augen verfinsterten sich. »Du wartest schon so lange auf ihn, hat er gesagt. Und dann sein arrogantes Grinsen.«

Ihr war sofort klar, von wem Edward redete. »Natürlich habe ich auf Trevor gewartet«, zischte sie wütend. »Weil ich das Baugutachten für die Steuerbehörde von ihm brauche.«

Fassungslos schüttelte sie den Kopf. »Glaubst du allen Ernstes, ich lade dich zum Pizzaessen in meine Wohnung ein, wenn ich vorhabe, mit Trevor ins Bett zu steigen?« Jessie stemmte die Fäuste in die Hüften und blaffte Edward an: »Du … du …« Sie kämpfte mit den Tränen, stürzte in die Praxis. »Verdammter Kerl!«, japste sie und floh in die Kälte der Nacht.

Mit zwei Schritten war er bei ihr, fasste sie an den Schultern und riss sie an seine Brust. »Ich bin so ein Idiot. Bitte verzeih mir.«

Ehe sie wusste, wie ihr geschah, schlang er die Arme um sie und hob sie hoch. »Was soll das?«, murrte sie.

»Wonach sieht es denn aus?« Grinsend trug er sie ins Haus.

»Lass mich sofort wieder runter.« Sie trommelte mit den Fäusten gegen seine Brust.

»Nicht, bevor wir uns anständig versöhnt haben.« Ed versetzte der Eingangstür von innen einen Fußtritt, dass sie ins Schloss knallte. »Schieb den Riegel vor«, befahl er.

»Mistkerl«, zischte sie und biss ihn ins Ohrläppchen. »Bilde dir nicht ein, dass ich dir so schnell vergebe.«

»Wer redet denn von schnell?« Edward schleppte sie durch die dunkle Praxis ins Wohnzimmer. Behutsam legte er sie auf dem Sofa ab. »Wir haben die ganze Nacht Zeit.«

Ihr letzter Widerstand schmolz dahin, als er sich über sie beugte und ihr zärtlich eine Strähne aus dem Gesicht strich.

»Ich träume von dir … Seit Samstag jede Nacht«, hörte sie sich sagen. »Ein flackernder Kamin kam auch in meinem Traum vor.« Sie streckte eine Hand nach ihm aus.

»So?« Edward schaute in die Flammen und lächelte. »Dann sollte ich wohl besser Torf nachlegen, damit uns das Feuer nicht ausgeht.«

»Später, Ed.« Sie streckte die Hände nach ihm aus, und als er sich erneut über sie beugte, zog sie ihn auf sich. »Vorher möchte ich eine ausführliche Entschuldigung.« Längst führte ihre Lust Regie. Sie nestelte an seinem Wollhemd, streichelte begehrlich seinen entblößten Rücken.

Doch Ed hielt ihre Hände fest und drückte sie neben ihrem Kopf in die Kissen. »Verzeihst du mir, Jessie?« Er küsste ihre Wangen, ihre Nase, das Kinn.

Sie wand sich unter ihm, drängte ihren Unterleib an seinen. »Hast du auch stärkere Argumente?«

Sein Atem ging schneller. Eilig gab er ihre Hände frei. »Zieh mich aus, Jess, dann zeige ich dir, wie stark meine Argumente sind.«

Kapitel 29

Später, sehr viel später, saßen sie eng umschlungen vor dem Kamin. »Entsprach das in etwa deinem Traum?« Ed nahm die Wolldecke vom Sofa und legte sie Jessie fürsorglich um die Schultern.

»Ich erinnere mich nicht mehr genau.« Seufzend bettete sie den Kopf in seinen Schoß, kitzelte seinen Bauchnabel mit der Zungenspitze. »Zum besseren Vergleich könnten wir vielleicht noch einmal …?«

»Gnade, mein Schatz. Gönn mir wenigstens eine kurze Verschnaufpause.« Er kraulte ihren Nacken so hingebungsvoll, dass sie am liebsten wie eine Katze geschnurrt hätte. »Nicht aufhören«, bat sie.

»Ich könnte eine kleine Stärkung gebrauchen. Hast du keinen Hunger?« Langsam löste er seine Finger von ihren Schultern.

Jessie setzte sich auf und stupste ihn grinsend an die Nase. »Pizza wäre jetzt nicht schlecht. Aber leider …« Sie verdrehte die Augen und stöhnte theatralisch.

»Erinnere mich bloß nicht daran. Ich war so ein Esel.« Ed schniefte und verbarg das Gesicht in ihren Haaren.

»Hast du wenigstens an Rotwein gedacht?« Jessie wuschelte durch seine kurzen Locken und schob ihn ein Stück von sich. »Oder hast du den vor lauter Frust in den Abfluss gekippt?«

»Der liegt noch auf der Rückbank im Wagen«, brummelte Edward. »Ist inzwischen sicher eiskalt.«

»Dann trinken wir ihn ein anderes Mal.« Sie krabbelte

von dem Kissenberg, auf dem sie gelegen hatten, und tippelte auf Zehenspitzen zum flauschigen Teppich vor der Bücherwand. »Notfalls tut es auch Tee.« Fröstelnd wickelte sie die Wolldecke wie einen Sari um ihren nackten Körper und verknotete sie vor der Brust. »Leihst du mir ein Paar Wollsocken? Barfuß möchte ich ungern in deiner Küche stehen.«

Mit einem Satz sprang Ed auf und kam zu ihr. »Du kuschelst dich jetzt oben in mein Bett. Ich bringe gleich einen kleinen Mitternachtsimbiss hoch.«

Jessie unterdrückte ein Gähnen. »Das klingt äußerst verlockend. Falls ich einschlafe, musst du mich unbedingt wecken.« Sie löste den Knoten ihres Saris und ließ ihn an sich hinuntergleiten. »Ich würde den Nachtisch ungern versäumen.«

Eds Blick wanderte begehrlich über ihren nackten Körper. »Husch, husch, unter die warme Bettdecke, bevor ich auf der Stelle wieder schwach werde.« Grinsend schaute er an sich herunter.

Sie bückte sich aufreizend langsam nach der Decke, wickelte sich wieder darin ein. »Lass mich nicht zu lange warten. Ich bin total ausgehungert«, raunte sie.

»Wie könnte ich?«, stöhnte Ed und eilte liebestrunken in die Küche.

Jessie tapste barfuß die steile Holzstiege hinauf. Die Tür zum Schlafzimmer stand offen. Kaum lag sie in dem breiten französischen Bett, fielen ihr die Augen zu. Sie kuschelte sich in die bauschigen Kissen, rekelte sich wohlig. Sie schwebte auf einer Wolke von Glücksgefühlen, seufzte selig und träumte von einer Hand, die ihr über die Wange strich.

»Jessie, Liebes. Iss eine Kleinigkeit, bevor du ins Schlummerland entschwebst«, tönte Edwards Stimme an ihrem Ohr.

Ein verführerischer Duft stieg ihr in die Nase. »Sind das Würstchen und Eier?« Auf einen Schlag war sie hellwach und setzte sich auf.

»Ein Ersatz für deine Pizza ist das nicht, aber etwas anderes habe ich nicht im Haus.« Ed stellte das Tablett auf dem Nachttisch ab und rutschte neben sie unter die Decke. »Es ist serviert.« Mit einer einladenden Geste deutete er auf einen üppig gefüllten Teller, auf dem Lammwürstchen, gebratene Pilze und Rührei liebevoll angerichtet waren. »Greif zu, Jess.« Lächelnd reichte er ihr eine Gabel. »Ich habe nur eine mitgebracht. Du kannst mich gern füttern.«

»Das ist das Mindeste, was ich tun kann, nachdem du in der Küche geschuftet hast.« Jessie biss ein Stück Lammwurst ab und schob ihm die andere Hälfte in den Mund. »Hoffentlich falle ich nach dem üppigen Mitternachtsimbiss nicht ins Koma.«

»Vorsichtshalber stelle ich den Wecker«, nuschelte Edward und linste auf ihre nackten Brüste. »Wenn ich nicht so müde wäre …«

»Sex vor dem Frühstück hat auch seinen Reiz.« Jessie wischte den Rest Rührei mit einem Stück Weißbrot vom Teller und schob es Ed in den Mund. Mit der Zunge fuhr sie sich über die Zähne. »Du hast nicht zufällig eine Zahnbürste für mich? Nur für den Fall, dass mir gleich ein heißer Typ noch einen Gute-Nacht-Kuss geben möchte.«

»Der kommt mir nicht ins Schlafzimmer«, knurrte Edward. »Die zweite Tür links ist das Bad. Im Spiegelschrank müsste ich noch eine Ersatzzahnbürste haben.« Er runzelte die Stirn und schaute mit sorgenvoller Miene zum Fenster. »Das rauscht, als ob Sturzbäche vom Himmel fallen. Hoffentlich hört das bald auf.«

»Ich mag den Regen.« Jessie tapste zur Tür. »Fergus'

Kombi kann nach der Schlammfahrt eine Wäsche gebrauchen.«

»Notfalls schleppe ich dich bis zur Hauptstraße ab«, murmelte Edward und schwang die Beine aus dem Bett. Er flitzte an ihr vorbei in den Flur. »Gib mir zwei Minuten im Bad.« Schon war er verschwunden.

Sie schaute ihm verwundert nach. Wieso wollte er sie abschleppen? Und überhaupt, was kümmerte ihn der Regen? Er stand doch sonst bei Wind und Wetter auf den Weiden.

Nachdenklich schlich sie zum Fenster und starrte in die Dunkelheit. Anders als im Dorf erhellte hier keine Straßenlaterne die finstere Nacht. Nur schemenhaft erkannte sie Bäume und Sträucher. Weit draußen flackerten winzige orangene Lichter. Das mussten die Warnleuchten der Baustelle sein. Und gleich dahinter – waren das die Bauhütten oder Felsen? Für sie sahen sie aus wie zusammengekauerte Riesen.

Erschreckt zuckte sie zurück, als ein Vogel gegen die Scheibe klatschte und reglos auf der Fensterbank liegen blieb. »Oh nein, du Armer!« Sie hatte die Hand schon am Fenstergriff, um die Feldlerche in Sicherheit zu bringen, da rappelte sich der kleine Kerl wieder auf. Er schüttelte sein Gefieder, dann verkroch er sich in die hinterste Ecke, wo das überstehende Dach ihm Schutz bot. Erleichtert atmete sie auf.

Der Wind ebbte ab, jedoch nur, um seine Kräfte zu bündeln. Denn gleich darauf brauste er gewaltig in den Bäumen, klapperte mit den Dachschindeln und rüttelte an den Fenstern. »Ed, Ed!«, schrie sie und fiel ihm in die Arme, sobald er ins Schlafzimmer stürzte. »Da draußen tobt ein Sturm. Mein Gott! Fergus' Wagen!«

»Beruhige dich, Liebes. Das hört sich auf dem freien Land

schlimmer an als im Dorf.« Sanft strich er ihr über den Rücken und drückte sie an sich. »Bei mir bist du sicher. Das alte Cottage hat schon manches Unwetter überstanden.«

»Was ist, wenn ein Ast auf den Kombi knallt?« Vor Aufregung bekam sie Schluckauf. »Ich habe ihn direkt neben der alten Buche geparkt«, japste sie zwischen zwei Hicksern.

»Jetzt da rauszugehen und ihn umzuparken, wäre heller Wahnsinn.« Edward schien ihre Gedanken zu lesen. »Das Auto kann man reparieren, wenn es sein muss, auch ersetzen. Aber wenn dir etwas passiert …« Wie um sie zu beschützen, drückte er sie fester an sich. »Wir schauen morgen früh nach dem Wagen. Das wird schon gut gehen.«

»Wenn du das sagst«, murmelte sie. Mit hängenden Schultern schlich sie ins Bad, um sich die Zähne zu putzen. Als sie zurückkam, lag Edward ausgestreckt auf dem Bauch. Sein Atem ging gleichmäßig, er lächelte im Schlaf. Jessie quetschte sich neben ihn unter die Decke. »Mach mir etwas Platz«, bat sie.

»Liebes«, murmelte er, drehte sich auf die Seite und nahm sie in den Arm.

Den Kopf an Edwards breite Brust geschmiegt, lauschte sie eine Weile dem heulenden Wind. Das gleichförmige Rauschen des Regens lullte sie ein.

Sie wusste nicht, wie lange sie geschlafen hatte. Als neben ihrem Kopf ein Hund bellte, rollte sie sich instinktiv zur Seite. Wenn Edward sie nicht im letzten Moment festgehalten hätte, wäre sie auf dem Bettvorleger gelandet. »Wo ist das Vieh?«

Der Hund kläffte immer aufgeregter.

»Schmeiß ihn sofort aus dem Schlafzimmer«, maulte sie und hielt sich die Ohren zu.

Ed hangelte über sie hinweg nach seinem Handy, das auf dem Boden lag, und machte dem Kläffen mit einem Fingerwisch den Garaus. »Sorry, das war mein Wecker. Ist eine Marotte von mir. Letzte Woche hatte ich einen krähenden Hahn. Vom Miauen einer Katze werde ich nicht wach.« Er beugte sich über sie und küsste sie zärtlich auf den Mund. »Guten Morgen, meine Schöne. Hast du wenigstens ein paar Stunden geschlafen?«

»Ich denke schon.« Jessie schmiegte sich an ihn und kraulte sein dichtes Brusthaar. »Am liebsten würde ich heute den ganzen Tag mit dir im Bett bleiben.« Sie runzelte die Stirn, seufzte. »Aber leider wartet die Backstube auf mich. Mrs Winter hat sich für den Nachmittag mit ihren Bridge-Damen angekündigt. Die möchten unbedingt frische Scones.«

Edward schleckte sich über die Lippen. »Die hätte ich auch gern. Hebst du mir einen auf?«

»Heißt das, du kommst heute Abend zu mir?« Sie hatte nicht gewagt, ihn das zu fragen. Ihre Beziehung, wenn man nach einem Date und einer heißen Liebesnacht überhaupt schon von Beziehung reden durfte, war noch so frisch. Alles fühlte sich neu und aufregend an. Vielleicht brauchte er zwischen den Dates Freiraum.

»Nur, wenn du mich so schnell wiedersehen willst. Ich hätte Verständnis, wenn du erst mal Zeit für dich brauchst.« Edward kletterte über sie aus dem Bett und lief zur Tür. »Ich hüpfe rasch unter die Dusche, dann bereite ich uns ein kleines Frühstück. Tee und Toast. Für mehr reicht die Zeit leider nicht.«

»Warte, ich komme mit.« Sie warf die Bettdecke beiseite und eilte ihm nach. »Ich wüsste eine Lösung für unser Zeitproblem. Wir duschen gemeinsam«, teilte sie ihm augenzwinkernd mit und klopfte ihm im Vorbeilaufen auf den Po.

»Na warte«, schnaubte er. »Das war sexuelle Belästigung. Die zieht Folgen nach sich.«

»Das hoffe ich doch.« Jessie stürmte vor ihm ins Bad und schlüpfte hinter den Duschvorhang. »Ist ganz schön eng unter der Dachschräge«, stellte sie kichernd fest, als Ed sich zu ihr in die kleine Duschkabine zwängte. Und dann sagte sie nichts mehr, genoss das heiße Wasser auf ihrer Haut und Edwards nicht minder heiße Hände auf ihrem Körper.

Sie trockneten sich gegenseitig ab. Ed föhnte ihr mit einem vorsintflutlichen Gerät die Haare. »Gut, dass ich das Schätzchen nicht entsorgt habe. Der Föhn ist noch von meiner Ma«, versuchte er sich lautstark gegen das Brummen Gehör zu verschaffen. »Jetzt ist es auch für das kleine Frühstück zu spät. Sorry. In zehn Minuten beginnt meine Sprechstunde.«

Jessie linste durch das Dachfenster über die Felder. »Sieht doch ganz gut aus da draußen. Der Kombi scheint nichts abbekommen zu haben. Alle Äste sind noch am Baum.«

Nackt, wie sie war, rannte sie die knarzende Holztreppe hinunter ins Wohnzimmer und sammelte ihre und Eds im Zimmer verstreuten Kleidungsstücke ein. Ihr BH baumelte wie eine Jagdtrophäe neben seinen Boxershorts über der Stehlampe. Das rote Wollkleid versteckte sich unter seiner Jeans. Was für eine in jeder Hinsicht stürmische Nacht! Mit wenigen Handgriffen stellte sie die gewohnte Ordnung im Zimmer wieder her und zog sich an.

»Och, schade. Mir haben die Kissen vor dem Kamin ganz gut gefallen.« Edward tauchte im Türrahmen auf. Er trug seine übliche Breitcordhose und ein kariertes Wollhemd. Grinsend zupfte er an den zu weiten Hosenbeinen. »Ist nicht sehr sexy, ich weiß«, erklärte er schulterzuckend. »Aber total bequem für die Arbeit im Stall. Und meine vierbeinigen Patienten mögen den weichen Stoff. Erst gestern ist mir eine Siamkatze auf dem Schoß eingeschlafen, und das, obwohl ich ihr einen Dorn aus der Pfote ziehen musste.«

Jessie lachte. »Ich stelle mir gerade vor, wie die Alpakas an dem flauschigen Stoff knabbern.« Sie schlang die Arme um ihn, küsste ihn leidenschaftlich. »Bye, mein Pferdeflüsterer. Bis heute Abend«, verabschiedete sie sich und eilte zur Haustür. »Bleib drin und kümmere dich um deine Patienten«, hinderte sie ihn daran, ihr nachzulaufen.

Sie lehnte sich einen Moment an die Hauswand, blinzelte in den wolkenlosen Himmel und strahlte mit der Sonne um die Wette. Nichts und niemand würde ihr dieses Hochgefühl heute verderben. Pfeifend übersprang sie eine Pfütze, stapfte durch das feuchte Gras und kämpfte sich die letzten Meter zum Wagen durch den Schlamm. »Dem Leprechaun sei Dank«, jubelte sie, nachdem sie den Kombi einer eingehenden Inspektion unterzogen hatte. Nicht die kleinste Schramme. Er sah trotz dieser Sturmnacht erstaunlich sauber aus. Sogar die Schlammspritzer an den Türen waren wie nach einer gründlichen Wagenwäsche verschwunden. Die Heimfahrt würde ein Klacks, da war sie sich sicher. Zumal sie den Hinweg so gut gemeistert hatte.

Jessie rutschte hinter das Steuer, steckte den Zündschlüssel ins Schloss und legte den ersten Gang ein. »Nicht zu viel Gas geben«, ermahnte sie sich. Die Räder drehten durch, der Motor jaulte auf. »Noch mal mit Gefühl.« Sie versicherte sich im Rückspiegel, dass Edward ihr nicht doch noch gefolgt war. Sie wollte und musste das jetzt allein bewerkstelligen!

Schweißperlen traten ihr auf die Stirn. Sie wagte einen neuen Versuch. Schlamm spritzte auf. Immerhin drehten die Räder nicht mehr durch. Erneut gab sie vorsichtig Gas, biss sich vor Anspannung auf die Unterlippe. Da rutschte der schwere Kombi endlich aus dem Schlammloch und schlingerte in die ausgewaschene Fahrspur. Sie wagte nicht, höher zu schalten, starrte stur vor sich.

Meter für Meter manövrierte sie den schlingernden Wagen bis zur Landstraße. Doch dort sah es nicht besser aus. Eine breite Spur von Ackerboden und Geröll bedeckte die asphaltierte Fahrbahn. Sie wich einem Ast aus, umkurvte im letzten Moment einen Felsbrocken. Wie mochte der Sturm erst in der Bucht gewütet haben? Hoffentlich hatte Angus sein Boot rechtzeitig an Land gezogen, schoss ihr durch den Kopf.

Sie öffnete das Wagenfenster ein Stück und schnappte nach Luft. Nur noch wenige Hundert Meter bis zur Ortseinfahrt. Gleich hatte sie es geschafft. Da hörte sie die Kirchenglocke von Busby. Schnelle, laute Schläge! Ihre Nackenhaare stellten sich auf. Pfarrer Donnelly läutete Alarm. Wie ein dunkler Schatten legte sich die Angst über ihre Glücksgefühle. Im Dorf musste etwas Schreckliches passiert sein.

Kapitel 30

Schon von Weitem sah sie das rot-weiße Absperrband. Ein Polizist stand vor der Ortseinfahrt und leitete den Verkehr um. Jessie parkte am Straßenrand und lief zu ihm. »Ich wohne in der Hauptstraße. Lassen Sie mich bitte durch?« Sie schwitzte und fror abwechselnd. »Was ist passiert? Gibt es Verletzte im Ort?« Ein Katastrophenszenario nach dem anderen spielte sich in ihrem Kopf ab.

»Das Gott sei Dank nicht. Nur Sachschäden«, beruhigte sie der junge Mann. »Quer über die Fahrbahn liegt ein umgestürzter Baum. Die Feuerwehr ist gerade dabei, sie zu räumen. Solange bleibt die Hauptstraße für den Verkehr gesperrt.«

Jessie, die ihn vor Erleichterung am liebsten umarmt hätte, schenkte ihm ein warmherziges Lächeln. »Kann ich den Wagen hier stehen lassen und wenigstens zu Fuß ins Dorf? Ich muss nach meinem Haus sehen.« Sie trat von einem Bein auf das andere, versuchte, einen Blick in die Straße zu erhaschen, doch ein Feuerwehrfahrzeug versperrte ihr die Sicht.

Der Polizist nickte. »In Ordnung, Miss. Aber halten Sie Abstand zu den Hausdächern. Der Sturm hat einige Dachziegel gelockert.« Er hob das Absperrband ein Stück an.

Eilig schlüpfte sie darunter durch und rannte die letzten Meter bis zum Ortseingang. Der ohrenbetäubende Lärm einer Motorsäge zerrte an ihren ohnehin angespannten Nerven.

»Oh nein!«, stöhnte sie, als sie sah, wie zwei Feuerwehrmänner der alten Dorf-Eiche mit einer Kettensäge zu Leibe rückten. Sie war der Mittelpunkt von Busby. Unter ihr hatte sie ihren ersten Kuss bekommen, hatte manches Mal Schutz vor dem Regen gesucht, wenn sie auf den Bus wartete. Der Sturm hatte den alten Baum entwurzelt. Mit seiner breiten Krone klammerte er sich an eine Laterne.

Jessie kletterte über einen Ast, zwängte sich am Gartenzaun vorbei und lief weiter zu ihrer Teestube. Im Vorbeigehen stellte sie eine umgestürzte Mülltonne auf und schob sie an die Hauswand. Vorsichtig linste sie an ihrem Haus empor und suchte das Dach nach möglichen Sturmschäden ab. So weit sie das von hier unten überblicken konnte, lagen alle Ziegel an ihrem Platz. Auch der gegenüberliegende Pub schien den Sturm heil überstanden zu haben.

Jessie hetzte mit klopfendem Herzen in ihren Garten und atmete erleichtert auf, als sie den Apfelbaum unbeschadet fand. Er hatte lediglich zwei Äste verloren, die im Rhododendron steckten. Die Holztür des Geräteschuppens hing aus den Angeln. Das Wellblechdach war an einer Stelle hochgebogen. Da hatte sie noch einmal Glück gehabt. Nicht auszudenken, welchen Schaden ein herumfliegendes Dach angerichtet hätte. Sie würde das Blech später zurechtbiegen. Zuerst musste sie im Haus nach dem Rechten sehen.

Ihr fiel auf, dass außer den Feuerwehrmännern niemand auf der Straße war. Wo steckten denn alle? Sie stöhnte laut auf. Ja, natürlich! Dass ihr das nicht gleich eingefallen war. Wenn die Glocken Alarm läuteten, sollten sich die Dorfbewohner umgehend in der Kirche einfinden. Das lernten schon die Kleinen im Kindergarten. Da es bisher aber nie zu einem Notfall gekommen war, hatte sie diese Anweisung glatt vergessen. Sie konnte die Freunde jetzt nicht im Stich lassen. Vielleicht brauchte jemand ihre Hilfe.

Jessie zog das Gartentor hinter sich zu und eilte zur Kirche. Auf dem Platz davor parkten einige Traktoren und Pkws. Offenbar hatten die Leute die Schleichwege durch die Felder genommen. Anders konnte sie sich diesen Andrang nicht erklären. Sie schlängelte sich zwischen den Fahrzeugen hindurch, kletterte über am Boden liegende Fahrräder. Zwei Stufen auf einmal nehmend, eilte sie die Eingangstreppe hoch und stürmte in das Gotteshaus.

Dicht gedrängt standen die Menschen im Kirchenschiff. Es roch nach Stall und feuchter Kleidung. Jessie entdeckte Lena und Kathy mit den Näherinnen vorn am Altar. Lou saß in der vordersten Bank und redete leise mit Nora. Frauen mit Kittelschürzen und Kopftüchern, Farmer in Overalls und Gummistiefeln. Alle hatten sie ihre Arbeit stehen und liegen gelassen. Selbst der Dorfarzt Jack war dem Ruf der Glocke gefolgt und saß, den Notfallkoffer neben sich, auf der Treppe zur Empore. Pfarrer Donnelly stand wie ein Fels in der Brandung mit in die Hüften gestemmten Fäusten auf der Kanzel. In seiner zerschlissenen Jeans und dem fadenscheinigen Seemannspullover entsprach er eher dem Bild eines Bauarbeiters als dem eines Mannes der Kirche.

Jessie bahnte sich einen Weg zwischen den Farmern zu Claire und Fergus. »Ist bei euch alles okay?«

Die beiden nickten und bedeuteten ihr, leise zu sein.

»Danke, dass ihr alle so schnell gekommen seid.« Donnelly wischte sich mit einem Stofftaschentuch den Schweiß aus dem Nacken. »Ich hätte nie gedacht, dass ich während meiner Amtszeit einmal die Alarmglocke läuten muss.«

»Komm endlich zur Sache, Pfarrer«, unterbrach ihn der alte Barton aus der letzten Reihe. »Du musst schon einen verdammt guten Grund haben, dass du uns von der Arbeit holst, sonst bin ich schneller wieder weg, als du Amen sagen kannst.«

Donnelly räusperte sich. Dann hob er die Hand und schaute mit sorgenvoller Miene in die Runde. »Heute Nacht ist der Bach hinter dem Kindergarten über die Ufer getreten.«

»Und deshalb holst du uns aus dem Stall?«, knurrte ein Farmer. »Mein Kartoffelacker steht auch unter Wasser.«

»Von meinem Schweinestall hat es das halbe Dach weggerissen«, meldete sich sein Nachbar.

»Lass den Pfarrer ausreden«, herrschte Fergus ihn an. »Wir alle haben kleinere oder größere Sturmschäden zu beklagen. Aber das, was Donnelly euch zu sagen hat, geht das ganze Dorf an. Wenn es nur um den Schaugarten und den Spielplatz ginge, würde er wohl kaum die Alarmglocke läuten.«

»So ist es.« Donnelly nickte ihm dankbar zu. »Das Wasser ist in den Kindergarten eingedrungen und steht knietief in der unteren Etage.« Er atmete durch, bekreuzigte sich. »Dem Herrn sei Dank, dass die Kleinen gerade zum Morgengebet bei mir in der Kirche waren.«

»Wo sind die Kinder denn jetzt?«, schrie aufgebracht eine junge Frau.

»Keine Sorge, meine Liebe.« Donnelly kletterte von der Kanzel. Die Hände auf dem Rücken verschränkt, marschierte er vor dem Altar auf und ab. »Für die Kleinen ist bestens gesorgt. Die Erzieherinnen haben sie in den Gemeindesaal gebracht. Dort werden sie auch die nächsten Tage betreut.«

Unruhe kam auf. Die Leute redeten wild durcheinander. Zwei Farmerssöhne schickten sich an, die Kirche zu verlassen.

»Ruhe!«, schrie Fischer Angus und bahnte sich einen Weg aus der letzten Bankreihe zum Altar. »Wie können wir dir am besten helfen, Donnelly?« Er trat neben seinen Freund, legte ihm eine Hand auf die Schulter. »Ich schlage vor, sobald die Feuerwehr das Wasser abgepumpt hat, schleppen wir das Mobiliar und die gesamte Ausstattung vom Kindergarten in die Turnhalle der Schule. Danach reinigen wir die Räume von Schlamm und Schmutz. Wer wird nicht auf seinem Hof gebraucht, kann mit anpacken?«

Sofort gingen zahlreiche Hände hoch. Donnelly teilte die Freiwilligen ein. »Die anderen können wieder an ihre Arbeit. Ich danke euch, dass ihr alles stehen und liegen gelassen habt und auf dem direkten Weg in die Kirche gekommen seid. Ich bin stolz, dass unser Dorf so eine starke Gemeinschaft hat.«

Jessie trat vor und nickte ihm zu. »Ich koche Tee für die Helfer«, bot sie an. »Sandwiches und Muffins bringe ich auch mit. Anschließend helfe ich, die verschmutzten Möbel und Spielsachen zu reinigen.«

»Das ist wirklich sehr nett von dir.« Der Pfarrer klopfte ihr anerkennend auf die Schulter. »Die Kleinen werden sich freuen, wenn sie ihre geliebten Spielsachen wiederbekommen.«

Eine halbe Stunde später stand Jessie in ihrer Küche, schmierte Unmengen Sandwiches und füllte sechs Thermoskannen mit Tee. Ihre Freundin Sheila half ihr, alles in die Schule zu tragen. Sie bauten in der Turnhalle einen Verpflegungsstand auf, eilten dann zu den anderen Frauen auf dem Schulhof.

Jessie hatte inzwischen ihr Kleid gegen eine alte Jeans und ein Sweatshirt getauscht. Mit hochgekrempelten Ärmeln stand sie neben Nora, Claire, Kathy, Lena und den

Näherinnen unter dem überdachten Schulvorbau. Sie nahmen den Männern die geretteten Kindermöbel ab, reinigten sie mit Wurzelbürsten und Seifenlauge. Was sauber und brauchbar war, wurde umgehend zum Trocknen in die Turnhalle geschleppt.

»Die Plüschtiere sind wohl nicht mehr zu retten«, stellte Claire fest. »Schon aus gesundheitlichen Gründen ist es besser, wir besorgen neue.«

»Vielleicht macht es den Kindern Spaß, zu helfen. Sie könnten Bauklötze und Legosteine waschen«, schlug Kathy vor.

»Das halte ich für keine gute Idee. Die Kleinen sollten besser nicht mit dieser brackigen Brühe in Berührung kommen. Wer weiß schon, welche schädlichen Stoffe in den Bach geschwemmt wurden?«, gab Lena zu bedenken. »Wir reinigen die Legos und Plastikspielsachen gründlich. Die Kinder könnten sie anschließend abtrocknen.«

»Genau so machen wir das.« Kathy nickte. »Wie ich eure Nelly kenne, wird die gleich das Kommando über den Reinigungstrupp übernehmen.« Claire lachte. »Die kommt ganz nach mir. Hat es gern blitzblank im Haus.«

»Jaja«, bestätigte Lou. »In ihrem Puppenhaus steht sogar ein kleiner Staubsauger.« Die schwangere junge Frau hockte auf einem Kinderstuhl vor einem Eimer mit Seifenlauge und spülte den gröbsten Schmutz von Tellern und Tassen. »Sean kann das Geschirr in die Spülmaschine vom Pub stellen«, schlug sie vor und winkte ihrem Mann. Er schleppte mit Dan einen Schreibtisch aus dem Kindergarten.

Am Nachmittag fand sich Edward bei den Helfern ein. Er zwinkerte Jessie im Vorbeigehen vielsagend zu. »Ich konnte leider nicht eher kommen, hatte einige Notfälle. Gerade war ich noch bei den Alpakas. Eines der Muttertiere wurde von einem herumfliegenden Ast am Rücken verletzt. Ich musste nähen.« Wie selbstverständlich nahm er Sean die Schaufel aus der Hand. »Ich mache hier weiter. Du willst doch sicher in den Pub und für heute Abend kochen.«

»Du sagst es.« Der rothaarige Wirt knuffte ihn freundschaftlich in die Rippen. »Die Helfer brauchen was Anständiges in den Magen. Ich bereite Lammeintopf für alle zu. Den Leuten von der Feuerwehr und der Polizei sage ich Bescheid, dass sie auch vorbeikommen sollen.«

Edward schippte Lehm und Schmutz, baute mit Donnelly und Fergus Regale ab und brachte sie den Frauen zur Reinigung. »Der gröbste Dreck ist weg. Jetzt brauchen wir nur noch Trocknungsgeräte«, teilte er ihnen am frühen Abend mit. »Schaut euch den Schaden an, den der Bach angerichtet hat.« Er ballte die Fäuste und schnaubte. »Nun fließt er wieder träge und friedlich in seinem Bett, so, als könnte er kein Wässerchen trüben.« Mit dem Handrücken wischte er sich einen Schlammspritzer von der Nase. »Eine Nacht mit Starkregen, und schon verwandelt er sich in einen reißenden Strom.«

»Das hat es bisher nie gegeben«, brummte Claire. »Hoffentlich passiert das nicht öfter.«

»War ja auch 'ne Scheißidee, den Kindergarten so nah am Wasser zu bauen«, wetterte Nora. »Alles nur, weil die Kirche kein Geld für ein Grundstück am Hang ausgeben wollte.«

Gemeinsam inspizierten sie die leeren Gruppenräume.

»Das sollte sich unbedingt ein Fachmann ansehen.« Steve hockte vor der Außenwand und klopfte mit einem Hammer das Mauerwerk ab. »Die Feuchtigkeit ist in alle Ritzen gedrungen. Wer weiß, wann die Kinder hier wieder reinkönnen.«

»Die Ausstattung ist so was von marode«, schimpfte Fergus. »Hier hätte längst saniert werden müssen. Aber die Kirche sitzt ja auf ihrem Geld.«

»Ich rufe jetzt McKenzie an.« Pfarrer Donnelly zog sein Handy aus der Gesäßtasche. »Der schuldet der Gemeinde noch einen Gefallen. Ohne uns hätte der den Zuschlag für sein Bauprojekt nie bekommen.« Er schaute fragend in die Runde. »Wenn wir uns als Gemeinde einig sind, setze ich dem Bischof die Pistole auf die Brust. Der muss endlich einer umfassenden Sanierung dieses Gebäudes zustimmen.«

Am Abend saßen die Helfer im Hinterzimmer des Pubs, löffelten Stew und diskutierten sich die Köpfe heiß. Trevor lehnte stirnrunzelnd am Fenster. »Das lässt sich alles nicht in zwei, drei Monaten stemmen. Allein für das Trocknen der feuchten Räume rechne ich mit sechs Wochen. Wie ich das sehe, werdet ihr den Kindergarten frühestens Mitte nächsten Jahres wieder nutzen können. Die komplette Elektrik muss nach dem Wasserschaden erneuert werden. Auch die Sanitäranlagen müssten grundlegend saniert werden.«

»Kannst du überschlagen, welche Kosten auf uns zukommen?« Donnelly schob seinen Teller zur Seite und erhob sich. »Sei ehrlich. Lohnt sich die Sanierung überhaupt noch?«

Trevor nickte. »Ich würde sagen Ja. So ein solides Bruchsteinhaus kannst du heute kaum noch bauen. Ihr müsstet allerdings auch in den Hochwasserschutz investieren.«

»Was schlägst du vor?« Fergus stellte sich neben ihn und reichte ihm ein Glas Cider.

»Eine Art Schutzdamm am Bachufer«, dachte Trevor laut nach. »Eine Verlegung des Bachbettes wäre auch möglich. Aber das soll euch lieber ein Fachmann erklären. Das ist nicht mein Gebiet.«

»Kümmere dich bitte darum«, bat Donnelly. »Ich fahre gleich morgen zum Bischof und mache dem die Hölle heiß. Das ist schließlich ein Notfall. Da kann sich keiner aus der Verantwortung ziehen.«

»Genau«, stimmte Angus ihm zu. »Jetzt ab nach Hause. War ein verdammt langer Tag. Wir können froh sein, dass unser Ort diesen Sturm so glimpflich überstanden hat. Es ist jammerschade um die alte Eiche. Aber schlimmer wäre es, einem von uns wäre etwas passiert.«

Jessie, die neben Edward saß, streckte die müden Beine von sich. »Begleitest du mich nach Hause, Ed?«

»Liebend gern. Aber nur, wenn ich nicht wieder auf der Couch schlafen muss«, raunte er ihr zu und küsste sie verstohlen auf die Wange.

Kapitel 31

»Du kletterst jetzt nicht auf das Dach, Ed.« Jessie hinderte ihn daran, die Tür des Schuppens zu öffnen. »Die drei losen Ziegel neben dem Schornstein werden schon nicht herunterfallen. Darum können sich morgen die Dachdecker kümmern. Fergus hat sich heute Morgen die Finger wund telefoniert, bis er eine Firma in Killarney fand, die bereit war, so schnell zu kommen.«

»Keine Sorge, Liebes. Aufs Dach steige ich dir nicht. Ich schaue nur nach der Regenrinne. Die ist nach der Sturmnacht sicher verstopft.« Edward schob sie zur Seite und holte die ausfahrbare Metallleiter aus dem Gerätehaus, die er an die Hauswand stellte. »Irgendwie muss ich mich doch für Kost und Logis erkenntlich zeigen.« Grinsend kletterte er bis zur obersten Sprosse. »Vielleicht darf ich deine Gastfreundschaft dann öfter in Anspruch nehmen.«

»Schon gut möglich.« Jessie widerstand dem Drang, eine Hand unter sein Hosenbein zu schieben, um seine Waden zu kraulen. Stattdessen reichte sie ihm einen Eimer, eine kleine Schaufel und hielt die Leiter fest. Aus dem Augenwinkel sah sie Fergus und Angus mit Werkzeugkisten die Straße überqueren. »Die Handwerker rücken an«, rief sie Ed zu.

»Ich habe es gleich.« Er schaufelte fleißig weiter kleine Äste, Blätter und Dreck in den Eimer.

»Hallo, ihr zwei.« Fergus hielt Angus das Gartentor auf. »Wir sind fast durch mit unserer Inspektionsrunde. An allen Ecken und Enden gibt es nach dem Sturm etwas zu richten. Auf fast jedem Dach sind Ziegel locker. Am Cottage von Kathy und Steve hingen zwei Windläden aus den Angeln. Eines der Bleiglasfenster der alten Kapelle ist von einem herumfliegenden Mülltonnendeckel getroffen worden und zersplittert.«

»Wir haben es bereits mit Brettern vernagelt«, erklärte Angus. Man sah dem alten Fischer an, wie wichtig es ihm war, etwas für die Dorfgemeinschaft zu tun. »Jetzt kümmern wir uns um den umgestürzten Gartenzaun von Mrs Miller.« Eine Zeit lang beobachtete er, wie Ed die Regenrinne reinigte, dann wandte er sich an Jessie. »Wie kommt es, dass Edward so früh schon ins Dorf gefahren ist, um dir zu helfen? Das ist wirklich sehr nett von ihm.« Er grinste schelmisch.

Sie verschluckte sich fast an ihrer Spucke und hustete, dass ihr die Tränen in die Augen stiegen. »Äh, ja. Finde ich auch«, brachte sie mühsam heraus. Ed kletterte eilig die Leiter hinunter und klopfte ihr auf den Rücken. »Ich war auf dem Weg zur O'Connor-Farm, da sah ich Jessie im Garten mit der Leiter hantieren. Eine junge Frau kann man doch unmöglich auf dem Dach herumturnen lassen. Man stelle sich nur vor, ihr würde schwindlig.« Er kratzte sich am Hinterkopf und räusperte sich umständlich. »Das Wellblechdach vom Geräteschuppen habe ich auch schon gerichtet.« Hilfe suchend schaute er zu Jessie.

»Das war total verbogen«, bestätigte sie rasch und warf ihm einen bedeutungsschweren Blick zu. »Danke noch mal für deine Hilfe, Ed.« Lächelnd legte sie Fergus und Angus je eine Hand auf die Schulter. »Kommt doch nach eurem Rundgang auf einen Tee vorbei. Ich backe heute Apfelkuchen. In gut einer Stunde hole ich ihn aus dem Ofen.« Sie hoffte, dass die beiden rasch weiterzogen, um wenigstens noch ein paar ungestörte Minuten mit Ed zu haben.

»Auf das Angebot kommen wir gern zurück.« Fergus schien den Wink mit dem sprichwörtlichen Zaunpfahl zu verstehen. Er zupfte seinen Freund am Ärmel des Fischerhemds. »Auf geht's, Angus. Mrs Millers Zaun richtet sich nicht von allein auf.«

Jessie begleitete die zwei zum Gartentor und wartete, bis sie im alten Dorf verschwanden. »Du bist mir vielleicht ein Held.« Kopfschüttelnd half sie Ed, die Leiter zum Geräteschuppen zu tragen. »Warum sagst du nicht, dass du bei mir geschlafen hast? Ist dir das peinlich?«

»Peinlich? Mir doch nicht.« Edward baute sich vor ihr auf, schaute über die Straße zum Lebensmittelladen, wo Mrs Melony das Schaufenster putzte und auffällig oft zu ihnen herüberschaute. »Wer hat sich denn vor Schreck verschluckt, als Angus nachfragte, warum ich schon so früh hier war?« Er kickte mit der Fußspitze einen Kieselstein weg. »Von mir aus darf jeder im Dorf wissen, dass wir zwei …« Er schluckte schwer, kaute auf seiner Unterlippe. »Vielleicht ist es dir ja peinlich, mit einem zehn Jahre älteren Mann zusammen zu sein.« Seine grauen Augen verfinsterten sich. Seufzend wandte er sich zum Gehen.

»Hiergeblieben, mein Lieber!« Jessie stellte sich ihm in den Weg und funkelte ihn an. Sein Vorwurf hatte sie getroffen. Sie schnappte nach Luft, schüttelte energisch den Kopf. »Genügt dir das als Erklärung?«, sagte sie laut genug, dass Mrs Melony es garantiert nicht überhören konnte. Sie schlang die Arme um Edward, schmiegte sich an ihn und küsste ihn leidenschaftlich. »Wir können diese Diskussion gern im Haus vertiefen«, japste sie nach einer halben Ewigkeit.

Ed schaute ihr lange und tief in die Augen. »Liebes«, raunte er und streichelte ihr Gesicht. »Das würde ich sehr gern, aber leider muss ich wirklich zur Connor-Farm. Die Impfungen der Schafe gegen Clostridien stehen an. Die nächsten Tage bin ich voll im Einsatz.« Er strich ihr eine Haarsträhne hinter das Ohr. »Darf ich dich Samstagabend zum Essen ausführen?«

»Pizza und Rotwein«, schlug sie augenzwinkernd vor. »Hol mich um sechs ab.« Sie hakte sich bei ihm ein und brachte ihn zu seinem Wagen. »Falls du vorher Lust auf Tee und was Süßes hast, weißt du ja, wo du mich findest, Doc«, neckte sie ihn, in der Hoffnung, dass er vielleicht am Abend wieder bei ihr auf der Matte stehen würde.

Doch Edward schien mit seinen Gedanken längst bei der Arbeit. Er inspizierte seinen Arztkoffer auf der Rückbank, küsste sie flüchtig auf den Mund und setzte sich hinter das Steuer. »Wir telefonieren«, sagte er zum Abschied, zog die Fahrertür zu und gab Gas. Den Blick stur auf die Fahrbahn gerichtet, fuhr er an ihr vorbei Richtung Hauptstraße.

»Was war das denn jetzt?« Fassungslos schaute sie dem Geländewagen hinterher, bis er auf die Zufahrtsstraße zur Bucht einbog. Edwards unterkühlter Abschied ärgerte sie. Fast war sie gewillt, ihm für Samstag abzusagen. Doch kaum kehrte sie in die Wohnung zurück, sah sie das zerwühlte Bett und roch sein Aftershave in den Kissen, löste sich ihre Missstimmung in Wohlwollen auf. Er hatte ihr letzte Nacht hinreichend bewiesen, wie gern er mit ihr zusammen war. Dass er seinen Job als Tierarzt ernst nahm, gefiel ihr. Sie schnupperte noch einmal am Kopfkissen, schüttelte es auf und zog das Laken glatt. Die drei Tage bis zum Wiedersehen würde sie nutzen, um die Teestube und ihre Wohnung zu putzen. Seufzend gestand sie sich ein, dass ihr Edward schon jetzt fehlte.

Ihr Handy meldete den Eingang einer WhatsApp. Ein Lächeln stahl sich in ihr Gesicht, als sie seine Nachricht las. *Ich kann nicht bis Samstag warten. Darf ich morgen Abend vorbeikommen?*

Sie jubelte innerlich. *Ich lasse die Hintertür auf,* schrieb sie umgehend zurück und schickte ihm ein Kuss-Smiley. Im Tanzschritt hüpfte sie die Treppe hinunter in die Teestube, band sich die Schürze um und stürzte sich voller Elan in die Arbeit. Sie knetete Mürbeteig, schnitt Äpfel in hauchdünne Spalten und marinierte sie mit Whiskey. In einem Anflug von Kreativität verzierte sie den Apfelkuchen mit Blättern aus Marzipan, bevor sie ihn in den Ofen schob. Aus den Teigresten formte sie kleine Kugeln, die sie nach dem Backen in Schokoladenglasur tauchte. Kaum hatte sie den Kuchen zum Abkühlen vor das gekippte Fenster gestellt, klingelte die Ladenglocke in der Teestube. »Bin sofort bei euch«, rief sie, in der Annahme, dass Angus und Fergus zum Tee gekommen waren. Sie stutzte, als sie Trevors markige Stimme vernahm.

»Kein Problem, Herr Pfarrer«, beteuerte er. »Ihr Projekt hat selbstverständlich Vorrang. Auf der Baustelle am alten Friedhof ruht momentan die Arbeit. Dort werden wir erst im Frühjahr weitermachen.«

Eilig band sich Jessie die Schürze ab und wusch sich die bemehlten Hände am Spülbecken. »Darf ich euch Tee bringen?«, fragte sie mit Blick in den Gastraum. Pfarrer Donnelly beugte sich neben Trevor über einen Prospekt. Die Männer nickten ihr zu, vertieften sich wieder ins Gespräch.

»Ein Fertigbau ist die perfekte Lösung«, erklärte der junge McKenzie. »Wir gießen die Bodenplatte. Eine Fertighausfirma liefert dann die Einzelteile und setzt das Gebäude vor Ort zusammen. Das spart Zeit und ist wesentlich kostengünstiger, als den Kindergarten Stein auf Stein zu bauen.«

Eine innere Stimme sagte ihr, dass die beiden nicht nur

zum Teetrinken hergekommen waren. Wenn das, was sie gehört hatte, stimmte, planten die Männer den Neubau des Kindergartens. »Holy shit!«, fluchte sie leise. »Die sind scharf auf mein Grundstück.« Sie saß in der Zwickmühle. Wie kam sie aus dieser Nummer wieder heraus?

»Jessie, setzt du dich einen Moment zu uns?«, rief Pfarrer Donnelly. »Wir würden gern etwas mit dir besprechen.«

»Der Tee ist sofort fertig. Möchtet ihr etwas Gebäck dazu? Ich habe gerade einen Apfelkuchen aus dem Ofen geholt.« Sie versuchte, Zeit zu schinden, indem sie die Teetassen polierte.

»Wo bleibst du, Jess?« Trevor steckte den Kopf zur Tür herein und sah sie fragend an.

Statt zu antworten, drückte sie ihm die Teekanne in die Hand und schnitt in aller Seelenruhe zwei Stücke vom Apfelkuchen ab. Jessie mahnte sich, geduldig anzuhören, was die beiden ihr zu sagen hatten. Sie massierte sich die pochenden Schläfen, wartete, bis ihr Puls wieder langsamer schlug. Erst dann trug sie das Tablett mit dem Teegeschirr an den Tisch. »Da ihr nichts gesagt habt, habe ich euch zwei Stücke Kuchen mitgebracht. Die gehen natürlich aufs Haus.« Unschlüssig blieb sie stehen, schaute am Pfarrer vorbei zur Tür.

Trevor schenkte Tee ein und reichte ihr einen Becher. »Setz dich bitte.« Sein Lächeln wirkte geschäftsmäßig aufgesetzt. Da war keine Wärme in seinen Augen. »Pfarrer Donnelly hat gute Neuigkeiten vom Bischof mitgebracht.« Er nickte dem Geistlichen zu.

»Da bin ich aber gespannt.« Jessie rutschte auf dem Stuhl herum, nippte an ihrem Tee und spielte mit dem Löffel.

Donnelly strich ihr über die Haare, als wäre sie noch ein kleines Mädchen. »Mein liebes Kind.« Er lächelte sie warmherzig an. »Ich habe gestern Abend schon mit dem Sekretär des Bischofs telefoniert und ihm die Sachlage geschildert.« Er trank Tee, nahm einen Bissen vom Apfelkuchen und verzog beim Essen genießerisch den Mund. »Pater Thomas und ich haben dasselbe Priesterkolleg besucht, liegen auf einer Wellenlinie. Das hat die Sache um einiges erleichtert.«

Trevor schien langsam die Geduld zu verlieren. Demonstrativ schaute er auf seine Armbanduhr, hielt den Prospekt hoch. »Können wir bitte zum Punkt kommen? Ich muss ins Büro.«

»Sofort.« Donnelly schob seinen Stuhl zurück und erhob sich schnaufend. »Ich muss mich einen Moment sammeln. Bin schließlich schon seit sechs auf den Beinen.« Er marschierte zum Fenster und zupfte eine welke Blüte vom Weihnachtskaktus. »Ich hatte um acht einen Termin beim Bischof. Pater Thomas muss ihm die Sachlage wohl sehr dramatisch geschildert haben. Denn Seine Eminenz genehmigt nicht nur den Neubau eines Kindergartens, er hat auch meinem Vorschlag, das alte Gebäude zu einem Jugendtreff umzubauen, mit Freuden zugestimmt.« Die Hände auf die Fensterbank gestützt, schaute er auf die Straße. »Jetzt fehlt uns nur noch das geeignete Grundstück.«

»Und da kommst du ins Spiel, Jess. Das Grundstück hinter deinem Garten wäre der ideale Standort.« Trevor tippte auf einen Grundriss.

»Aber …«, wandte sie ein.

Doch er unterbrach sie sofort. »Wir brauchen nur das untere Viertel des Geländes. Den Rest kannst du weiterhin als Weideland verpachten.« Er kritzelte eine Summe auf ein Stück Papier und schob es ihr zu. »Die Kirche macht dir ein großzügiges Angebot.«

Jessie starrte auf die Zahl und schluckte schwer. »Ich

weiß nicht so recht.« Sie dachte an ihre Tante, wünschte, sie wäre jetzt hier, um ihr die Entscheidung abzunehmen. »Darf ich eine Nacht darüber schlafen?« In ihr tobte ein Kampf. Sie hätte am liebsten sofort zugesagt und die Kaufsumme als Rücklage eingeplant. Mit dem Geld könnte sie sich den lange gehegten Traum erfüllen und einen kleinen Gebrauchtwagen kaufen. Die Idee schien ihr verlockend. Doch der Gedanke, ein Teil des Familienerbes sprichwörtlich zu verscherbeln, setzte ihr zu.

»Sicher, liebes Kind.« Der Pfarrer stellte sich hinter sie und legte ihr die Hände auf die Schultern. »Besprich dich mit Claire und Fergus. Die standen deiner Tante nah.«

Trevor sprang auf, dass die Teetassen klirrten. »Was gibt es da noch zu bedenken, Jess? Dir bleibt der Großteil des Grundstücks. Und denk doch nur, was du mit dem Geld alles anstellen könntest. Ist schließlich keine kleine Summe.« Er musterte sie mit strenger Miene. »Liegt dir das Wohl der Kinder denn nicht am Herzen? Willst du etwa deine eigenen Befindlichkeiten über das Allgemeinwohl stellen?« Wie gemein von ihm, jetzt an ihr soziales Gewissen zu appellieren. Er wusste genau, dass ihr das Dorf am Herzen lag. Jessie zuckte zusammen, raufte sich die Haare. Fast war sie gewillt, den Kaufvertrag an Ort und Stelle zu unterschreiben. Doch seine fordernde Art hinderte sie daran. »Bleib bitte fair, Trevor. Schließlich war ich diejenige, die sich in der Dorfgemeinschaft für dein Bauprojekt starkgemacht hat. Die kurze Bedenkzeit wirst du mir schon zugestehen müssen.«

Trevor sog scharf die Luft ein. »Spätestens morgen Mittag brauche ich grünes Licht von dir. Jeder zusätzliche Tag kostet Zeit und Geld. Wenn ich morgen bei der Fertighausfirma bestelle, könnte der Kindergarten mit etwas Glück im Frühjahr bezugsfertig sein.«

»Schon im Frühjahr?« Donnelly hob beide Arme wie zur Segnung. Er strahlte über das ganze Gesicht. »Nimm dir die Zeit, die du brauchst, Jessie.« Er kratzte sich das Kinn, schaute zur Decke. »Fast hätte ich es vergessen. Euer Grundstück stand damals zur Diskussion, als der erste Kindergarten gebaut werden sollte. Deine Tante war einverstanden, einen Teil zu verkaufen. Da die Kirche jedoch bereits das Gelände am Bach besaß, kam das damals nicht in Betracht. Vielleicht erleichtert das ja deine Entscheidung.«

»Danke, Herr Pfarrer. Das hilft mir wirklich weiter.« Sie vertraute darauf, dass er die Wahrheit sagte. »Trotzdem würde ich gern eine Nacht darüber schlafen.«

Kapitel 32

Stundenlang lag sie wach in dieser Nacht und grübelte. Falls es stimmte, dass ihre Tante damals in Erwägung gezogen hatte, der Kirche ihr Grundstück zu überlassen – was hielt sie selbst davon ab, den Kaufvertrag zu unterschreiben? Sie wälzte sich auf den Rücken, starrte zur Decke. Welche Argumente sprachen für den Verkauf, welche dagegen? Von dem Geld, das sie bekam, könnte sie sich einen kleinen Gebrauchtwagen kaufen, den Rest als Rücklage für Notfälle verbuchen. Da die Kirche nur ein Viertel des Geländes benötigte, könnten die Schafe der Bartons weiterhin auf dem oberen Teil weiden. Die Pachteinnahmen würden lediglich etwas geringer ausfallen.

Mit einem Ruck setzte sich Jessie im Bett auf und knipste die Nachttischlampe an. Trevor würde sein Büro in ihre Teestube verlegen, um nah an der Baustelle zu sein. Die Verpflegung der Mitarbeiter würde ordentlich Geld in ihre Kasse bringen. Alles nur Vorteile. Sie raufte sich die Haare, seufzte.

Edward hatte am Telefon nicht begeistert geklungen, als sie ihm erzählte, dass McKenzie junior vorhatte, sein Büro bei ihr einzurichten, sobald der Startschuss für den Neubau des Kindergartens fiel. Für ihn war Trevor nach wie vor ein rotes Tuch. In Sachen Frauen traute Edward dem smarten Bauingenieur nicht über den Weg. Der Ärger war also vorprogrammiert. Sie hasste diese Eifersüchtelei, gestand sich aber ein, dass sie selbst keinen Deut besser war. Die Tatsache, dass Cynthia regelmäßig ihren rauflustigen Kater zur Behandlung in Eds Praxis brachte, stieß ihr bitter auf.

Sie schielte zum Wecker. Kurz vor sechs. Zu früh, um Claire anzurufen. Die Freundin war für zwei Tage zu ihrer Schwester gefahren und erst spät am Abend zurückgekehrt.

»Verdammt«, zischte Jessie und warf die Bettdecke zurück. Warum war ihr Leben momentan so kompliziert? Fröstelnd tapste sie ins Badezimmer und ließ Wasser in die Wanne laufen. Ein ausgiebiges Bad war das beste Mittel, um ihre total verspannten Muskeln zu lockern. Für den Fall, dass Edward anrufen würde, legte sie ihr Handy auf den Hocker und schob ihn neben die Badewanne. Sie drehte das Radio in der Küche lauter, ließ die Badezimmertür offen stehen und versank bis zum Hals im Schaumbad. Mit einem wohligen Seufzer schloss sie die Augen und lauschte der markigen Stimme des Moderators.

»Es kommen weiße, weihnachtliche Tage auf uns zu«, kündigte er gut gelaunt an. »Die Adventsmärkte in Killarney und Sneem öffnen am nächsten Wochenende. Könnt ihr es auch kaum erwarten, den ersten Glühwein zu trinken?« Er lachte. »Jetzt zum Mitsingen den passenden Song für euch. ›Rudolph, the Red-Nosed Reindeer.‹«

Wie konnte ein Mensch zu dieser frühen Stunde so ausgeschlafen klingen? Jessie tauchte mit dem Kopf unter und strampelte mit den Beinen. Diesen Song würde sie sich nicht anhören, schon gar nicht mitsingen. Sie stieg aus der Wanne. Tropfnass tapste sie in die Küche, schaltete das Radio aus. Nebenan schrillte das Handy. Sie flitzte zurück ins Bad und freute sich, Edwards Stimme zu hören. Umso größer war ihre Enttäuschung, als sie auf dem Display eine unbekannte Nummer las. *Vielleicht die Steuerbehörde*, schoss ihr sofort durch den Kopf, und ihr Gewissen meldete sich. Aber so früh schon? Mit gemischten Gefühlen nahm sie das Gespräch an. Obwohl sie sich beim besten Willen nicht vorstellen konnte, dass es an Trevors ausführlichem Gutachten irgendwas zu beanstanden gab. »Ja?«, murmelte sie.

»Ist dort Jessie Cameron aus Busby?«, fragte ein Mann, dessen Stimme ihr bekannt vorkam.

»Wer will das wissen?« Sie gähnte verstohlen.

»Sorry. Ist eine blöde Angewohnheit von mir. Wenn ich jemanden anrufe, gehe ich immer davon aus, dass ich an der Stimme erkannt werde.« Ihr Gesprächspartner lachte kehlig.

Endlich fiel bei ihr der Groschen. »Bist du der Taxifahrer, der mich vor einiger Zeit nach Busby gefahren hat? Dein Name ist Ben, wenn ich mich nicht irre.«

»Bingo! Genau der bin ich.« Er knabberte an etwas. »Ich habe dich hoffentlich nicht geweckt?«, nuschelte er mit vollem Mund.

Jessie klemmte sich das Smartphone zwischen Schulter und Ohr und wickelte sich in ein großes Badetuch. »Ist schon okay. Ich komme gerade aus der Wanne.«

»Ein Bad am Morgen vertreibt Kummer und Sorgen«, witzelte er.

Sie brummelte: »Schön wäre es.«

»Lass den Kopf nicht hängen, Jessie. Heute scheint den ganzen Tag die Sonne. Was soll da schon schiefgehen?« Ben hüstelte. »Franny und ich würden gern Sonntagnachmittag zum Tee vorbeikommen. Steht dein Angebot noch?«

»Selbstverständlich«, beteuerte sie, obwohl sie alles andere als glücklich war, ihren freien Sonntag zu opfern. Sie hatte sich auf einen ausgiebigen Strandspaziergang mit Edward gefreut. Doch die Aussicht, von Ben und seiner Frau mehr über Mauras wilde Teenagerzeit zu erfahren, schien ihr verlockend. Es auf die lange Bank zu schieben, kam deshalb nicht infrage. »Ich freue mich auf euch. Kommt gern um vier zum Tee und vergesst nicht, die Fotos mitzubringen. Die, auf denen Maura zu sehen ist.«

»Die liegen schon im Handschuhfach meines Wagens«, erklärte er und verabschiedete sich.

Kaum hatte sie das Smartphone aus der Hand gelegt, um sich abzutrocknen und anzuziehen, schrillte es erneut. »Einen Moment, Liebster«, hauchte sie, ohne auf das Display zu schauen. »Ich ziehe mich nur rasch an.«

»Nix Liebster. Hier spricht deine frustrierte Kollegin.« Sues Stimme klang belegt. Sie atmete schwer.

Bei Jessie schrillten alle Alarmglocken. »Was ist passiert, Sue? Hat dich dein Freund verlassen? Hast du wieder Ärger mit dem Boss?«

»Beides«, knurrte die Freundin. »Ich gehe heute nicht in den Supermarkt. Melde mich krank.« Sie schniefte und schnäuzte sich lautstark die Nase. »Verdammte Mistkerle«, krächzte sie heiser. »Mit Männern bin ich so was von durch.«

»Beweg deinen Hintern in den Bus und komm nach Busby. Du kannst mir beim Backen zusehen und dich durch das Kuchenangebot futtern«, schlug Jessie spontan vor. »Wenn du magst, darfst du dir den ganzen Frust von der Seele reden.« Eine Weile kam nichts vom anderen Ende der Leitung.

»Unter einer Bedingung«, knurrte Sue. »Ich will alles über den neuen Typen in deinem Leben wissen. Muss ja ein Prachtexemplar von Mann sein, wenn du ihn Liebster nennst.«

»Welchen Bus nimmst du?« Jessie schaute zur Wanduhr im Wohnzimmer. »Wenn du dich beeilst, erwischst du noch den kurz vor acht.«

»Nee. Das schaffe ich nicht.« Sue zog geräuschvoll die

Nase hoch. »Rechne nicht vor zehn mit mir. Muss vorher noch meine Klamotten packen. Ich ziehe wieder zu meiner Ma.« Ohne ein Wort des Abschieds beendete sie das Gespräch.

»Du hast mein volles Mitgefühl«, murmelte Jessie.

Nachdenklich wanderte sie im Schlafzimmer umher und schaute aus dem Fenster. Sue hatte mal wieder Beziehungsstress. Sie war unzufrieden mit ihrem Job, zoffte sich ständig mit dem Chef. Damit nicht genug, zog sie jetzt bei ihrer herrischen Mutter ein, weil ihr das Geld für eine Bude fehlte. Das waren echte Probleme! Dagegen war ihre eigene Lage nahezu komfortabel. Sie besaß ein Haus, konnte in ihrer Teestube schalten und walten, wie es ihr gefiel. Und – sie lächelte versonnen – sie war frisch verliebt.

Ihr Blick wanderte zu den Schafweiden. Sie stellte sich den neuen Kindergarten vor. Ein flaches, lang gestrecktes Gebäude. Davor ein Spielplatz und ein Garten, in dem die Kinder lernten, Gemüse und Blumen zu ziehen. Wäre es nicht schön, Kinderlachen zu hören, den Kleinen beim Spielen zuzusehen? Eines Tages vielleicht sogar dem eigenen?

»Mensch, Jess«, schimpfte sie laut. »Gib dir endlich einen Ruck und verkauf der Kirche das Grundstück.« Bevor sie es sich anders überlegte, griff sie zum Smartphone und rief Pfarrer Donnelly an, um ihm die frohe Botschaft zu überbringen. Keine zehn Minuten später teilte ihr Trevor per WhatsApp mit, dass er bereits nach Weihnachten sein Büro in ihrer Teestube einrichten würde.

»Okay. Damit muss ich wohl leben«, murrte Ed, als sie ihm die neue Sachlage schilderte. Doch dann schien er sich zu besinnen. »War nicht so gemeint, Jess. Ich hätte an deiner Stelle genauso gehandelt. Was wirst du mit dem vielen Geld anstellen?«

Jessie tippte sich auf die Nase und grinste. »Ich fliege in die Karibik und lasse mich von einem braun gebrannten Surferboy verwöhnen.« Zufrieden registrierte sie, wie Edward nach Luft schnappte. »Keine Sorge«, lenkte sie rasch ein. »Das Klima in der Karibik vertrage ich nicht, und fürs Verwöhnen habe ich ja dich. Ich möchte mir einen kleinen Gebrauchtwagen kaufen.«

Ed stieß pfeifend die Luft aus. »Oh Mann«, stöhnte er. »Solche Scherze am Morgen sind wirklich nicht mein Ding.« Im Hintergrund ertönte die Türglocke. »Mein erster Patient rückt an. Ich muss leider Schluss machen. Bis morgen Abend, meine Schöne. Sobald wir beide Zeit haben, klappern wir zusammen die Autohändler ab.«

Jessie drückte einen Schmatzer auf das Display. Wenn Ed jetzt hier wäre, würde sie mit ihm durch das Wohnzimmer tanzen. Ihr war auf einmal so leicht ums Herz. Es schien, als hätte jemand eine große Last von ihren Schultern genommen. Voller Elan räumte sie die Wohnung auf, wischte in der Teestube, dem Kundenklo und in der Küche feucht durch. Pfeifend stand sie am Küchentisch und schlug Eier für einen Biskuitteig auf. Dieser Tag verlangte nach Schokoladentorte und Darjeeling First Flush. Dem besten Tee, den ihr Haus anzubieten hatte.

Am Vormittag gaben sich die Gäste die Klinke in die Hand. Donnelly brachte ihr als Dankeschön einen großen Weihnachtsstern. Fergus und Angus stießen mit ihr auf den Grundstücksverkauf an. Maura und die kleine Nelly gratulierten ihr mit einem Ständchen. Selbst Mr und Mrs Melony schauten kurz vorbei. Sie spendierte jedem ein Stück Schokotorte und einen Tee, wurde nicht müde zu betonen, wie sehr sie sich inzwischen auf den neuen Kindergarten freute.

Als die letzten Gäste die Teestube verließen, stellte sich Jessie in die offene Haustür und ließ sich die Sonne auf die Nase scheinen. Der Linienbus hielt vor dem Pub, und sie entdeckte ihre Freundin Sue, die beim Aussteigen mit dem Busfahrer redete. »Da bist du ja endlich. Ich dachte schon, du kneifst«, rief Jess ihr zu, als sie die Straße überquerte.

Sue zuckte müde mit den Schultern und tapste die Treppe hinauf. »Ich brauche dringend einen Tee und jede Menge Zuckerzeug. Sonst drehe ich durch.«

»Ist es so schlimm?« Jessie umarmte sie und dirigierte sie in die Teestube. »Bedien dich am Kuchenbüfett.« Sie deutete auf die üppige Auswahl in der Vitrine. »Im Kühlschrank habe ich noch Schokotorte. Tee kommt sofort.«

Sue ließ sich in den Korbsessel am Fenster plumpsen und rieb sich die Augen. »Bring mir einfach von allem was. Hauptsache süß. Ich bin total erledigt.«

Erst jetzt fiel Jessie auf, wie blass die Freundin war. Statt Wimperntusche und Make-up trug sie dunkle Augenschatten. Ihre Haare standen wirr am Kopf. Nervös spielten ihre Finger mit der Busfahrkarte.

Spontan entschloss sich Jessie, die Teestube für heute zu schließen. Sue brauchte heute ihre volle Aufmerksamkeit. »Sollen wir nach dem Tee einen Spaziergang durch die Felder machen?«, fragte sie vorsichtig. »Beim Laufen redet es sich besser.«

»Mmh, vielleicht.« Sue stützte die Ellenbogen auf den Tisch und verbarg ihr Gesicht in den Händen. »Danke, dass du dir Zeit für mich nimmst.«

Jessie goss Tee auf und stellte eine kleine Kuchenauswahl zusammen. Von der cremigen Schokotorte schnitt sie ein extradickes Stück ab.

»Her damit.« Sue riss ihr den Kuchenteller förmlich

aus der Hand. Mit einem Happs verschlang sie ein Cookie, machte sich dann über die Torte her. »Mehr davon«, nuschelte sie und ertränkte ihren Frust mit einem halben Liter Darjeeling.

Jessie schüttelte energisch den Kopf. »Dir wird gleich schlecht, wenn du noch mehr Kuchen in dich hineinstopfst. Nach dem Spaziergang koche ich uns Spaghetti mit Tomatensoße.«

»Ich kann kaum glauben, dass du das alles selbst gebacken hast.« Sue deutete mit dem Kopf auf die Kuchenvitrine. »Früher hast du gemeckert, als deine Tante dir das Backen beibringen wollte.« Sie schaute sich in der Teestube um. Ihr Gesicht sah ein wenig rosiger aus, und die verheulten Augen blitzten unternehmungslustig. »Schön hast du es hier. So richtig gemütlich.« Sie stand auf und wanderte zwischen den Tischen umher. »Hier würde ich auch gern arbeiten.« Sie linste in die Küche. »Ich könnte für dich backen. Meine Spezialität sind Pies und Lemon Cake.«

Jessie half ihr in den Parka, ehe sie selbst in ihren Wintermantel schlüpfte. »Lass uns rausgehen. Ich würde gern eine Runde durch das Dorf drehen.«

Untergehakt spazierten sie am Wollmarkt vorbei. Mit jedem Schritt schien Sue sich etwas mehr zu entspannen. Jessie drängte sie nicht, ihr zu erzählen, was passiert war. Sie plauderte über die Marotten der Dorfbewohner, berichtete ausführlich von der Sturmnacht und dem Hochwasser. Überschwänglich schwärmte sie von Ed, dem neuen Mann in ihrem Leben. Inzwischen waren sie im alten Dorfkern von Busby angelangt. Hier hatten die Häuser Reetdächer, die Fenster wie vor hundert Jahren Butzenscheiben und Windläden. »Dort wohnen Kathy und Steve mit ihren Kindern Mia und Nigel.« Sie deutete auf das weiße Cottage mit der Schaukel im Garten. Zielstrebig steuerte sie die Dorfkapelle an. »Lass uns hineingehen, eine Kerze anzünden.«

Sue nickte. »Etwas Beistand von oben kann nicht schaden.«

Sie betraten das schmale Gotteshaus und entzündeten vor der Figur des heiligen Patrick zwei Teelichter. Jessie betete für das Seelenheil ihrer Tante.

Sue setzte sich in die erste Bank. »Ich habe die Alkoholexzesse von Chris nicht länger ertragen. Jeden Freitag und Samstag ließ er sich im Pub volllaufen. Dann noch die Geschichte mit dieser Kellnerin. Das Maß war voll.« Sie zog den Reißverschluss ihres Parkas bis zum Kinn, vergrub die Hände in den Taschen.

»Was ist mit deinem Job? Worüber hat sich der Boss diesmal aufgeregt?«, hakte Jessie nach.

Sue rutschte aus der Bank und ging zum Ausgang. Im Vorbeigehen bekreuzigte sie sich vor dem Marienbild. »Nicht hier, Jess«, murmelte sie und hielt ihr die schwere Eichentür auf. Eilig folgte Jessie ihr nach draußen.

Mit weit ausholenden Schritten marschierten die Freundinnen über die Felder. Ihr Atem bildete kleine Wölkchen in der klaren Winterluft. Es roch nach Schnee.

Jessie ging auf eine Steinmauer zu, setzte sich auf den warmen Felsen. »Willst du mir nicht endlich erzählen, was passiert ist?« Sie blinzelte Sue an.

Die schnappte nach Luft und starrte vor sich auf den Boden. »Seit ich dem Boss zu verstehen gegeben habe, dass er bei mir nicht landen kann, schikaniert er mich. Mal sind es meine Zigarettenpausen, die zu lang sind. Mal wirft er mir vor, dass ich die Kunden nicht freundlich genug bediene.«

»Du und unfreundlich …« Jessie schnaufte empört. »Du

bist doch die gute Laune in Person, wenn du an der Kasse sitzt. Wirst nie ungeduldig, wenn die Rentner umständlich ihr Kleingeld aus der Geldbörse abzählen. Hast für jeden den passenden Witz parat.«

»Ja, genau.« Sue kletterte auf den Steinwall, riss die Arme in die Luft. »Ich kündige und such mir was in der Gastronomie. Da bekomme ich für meine Nettigkeit sogar noch Trinkgeld.« Sie sprang neben Jessie auf die Wiese und umarmte sie stürmisch. »Stell mich als Bedienung für deine Teestube ein. Ich könnte doch im Zimmer deiner Tante wohnen.« Sie kicherte. »Eine reine Mädels-WG. Hin und wieder hätten wir natürlich auch Herrenbesuch.« Mit Dackelblick schaute sie Jessie an. »Sag Ja.«

Jessie legte den Kopf schief und musterte die Freundin. »Ich denke darüber nach.«

Kapitel 33

Die Morgensonne tauchte das Schlafzimmer in ein warmes Licht. Jessie blinzelte zum Wecker. Neben ihr rekelte sich Edward in den Kissen. Er brummte etwas, das wie »Zu früh« klang und zog die Bettdecke über das Gesicht.

»Schlaf weiter, Liebster«, flüsterte sie und schlüpfte aus dem Bett.

Barfuß tapste sie zum Fenster. Über Nacht hatte der Schnee die Berge in eine weiße Decke gehüllt. Der Rhododendron vor dem alten Cottage schmückte sich mit einer Haube. Wie friedlich es hier draußen war. Kein Traktor, der an dem Haus vorbeituckerte. Kein Bus, der schnaufend hielt und schwatzende Fahrgäste ausspuckte. Jessie ließ den Blick über die sanften Hügel schweifen, kostete den Moment der Stille aus. Sonntagmorgen. Edward hatte frei, und sie plante, erst gegen Mittag in der Teestube zu sein, um den versprochenen Apfelkuchen für Ben und seine Frau zu backen.

Sie streckte die Arme über den Kopf, dehnte ihren Rücken. Zehn Tage waren Ed und sie jetzt zusammen. Gestern Abend beim Italiener hatte er sie gefragt, ob sie nicht öfter bei ihm übernachten wolle. »Mein Bett ist breiter als deins, und wir sind ungestörter, Liebes«, hörte sie ihn sagen. »Bei dir schaut andauernd jemand aus dem Dorf auf einen Schwatz vorbei.« Dabei hatte er sie so zärtlich angeschaut, dass sie gar nicht anders konnte, als zu nicken. »Aber wochentags schläfst du bei mir«, hatte sie gesagt.

War Ed der Mann fürs Leben? War er der Eine? Sie die Eine für ihn? Jessie horchte in sich hinein, forschte intensiv in ihren Gefühlen. Für diese Beziehung hatte sie sich geöffnet, und sie hoffte inständig, dass sie hielt. Doch tief in ihr regten sich Zweifel. Das alles ging ihr etwas zu schnell und zu glatt. Wo blieben die Dramen, das Sich-Zusammenraufen? Mit Morton, diesem Kindskopf, hatte sie sich wegen jeder Kleinigkeit gezofft. Edward und sie diskutierten sachlich, sie stritten nie. Der harmonische Gleichklang zwischen ihnen war ihr fast ein wenig unheimlich. Sie hatten die gleichen Hobbys. Beide wanderten gern, teilten die Liebe zur Natur und den Tieren. Stundenlang konnten sie über Bücher und Kinofilme reden. Ed war der perfekte Zuhörer – sie seufzte sehnsüchtig – und ein leidenschaftlicher Liebhaber. Wo war das Haar in der Suppe ihrer Beziehung?

Jessie schalt sich eine Närrin, nahm sich vor, jede Sekunde mit Edward zu genießen.

»Du kannst deinem Schicksal nicht entfliehen«, hörte sie die Worte der Tante. »Nur hin und wieder kannst du ihm ein wenig auf die Sprünge helfen.« Maura hatte recht. Warum sich weiter den Kopf zermartern, statt die Zeit, die ihr mit Ed geschenkt wurde, auszukosten? Jetzt und hier war sie glücklich. Das war es, was zählte.

Lächelnd schlüpfte sie in seinen Bademantel, der griffbereit an der Schlafzimmertür hing, und streifte seine dicken Wollsocken über. Auf Zehenspitzen schlich sie die Treppe hinunter, vermied die letzte Stufe, deren Knarren sie garantiert verraten hätte. Heute würde sie ihn mit einem Frühstück im Bett überraschen.

In Edwards geräumiger Landhausküche fühlte sie sich sofort heimisch. Warmes, helles Holz, glatte Fronten, Schubladen, die geräuschlos zuglitten, wenn man sie antippte. Eds Ordnungsliebe zeigte sich in jedem Schrank. Ohne lange zu suchen, fand sie die Zutaten und Gerätschaften, die sie für die Zubereitung von Pfannkuchen benötigte. Leise vor sich hinsummend, rührte sie Teig an und goss Öl in eine gusseiserne Pfanne.

»An diesen Anblick könnte ich mich gewöhnen.« Ed trat hinter sie, strich ihre langen Haare zur Seite und küsste ihren Nacken. »Kann ich dir helfen?«

»Och Mann.« Sie tippte ihm mit dem Schneebesen auf die Nase. »Ich wollte dich doch mit Frühstück im Bett überraschen.«

»Schon verstanden.« Er versetzte ihr einen Klaps auf den Po und rannte die Treppe hinauf. »Vergiss, dass ich da war. Ich schlafe noch eine Runde.«

Eine Viertelstunde später trug sie das Tablett ins Schlafzimmer und stellte es auf den Nachttisch. Ed lag ausgestreckt auf der Bettdecke und grinste sie breit an. »Wann musst du noch mal zurück ins Dorf?«

Jessie schaute schmunzelnd auf seinen nackten Körper. »In spätestens drei Stunden. Genug Zeit für ein ausgedehntes Frühstück und …« Sie ließ den Bademantel von ihren Schultern gleiten. »Falls es dem Herrn genehm ist, darf er mir gern noch den verspannten Rücken massieren.« Herausfordernd wackelte sie mit dem Po. »Die Karibik, der Surferboy. Du erinnerst dich?«

»Wie könnte ich das vergessen«?, stöhnte er und zog sie auf sich. »Pfannkuchen schmecken auch kalt«, murmelte er zwischen zwei Küssen.

Es war kurz nach eins, als Jessie aus dem Geländewagen stieg und durch den Garten zu ihrem Haus lief. »Du deckst den Tisch in der Teestube, während ich backe«, teilte sie Ed über die Schulter mit.

»Aye, Lady.« Er salutierte neben dem Wagen. »Nach diesem Frühstück würde ich sogar das Klo für dich putzen.«

»Spinner.« Lachend schloss sie die Hintertür auf.

Sie verstanden sich ohne viele Worte. Ed werkelte nebenan in der Teestube, während sie Mürbeteig knetete, Äpfel in dünne Spalten schnitt und sie mit Whiskey beträufelte. Längst brauchte sie kein Rezept mehr. Die Zubereitung von Mauras berühmtem Apfelkuchen beherrschte sie im Schlaf. Durch die Zugabe von einem Quäntchen Alkohol hatte sie ihm eine persönliche Note verliehen. Schon bald zog der Duft von Zimt und Whiskey durch die Küche.

Ed steckte den Kopf zur Tür hinein, schnupperte. »Bist du dir sicher, dass der für vier Personen reicht?« Er schlenderte zum Tisch, fuhr mit dem Zeigefinger am Rand der Schüssel entlang und schleckte genießerisch an seinem Finger. »Oder möchtest du mich nicht dabeihaben?«

»Willst du dich etwa drücken?« Jessie drehte den Spieß kurzerhand um. »Ich hätte Verständnis dafür, wenn du an deinem freien Sonntag lieber am Strand wandern würdest, statt dir alte Geschichten über meine Tante anzuhören.«

»Ich liebe alte Geschichten«, konterte Edward. »Ist sicher lustig zu erfahren, welchen Blödsinn deine Tante in ihrer Jugend verzapft hat.« Er hakte die Finger in ihren Hosenbund und zog sie an sich. »Heute Abend bin ich mit Jack zum Schachspielen verabredet.«

»Ja, ich weiß.« Sie wuschelte durch seine Haare. »Lena hat mich eingeladen, mitzukommen. Wir Frauen quatschen, während eure Bauern auf dem Schachfeld den Aufstand proben.« Sanft schob sie ihn von sich. »Der Kuchen muss aus dem Ofen, und ich möchte mich noch umziehen.« Halbherzig wehrte sie seine Umarmung ab, gab sich einem Kuss hin. Dann griff sie zu den Topflappen und öffnete die Backofentür. Ein Schwall heißer Luft wehte ihr entgegen. »Sieht super aus. Wenn er kalt ist, streue ich eine dünne Schicht Puderzucker darüber.« Schwungvoll balancierte sie den Apfelkuchen zum Küchentisch und stellte ihn auf ein Gitter.

»Und was esst ihr?« Edward streckte die Hand aus, doch sie schlug ihm scherzhaft auf die Finger. »Bist du nach dem üppigen Frühstück etwa schon wieder hungrig?«

»Du vergisst, dass ich heute Morgen sehr aktiv war.« Er vollführte mit den Hüften eindeutige Bewegungen. »Sex zehrt«, erklärte er grinsend und schnappte sich die Keksdose aus dem Regal. Mit seiner Beute unter dem Arm folgte er ihr in die Wohnung, wo er sich auf die Couch legte und Plätzchen kauend die Sonntagszeitung studierte. »Nächste Woche kommt eine Neuverfilmung von ›Stolz und Vorurteil‹ ins Kino. Sollen wir uns den in Killarney anschauen?«

Jessie steckte den Kopf zur Badezimmertür hinaus. »Ich bin die ganze Woche verplant. Mittwoch trifft sich der Handarbeitskreis in der Teestube. Donnerstag die Bridgerunde.« Sie kämmte sich die Haare und band sie mit einer Samtschleife zum Pferdeschwanz. »Wir könnten nächsten Sonntag ins Kino gehen. Ich habe Lena versprochen, sie am Nachmittag für zwei Stunden am Stand auf dem Weihnachtsmarkt abzulösen. Danach hätte ich Zeit.«

»Okay.« Ed sprang von der Couch und lief in die Küche. Gleich darauf kehrte er mit dem Staubsauger zurück. »Ich hole dich ab.«

Jessie schüttelte ungläubig den Kopf. »Du willst doch wohl jetzt nicht saugen? Ich habe Freitag gründlich geputzt.«

»Ich hasse Kekskrümel auf der Couch«, murmelte er und saugte die Polster ab.

Dieser Mann war ihr beinahe zu perfekt. Nie ließ er seine

Sachen bei ihr rumliegen, spülte freiwillig das Geschirr und polierte die Spüle auf Hochglanz. Nicht mal Bartstoppel im Waschbecken erinnerten an seinen Besuch. In jedem Krimi wäre er der ideale Täter. Ihm käme die Polizei garantiert nicht auf die Spur.

Sie tuschte sich die Wimpern und lächelte, als sie den kleinen Knutschfleck am Hals entdeckte. Einen Hinweis hatte er doch hinterlassen, stellte sie amüsiert fest. Beim Sex störte es ihn keinesfalls, wenn es wild und unordentlich zuging. Die Kissen vor dem Kamin, das zerwühlte Laken, über all das sah er hinweg, sobald seine Lust erwachte.

Als sie eine Wagentür zuschlagen hörte, eilte sie zum Wohnzimmerfenster. »Sie sind schon da«, stellte sie entsetzt fest. »Es ist noch nicht mal halb vier.«

»Keine Panik, Liebes. Die sind sicher nicht auf der Flucht«, beruhigte Edward sie. »Ich gehe runter und mache ihnen die Tür auf.«

»Wir sind doch hoffentlich nicht zu früh?« Ben drückte ihr grinsend eine leuchtend rote Amaryllis in die Hand. »Ich war mir nicht sicher, ob du drei oder vier Uhr gesagt hast.«

Seine um einen Kopf kleinere, rundliche Frau schob ihn zur Seite und reichte Jessie lächelnd die Hand. »Wenn ich es nicht besser wüsste, könnte ich meinen, du wärst Mauras Tochter.« Sie zögerte einen Moment, ging auf die Zehenspitzen und hauchte ihr einen Kuss auf die Wange. »Du hast ihre Statur, das gleiche warme Lächeln.«

Jessie freute sich über dieses Kompliment. »Du bist die Erste, die das sagt. Die meisten halten mich für eine Schwedin. Bin ich ja auch zur Hälfte.« Mit einer einladenden Geste bat sie Ben und Franny in die Teestube.

Edward nahm ihnen die Jacken ab und hängte sie an die

Garderobe. »Ein Whiskey zur Begrüßung?«, fragte er augenzwinkernd.

»Einer geht immer.« Ben lachte. »Zumal meine Kleine mich heute kutschiert.«

»Wie lange seid ihr zwei schon zusammen?«, wollte Jessie wenig später beim Tee wissen. Sie mochte dieses ungleiche Paar. In jedem Blick, den die beiden sich zuwarfen, lag Liebe.

»Fast unser ganzes Leben.« Franny lächelte ihren Mann zärtlich an. Sie hangelte unter dem Tisch nach ihrer Handtasche und stellte sie auf ihre Knie. »Wir kennen uns seit der Kindergartenzeit.« Umständlich kramte sie in ihrer Tasche.

Ben tätschelte ihr den Arm. »Oh ja. Schon damals fand ich sie ziemlich süß. Habe ihr sogar in der Puppenecke einen Kuss geklaut.« Der hagere Mann lehnte sich zurück und strich sich über den nicht vorhandenen Bauch. »Danke für den köstlichen Apfelkuchen.« Er nahm seiner Frau ein Fotoalbum aus der Hand und reichte es Jessie. »Das ist für dich. Ich habe dir die alten Fotos kopiert und eingeklebt.« Er erhob sich aus dem bequemen Korbsessel und wanderte in der Teestube herum. »Ich freue mich, dass du die alten Möbel nicht gegen so modischen Schnickschnack ausgetauscht hast. Dieser Raum strahlt so viel Wärme und Gemütlichkeit aus.« Mit den Fingerspitzen fuhr er über Mauras Bild. »Wenn ich die Augen schließe, höre ich noch ihr warmes Lachen.« Er seufzte. »Wir waren nur kurz ein Paar, stellten bald fest, dass wir uns zwar mochten, es für mehr aber nicht reichte. Wir blieben Freunde. Mit Franny wurden wir bald zum untrennbaren Kleeblatt.«

»War Maura denn nie ernsthaft verliebt? Mir gegenüber hat sie nie etwas erwähnt.« Jessie klappte das Album auf, sah ihre Tante in einer Schar junger Frauen vor einem Schulgebäude. Ein anderes Bild zeigte sie lachend beim Backen. Sie blätterte weiter. »Dieser Mann dort, der mit ihr tanzt. Er schaut sie so verliebt an.«

»Das ist Darran.« Franny griff über den Tisch nach Jessies Hand und drückte sie kurz. »Die beiden waren so gut wie verlobt. Doch dann erkrankte deine Mutter schwer, und sie …« Nachdenklich schaute sie auf Mauras Foto an der Wand. »Es wäre nicht recht, wenn ich dir das erzähle. Sie hätte nie gewollt, dass du es erfährst. Dazu liebte sie dich zu sehr.«

»Bitte, Fran.« In Jessie stieg ein trauriger Verdacht auf. »Ging ihre Beziehung deshalb in die Brüche, weil Maura mich nach Mutters Tod zu sich nahm?« Sie warf ihr einen flehenden Blick zu. »Ich muss es wissen.«

»Darrans Eltern waren schuld«, brummte Ben. »Die versuchten von Anfang an einen Keil zwischen die beiden zu treiben.« Er hockte sich auf die Kante des Rattansessels und wippte mit den Füßen. »Diese reichen Farmer wollten keine Schwiegertochter, die ein fremdes Kind mit in die Ehe brachte. Sie drohten, ihren Sohn zu enterben.«

»Wenn er Manns genug gewesen wäre, hätte er Maura auch gegen den Willen seiner Eltern geheiratet«, warf Fran empört ein. »Nein, Jessie. Ganz so war es nicht.« Sie strich ihr über die Wange. »Dieser Trottel hat sie mit einer Farmerstochter betrogen.« Sie schnaubte verächtlich. »Die wurde schwanger, und so fügte sich eins zum anderen.«

»Ich bin also schuld, dass meine Tante ihr Leben lang allein blieb?« Die Narbe ihrer Trauer brach wieder auf. Vor fünf Wochen hatte Maura noch dort in der Küche gestanden und beim Backen gesungen. Jessie zerriss es fast das Herz bei dem Gedanken, dass sie ihretwegen auf ihr Lebensglück verzichtet hatte. Sie kämpfte mit den Tränen, schluckte schwer. »Wenn ich das gewusst hätte …« Ihr versagte die Stimme. Schluchzend verbarg sie das Gesicht in den Händen.

»Deine Tante hat dich über alles geliebt. Am Telefon hat sie einmal zu mir gesagt, du seist ihr größtes Glück.« Fran streichelte ihr den Rücken.

Edward griff nach ihrer Hand und hielt sie fest in seiner.

»Das sagst du doch nur, um mich zu trösten«, krächzte Jessie mit belegter Stimme. »Ich werde mir nie verzeihen, dass ich mich am Morgen vor ihrem Tod noch mit ihr gestritten habe. Ich war manchmal richtig biestig zu ihr.«

Erst am Abend bei einem Glas Rotwein beruhigte sie sich allmählich. »Du kanntest meine Tante doch gut?«, fragte sie Lena und schaute sich im Wohnzimmer des Arzthauses um. Jack und Edward hatten sich in ihr Schachspiel vertieft. Scotty, der Mischlingshund, schlief auf den Füßen seines Herrchens. Im Kamin knisterte ein anheimelndes Feuer.

»Gehen wir in mein Arbeitszimmer«, flüsterte die Freundin. »Dort stören wir die Männer nicht.« Sie nahm Jessie das Weinglas ab und trug es nach nebenan. »Das war früher Jacks Kinderzimmer.« Sie deutete auf ein Schwarz-Weiß-Foto im Silberrahmen, das auf dem Schreibtisch stand. »Das sind seine Eltern.« Sie zog einen Teewagen zum Sofa, auf den sie die Gläser stellte. »Was bedrückt dich, Jess?« Lena führte sie zu der Zweisitzercouch und setzte sich neben sie. »Hattest du Streit mit Ed?« Sie schmunzelte. »Wenn es so wäre, würde es mich wundern. Sich mit ihm zu streiten, ist kaum möglich. Ed ist die Harmonie in Person.«

»Nein, das ist es nicht.« Jessie trank einen Schluck Wein, spürte, wie er ihr zu Kopf stieg und sie angenehm entspannte. Seufzend lehnte sie sich in die Polster. »War Maura glücklich?« Sie atmete tief durch. Dann erzählte sie Lena, was sie am Nachmittag über ihre Tante erfahren hatte.

Die Freundin nippte am Wein. »Ich habe sie nie jammern oder klagen gehört. Stets hatte sie ein Lächeln im Gesicht. Sie liebte ihre kleine Teestube, die Treffen mit den Handarbeitsfrauen, den Chor. Vor allem liebte sie dich. Du warst ihre Familie.« Nachdenklich schaute sie aus dem Fenster. »Sie ruhte in sich. War mit ihrem Leben zufrieden, so wie es war.«

»Danke, Lena. Deine Worte bedeuten mir viel.« Jessie leerte das Weinglas in einem Zug. »Jetzt geht es mir schon etwas besser.«

»Wirst du Weihnachten mit Edward feiern?« Jacks Frau legte ihr einen Arm um die Schultern und drückte sie kurz an sich. »Ihr zwei strahlt so viel Harmonie aus.«

»Weihnachten?« Jessie hatte bisher jeden Gedanken an das Fest weit von sich geschoben. »Ehrlich gesagt, ich weiß es nicht. Momentan steht mir der Kopf nicht nach Feiern. Nicht nach dem, was ich heute erfahren habe.«

Kapitel 34

Jessie las den Satz schon zum dritten Mal. Frustriert klappte sie Emily Brontës *Sturmhöhe* zu und stellte den Roman zurück ins Bücherregal. Für diesen viktorianischen Klassiker fehlte ihr heute eindeutig die nötige Geduld. Der Stress der letzten Woche zerrte an ihren Nerven. Da Nora mit einer dicken Angina im Bett lag, hatte sie abends im Pub ausgeholfen. Edward war ständig zwischen zwei Farmen und seiner Praxis gependelt, denn in den Zuchtbetrieben grassierte die Rindergrippe. Erst Samstagabend fanden sie wieder Zeit für Zweisamkeit. Gemeinsam hatten sie in Eds Küche Stew gekocht. Sie hatten sich geliebt und bis Sonntagmittag geschlafen.

»Soll ich dich nicht doch nach Killarney fahren?« Ed musterte sie über den Rand der Zeitung. Sie hatten es sich im Wohnzimmer zum Lesen gemütlich gemacht. Mit einer Tasse Tee vor sich auf dem niedrigen Couchtisch saß Edward in der Sofaecke.

Jessie zog die Füße auf den Ledersessel und schlang die Arme um die Beine. »Ich nehme den Bus. Du willst doch Rechnungen schreiben. Hol mich gegen fünf ab. Wir könnten vor der Filmvorführung noch über den Adventsmarkt bummeln.«

»Der Bus zockelt fast eine Stunde über die Dörfer bis Killarney.« Er runzelte die Stirn. »Dann noch der Fußweg zum Hotel. Warst du diese Woche nicht genug auf den Beinen?« Sein Handy klingelte. »Nicht schon wieder ein Notfall«, stöhnte er und stürzte nach nebenan in die Praxis, um den stets fertig gepackten Notfallkoffer zu holen. Kurz darauf kehrte er lachend ins Wohnzimmer zurück. »Das war Mike Sutton. Seinen Rindern geht es besser. Sie fressen wieder.«

»Und deshalb stört er dich am Sonntag?« Fassungslos schüttelte sie den Kopf. »Wie ich dich kenne, hast du dich für den Anruf sogar noch bedankt.«

Ed nickte. »Ich bin doch froh, dass meine Therapie angeschlagen hat.«

»Okay, das verstehe ich natürlich.« Sie erhob sich aus dem Lesesessel und schlenderte zu ihm. »Du siehst abgespannt aus. Sollen wir den Kinoabend ausfallen lassen, irgendwo eine Kleinigkeit essen und früh zu Bett gehen?« Mit den Fingerspitzen glättete sie seine Sorgenfalten. »Ich befürchte, sobald im Kinosaal das Licht ausgeht, penne ich an deiner Schulter ein.« Diplomatisch schob sie ihre Erschöpfung vor, um endlich in Ruhe mit ihm über das anstehende Weihnachtsfest reden zu können. Warum er selbst bisher nie ein Wort darüber verloren hatte, war ihr ein Rätsel.

»Ganz, wie du möchtest, Liebes. Die Woche steckt mir auch noch in den Knochen«, sagte er und gähnte.

Verstohlen linste sie auf ihre Armbanduhr. »Ich muss mich auf den Weg machen, sonst verpasse ich den Bus.«

»Ich bringe dich …«, setzte er an, doch sie stoppte ihn mit einem Kuss.

Energisch schob sie ihn die Treppe hoch in sein ehemaliges Kinderzimmer, das er zum Büro umfunktioniert hatte. »Bye, Doc«, rief sie und schloss die Tür hinter ihm. Dann flitzte sie in den Flur und zog den wattierten Winterparka an. Eingemummelt in Mütze und Schal, mit Thermostiefeln an den Füßen, stapfte sie über den verschneiten Feldweg zur Bushaltestelle.

Die klare Winterluft belebte ihre Sinne. Unter ihren Stiefeln knarzte der Neuschnee. Sie blies Atemwölkchen in die Luft, erfreute sich am Anblick der glitzernden weißen Pracht auf den Steinwällen. Als der Bus auf die Haltestelle zusteuerte, legte sie einen Endspurt ein.

»Wo kommst du denn her?« Garvin, ihr Lieblingsbusfahrer, klatschte sie zur Begrüßung ab. Er schob die quietschgelbe Baseballkappe in den Nacken und musterte sie grinsend. »Lass mich raten? Du hast deinen Goldhamster zum Tierarzt gebracht?«

»Knapp daneben«, entgegnete sie lachend. »Mein Goldfisch hatte seinen jährlichen Check-up.« Sie warf das abgezählte Kleingeld in den Ticketautomaten und zog eine Karte. Da sie der einzige Fahrgast war, verkrümelte sie sich in die letzte Bankreihe, um ungestört zu dösen. Auf die Witze des mitteilungsbedürftigen Busfahrers verzichtete sie heute gern. »Schmeiß mich bitte an der Haltestelle ›Seaside Hotel‹ raus«, bat sie und schloss die Augen.

»Okay, Baby. Dann singe ich dir jetzt ein Schlaflied.« Garvin brummte mehr, als dass er sang. Sein monotoner Singsang lullte sie tatsächlich ein.

»Endstation«, rief er, kaum dass sie ein wenig zur Ruhe gekommen war. Er bremste so abrupt, dass sie fast von der Bank rutschte. »Viel Spaß auf dem Weihnachtsmarkt. Trink einen Glühwein für mich mit. Ich habe leider Dienst.«

»Ich bin nicht zu meinem Vergnügen hier«, sagte sie und klopfte ihm zum Abschied auf die Schulter. »Ich helfe am Stand der Handarbeitsfrauen.«

Sie sprang aus dem Bus und marschierte geradewegs auf die Zufahrt zum Herrenhaus zu. Aus allen Richtungen strömten die Menschen. Der stimmungsvolle Adventsmarkt im Park des Viersternehotels war ein beliebtes Ausflugsziel für die Farmer aus dem Umland. Am Glühweinstand traf man sich auf einen Tratsch. Die Kinder fuhren Karussell, während ihre Mütter von Stand zu Stand bummelten und shoppten. Es duftete nach gebrannten Mandeln und Gegrilltem. Aus einem Lautsprecher tönten weihnachtliche Klänge.

Doch heute entlockten ihr die Lichterketten in den Bäumen nur ein müdes Lächeln, und die festlich geschmückten Holzhütten, in denen Kunsthandwerker ihre Waren anboten, reizten sie nicht. Ihre Weihnachtsstimmung wollte sich nicht so recht einstellen. Wehmütig dachte sie an das letzte Jahr. Maura und sie hatten im Wintergarten des Hotels Tee getrunken und waren untergehakt über den Adventsmarkt geschlendert. Sie hatten Weihnachtsgeschenke gekauft, Waffeln genascht und Pläne für die Feiertage geschmiedet. Jessie schluckte schwer. Würde die Trauer um ihre Tante jemals aufhören?

Mit Edward an ihrer Seite traute sie sich zu, die diesjährige Weihnachtsmesse zu besuchen. Sie stellte sich vor, wie Pfarrer Donnelly für Mauras Seelenheil betete und sie das ewige Licht zum Friedhof brachte. Sicher begleitete Ed sie gern und half ihr, der Tante diesen letzten Liebesdienst zu erweisen. Heute Abend würde sie ihn darum bitten.

Zielstrebig steuerte sie die mit Tannengrün geschmückte Hütte von Kathy und Lena an. Die beiden waren mit dem Hotelinhaber und seiner Frau befreundet, weshalb der Stellplatz vor dem Wintergarten seit Jahren für sie reserviert war.

»Die Ablösung naht«, rief sie Lena zu, die hinter dem Verkaufstresen ausharrte und für eine Kundin Socken in Weihnachtspapier einschlug. Die Freundin lächelte sie dankbar an und setzte ihr Beratungsgespräch fort. Jessie schlüpfte neben sie in die Hütte und nutzte die Wartezeit, um sich zu orientieren.

Kathys farbenprächtige Webteppiche waren der Eyecatcher. Von unsichtbaren Nylonfäden gehalten, schwebten sie vor der Rückwand der Hütte. Kunstvoll angeordnet in einem Rattanregal lockten Lenas Designer-Taschen. Auf dem Verkaufstisch stapelten sich Wollschals, Socken mit Weihnachtsmotiven und Pullover im typischen Aran-Muster. Die Handarbeitsfrauen hatten in den letzten Wochen fleißig mit den Nadeln geklappert. Jessie bedauerte, dass ihr momentan die Zeit und Ruhe zum Stricken fehlte, nahm sich aber vor, im neuen Jahr regelmäßig den Handarbeitskreis zu besuchen.

»Puh, bin ich froh, dass du jetzt übernimmst.« Lena begrüßte sie mit Wangenkuss. »Trotz des Heizöfchens habe ich Eisfüße.« Sie drehte den Heizstrahler etwas höher und deutete unter den Verkaufstisch. »Dort in der Kiste findest du die Geldkassette. Quittungen und Gutscheine für deine Teestube liegen im untersten Regalfach. Für den Fall, dass irgendwo ein Preisschild fehlt, habe ich dir die Preise auf eine Liste geschrieben.« Sie verstaute ihr Smartphone in einer Wildledertasche und schaute sich noch einmal in der Hütte um. »Ruf mich an, falls du Fragen hast. In einer halben Stunde leistet Sheila dir Gesellschaft.«

»Keine Sorge, ich komme schon klar. Gegen den abendlichen Stress im Pub wird das hier die reinste Erholung für mich sein«, beteuerte Jessie. »Grüß Jack von mir, und genieß den Rest des Sonntags. Du hast es dir verdient.« Sie drängte Lena aus der Hütte, schaute ihr hinterher, bis sie im Gedränge verschwand.

Kaum hatte Jessie ihren Rucksack unter dem Verkaufstresen verstaut, steuerten zwei ältere Damen in eleganten

Wintermänteln den Stand an. Tuschelnd zeigten sie auf das Regal mit den Taschen. »Ob die wirklich von der Designerin sind oder nur Fake?«, hörte Jessie die eine sagen.

»Interessieren Sie sich für eine bestimmte Handtasche?«, fragte sie geschäftstüchtig nach. »Diese Stücke hat die bekannte Designerin Lena O'Leary speziell für den Adventsmarkt entworfen. Sie sind Unikate.« Sie deutete auf die Lederanhänger mit dem Firmenlogo »Kathy & Lena's«.

Sofort schien das Interesse der Ladys geweckt. Sie ließen sich sechs verschiedene Modelle zeigen, dann kauften sie kurz entschlossen zwei Clutches. Zufrieden verbuchte Jessie das Geld in der Kasse.

Sie kam kaum zum Verschnaufen. Schon drängten die nächsten Kunden an ihren Stand. Sie beriet, wickelte Socken, Schals und Taschen in Geschenkpapier ein, füllte das Regal auf. Bei jeder Gelegenheit, die sich ihr bot, warb sie für ihre Teestube und verteilte Gutscheine. Ihr Mund war staubtrocken vom vielen Reden, ihre Blase drückte. Sehnsüchtig schaute sie zur Uhr. Sheila sollte längst hier sein, um sie zu unterstützen. Eine halbe Stunde nach der verabredeten Zeit entdeckte sie den roten Lockenkopf der Freundin im Gedränge.

»Na endlich. Ich mache mir gleich in die Hose«, stöhnte sie, als Sheila sich zu ihr in die Hütte gesellte. »Du kennst dich hoffentlich aus?« Ohne die Antwort abzuwarten, stürzte Jessie aus dem Stand und rannte schnurstracks in den Wintergarten. Sie eilte an den Tee trinkenden Gästen vorbei und steuerte die Damentoilette in der Lobby an.

Den Rückweg ging sie etwas entspannter an. Sie bewunderte die Auslagen in einer Glasvitrine in der Lobby. Lenas Handtaschen waren der Blickfang. Doch Jessie hatte nur Augen für die edlen Stücke eines bekannten Schmuckdesigners aus Kildare. Ein silberner Schlüsselanhänger in Form eines Pferdes hatte es ihr angetan. Endlich hatte sie das perfekte Weihnachtsgeschenk für Edward gefunden. Sie ließ sich den Anhänger von der Empfangsdame in einer Geschenkbox verpacken. Ohne mit der Wimper zu zucken, zahlte sie die knapp hundert Euro mit ihrer Scheckkarte und verstaute das Geschenk in der Jackentasche. Beschwingten Schrittes eilte sie zurück auf den Adventsmarkt.

Der Duft von gebrannten Mandeln ließ ihr das Wasser im Mund zusammenlaufen. Sie steuerte den Süßwarenstand an und stellte sich in die Warteschlange. In Gedanken plante sie das Weihnachtsessen, freute sich darauf, Edward mit Truthahn und glasierten Maronen zu verwöhnen.

Überrascht fuhr sie herum, als sie seine Stimme vernahm. Er lehnte nur wenige Schritte entfernt am Glühweinstand. Ed war so sehr ins Gespräch mit Cynthia vertieft, dass er sie nicht zu bemerken schien. Seine Augen strahlten, und er legte seiner Gesprächspartnerin eine Hand auf den Arm. Trotz der Kälte trug die attraktive Rothaarige unter ihrem offenen Mantel ein tief dekolletiertes Top. Sie spielte eindeutig mit ihren Reizen.

Jessie versetzte es einen Stich, den Mann, der sie heute Morgen beim Sex verwöhnt hatte, mit einer anderen zu sehen. Sie wehrte sich gegen ihre Eifersucht, redete sich ein, dass dies nur ein harmloses Gespräch unter Freunden sei. Doch Cynthia sendete so eindeutig erotische Signale aus, dass Jessie gar nicht anders konnte. Sie schlich hinter einen Ständer mit Gürteln und spitzte die Ohren.

»Bist du über Weihnachten wieder bei deinem Onkel in Dingle? Wir könnten uns doch dort …« Cynthia beugte sich vor, flüsterte Ed etwas zu und legte ihm eine Hand in den Nacken.

Er lachte. »Du bist unmöglich. Was würde dein Mann jetzt sagen, wenn er dich gehört hätte?«

»Der kann mich mal«, schnaubte sie. »Wir sind so gut wie geschieden. Sobald der Unterhalt geregelt ist, unterschreibe ich die Papiere.« Ihre Hand wanderte von seinem Nacken zu seiner Brust, blieb dort liegen.

Edward beugte sich vor und sprach leise auf sie ein. Geradezu aufreizend befeuchtete Cynthia ihre Lippen, ehe sie heiser lachte.

Um nicht laut aufzustöhnen, presste Jessie die Faust auf den Mund. Der Puls hämmerte in ihren Ohren. Sie lauschte weiter, doch die beiden hatten die Köpfe zusammengesteckt und tuschelten miteinander. Wenn sie sich in diesem Moment nicht an das kühle Metall des Ausstellungsständers geklammert hätte, wäre sie garantiert wie eine Furie auf die beiden losgestürmt.

Mach jetzt bloß keine Szene, mahnte sie sich. *Bleib cool und selbstbewusst.*

Sie nahm die Wollmütze vom Kopf und stopfte sie in die Jackentasche. Mit den Fingern fuhr sie sich durch das lange Haar und rang sich ein Lächeln ab. Wie zufällig schlenderte sie zum Glühweinstand.

»Hallo ihr zwei«, rief sie betont heiter und schluckte die Flüche hinunter, die ihr auf der Zunge lagen. »Da stehe ich nichts ahnend am Süßwarenstand an, und wen höre ich da hinter mir reden?« Eds verliebter Blick besänftigte sie ein wenig. Als er sie dann noch in seine Arme zog und vor Cynthias Augen leidenschaftlich küsste, schmolz ihre Eifersucht wie Schnee in der Frühlingssonne. Sie schaffte es sogar, ihrer vermeintlichen Konkurrentin ein warmherziges Lächeln zu schenken. »Cynthia, wie schön, Sie wiederzusehen. Was macht Ihr abenteuerlustiger Kater?« Sie schmiegte sich an Edward, genoss seine Hand in ihrem Rücken und kam sich vor wie die Siegerin in einem Grand-Slam-Turnier.

Die Mundwinkel ihrer Gegnerin zuckten. Hektische rote Flecke breiteten sich auf ihrem Gesicht aus. Sie reckte das Kinn, funkelte Jessie an. »Viel Glück mit Edward«, zischte sie und rauschte davon.

»Du musst ihr verzeihen«, wandte Ed sofort ein. »Ihr Mann hat sie wegen einer Jüngeren verlassen. Jetzt ist jede attraktive junge Frau ein rotes Tuch für sie.«

»Das ist noch lange kein Grund, dich anzubaggern«, blaffte Jessie.

Edward tippte ihr auf die Nase und schmunzelte. »Du bist süß, wenn du eifersüchtig bist.«

»Ich kann auch anders«, brummelte sie. Energisch befreite sie sich aus seiner Umarmung. »Du bist zu früh. Ich muss noch eine Stunde am Stand arbeiten. Willst du Sheila und mir vielleicht helfen?«

Er steckte die Hände in die Hosentaschen, zwinkerte ihr schelmisch zu. »Nö. Keine Zeit. Ich habe noch was zu erledigen.« Zärtlich knuffte er sie in die Seite und marschierte schnurstracks auf den Hoteleingang zu.

Punkt fünf trudelte er an der Weihnachtsbude ein. »Ich habe uns einen Tisch beim Italiener reserviert«, teilte er ihr gut gelaunt mit.

»Wenn ich du wäre, würde ich mir diesen Mann warmhalten«, raunte ihr Kathy, die sie am Stand ablöste, zu. »Ed ist ein Goldstück.«

»Das habe ich gehört.« Ed lachte und bedankte sich mit einem Luftkuss für das Kompliment.

Jessie hakte sich bei Edward unter. »Wärst du enttäuscht,

wenn wir nicht mehr über den Markt bummeln? Ich habe für heute genug von Weihnachtsmusik und Glühweinduft. Am liebsten würde ich mich irgendwo hinsetzen und in Ruhe mit dir reden.«

»Das habe ich mir fast gedacht.« Edward nahm ihr den Rucksack ab und hängte ihn sich über eine Schulter. »Deshalb habe ich den Tisch beim Italiener vorsorglich schon für halb sechs reserviert.« Zielstrebig steuerte er den Parkplatz an. »Wir fahren die kurze Strecke. Vom langen Stehen hast du doch sicher schon geschwollene Füße«, entschied er fürsorglich.

Jessie stöhnte vor Erleichterung auf, als sie die müden Beine im Wagen ausstreckte. Im Lokal streifte sie unter dem Tisch die Stiefel ab, wackelte mit den Zehen.

Edward vertiefte sich in die Speisekarte. »Weißt du schon, was du möchtest?«

»Mir ist alles recht. Hauptsache heiß und herzhaft. Ich habe heute zu viel Süßkram genascht.« Ungeduldig wartete sie, bis der Kellner die Getränke gebracht hatte. Ein Glas Rotwein für sie, Sodawasser für Ed. Sie trank einen Schluck, griff nach Edwards Hand und schaute ihm fest in die Augen. Ihr Herz schlug bis zum Hals. In Gedanken legte sie sich die richtigen Worte zurecht, doch dann stolperten die Sätze unzensiert über ihre Zunge. »Was hältst du von Truthahn und glasierten Maronen?« Was redete sie da?

»Das haben die hier leider nicht auf der Karte«, entgegnete er amüsiert. »Wie wäre es mit Kalbsschnitzel in Marsala?«

Sie schüttelte energisch den Kopf. »Ich will doch nur wissen, ob du Weihnachten bei mir feierst?« Endlich war es über ihre Lippen. Gebannt wartete sie auf seine Antwort.

Edward löste seine Finger aus ihrer Hand, verschränkte

die Arme vor dem Körper und schaute auf die brennende Kerze, die auf ihrem Tisch stand. »Ich wollte es dir schon letzte Woche sagen, aber dann hatten wir beide so viel um die Ohren.« Er raufte sich die Haare, schluckte. »Mein Onkel in Dingle feiert in vier Tagen seinen achtzigsten Geburtstag. Da muss ich hin.«

»Du bist Weihnachten doch sicher wieder zurück?« Sie hoffte, betete, dass er Ja sagen würde, obwohl sie die Antwort längst kannte. »Warum hast du mir nie erzählt, dass du noch Familie in Dingle hast?«

»Hat sich bisher nie ergeben.« Ed beugte sich vor und strich ihr eine Haarsträhne hinter die Ohren. »Komm mit mir. Sie freuen sich sicher, dich kennenzulernen. Ein paar Tage Urlaub werden dir guttun nach all dem Stress der letzten Wochen. Mein Vetter züchtet Connemara-Ponys. Wir könnten reiten.«

»Du weißt genau, dass ich meine Teestube nicht so einfach schließen kann.« Sie rang mit sich. Die Aussicht auf ein paar freie Tage schien ihr verlockend, doch warum hatte Ed sie nicht eher gefragt? Gemeinsam hätten sie eine Lösung gefunden. Verstohlen musterte sie ihn und ärgerte sich, als er das Smartphone aus der Hosentasche zog und eine WhatsApp beantwortete. »Hörst du mir überhaupt noch zu?«

Er legte das Handy auf den Tisch und nickte. »Ich verstehe, dass du die Teestube nicht so lange schließen kannst, Jess. Warum kommst du nicht wenigstens über die Feiertage nach Dingle? Du nimmst den Zug bis Tralee. Dort hole ich dich mit dem Wagen ab.«

Jessie sah ihn fassungslos an. »Ich hatte so sehr gehofft, dass du Weihnachten mit mir zur Messe und ans Grab gehen würdest.«

»Das ewige Licht können wir auch nach Weihnachten zum Friedhof bringen. Muss es denn ausgerechnet an diesem Tag sein?« Sein Blick verfinsterte sich. »Lass uns nicht streiten. Wir sind beide überarbeitet und müde.« Er winkte dem Kellner. »Ich bestelle uns die Pizza Speziale zum Mitnehmen. Zu Hause legst du die Beine hoch und entspannst dich.« Aufmunternd lächelte er sie an.

»Verdammt, Edward! Sei doch nicht immer so harmoniesüchtig. Warum kannst du nicht einmal aus der Haut fahren und dich mit mir streiten?«, fuhr sie ihn an.

Er zuckte nur müde mit den Schultern. »Du brauchst Schlaf, Jess. Morgen siehst du die Dinge sicher in einem anderen Licht.«

»Warum ist es dir so wichtig, dass ich Weihnachten nach Dingle komme?« Sie hangelte unter dem Tisch nach ihren Stiefeln, schlüpfte hinein. »Nenn mir einen plausiblen Grund. Erholen kann ich mich auch in Busby.«

»Weil … weil …« Edward starrte in ihr Weinglas, als stünde dort die Antwort. »Weil ich dich gern bei mir habe und weil …« Stöhnend lockerte er seinen Hemdkragen. »Ich dachte, dass zwischen uns wäre was Ernstes. Wir liegen auf einer Wellenlänge, haben die gleichen Interessen.«

Das war nicht das, was sie hören wollte. Sie kaute an seinen Worten, nickte. »Okay. Vielleicht hast du recht, und wir brauchen beide Urlaub, eine Pause. Du bei deiner Familie, ich bei meinen Freunden, den Sullivans.« Es zerriss ihr fast das Herz, doch sie sah keine andere Möglichkeit, ihn aus der Reserve zu locken. Wenn er jetzt diese drei kleinen Worte aussprach, sie würde …

Edward kniff die Augen zusammen und seufzte. »Du wirst mir fehlen, Jessie. Aber ich respektiere deinen Wunsch.

Mein Angebot steht. Wenn du möchtest, hole ich dich auch in Busby ab. Ein Wort von dir genügt.«

»Bring mich bitte zu mir nach Hause«, murmelte sie enttäuscht. »Wir sehen uns nach Weihnachten wieder.«

Kapitel 35

Edward fehlte ihr. Seine besonnene Art, selbst seine Ordnungsliebe. Jessie ertappte sich dabei, dass sie die Tageszeitung genauso sorgfältig zusammenfaltete und im Zeitungsständer verstaute wie er. Tagsüber lenkte sie sich mit Arbeit ab. Doch sobald sie in ihre Wohnung kam, kroch die Einsamkeit aus den Ecken. Sie brauchte eine Wärmflasche im Bett, um wenigstens halbwegs warm zu werden. Ihr Körper verzehrte sich nach Eds streichelnden Händen. In ihren schlimmsten Albträumen sah sie ihn mit Cynthia beim Sex. Dann wachte sie schweißgebadet auf, stand stundenlang am Fenster und stierte in die Nacht. Die Eifersucht setzte ihr zu.

Seit Sonntag hatte er sich nicht mehr gemeldet. Jessie fragte per WhatsApp nach, ob seine Fahrt problemlos verlaufen war, und wünschte ihm eine erholsame Zeit mit der Familie. Ed sandte ihr nur ein Foto von einem braun-weiß gescheckten Connemara-Pony. Kein lieber Gruß, nicht mal ein Kuss-Smiley. Er schmollte, so viel war klar. Frustriert warf sie das Handy auf die Couch.

»Was du kannst, kann ich schon lange«, schrie sie aufgebracht. Sie verschränkte die Hände auf dem Rücken und tigerte in der Wohnung herum. Jessie haderte mit sich. In Gedanken kaute sie das letzte Gespräch mit Edward wieder und wieder durch. Hatte sie vorschnell und ungerecht gehandelt? *Wir liegen auf einer Wellenlänge, haben die gleichen Interessen*, das waren seine Worte gewesen. Von Gefühlen war nicht die Rede. Sicher, beim Sex raunte er ihr manches Mal zu, dass er verrückt nach ihr sei. Aber das zählte nicht. Das würde er garantiert zu jeder Frau sagen, die seine Lust entfachte. Genervt schnappte sie sich ihre Winterjacke und rannte aus dem Haus. Sie musste laufen, den Kopf freibekommen.

»Wo willst du so spät noch hin?« Fergus winkte ihr aus der offenen Pubtür zu. »Komm doch auf ein Bier rüber. Nora ist wieder fit. Du kannst dich entspannt in die Lounge setzen und mit Claire quatschen.«

»Später«, entgegnete sie. »Ich habe den ganzen Tag in der Teestube gearbeitet. Jetzt brauche ich frische Luft und etwas Bewegung.«

Ihre Schritte lenkten sie durch den alten Dorfkern zu den Weiden. Längst hatte die Dämmerung eingesetzt, doch sie brauchte keine Taschenlampe. Wie helle Tupfer wiesen ihr die Schafe den Weg. Schon bald würden die wolligen Vierbeiner zu ihrem Unterstand laufen, sich dort aneinanderkuscheln.

Jessie seufzte. In ihrer Wohnung wartete niemand auf sie. Bei der Vorstellung, heute Abend wieder allein zu essen und in ein leeres Bett zu kriechen, zog sich alles in ihr zusammen. Wie eine kalte Hand griff die Einsamkeit nach ihr.

Welcher Teufel hatte sie geritten, so spät noch in die Felder zu laufen? Selbst die Schafe, ihre Wegweiser, hatten sich inzwischen in den Stall verkrochen. Orientierungslos drehte sich Jessie um die eigene Achse, suchte einen Anhaltspunkt in der Dunkelheit. Schemenhaft erkannte sie Büsche und Bäume, hangelte sich an den Weidezäunen und Steinwällen entlang. Kein Stern am Himmel leuchtete ihr den Weg.

Sie durchwühlte ihre Taschen nach dem Handy und stampfte wütend auf, als ihr einfiel, dass dies zu Hause auf der Couch lag. Angespannt lauschte sie in die Dunkelheit. Der Wind trug das Bellen eines Hundes zu ihr.

»Hallo«, schrie sie, in der Hoffnung, dass das Tier nicht allein unterwegs war. »Ist dort jemand?« Sie rieb sich die müden Augen, starrte in die Richtung, aus der das Gebell kam.

Das Geräusch verstummte, und sie stolperte weiter. Wie aus dem Nichts huschte ein Schatten auf sie zu, stoppte einige Meter vor ihr und knurrte bedrohlich. Sie öffnete den Mund, doch aus ihrer Kehle drang nur ein ersticktes Krächzen.

Bleib ganz ruhig stehen, hörte sie Edwards Stimme in ihrem Kopf. *Wenn du wegläufst, weckst du nur den Jagdinstinkt des Tieres.* Stocksteif harrte sie aus, wagte kaum zu atmen. Da ertönte ein lang gezogener Pfiff. Eine Frau rief: »Komm sofort zurück ins Haus, Milli.« Und der knurrende Angreifer verschwand so schnell, wie er aufgetaucht war.

Jessie riss die Augen auf, starrte ungläubig in die Richtung, aus der er gekommen war. Erst allmählich wurde ihr klar, vor wem sie sich gefürchtet hatte. Sie folgte dem kleinen Kläffer und sprang beherzt über einen Wassergraben. Endlich tauchte das alte Keagan-Cottage vor ihr auf. Gleich daneben die Töpferei. Mr Miller, der angriffslustige Rauhaardackel, lag in der offenen Werkstatttür und blinzelte sie an. Der kleine Frechdachs wedelte mit dem Schwanz, als sie zu ihm lief und sich vor ihn hockte. »Mensch, Milli. Du hast mir vielleicht einen Schreck eingejagt«, sagte sie und kraulte ausgiebig sein Fell. »Trotzdem danke, dass du mich hierhergeführt hast. Ohne dich würde ich sicher noch stundenlang durch die Felder irren.« Sie blieb vor der offenen Tür stehen, schaute Moya bei der Arbeit zu. Die Beine weit von sich gestreckt, saß die junge Frau auf einem Schemel und bemalte Töpfe mit phantasievollen Ornamenten.

Moya blies eine rote Locke aus ihrem Gesicht und lächelte Jessie an. »Sorry, dass ich dich nicht gleich begrüßt habe. Ich war voll auf das neue Muster konzentriert.« Sie stellte den Pinsel in ein halb volles Wasserglas und den Krug, den sie bemalt hatte, in ein Regal hinter sich. Kopfschüttelnd schaute sie auf einen alten Wecker auf der Fensterbank. »Was? Schon nach sieben! Ich wollte längst Feierabend machen. Wenn Robin nicht da ist, vergesse ich beim Arbeiten immer die Zeit. Du kommst also gerade recht.« Lässig wischte sie sich die beschmierten Finger an der fleckigen Latzhose ab. »Mein Mann trifft sich heute Abend mit den ehemaligen Kollegen auf ein Bier in Kilkenny. Er übernachtet bei meiner Ma. Ich bin froh, wenn er morgen zurückkommt.«

»Das verstehe ich.« Jessie seufzte. »Sehr gut sogar.«

»Ed fehlt dir? Wolltest du nicht mit ihm nach Dingle fahren?« Moya knipste die Deckenleuchte aus, trat aus der Werkstatt und schloss die Tür hinter sich. Sofort flitzte ihr Dackel zum Cottage.

Jessie schüttelte traurig den Kopf. »Das wäre ich ja, aber …« Ein dicker Kloß in ihrem Hals hinderte sie am Weitersprechen.

»Ist es so schlimm?« Moya legte ihr einen Arm um die Schultern und lächelte sie verständnisvoll an. »Leiste mir beim Abendessen Gesellschaft. Und wenn du magst, erzählst du mir, was zwischen Ed und dir vorgefallen ist.«

Jessie nickte. »Ich bin froh, dass Milli mich gefunden und zu dir geführt hat.«

Sie aßen Shepherd's Pie und teilten sich eine Flasche Orangensaft. Mr Miller schnarchte leise in seinem Körbchen. Im Traum zuckten seine Pfötchen.

»Zum Nachtisch gibt es Tee und Ingwerkekse.« Moya stellte die schmutzigen Teller in die Spüle und ließ heißes Wasser ein. »Trag doch schon mal die Kanne und die Becher rüber. Ich bin gleich bei dir.« Sie deutete mit dem Kopf auf die gegenüberliegende Tür.

»War dort nicht früher euer Schlafzimmer?«, wunderte sich Jessie.

»Das haben wir in den Anbau verlegt, neben das Kinderzimmer.« Schmunzelnd strich sich Moya über den Bauch. »Du bist die Erste im Dorf, der ich das erzähle.« Ihre grünen Augen strahlten. »Nächsten August bekommen Robin und ich Zwillinge.«

Jessie schüttelte ungläubig den Kopf. »Aber man sieht ja noch gar nichts.«

»Ich bin ja auch erst im zweiten Monat.« Moya lachte.

Da sie vor Rührung kaum sprechen konnte, nahm Jess die Freundin in die Arme und drückte sie an sich. »Gratuliere«, stammelte sie und kämpfte mit den Tränen. Rasch wandte sie sich ab.

»Der Abwasch kann warten«, hörte sie Moya sagen. »Heute Abend schüttest du mir dein Herz aus.« Sie nahm Jess bei der Hand und führte sie nach nebenan zu einem Sofa.

Den Kopf an die Schulter der Freundin gelehnt, sprudelten die Sätze nur so aus Jessie heraus. »War es falsch von mir, Edward nicht zu begleiten? Glaubst du, dass er mich jetzt verlässt?«

»Bullshit.« Moya reichte ihr ein Taschentuch, wartete, bis sie sich die Nase geschnäuzt hatte. »Ed war vor seiner Abreise bei uns.«

»Was hat er gesagt? War er traurig? Wie sah er aus?«, fragte Jessie schniefend nach.

»Verabschiedet hat er sich und uns die Weihnachtsgeschenke gebracht.« Moya schüttelte den Lockenkopf. »Du kennst doch die irischen Männer. Die reden nicht gern über ihre Gefühle. Ed ist da sicher keine Ausnahme. Vergiss nicht, dass er ein gebranntes Kind ist. Jede Frau, in die er sich vor dir verliebte, hat ihn wegen eines anderen verlassen.«

»Du denkst …« Jessie schnappte nach Luft und fuhr sich mit dem Taschentuch über die Augen. »Du denkst, er hat Angst, mich zu verlieren, sobald er zu viele Gefühle investiert?«

Moya nickte und schaute sie fragend an. »Hast du ihm denn deine Liebe gestanden an diesem Abend?«

»Er weiß, dass ich in ihn verliebt bin«, brummelte Jessie.

Die Freundin erhob sich, marschierte zwischen Couch und Fenster auf und ab. »Das ist nicht dasselbe, Jess.«

Wie von der Tarantel gestochen sprang sie auf. »Fahr mich bitte nach Hause, Mo«, bat sie und stürzte aus dem Zimmer.

Zehn Minuten später schloss Jessie ihre Haustür auf und raste die Treppe hinauf. Sie riss das Handy von der Couch und wählte mit zittrigen Fingern die Nummer ihrer Freundin. »Na endlich«, stöhnte sie, als Sue nach dem gefühlt hundertsten Klingeln das Gespräch annahm. »Schimpf jetzt nicht mit mir. Hör mir einfach nur zu«, bat sie. »Hast du gekündigt?«

»Habe ich, wieso?« Sues Stimme klang wie ein Reibeisen. Sie gähnte ausgiebig.

»Einen neuen Job hast du hoffentlich noch nicht angenommen?«, bohrte Jessie nach. »Falls doch, ist es nicht zu spät, einen Rückzieher zu machen.«

Die Freundin stöhnte. »Rück endlich raus mit der Sprache. Ich bin hundemüde, Jess. Meine Mutter hat mich heute zum Hausputz verdonnert.«

»Pack deinen ganzen Kram zusammen und ruf dir ein Taxi. Ich zahle die Fahrt.« Jessie verschluckte sich beim Sprechen, hustete. »Alles andere erkläre ich dir, wenn du hier bist.« Mit dem Handy am Ohr flitzte sie in die Küche und trank hastig einen Schluck Wasser, bis der Hustenreiz nachließ.

»Machst du Scherze? Schau mal zur Uhr. Wir haben schon nach zehn«, brummte die Freundin. »Morgen Mittag schaue ich gern bei dir vorbei.«

Jessie raufte sich sprichwörtlich die Haare, doch sie zwang sich, ruhig zu bleiben. »Die Sache ist mir verdammt ernst, Sue. Wenn es nicht so dringend wäre, würde ich wohl kaum um diese Zeit anrufen.« Sie atmete tief durch. »Bitte, Sue. Ich brauche dich hier. Es ist ein Notfall.« Sie hörte leises Fluchen, ein Poltern. Eine Tür klackte ins Schloss. Stille. Verstört schaute sie auf das Display. Die Verbindung war nicht unterbrochen. »Was ist mit dir? Sag doch was, Sue!«, schrie sie aufgebracht.

»Ich packe. Bin in einer Stunde bei dir«, brummte die Freundin, und Jessie fiel vor Erleichterung das Smartphone aus der Hand.

Kapitel 36

»Bist du sicher, dass ihr den Ford nicht braucht?« Ungläubig schaute Jessie auf den Wagenschlüssel in ihrer Hand. »Du könntest mich auch nach Killarney bringen. Dort nehme ich den Zug bis Tralee, dann den Bus bis Lispole und ein Taxi für die letzten Kilometer.«

»Blödsinn!« Claire stemmte die Fäuste in die Taille und warf ihr über den Rand ihrer Lesebrille einen strengen Blick zu. »Alle Weihnachtseinkäufe sind erledigt. Falls wir einen Ausflug planen, ist Seans Range Rover groß genug für die ganze Familie. Notfalls leiht mir Kathy ihren kleinen Fiat. Der steht die halbe Zeit sowieso nur ungenutzt hinter der Webstube.« Energisch drängte sie Jessie aus der Küche. »Ich schaue zwischendurch bei Sue in der Teestube vorbei. Deine Freundin scheint mir doch ein patentes Mädchen zu sein. Die schmeißt den Laden. Mach dir also keine Sorgen. Wir bringen das Schaf schon trocken über den Fluss.«

»Vielleicht bin ich schneller wieder zurück, als du denkst«, unkte Jessie. »Wenn Edward nämlich …« Weiter kam sie nicht, denn Claire drückte ihr einen Schmatzer auf den Mund. »Dein Weihnachtsgeschenk bekommst du, wenn wir uns wiedersehen.« Sie runzelte die Stirn. »Apropos Geschenk. Was nimmst du für Eds Familie mit?«

Jessie zuckte müde mit den Schultern. »Keine Ahnung. Ehrlich gesagt, habe ich mir darüber noch keine Gedanken gemacht.« Sie gähnte verstohlen. »Ich habe Sue die halbe Nacht in der Teestube eingearbeitet. Hast du eine Idee?«

Claire nahm die Brille ab, kaute auf einem der Bügel. »Eine Flasche Whiskey geht immer. Dazu eine deiner schönen Emailledosen gefüllt mit selbst gebackenem Weihnachtsgebäck. Mit der Kombi landest du garantiert einen Volltreffer.« Sie schob die Lesebrille in die Tasche ihrer Schürze und breitete die Arme aus. »Komm her, meine Große. Lass dich drücken.«

Seufzend schmiegte sich Jessie an die beste Freundin ihrer verstorbenen Tante. »Ihr werdet mir fehlen«, schniefte sie.

»Genug der Sentimentalitäten.« Claire schob sie von sich und strich ihr über die Wange. »Melde dich, sobald du angekommen bist. Ich komme sonst um vor Sorge.« Sie legte ihr eine Hand unter das Kinn und schaute ihr in die Augen. »Kopf hoch. Das wird schon schiefgehen. Ed und du ihr seid wie füreinander gemacht.«

»So in etwa hat er das auch gesagt. Von Liebe war nicht die Rede«, brummelte Jessie. »Ich will aber keine Zweckgemeinschaft, ich will großes Gefühlskino mit Happy End und allem, was dazugehört.«

Claire lachte, dass ihr die Tränen die Wange hinunterliefen. »Worauf wartest du dann noch? Fahr hin und sag ihm das genau so, wie du es mir gerade gesagt hast.«

»Wahrscheinlich kriege ich kein Wort raus, wenn ich vor Ed stehe.« Jessie lächelte verschmitzt. »Aber versuchen werde ich es.«

Eine halbe Stunde später verstaute sie ihre Reisetasche im Kofferraum des alten Ford. »Jetzt bin ich doch froh, dass ihr mir euer Auto leiht. Mit dem Zug wäre ich ewig lange unterwegs.«

»Vollgetankt ist er«, erwiderte Fergus. Er klemmte den

Korb mit den Geschenken zwischen Fahrersitz und Rückbank. »Erst letzte Woche hatte ich ihn zum Ölwechsel in der Werkstatt. Das alte Schätzchen schnurrt wieder wie eine Eins.«

Sean drückte ihr ein Lunchpaket und eine Wasserflasche in den Arm. »Hast du die Route im Kopf?«

Sie nickte. »Ist doch kein Hexenwerk. Den Weg bis Killarney kenne ich. Von da an lasse ich mich von meinem Smartphone-Navi leiten.«

»Leg auf halber Strecke eine Pause ein«, mahnte ihre Freundin Sue.

»Ja, Mommy.« Sie lachte und kniff ihr in die Wange. »Und pass du auf meine Teestube auf. Ich will später keine Klagen von den Stammkunden hören.«

»Weiß Edward, dass du kommst?« Lou reichte ihr eine Straßenkarte. »Nur zur Sicherheit.«

Energisch schüttelte Jessie den Kopf. »Nein, weiß er nicht, und ich hoffe, das bleibt auch so. Ich will ihn überraschen.« Mit strenger Miene schaute sie ihren Freunden der Reihe nach ins Gesicht, hob drohend einen Zeigefinger. »Wehe, ihr …«

»Wir wissen von nichts«, beteuerte Claire. Eilig kramte sie ein weißes Stofftaschentuch aus der Hosentasche. »Los, fahr schon. Ich möchte dir nachwinken.«

»Ich habe euch lieb«, murmelte Jessie. Sie klemmte sich hinter das Lenkrad, atmete tief durch. Dann fuhr sie rückwärts aus der Einfahrt und scherte auf die Hauptstraße ein. Im Rückspiegel sah sie die Freunde winken, hupte zum Abschied, bevor sie Busby hinter sich ließ.

Die Kirchturmuhr schlug zehn. Mit etwas Glück würde sie Dingle in zwei Stunden erreichen. Sie schob jeden Gedanken an das, was sie erwartete, weit von sich und konzentrierte sich auf das Fahren. Vor ihr dehnten sich die Weiden und Felder aus. In der Ferne leuchteten die schneebedeckten Killarney Mountains. Zu ihrem Glück war die weiße Pracht auf den Straßen längst getaut.

Jessie gab Gas, überholte mutig einen Schulbus und genoss das leise Schnurren des Motors. Um sich vom Grübeln abzulenken, schaltete sie das Autoradio ein. Sie summte ihre Lieblingshits mit, lachte über die Witze des Moderators. Doch mit jeder Meile, die sie ihrem Ziel näher kam, klopften ihre Zweifel lauter an. War es falsch, unangemeldet bei Ed aufzukreuzen? Was, wenn er sie gar nicht mehr sehen wollte? Sie linste zum Handy auf dem Beifahrersitz. Noch war es nicht zu spät!

Kurz entschlossen steuerte sie hinter Killarney eine Parkbucht an, stellte den Motor ab. Sie griff zum Smartphone wie nach einem Rettungsring, um es wenige Momente später frustriert aus der Hand zu legen.

»Von wegen, du kannst mich zu jeder Tages- und Nachtzeit anrufen!«, zischte sie wütend. Ed hatte sein Handy ausgeschaltet, war für sie unerreichbar. Sie fluchte, schlug mit den Fäusten auf das Lenkrad, war drauf und dran umzukehren. Doch dann meldete sich ihr Kampfgeist zurück. So leicht gab sie sich nicht geschlagen, nicht so kurz vor dem Ziel. Fürs Umkehren war es längst zu spät. Dafür hatte sie zu viele Gefühle investiert. Sie würde jetzt nicht Edwards Sprachbox vollquatschen. Sie wollte ihm in die Augen sehen, wenn sie mit ihm sprach, ihm ihre Liebe gestand. Ein unbändiger Hunger nach Zärtlichkeit und Nähe raubte ihr den Atem. Übelkeit setzte ihr zu. Ihr Magen knurrte, und ihr fiel ein, dass sie heute außer einer Tasse Tee und einem halben Muffin noch nichts zu sich genommen hatte. Heißhungrig machte sie sich über Seans liebevoll mit Schinken und Cheddar belegte Sandwiches her, trank einige Schlucke Wasser. So gestärkt, trat sie die Weiterreise an.

Ihr Navi lotste sie auf die N 22. Vor ihr tauchten die imposanten Slieve Mish Mountains auf. Ihre Gipfel hüllten sich in Wolken, doch über dem Meer strahlte die Sonne. Jessies Puls beschleunigte sich, als sie den Wegweiser nach Dingle sah. Im Schritttempo fuhr sie auf eine Schafherde zu, die die schmale Straße überquerte. Als die Schafe den Ford einkreisten, hielt sie an. *Blacknoses*, wollige Vierbeiner mit lustigen schwarzen Nasen, trotteten gemächlich an ihrem Wagen vorbei. Jessie kurbelte das Fenster herunter, blinzelte in die Sonne.

»Nice day«, rief ihr der schlaksige Hirte zu und tippte sich an die Baseballkappe. »Wohin geht die Reise?« Er lehnte sich an die Motorhaube und grinste sie an.

Sie schenkte ihm ein breites Lächeln. »Hi. Wie komme ich auf dem schnellsten Weg zum Gestüt der Fishermans?«

»Mit der alten Karre?« Er schob sich die Mütze in den Nacken, schaute zum Himmel. »Fahr durch Dingle. Hinter der Ortsausfahrt biegst du links ab. Das Gestüt liegt am Fuße des Mount Brandon. Die haben einen hölzernen Pferdekopf auf ihrem Torbogen. Du kannst es also nicht verfehlen.« Er klopfte auf die Motorhaube und nickte ihr zu, bevor er seinen Tieren auf die Weide folgte.

Jessie fuhr im ersten Gang an der Schafherde vorbei, dann gab sie Gas. Schon fünf Minuten später passierte sie die Ortseinfahrt von Dingle. Da vor ihr ein Traktor tuckerte, hatte sie Zeit, die farbenfrohen Häuser zu bewundern. Neben einem lila Pub strahlte die Fassade einer Bäckerei zitronengelb. Historische und neuere Gebäude wechselten sich ab. Kein Wunder, dass der Hauptort der idyllischen Halbinsel ein Magnet für Touristen war. Selbst um diese Jahreszeit.

Der Traktor vor ihr bog links ab. »Shit!«, fluchte sie leise, denn auch ihr Weg führte in diese Richtung. Geduldig folgte sie ihm auf der schmalen Straße, wagte nicht, zu überholen. Als vor ihr der Mount Brandon auftauchte, atmete sie auf. Um ein Haar wäre sie an dem imposanten Steinbogen vorbeigefahren. Ein hölzerner Pferdekopf wies den Weg zu einem grauen Backsteingebäude. Rechts und links neben der lang gezogenen Auffahrt weideten Connemara-Ponys. Jessies Herz klopfte schneller, als sie ein braun-weiß geschecktes entdeckte, das gesattelt am Zaun döste. Auf genau so einem Schecken hatte sie reiten gelernt. Kurz entschlossen parkte sie den Ford hinter dem Gatter und stieg aus. »Na, du Schöne. Wartest du auf deinen Reiter?« Langsam ging sie auf das Pferd zu und streckte die rechte Hand aus, damit es daran schnuppern konnte. Neugierig reckte das Pony seinen Kopf über den Zaun. Sie tätschelte ihm vorsichtig die Flanke und wurde prompt mit einem Nasenstüber belohnt.

»Daisy mag dich«, tönte eine freundliche weibliche Stimme hinter Jessie. Ertappt trat sie einen Schritt zurück und drehte sich um. Vor ihr stand eine zierliche Frau von etwa vierzig. Rote Locken lugten unter ihrem Reithelm hervor. Zahllose Sommersprossen zierten ihr Gesicht. In ihrem Reitdress wirkte sie wie ein junges Mädchen.

»Sorry. Normalerweise halte ich mich von fremden Tieren fern, aber ich konnte einfach nicht widerstehen, als ich die Schecke da stehen sah. Daisy erinnert mich an das Pferd meiner Freunde. Auf dem durfte ich ab und zu auch mal reiten.« Erst jetzt fiel ihr der eigentliche Grund ihres Kommens wieder ein. »Ich würde gern Edward sprechen«, sagte sie leise und schaute vor sich auf den Boden. »Mein Name ist Jessie Cameron.«

»Jessie! Mein Gott, deshalb kommst du mir so bekannt vor. Ed hat uns einen Schnappschuss von dir auf seinem Handy gezeigt.« Sie reichte ihr eine Hand und lächelte sie warmherzig an. »Ich bin Enya, die Frau von Eds Vetter Hugh.«

»Er hat ein Foto von mir auf seinem Smartphone?«, wunderte sich Jess. »Wo finde ich ihn?«

»Du hast ihn leider verpasst. Er ist mit Cynthia zum Strand.« Mit einer einladenden Geste deutete Enya auf ein graues Backsteingebäude. »Komm erst mal ins Haus und trink einen Tee mit mir. Du musst doch k.o. sein nach der Autofahrt.«

»Das geht nicht«, stöhnte Jessie und schlug sich auf die Brust, weil ihr die Luft wegblieb. »Ich muss sofort zu ihm, bevor es zu spät ist.« Sie warf Enya einen verzweifelten Blick zu. »Wie komme ich auf dem schnellsten Weg zum Strand?«

»Cynthia ist …«, setzte Enya zu einer Erklärung an.

Doch Jessie bremste sie sofort aus. »Ich weiß, wer sie ist. Und vor allem weiß ich, wie Ed zu ihr steht.«

»Na, wenn es so eilig ist …« Schmunzelnd musterte Enya sie von oben bis unten. »Du hast in etwa die Größe unserer Ältesten. Ihre Reitklamotten dürften dir passen.«

»Wie, was? Ich soll reiten?« Ungläubig schaute Jessie von Enya zu Daisy. »Auf ihr?«

»Sie kennt den kürzesten Weg zum Strand und ist sanftmütig wie ein Lamm. Außerdem kämst du mit dem Wagen nicht bis zum Meer. Der Parkplatz liegt gut eine halbe Meile vom Strand entfernt.« Enya fasste sie am Arm und zog sie mit sich in den an das Wohnhaus angrenzenden Stall. »Gib ihr nicht zu viel Schenkeldruck. Halte die Zügel locker. Den Rest erledigt Daisy«, erklärte sie ihr, während sich Jessie in der Sattelkammer umzog. Reitstiefel, Hose und Helm passten perfekt.

»Reich mir deinen Parka. Der engt dich beim Reiten nur ein.« Enya half ihr in eine wattierte Weste.

Mit wackligen Knien folgte Jess ihr aus dem Stall. War sie gerade noch mutig und entschlossen gewesen, kamen ihr unterwegs doch Bedenken. »Ist schon eine Weile her, dass ich auf einem Pferd gesessen habe. Ich weiß nicht, ob ich das noch kann.«

»Unsinn. Reiten ist wie Radfahren. Das verlernt man nicht. Dreh eine lockere Runde auf der Weide. Wenn du dann ein Gefühl für Daisy hast, öffne ich dir das Gatter. Sobald Daisy auf dem Pfad hinter dem Haus ist, läuft sie automatisch zum Strand. Sie liebt es, am Wasser zu traben.« Enya schlüpfte zwischen zwei Zaunlatten hindurch und klopfte dem circa ein Meter fünfzig großen Pony zärtlich auf den Po. »Du darfst ans Wasser, meine Süße. Bring Jessie zu Edward.«

»Willst du nicht lieber mit?« Jess kletterte auf den Zaun und schwang sich von da aus auf die geduldig wartende Daisy. Es fühlte sich erstaunlich vertraut an, nach so langer Zeit wieder auf einem Pferd zu sitzen. Sie wartete, bis Enya den Sattelgurt festgezurrt und die Steigbügel auf ihre Beinlänge eingestellt hatte. Dann steckte sie die Füße in die Bügel. »Also gut, ich versuch's«, murmelte sie und nahm die Zügel in die Hand. Ein leichter Schenkeldruck genügte, und das große Pony trabte an.

»Wer sagt's denn? Du hast es noch drauf«, lobte Enya sie nach der ersten Runde. »Ich denke, du kannst jetzt zur Bucht reiten. Folg dem schmalen Pfad hinter dem Haus. Der führt dich schnurstracks zum Strand runter. Aber Vorsicht! Es gibt unterwegs eine enge, felsige Passage. Da steigst du vielleicht besser ab und führst sie.« Langsam öffnete sie das Gatter, und sofort trabte Daisy darauf zu und schlug den Weg zum Strand ein.

Der Pfad schlängelte sich zwischen hohen Rhododendren hindurch über eine abschüssige Wiese. Jessie erhaschte einen Blick auf das glitzernde Meer. Der Wind blies ihr die krausen Gedanken aus dem Kopf. Sie fühlte sich frei und unbeschwert, genoss die sanfte Bewegung unter sich. So hätte sie ewig weiterreiten können. Daisy wieherte aufgeregt und beschleunigte das Tempo.

»Ho, langsamer, meine Schöne«, versuchte Jess, sie im Zaum zu halten. Schweißperlen traten ihr auf die Stirn, als das Pony auf einen schmalen Felsdurchlass zutrabte. Sie krallte die Finger um die Zügel, hielt die Luft an. Doch ihre Sorge schien unbegründet, denn Daisy bremste von sich aus ab, bevor sie im Schritttempo die Engstelle passierte.

Hinter den Felsen wurde der Weg breiter und führte in sanften Kurven den Hügel hinunter an den Strand. Jessie hielt sich eine Hand über die Augen, suchte die Bucht ab. Täuschte sie sich, oder lehnte Ed dort an einem Felsen? Übermannt von ihrer Sehnsucht ließ sie die Zügel los, winkte und schrie seinen Namen. Daisy, die das offenbar falsch verstand, preschte los. Lang gestreckt galoppierte sie den steinigen Pfad hinunter.

Jessie hatte Mühe, sich im Sattel zu halten, rutschte von einer Seite zur anderen. Doch irgendwie gelang es ihr, oben zu bleiben. Sie beugte sich vor, lag jetzt fast auf dem Hals des Tieres und klammerte sich an die Mähne. Das Pony flog förmlich auf den Strand zu. »Langsamer!«, kreischte sie und zerrte an den Zügeln.

Und dann ging alles sehr schnell. Wie aus dem Nichts tauchte Edward auf und breitete die Arme aus. »Ruhig, Daisy. Bleib stehen«, sagte er mit sanfter Stimme. Das Pony spitzte die Ohren, schnaubte und stoppte im vollen Galopp. Jessie verlor den Halt, ruderte wild mit den Armen und flog im hohen Bogen in den weichen Sand. Benommen lag sie auf dem Rücken und blinzelte in den blauen Himmel.

»Geht es Ihnen gut, Miss?« Ed beugte sich mit besorgter Miene über sie. »Haben Sie Schmerzen?« Er tastete ihre Arme und Beine ab, fühlte ihren Puls. Dann erst sah er ihr ins Gesicht. Sein Mund klappte auf und wieder zu. »Jess, du hier?«

Enttäuscht über seine Reaktion wandte sie den Kopf zur Seite und kämpfte mit den Tränen. »Wo ist Cynthia?«

»Sie steht bei ihrer Schwester Daisy und passt auf, dass die nicht baden geht«, entgegnete er mit rauer Stimme. »Sag mir lieber, ob du okay bist. Ist dir schwindlig? Hast du Kopfschmerzen?«

»Schwester?« Jessie setzte sich so abrupt auf, dass sich alles um sie drehte. Sie klammerte sich an Edward, schaute sich vorsichtig um und riss die Augen auf. Daisy stand seelenruhig am Meeressaum und ließ sich von einer braunweißen Stute den Hals schubbern. »Enya sagte, du seist mit Cynthia am Strand. Da dachte ich …« Sie schnappte nach Luft. »Dass du sie liebst und mit ihr zusammen bist.«

»Hat sie dir nicht erklärt, wer Cynthia ist?« Edward legte eine Hand unter ihr Kinn und schaute ihr fest in die Augen. »Dummerchen. Weißt du denn nicht, wie sehr ich dich liebe?«

»Wie denn? Du hast es mir bisher doch noch nie gesagt«, entgegnete sie leise und schlang die Arme um ihn. »Ich liebe dich«, gestand auch sie ihm endlich.

Epilog

Ein halbes Jahr später

»Der Herr segne dieses Haus. Möge in ihm nur Heiterkeit und Frohsinn herrschen.« Der Bischof, ein kleiner, rundlicher Mann, schlug ein Kreuz vor der Eingangstür. Lächelnd zog er eine Schere aus seinem lila Talar und reichte sie dem um einen Kopf größeren Pfarrer Donnelly. »Ihr Job, werter Amtsbruder.« Er deutete auf das rote Seidenband zwischen den Türpfosten.

»Ich muss mal«, meldete sich in diesem Moment eine zarte Kinderstimme. Ein blond gelocktes kleines Mädchen drängelte sich durch die Schar der wartenden Kinder, lief zu ihm und zupfte an seinem Talar. »Gibt es im neuen Kindergarten auch ein Klo?«

»Nicht nur eins, Christine, sogar mehrere.« Donnelly beugte sich schmunzelnd zu der Kleinen und strich ihr über den Kopf. »Hilf mir, das Band zu zerschneiden, dann zeige ich dir, wo sich die Waschräume befinden.«

Sie strahlte über das ganze Gesicht und nahm ihm die Schere aus der Hand. »Ich packe das Geschenk alleine aus.« Mit einem einzigen Schnitt durchtrennte sie das rote Absperrband, warf ihr Werkzeug achtlos auf den Boden und verschwand in dem Gebäude.

Jetzt war kein Halten mehr unter den anderen Kindern. Lärmend und kreischend flitzten sie an dem verdutzten Bischof vorbei in ihr neues Reich.

»Hiermit erkläre ich …«, setzte Donnelly breit grinsend zu einer Rede an. »Nun kommt schon rein, meine Lieben.« Er winkte den Dorfbewohnern, die noch immer geduldig vor dem Festzelt ausharrten, ihm zu folgen.

»Na endlich«, raunte Jessie ihrer Freundin zu. »Ich dachte schon, der Bischof hört nie auf zu predigen.« Sie stand neben Sue hinter der Kuchentheke und schnitt ein Blech Brownies in gleich große Stücke. »Hoffentlich reicht unser Kuchen. Ich hätte nie gedacht, dass so viele zur Eröffnungsfeier des neuen Kindergartens kommen. Sogar die jungen Leute aus den Nachbardörfern sind da.«

»Die sind wohl eher scharf auf das Freibier.« Sue stupste Jessie an und deutete verstohlen auf einen breitschultrigen Mann in Motorradkluft. »Du weißt nicht zufällig, ob dieser sexy Typ noch solo ist?«

»Warum fragst du ihn nicht selbst? Das ist Zack Barton, meine Kindergartenliebe. Der Pächter meiner Weiden.« Sie warf ihm einen Luftkuss zu. »Darf ich dir Sue vorstellen?«

Mit großen Schritten marschierte er ins Festzelt und baute sich vor dem Kuchenstand auf. »Jess, Liebe meines Lebens«, witzelte er. »Hab schon gehört, dass du eine Mitarbeiterin eingestellt hast.« Er beugte sich vor und raunte: »Wenn ich gewusst hätte, was für ein heißes Geschoss die ist, wäre ich früher auf einen Tee vorbeigekommen.« Ohne zu fackeln, begrüßte er Sue mit einem Wangenkuss.

Sie errötete wie ein Teenager und schnappte nach Luft. »Welche Maschine fährst du?«

»'ne Harley. Ich nehme dich gern mal mit«, erwiderte er nicht weniger verlegen.

»Ich lasse euch besser allein.« Jessie zwinkerte Sue vielsagend zu. »Den hast du so was von am Haken«, flüsterte sie und eilte zu Lou.

Seans Frau wiegte einen schreienden Säugling auf dem Arm und sang ihm ein Schlaflied. »Roddy macht seinem Opa und Namensgeber wieder alle Ehre. Der hat vielleicht ein Organ.«

»Gib ihn mir.« Jessie streckte die Arme nach ihrem Patenkind aus. »Ich drehe mit ihm eine Runde ums Haus.« Vorsichtig, als wäre er aus Porzellan, legte sie sich den kleinen Kerl in die Armbeuge. Sofort hörte er auf zu schreien und schaute sie mit großen Augen an.

»Du bist die Beste«, freute sich Lou. »Ist doch okay, wenn ich für eine halbe Stunde im Kindergarten verschwinde? Nelly will mir sicher die neue Spielecke und vor allem die Puppenküche zeigen.«

Jessie nickte, denn sie hatte nur noch Augen für das rosige Baby. Zärtlich drückte sie es an sich und streichelte mit den Fingerspitzen seine Pausbäckchen. Leise vor sich hinsummend, wanderte sie mit Roddy zum Spielplatz, zeigte ihm das hölzerne Piratenschiff und die Schaukeln. »Onkel Ed holt gerade ein Kälbchen zur Welt«, erzählte sie ihm. Er griff nach ihrem Daumen und hielt ihn fest in seiner winzigen Faust.

»Sorry, Liebes«, tönte in diesem Moment Eds Stimme hinter ihr. »Ich habe es nicht schneller geschafft.« Er schlang die Arme um sie, küsste sie in den Nacken. »Das Kälbchen lag falsch herum. Ich habe es gedreht. Aber Mutter und Kind geht es gut.« Mit einer Hand an ihrem Rücken führte er sie zu einer Bank. »Wollen wir uns einen Moment setzen? Ich mag momentan noch nicht zu den anderen gehen. Sind denn alle gekommen?«

»Fast das ganze Dorf. Trevor und Diana waren nur kurz da. Sie haben eine große Kiste mit Spielsachen vorbeigebracht und sind dann weiter in den Urlaub. Moya und Robin müssten jeden Moment aus Kilkenny zurück sein.« Verstohlen musterte sie Edward von der Seite. »Du siehst geschafft aus, Liebster.« Vorsichtig bettete sie das schlafende Baby auf dem anderen Arm. »Bereust du es manchmal, dass du das Jobangebot der McLeods ausgeschlagen hast?«

Ed legte einen Arm um ihre Schultern und zog sie an sich. »Keinen einzigen Tag.« Er ließ den Blick über das Dorf schweifen. »Ich mag meine Arbeit auf den Höfen. Busby ist meine Heimat, hier sind meine Freunde. Und seit wir zwei zusammen sind, ist mein Leben perfekt.« Er küsste sie zärtlich auf den Mund. »Und wie steht es mit dir? Bereust du es, zu mir ins Cottage gezogen zu sein und Sue deine alte Wohnung überlassen zu haben?«

Jessie kuschelte sich an ihn. »Ich könnte mir keinen besseren Ort zum Leben vorstellen. Die kurze Strecke ins Dorf fährt mein Polo fast von allein. Das ist jetzt alles schon wieder so lange her. Der Verkauf des Grundstücks an die Kirche, mein Umzug. Die Ferienanlage am alten Friedhof ist seit Mai eröffnet. Die ersten Gäste sind bereits eingezogen. Einige sind sogar zu dem Fest erschienen. Denk doch nur, welche Herausforderungen unsere Dorfgemeinschaft in den letzten Monaten gemeistert hat. Und das nur, weil wir alle an einem Strang ziehen.« Mit dem Kopf deutete sie auf den Säugling auf ihrem Arm. »Ich hätte auch gern so etwas Süßes. Denkst du, wir könnten …?«

Edward strahlte mit der Sonne um die Wette. »Jessie, habe ich dir heute schon gesagt, wie sehr ich dich liebe?«

Ende

Rezept

Jessie hat mir ihr Rezept für
Chocolate Crinkles verraten:

Zutaten:
60 g Butter
225 g grob gehackte Bitterschokolade
100 g Zucker (ich nehme etwas weniger, etwa 80 g)
2 Eier
1 Pck. Vanillezucker
210 g Mehl
¼ TL Salz
200 g Puderzucker zum Wälzen

Schokolade und Butter im Wasserbad schmelzen. Zucker, Vanillezucker und Eier schaumig rühren. Geschmolzene Schokolade und Butter lauwarm unter die Eiermasse mixen.

Dann Mehl, Backpulver, Salz und Zucker unterrühren. Den Teig abgedeckt 3 bis 4 Stunden im Kühlschrank ruhen lassen.

Ein Backblech mit Backpapier auslegen. Aus dem Teig Kugeln von 2 bis 3 cm Durchmesser formen, etwas platt drücken, in Puderzucker wälzen und auf dem Blech verteilen.

Bei 170 Grad Ober- und Unterhitze 8 bis 10 Minuten backen.

Liebe Leserinnen und Leser,

mit einem weinenden und einem lachenden Auge verlasse ich mein »Busby« und die Grüne Insel. Haben Sie die warmherzigen Bewohner und die unvergleichliche Landschaft inzwischen auch so sehr ins Herz geschlossen wie ich? Keine Sorge, es wird kein Abschied für immer sein. Eines Tages kehren wir gemeinsam nach Irland zurück und lernen neue Menschen und ihre Geschichten kennen. Es gibt noch so viel zu erzählen …

Bis es so weit ist, würde ich Sie gern an einen anderen Sehnsuchtsort entführen: eine Insel im Atlantik, ein kleines Hotel in einer idyllischen Bucht … und drei Schwestern, die ihren Platz im Leben suchen. Mehr sei noch nicht verraten.

Danke, dass Sie mir über all die Jahre die Treue gehalten haben. Ich freue mich darauf, Sie mit neuen spannenden Geschichten zu überraschen.

Mein Dank gilt der wundervollen Esther Madaler vom Aufbau Verlag und ihrem Team. Ihr seid die Besten! Danke auch dir, liebe Natalie Röllig. Dein Lektorat verleiht meinen Romanen den perfekten Schliff.

Mein größter Dank und mein dickstes Lob gebührt meinem wunderbaren Mann, Udo Weinbörner. Obwohl er selbst bis über beide Ohren in Arbeit an seinem Roman versinkt, wird er nicht müde, mir mit Rat und Tat zur Seite zu stehen und mich zu unterstützen.

Alles Liebe

Anne Labus

Claire Kingsley
A very grumpy Christmas
Roman
Aus dem Amerikanischen von Ivonne Senn
411 Seiten. Klappenbroschur
ISBN 978-3-98751-059-5
Auch als E-Book lieferbar

Holy Night, Grumpy Night

Elias Stoneheart hasst Weihnachten – und Tilikum, die Stadt, in der er aufgewachsen ist. Jetzt lebt er in der Großstadt, wo nicht Klatsch und Tratsch an der Tagesordnung sind, und steht kurz davor, den größten Schritt seiner Karriere zu machen. Ein großer Deal fehlt allerdings noch: Elias muss die Cook-Familie dazu bringen, ihre Weihnachtsbaumfarm an ihn zu verkaufen. Eigentlich kein Problem, denn das Unternehmen steht kurz vor dem Bankrott. Doch leider hat er es dabei mit Isabell Cook zu tun, deren Herz leidenschaftlich an der Farm hängt. Und dann ist sie auch noch seine Exfreundin. Doch für Elias steht fest: Er wird den Deal durchziehen und sich jeglichem Weihnachtszauber verweigern …

Eine Christmas-Romance über die Magie der zweiten Chancen und das, was wirklich zählt

more

Anne Labus
Der kleine Wollmarkt im Winterglück
Roman
352 Seiten. Broschur
ISBN 978-3-98751-008-3
Auch als E-Book lieferbar

Winterträume in Irland

Kathy, Inhaberin des Wollmarkts, genießt den Winter in Busby und plant gemeinsam mit ihrer Freundin Lena einen Stand auf dem Weihnachtsmarkt. Plötzlich jedoch überschlagen sich die Ereignisse: Erst rast Kathys Exfreund mit seinem Auto betrunken in den Wollmarkt. Kurz darauf kehrt auch noch Kathys heimlicher Jugendschwarm Steve aus Neuseeland zurück. Er bringt seine kleine Tochter Mia mit, über deren Mutter er sich jedoch ausschweigt. Kathy freundet sich mit Steve an und träumt schon bald insgeheim davon, dass aus ihrer Freundschaft mehr werden könnte. Als er jedoch eines Tages eine Nachricht aus Neuseeland erhält, ändert sich alles …

Ein irisches Dorf in der Vorweihnachtszeit – mit wunderbaren Charakteren und höchst amüsanten Verwicklungen

Lilac Mills
Herzen kann man reparieren
Ein Applewell-Roman
Aus dem Englischen von Petra Knese
272 Seiten. Broschur
ISBN 978-3-98751-036-6
Auch als E-Book lieferbar

Da hilft nur ein Weihnachtswunder!

Ausgerechnet kurz vor Weihnachten wird Henry entlassen. Wie nur soll er das seiner Frau Lottie und seinen drei Kindern beibringen? Also tut er, als würde er weiterhin zur Arbeit gehen, und sucht verzweifelt nach einem neuen Job. Er liebt Lottie, er liebt sein Leben und sein kleines Haus in Applewell, einem idyllischen Dorf in Wales: Doch würde seine Frau ihm jemals verzeihen, wenn seine Lüge auffliegt? Oder wird sein Geheimnis alles kaputt machen? Als Weihnachten immer näher rückt, weiß Henry, dass ihm jetzt nur noch ein Wunder helfen kann …

Ein wunderbarer, warmherziger Liebesroman – und ein heimeliger Schauplatz mit herrlich skurrilen Charakteren

Lilac Mills
Jingle Bells Kiss
Roman
Aus dem Englischen von Dorothea Kallfass
336 Seiten. Broschur
ISBN 978-3-98751-064-9
Auch als E-Book lieferbar

Weihnachtswunder gesucht

Weihnachten soll die glücklichste Zeit des Jahres sein, doch für Daisy läuft alles schief. Nach einer schmerzhaften Trennung ist sie wieder bei ihrer Mutter eingezogen und kämpft im Job mit unzähligen Problemen. Als ob das nicht genug wäre, landet sie auch noch in der Notaufnahme des Krankenhauses, weil sie sich an der Münze im Weihnachtspudding verschluckt hat.
Einziger Lichtblick: Daisy wird vom gutaussehenden Arzt Noah Hartley behandelt, und plötzlich scheint sich alles zum Guten zu wenden. Doch ist Noah Hartley wirklich Daisys ganz persönliches Weihnachtswunder oder nur eine weitere Enttäuschung?

Eine herzerwärmende romantische Komödie über Liebe, Vertrauen und die Magie der Weihnachtszeit

Regelmäßige Informationen erhalten Sie über unseren Newsletter.
Jetzt anmelden unter: www.aufbau-verlage.de/newsletter

more

Whitley Cox
Christmas with the Single Dad – Zak
Deutsche Ausgabe
Roman
Aus dem Amerikanischen von Michelle Landau
298 Seiten. Broschur
ISBN 978-3-98751-034-2
Auch als E-Book lieferbar

Weihnachten als Single Dad

Zak Eastwood, Fitnesstrainer und alleinerziehender Vater, hatte eigentlich geplant, Weihnachten allein zu verbringen, während seine Kinder Aiden und Tia bei ihrer Mutter sind. Doch plötzlich setzt ein Schneesturm ein. Auf dem Parkplatz des Fitnessstudios trifft Zac auf Aurora, deren Auto nicht mehr anspringt. Kurzerhand lädt Zak sie zu sich nach Hause ein. Aber dann stehen plötzlich Zaks Kinder vor der Tür. Wird es doch noch das Fest der Liebe?

Die Single Dads of Seattle: Sie helfen sich gegenseitig, lieben ihre Kinder über alles und träumen noch immer von der großen Liebe. Das ist Zaks berührende Geschichte.

Regelmäßige Informationen erhalten Sie über unseren Newsletter.
Jetzt anmelden unter: www.aufbau-verlage.de/newsletter

more

Whitley Cox
New Year's with the Single Dad – Emmett
Deutsche Ausgabe
Roman
Aus dem Amerikanischen von Michelle Landau
270 Seiten. Broschur
ISBN 978-3-98751-038-0
Auch als E-Book lieferbar

Als Single Dad ins Neue Jahr?

Noch Monate nach seiner Scheidung weiß der alleinerziehende Arzt Dr. Emmett Strong nicht, wie das alles geschehen konnte. Er hatte sich immer für einen guten Ehemann und Vater gehalten. Niemals wieder wird er zulassen, dass man ihm und seiner Tochter Josie wehtut, und daher ist eine neue Frau kein Thema. Doch dann trifft er auf Zara, die Besitzerin des Blumenladens. Als sie dann auch noch auf derselben Silvesterparty zu Gast ist, fragt sich Emmett, ob vierundzwanzig Stunden nicht doch ein ganzes Leben verändern können ...

Die Single Dads of Seattle: Sie helfen sich gegenseitig, lieben ihre Kinder über alles und träumen noch immer von der großen Liebe. Das ist Emmetts berührende Geschichte.

Regelmäßige Informationen erhalten Sie über unseren Newsletter.
Jetzt anmelden unter: www.aufbau-verlage.de/newsletter

more